KB082040

저자 **퉁구스카** | 표지 **노뉴**

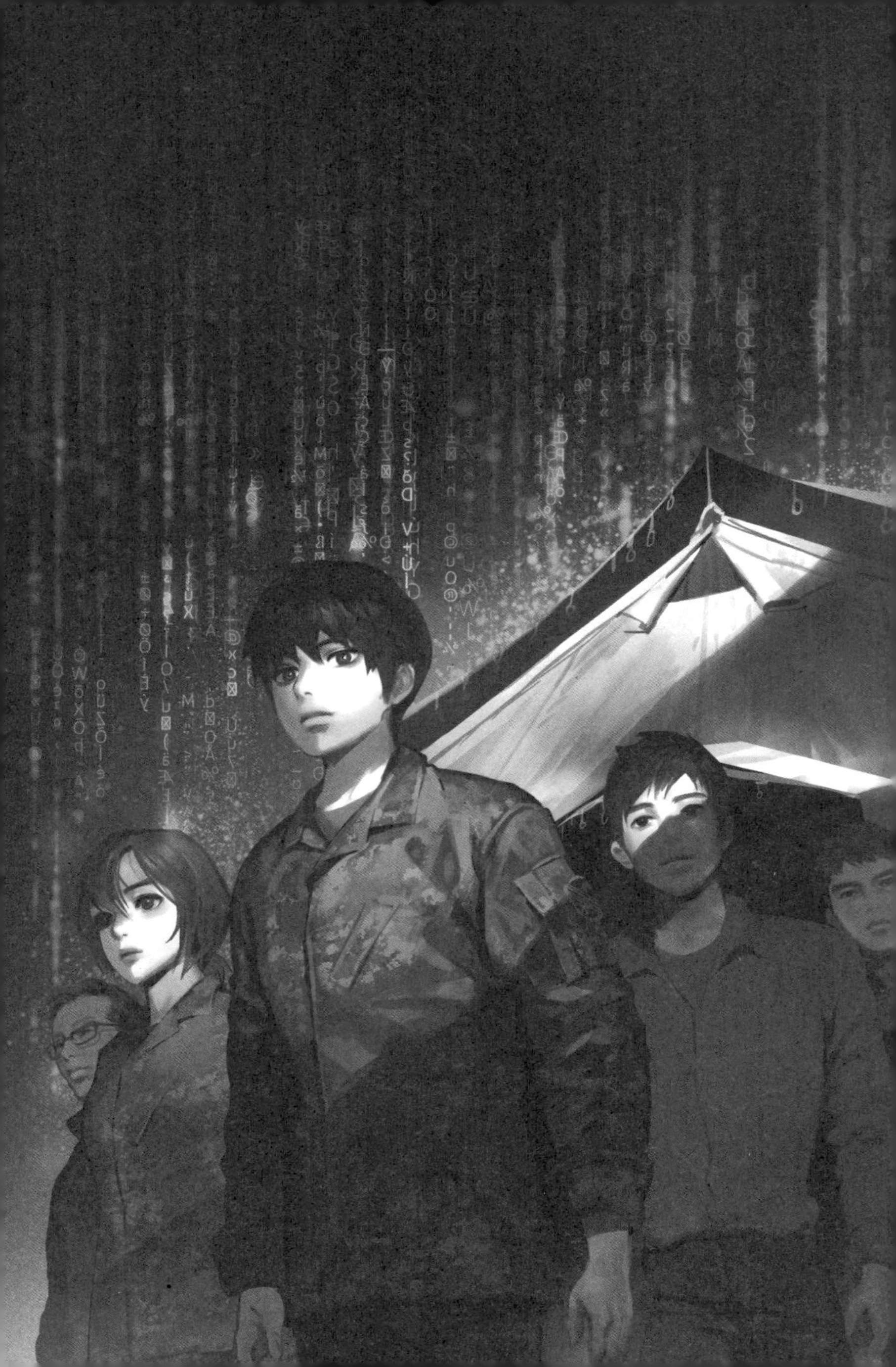

|목차|

굳어지는 땅

포트 로버츠

전쟁영웅에 대한 미국인들의 예우는 대단히 각별하다. 세계관 내 최연소 명예훈장 수훈자로서, 겨울은 상급자로부터 먼저 경례를 받을 권리가 있었다. 심지어는 대통령도 예외가 아니다. 명시적인 권리는 아니었으나 모두가 존중하는 관례 같은 것이었다.

겨울은 그 권리에 집착하지 않았다. 성격 탓도 있고, 겸허하게 보이려는 의도도 있었다.

미국인이라면 누구나 겨울을 좋아했다. 소년장교와 조금이라도 친해지고 싶은 사람이 수두룩하다. 포트 로버츠의 경찰 중에도 열성적인 지지자가 많았다. 그들과 친분을 쌓는 건 겨울에게 어려운 일이 아니었다.

지금 겨울과 동행하는 어데어 경사, 도슨 경관도 최근 안면을 튼 사이다. 두 사람은 순찰을 같이 돌아보고 싶다는 겨울의 요청에 당혹스러워하면서도, 종래에는 기분 좋게 받아들였다.

"예전에 비해 순찰을 자주 도시는 것 같네요."

겨울이 운을 띄우자, 어데어 경사가 긍정했다.

"중위님 덕분에 난민들에 대한 시선이 많이 달라졌죠. 상부에서 난민구역의 관리를 강화하라는 지침이 내려왔습니다. 사실 저희가 그동안 좀 무관심했던 게 사실이기도 하고요. 변명에 불과하겠지만, 다들 제정신이 아니었습니다."

"어쩔 수 없는 일이었다고 생각해요. 여러분도 잃어버린 것들이 많잖아요?"

상냥한 말이 경사를 미소 짓게 만든다.

"예, 확실히. 어쨌든 이제 정신을 차렸으니, 잃어버린 것들 가운데 되찾을 수 있는 건 되찾아야겠지요. 되찾지 못할 것들은 지난날의 추억으로 남겨두고 말입니다."

대화가 이루어지는 곳은 중국계 거류구의 한복판이었다. 삼합회의 경계를 벗어나, 다른 조직들의 구역을 가로지르는 중이다. 겨울은 경찰의 순찰경로를 눈여겨본다. 처음부터 이게 목적이었다. 경찰 두 사람은 감도 못 잡고 있으나, 겨울에게만 보이는 것들이 있었다.

「생존감각」이 경고하는 붉고 반투명한 사선(射線)들.

'오락가락 하는구나. 하긴, 숙련도가 높을 수 없는 시점이지.'

보이지 않는 사수들은 도무지 조준점을 유지하지 못했다. 바르르 떨리는 사선이 상하좌우로 대중없이 흔들린다. 그 폭은 수 미터 단위였다.

활이나 슬링은 실력을 붙이기 무척 어려운 무기다. 그나마 장거리 투사를 연습할만한 공간도 없었다. 기껏해야 텐트 안에서 단거리 투사를 연습하는 정도였을 것이다.

무기의 조악한 품질도 명중률 저하의 원인이다. 비숙련공이 조잡한 재료를 엮어 만들었을 무기의 수준이 높아봐야 얼마나 높겠는가.

"순찰 경로가 원래 이쪽이었나요? 아니면 오늘만 다른 길로 도시는 건가요?"

겨울의 질문에 대답한 것은 도슨 경관이었다. 그는 연립주택 공사현장 가운데를 가리켰다.

"원래는 저쯤을 지나가곤 했습니다. 공사가 시작된 후로 순찰로가 바뀐 거지요. 1차 공사가 끝날 때까지는 이 경로가 유지될 겁니다."

만족스러운 답변이었다.

특정 구간을 지날 때마다 늘어나고 짙어지는 사선 경고는 많은 것을 암시했다. 지키고 경계해야 하지만, 변경된 순찰로를 피해서 옮기기는 어려운 무언가가 존재한다는 뜻.

"공사가 끝나면 사실상 도시가 되게 생겼네요. 사실 인구는 예전부터 어지간한 도시 수준이었습니다만……그렇게 되면 야간순찰(Graveyard watch)도 경찰에게 돌아오겠군요. 피곤해질 게 뻔한 데도 왠지 기대가 됩니다. 조금이나마 예전의 생활로 돌아가는 느낌이라서요."

지나가는 경사의 말이 겨울의 주의를 끌었다. 속내야 어떻든 겉으로는 순찰 동행이니, 어색하지 않을 정도로 대화에 어울려줄 필요가 있었다. 실제로 궁금한 것도 있고. 겨울이 물었다.

"야간순찰을 왜 그런 식으로 표현하죠?"

"아, 이거 말입니까? 사실인지 아닌지는 저도 모르겠지만, 중세 영국에서는 밤새도록 무덤을 지키는 사람이 있었다더군요. 거기서 유래한 표현이라고 합니다."

"무덤을 지켜요? 도굴을 막으려는 거였나요?"

"그건 아닙니다. 당시엔 묘지의 면적이 정해져 있어서, 새로 묻을 자리가 부족해졌을 때 오래된 무덤을 파내서 자리를 만들었다고 들었습니다. 그런데 옛날에 묻힌 관을 꺼내서 열어보니, 관 덮개 안쪽에 손톱으로 긁어댄 자국이 있었다는 겁니다. 관 스물다섯 개당 하나 꼴로 말이죠. 이건 즉 죽지도 않은 사람을 생매장했다는 소리잖습니까?"

"그렇죠."

"그때부터는 사람을 묻을 때 손목에 줄을 묶어서, 무덤 밖의 종에다가 연결해두었다고 합니다. 이걸 리스트 벨이라고 불렀다나요. 무덤을 지키는 사람은 종소리가 울리면 생매장당한 사람을 파내는 게 임무였습니다. 저도 초짜 시절에 선배에게 들은 이야기입니다만, 제법 그럴듯하다 싶었지요."

"재밌네요. 흥미롭기도 하고. 설명 감사합니다."

그 뒤로도 일상적인 대화가 이어졌다. 한 사람 한 사람과의 친분이 곧 자산이므로, 겨울은 의미 없는 말도 성실하게 들어주었다.

"도시라……시리아의 난민 캠프엔 이발소나 세탁소, 슈퍼마켓도 있었다고 하던데, 여기도 곧 그렇게 되겠군요. 다른 건 모르겠고 도넛 가게나 하나 생겼으면 합니다. 도넛에 커피가 없는 야간순찰은 뭔가 부족하게 느껴집니다."

도슨의 희망사항이 어데어를 웃게 만들었다.

"중국인들은 베이커스 만큼 제대로 된 도넛은 만들지 못할 걸."

"또 모릅니다. 요리 실력은 좋지 않습니까."

겨울이 고개를 기울였다.

"두 분은 도넛을 좋아하시나요? 미국 경찰이 도넛을 좋아하는 건

편견이라고 들었는데요."

도슨과 어데어가 답한다.

"편견 맞습니다. 딱히 좋아해서 먹는 게 아니었거든요. 한밤중에 순찰 돌다가 쉴만한 데가 도넛 가게뿐이라 다니던 거지요. 뭐, 거의 습관이나 마찬가지였습니다. 근무의 일부처럼 느껴졌지요. 그만큼 정이 들어서 그리운 것 같습니다."

"세대차라고 보셔도 됩니다. 건강 생각해서 도넛 대신 베이글을 먹는다는 친구들도 있고요."

겨울은 의아하다. 베이글이라고 딱히 도넛보다 나을 것 같지는 않은데…….

대화가 여기까지 진행된 시점에서, 순찰은 중국계 거류구 외곽의 체크 포인트에 도달했다. 겨울을 발견한 병사들이 절도 있게 경례했다. 겨울은 간단하게 답례하고, 뒤 돌아 공사현장을 눈에 담았다. 1차 공사가 거의 완공 단계였다.

일을 벌인다면 순찰로가 다시 바뀌기 전이 좋을 것 같다.

이쯤에서 순찰을 그만 두어도 무방했으나, 나중에라도 불필요한 의심을 살 여지를 줄이기 위해, 겨울은 두 명의 경찰과 조금 더 함께 하기로 했다.

1월의 끝자락에 태풍이 찾아왔다. 미 국립태풍센터(NHC)가 캘리포니아 각지에 발송한 경고전문에 따르면, 4등급(Category 4) 허리케인 카리사(Carissa)가 샌디에이고 앞바다를 통과하여 멕시코의 바하칼리포르니아로 향할 예정이었다.

카리사는 태평양 동부 해상에서 올 들어 세 번째로 발생한 태풍이자, 포트 로버츠의 모든 작전을 취소시킨 첫 번째 태풍이었다. 앞서 있었던 두 개의 태풍, 안젤리크(Angelique)와 베릴(Beryl)은 해안선에서 먼 곳을 지났기 때문에 캘리포니아에 미친 영향이 적었다. 반면 카리사는, 샌디에이고에서 서북쪽으로 460킬로미터나 떨어진 포트 로버츠가 강풍과 호우에 시달릴 만큼 가깝고, 강력했다.

 국립태풍센터는 카리사가 소멸하기 전에 새로운 태풍이 발생할 가능성도 경고했다. 겨울은 전문 내용의 일부를 떠올렸다.

 「Formation chance through 48 hours…high…90 percent」

 예상 생성 위치는 북위 38도, 서경 127도. 샌프란시스코에서 서쪽으로 약 500킬로미터 해상이었다. 만약 여기서도 태풍이 만들어진다면, 캘리포니아는 넘치는 강수량과 미쳐 날뛰는 바람으로 곤욕을 치르게 될 것이다.

 덕분에 풍수해 예방작업이 포트 로버츠의 당면과제가 되었다. 텐트가 날아가지 않도록 고리와 밧줄을 새롭게 걸고, 한 동에 최소 열 개이상의 말뚝을 추가로 박는다. 또한 기지 외곽에 모래주머니를 쌓으며, 중장비를 동원해 저지대로 이어지는 배수로를 파는 중이다.

 이 작업을 살리나스 강 양쪽에서 동시에 진행해야 했다. 강 동쪽의 간이공항과 예비 차량보관소를 보호하기 위함이었다.

 살리나스 강이 마지막으로 범람한 것은 2006년 초엽의 일이라고 한다. 그 뒤로 캘리포니아에서 기록적인 가뭄이 계속되었기에, 바닥을 드러낸 강이 범람할 가능성은 낮은 편이었다. 그러나 요새 사령관 제럴드 M 래플린 대령은 만약의 사태에 대비하고자 했다.

 "재해를 대비하는 데엔 지나침이 없다."

겨울은 그의 입장에 공감했다.

'그리고 그 편이 내게도 좋으니까.'

비바람 몰아치는 강변에 서서, 소년장교는 자연과 싸우는 사람들을 바라보았다. 해가 없는 낮, 어둑어둑한 하늘 아래, 국적 불문하고 동원된 수많은 노무자들이 한 마음 한 뜻으로 작업에 임했다. 성별도, 연령도 무관하다. 아름다운 풍경이었다. 비록 위조된 현실일지라도, 아름다운 것은 그 자체로 의미가 있었다.

이제부터 난민 구역에서 우발적인 교전이 벌어질지도 모른다. 무의미한 희생자를 늘리지 않으려면 가급적 많은 사람들이 교전현장을 떠나 있어야 한다.

겨울이 작업용 무전기의 송신 버튼을 눌렀다.

"장연철 부장님. 저 한겨울입니다. 들리십니까?"

[네, 대장님! 잘 들립니다! 말씀하시죠!]

전파를 탄 바람 소리가 후두둑 후두둑 요란했으나, 교신에는 별다른 지장이 없었다.

"제가 한동안 자리를 비워야 할 것 같아요. 동맹원들을 혼자서 감독하실 수 있으시겠어요?"

[어……예. 다른 관리자분들이 계시니 별로 어려운 일은 아닙니다. 무슨 일인지는 모르겠지만 안심하고 다녀오십시오.]

본래 현장에는 두 명의 부장이 함께 있었다. 그러나 겨울은 민완기 부장을 일찌감치 들여보냈다. 장년의 학자는 나이 탓인지 체력이 약한 편이었다. 약을 얻어 와도 감기를 떨치는 데 한참 걸리는 사람을 악천후에 노출시킬 순 없었다. 그는 중요한 간부였다.

무엇보다 사건이 터졌을 때 거류구의 동요를 통제할 사람이 있어야 한다. 민완기를 배웅하며, 겨울도 그 점을 강조했다.

"어떤 일이 생기더라도 사람들이 동요하지 않게 해주세요."

학자는 빗방울 맺힌 안경 너머로 싱긋 웃었다.

"당연한 걸 당부하시는군요."

겨울은 그가 알아서 잘 해줄 것이라 믿었다. 당연한 걸 당연하지 않게 부탁한 이유쯤 쉽게 짐작할 사람이니까.

장연철의 답신을 듣고서, 이제 겨울은 시민구역의 경찰지휘소를 향했다. 달 같은 태양 아래 시민 거류구 체크 포인트를 지키는 병사들은 우의를 입었는데도 속까지 흠뻑 젖은 모양이었다. 찝찝한 기색으로 몸을 비틀다가, 뒤늦게 소년장교를 발견하고 화들짝 경례한다.

초소를 통과하면 경찰지휘소는 금방이다.

새크라멘토 출신을 중심으로 다양한 지역과 도시로부터 중구난방으로 모인 경찰들은, 지휘체계를 나름대로 복원하여 포트 로버츠의 치안을 담당하고 있었다.

넓은 가건물은 입구 근처에서 비가 새고 있었으나, 사무실과 유치장은 비교적 멀쩡했다. 실내에서 웅웅 우는 지붕을 심란하게 올려다보는 경찰관의 숫자는 얼마 되지 않는다. 경찰인력도 작업감독에 많이 동원된 까닭이었다.

입구 경비를 서던 경관이 부동자세를 취한다.

"중위님께서 이곳에는 어쩐 일이십니까?"

"오코너 치안감님을 뵈러 왔는데, 혹시 계신가요?"

치안감 윌리스 오코너는 포트 로버츠의 경찰 최고책임자였다. 또한 캘리포니아 주 경찰 생존자들 가운데 계급이 가장 높은 사람 중 하나이기도 했다. 주 경찰 본부가 새크라멘토에 있었기 때문이다. 청장과 부청장은 새크라멘토 함락 당시 실종되었다.

용무를 들은 경관은 한층 더 몸이 굳어진다.

"예. 사무실에 계십니다. 혹시 미리 약속을 하고 오셨습니까?"

"아뇨. 중요한 용건이 있어서 갑자기 찾아오게 된 거예요."

"알겠습니다. 기별을 넣을 테니 잠시만 기다려주시기 바랍니다."

허가는 금방 떨어졌다. 내선을 붙잡고 몇 마디 나누더니, 경관이 겨울에게 고개를 끄덕여보였다.

"안내해드리겠습니다."

경관의 등을 따라가는 동안, 중간에 마주치는 경찰들이 차렷 자세로 경의를 표한다. 이따금씩 미소를 짓는 사람들은 소년장교와 개인적인 친분을 제법 쌓은 이들이었다. 겨울은 가벼운 목례로 그들의 호의에 응했다.

안내는 문 앞에서 끝났다. 그래도 치안감의 사무실은 그럴듯하게 꾸며진 곳이었다. 문을 열고 들어가자, 치안감이 거수경례와 함께 소년장교를 반겼다.

"어서 들어오게, 중위. 영웅의 갑작스러운 방문이군."

"미리 연락드리지 못해 죄송합니다."

"아니, 자네라면 이유 불문하고 언제든 환영일세. 딸과 오붓하게 식사할 때만 제외하고 말이야."

"따님을 많이 아끼시는군요."

"자랑스러운 딸이지. 스물다섯 살에 연방보안관 되기가 쉽지 않거든. 글린코를 수석으로 나왔다네. 어릴 때부터 아빠처럼 되고 싶다고 하더니, 나이 먹고도 꿋꿋하지 않겠나."

오코너를 딸 바보라고 하긴 어렵다. 그 정도면 정말 뛰어난 게 맞으니까.

치안감 사무실에는 포트 로버츠의 대형 지도가 걸려있었다. 향후 개발계획과 경찰의 순찰로, 담당구역 따위가 스케줄 표와 함께 기재되어 있다. 일반적으로는 알 수 없는 고급정보들이다. 겨울은 겨울동맹의 구역 한복판에 왜 넓은 공터가 예정되어있는지 궁금했다.

윌리스 오코너가 자세를 고쳤다.

"그래, 오늘 같은 날 나 같은 중늙은이를 찾아와야 할 그 중요한 용무라는 게 뭔가?"

"중국계 난민구역의 불법무기 색출에 도움을 받고 싶어서입니다."

겨울은 마약 거래에 대해선 언급하지 않았다. 무기를 색출한다는 명목으로 뒤지다보면, 마약이든 그밖에 다른 문제든 한꺼번에 처리할 수 있을 것이다.

"불법무기? 난민들이 총기를 보유하고 있단 말인가? 어떻게?"

소년장교가 한낱 날붙이로 호들갑을 떨지는 않을 것이어서, 중년의 치안감이 신경을 곤두세우는 것이 당연했다.

난민의 무기 보유는 요새의 존속과 직결되는 중요한 문제다. 어쨌든 난민구역은 시민구역에 비해 여러모로 열악하고, 강력한 통제와 차별을 받고 있다. 철조망 너머로 부족함 없이 지내는 미국 시민들에게 불만을 품은 난민은 얼마든지 많다. 현재 여건이 개선되고는 있으나, 그동안 난민들이 놓여있던 열악한 환경과 치안부재의 혼돈을 감안할 때 결코 안심할 수 없었다.

겨울이 고개를 흔들었다.

"아뇨. 아마 총기류는 아닐 겁니다. 있어도 얼마 안 되겠죠. 전 활이나 석궁, 슬링 종류가 대부분일 것으로 추정하고 있습니다."

"수량은?"

"적어도 백 단위입니다."

과장이 아니다. 겨울이 직접 다니며 확인한 중국계 조직들의 보유량만 세 자리를 가볍게 넘고, 범위를 넓혀 다른 국적의 난민들까지 털게되면 그 이상이 나올 것이다.

"음, 조악한 무기도 숫자가 많으면 위협적이지. 무기고를 습격하기라도 하면 말이야……. 아니면 시민들을 인질로 잡을 수도 있고."

사실 치안감이 제기한 우려들은 실현 가능성이 낮다. 합리적으로 생각할 경우 결코 시도하지 않을 미친 짓들이다. 그러나 치안감은 동시에 현재의 난민조직들이 반쯤 범죄단체나 다름없다는 사실을 알고 있었다. 합리적인 행동을 기대해선 곤란하다.

"자네는 이 사실을 어떻게 알게 됐나?"

"전부터 짐작은 하고 있었습니다. 이번에 익명의 밀고자가 있었고요. 이름을 말씀드리지 못하는 건 이해해주시기 바랍니다. 밀고자의 희망사항이거든요."

겨울은 거짓으로 밀고자를 꾸몄다. 기술보정에 의한 증강현실 경고를 읽고 파악했다고, 있는 그대로 설명할 순 없었다. 관제 AI가 상황연산 오류로 판정하고 롤백을 시도할 것이다. 롤백이 반복되면 불이익이 주어진다.

"그래서 원하는 게 뭔가? 경찰병력 지원인가?"

"네. 숫자는 많을수록 좋습니다."

"요새사령부에 군 병력을 요청하지 않는 이유는?"

"앞으로 치안유지는 전적으로 경찰의 업무여야 한다고 생각하기 때문입니다. 무기 수색을 시작하기 전에 사령부에 보고는 해주셨으면 하지만, 군 병력을 쓰고 싶진 않습니다."

군 내부에 이해당사자가 있는 건 군 병력을 쓰지 않을 이유가 못 된
다. 겨울에게 완벽하게 호의적인 면면을 파악하고 있는 까닭이다. 그
럼에도 불구하고 경찰병력만을 동원하려는 건 난민구역의 분위기를
일신하기 위함이었다.

그리고 미국 경찰의 전투력이 떨어지는 것도 아니다. 샷건에서 자동
소총에 이르기까지, 다종다양한 화기를 골고루 갖추고 있었다.

"그렇군. 무슨 말인지 알겠네. 자네는 난민들에게 일상을 돌려주고
싶은 건가?"

"네. 치안유지에 군이 개입하는 걸 정상이라고 볼 순 없습니다. 그
건 계엄 상황이죠. 전 사람들이 재해 이전의 삶으로 조금씩, 확실하게
돌아간다고 느끼길 바랍니다. 문제는 그동안 경찰의 존재감이 너무 없
었고, 난폭한 사람들은 지나치게 많아졌다는 겁니다."

"즉 앞으로 만만히 보지 못하도록 실력을 과시해라?"

"좋은 기회라고 생각합니다."

턱을 쓰다듬던 치안감이 조심스럽게 말했다.

"갈 곳이 중국인 거류구라고 했었지. 자네를 의심하고 싶진 않네만,
그래도 확인할 수밖에 없군. 혹시 난민구역의 알력을 경찰 손으로 해
결하려는 건 아닌가? 자네가 중국인들의 일부 파벌을 돕는다는 소문이
있던데."

소문이 아니라 정보겠지. 경찰이 시민구역 외의 나머지 거류구에서
활발히 활동하지 않는다고 해도, 치안감이 모를 수 없는 정보였다. 브
래들리 점령 작전 때만 하더라도 겨울이 건의하여 삼합회의 인력으로
만 채웠던 것이니까.

경찰 입장에서 대놓고 트라이어드 조직명을 쓰는 놈들이 곱게 보일 리 만무하다. 지금까지는 난민구역이 어떻게 돌아가든 크게 신경 쓰지 않았으나, 젊다 못해 어리기까지 한 영웅의 등장으로 난민의 처우개선이 본격화된 지금, 경찰이 삼합회, 흑사회 운운하며 범죄자 집단을 만든 난민들을 예전처럼 방관할 이유가 없었다.

겨울은 순순히 고개를 끄덕였다.

"사실입니다. 서로 돕기로 약속했거든요. 하지만 이번 일에서 그 사람들을 특별취급 할 생각은 없습니다. 그런 조건이었죠. 자기들끼리 싸우느라 곤경에 처했길래, 앞으로 부당한 이득을 취하지 않겠다는 약속을 받고 도와줬던 거였어요. 사람을 겨냥해서 만든 무기가 과연 어디에 쓰였을까요? 제가 그것까지 지켜줄 이유는 없습니다."

"그런가. 무례한 질문을 해서 미안하네. 생각해보면 명예로운 일에 목숨을 걸었던 사람에게 품을 의심이 아니었어."

표정을 보면 괜한 말을 했다는 후회가 묻어난다. 진심으로 하는 말이다. 명예훈장 수훈의 후광이자, 겨울이 그동안 쌓아온 전적의 영향이기도 했다. 격식을 갖추는 대답보다는 한 번의 미소가 나을 것 같아, 소년은 익숙하게 만들었다.

잘 만든 미소는 언제나처럼 효과가 좋았다. 윌리스 오코너가 최종 승인을 내준다.

"좋아, 해보게. 대령님께는 내가 연락하지. 밖에서 기다리고 있으면 사람이 갈 거야."

"감사합니다, 치안감님."

겨울은 그에게 경례하고 사무실을 나섰다.

집결한 경찰들은 출신이 제각각이었다. 도시 경찰, 마약 단속국, 총기 단속국, 특수기동대(SWAT), 카운티 보안관, 연방 보안관 등이 섞여있는 가운데, 드물게는 주립공원 순찰대나 수렵 및 어로 관리과(Department of Fish and Wildlife) 소속도 있었다.

이렇다보니 바로 움직이기가 힘들었다. 업무와 전술이 모두 다르기 때문에, 많은 숫자가 오히려 약점이 될 수 있었다. 따라서 각자의 역할과 동선을 사전에 분명하게 정해놓아야 한다. 이 단계에서 많은 시간이 소모되었다. 지휘소의 상황관제가 그만큼 중요한 시점이었다.

출동 전, 보급계 경관들이 창고를 열고 필요한 장비들을 꺼내왔다. 최대한 신속하게 진행했음에도 불구하고 장비 수령과 분배에 다시 반시간 정도가 지나갔다.

겨울에게도 비살상탄이 장전된 펌프액션 샷건과 탄약 벨트가 돌아왔다. 기존의 무기를 포기할 필요는 없었다. 용도에 맞게 바꿔서 쓰면 된다. 그밖에 최루가스 수류탄과 삼단봉, 강화 플라스틱 방패, 수갑 따위를 추가로 지급받았다.

함께 움직이게 된 기동대장이 소년장교에게 씨익 웃어 보인다.

"참 궂은 날입니다만, 이런 작전을 펼치기엔 더없이 좋군요. 어지간한 소란은 바람결에 날아가 버릴 테니 말입니다."

확실히 그렇다. 태풍의 가장자리는 비바람과 천둥의 도가니였다. 네다섯 걸음만 떨어져도 대화에 지장이 생길 지경. 경찰은 무전으로 교신하면 되지만 중국인들은 아니다. 중국계 거류구의 넓이를 감안할 때 수색에 긍정적인 요소였다.

특수기동대는 예비대 역할을 맡았다. 짙은 회색 방탄차량(BearCat)의 탑승칸을 꽉 채우고 앉아서, 만약의 사태를 대비해 출동 대기상태를 유지하는 것이었다.

출동 대기라고는 해도, 기동대원들은 곧 있을지도 모를 교전보다 겨울에게 더 관심이 많았다. 한 대원이 묻는다.

"중위님. 한국에서는 어릴 때부터 군사교육을 받는다는데, 그게 사실입니까?"

의미를 모르겠다. 겨울이 반문했다.

"그럴 리가 없잖아요. 어디서 그런 이야기를 들으셨어요?"

"신문이나 뉴스 같은 곳에서요. 군 복무기간이 10년이고, 여자도 징병하고, 가끔씩 테러나 핵실험도 하는 위험한 나라라고 들었는데요."

"그건 북한 이야기에요. 저나 난민구역의 다른 한국인들도 모두 남한 출신이고요. 혹시 남한과 북한을 구분 못 하시는 건 아니죠?"

"오, 병역법이 주마다 다른 겁니까? 그럴 수도 있겠군요. 하지만 그럼 누가 북쪽에서 살죠?"

"……."

겨울은 서로 다른 나라라는 의미에서 남한과 북한을 말했는데, 질문한 대원은 한 나라 안의 서로 다른 지역이란 뜻으로 받아들였다. 미국인다운 오해였다. 미국에는 동서, 또는 남북으로 나누어진 여러 개의 주가 존재하며, 주마다 서로 다른 법률을 집행한다. 겨울이 오해를 풀어주었다.

"그런 게 아니에요. 남북한은 서로 다른 나라거든요. 공산주의와 자본주의의 이념전쟁으로 갈라졌어요. 그게 한국전쟁이고요. 한국전쟁에 대해서는 들어보셨나요?"

남한과 북한은 전쟁 이전에 이미 갈라져 있었지만, 그렇게까지 자세하게 설명할 필요는 없었다. 질문했던 대원은 조금 창피해하며 대답했다.

"제가 멍청한 소리를 했나보군요. 전 그런 줄도 모르고 그럴듯하다고 생각했지 뭡니까."

"뭐가요?"

"중위님 말씀입니다. 워낙 엄청난 활약을 하셨잖습니까. 어릴 때부터 훈련을 받았다면 이상할 것도 없겠구나 싶었습니다. 그런데 그게 아니었군요……."

대원은 어딘가 아쉬운 표정이었다. 다른 대원들이 소리 내어 웃는다. 아무래도 긴장감이 없다. 출동할 일이 없을 거라고 생각하는 것일까?

통신을 들어보면 대부분의 구역에서 수색과 무기압류가 원만하게 진행되는 모양이었다. 무전기에 귀를 기울이고 있자니, 이따금씩 발견되는 마약류에 경찰들이 당황하는 내용도 엿들을 수 있었다.

[이야, 이 정도면 LA를 통째로 중독 시키고도 남겠는데?]

헤로인 1킬로그램이면 3만 명이 투약하고도 남는다. 그런 것이 가방 채로 발견되는 중이다. 아무래도 중국 마약상들이 대피할 때 목숨 걸고 챙겨온 물량인 것 같았다.

그러나 결국 끝까지 조용하지는 않았다. 무전망에 급박한 교신이 흐른다.

[지휘소, 조지 14188, 코드 10! 73번가에서 교전 발생! 경관 1명 부상! 치명적인 무기로 무장한 인원 다수! 포위당했다! 지원 바란다, 오버!]

[코드 10 확인. 데이비드 20, 73번가로 이동하라.]

[데이비드 20, 카피.]

데이비드는 특수기동대의 호출부호였다. 급격히 올라가는 엔진 소음. 겨울은 안에 앉아서도 헛도는 바퀴를 느낄 수 있었다. 차량이 둔하게 가속했다.

대원들이 방탄유리를 통해 바깥을 살폈다. 그러나 비가 워낙 쏟아지고 있었으므로, 줄줄 흐르는 물로 인해 아무 것도 보이지 않았다. 수송칸 창문에 와이퍼를 달아놓은 것도 아니었다. 결국 대원들은 창문 대신 총안구를 이용했다. 탑승한 상태로 사격을 가하도록 만들어진 총안구들은, 원형 덮개가 붙어있어 언제든 열고 닫기가 가능한 구조였다.

누군가 탄식인지 감탄인지 모를 말을 내뱉었다.

"허. 정말로 화살이 날아다니는군요. 총격전은 여러 번 치러봤지만 이런 상황은 처음입니다."

깡, 깡! 돌과 화살이 차체에 부딪히는 소리가 울린다. 아무래도 총안구를 노리는 모양이지만, 소용없다. 첫째로 사수의 실력이 형편없었고, 둘째로 바람이 너무 많이 불었다. 화살 같은 투사체는 바람의 영향을 심하게 받는다.

목적지에 거의 도달한 시점에서 모두가 방독면을 착용했다. 비바람이 심하더라도, 텐트 안쪽에서라면 얼마든지 최루탄을 써먹을 수 있다.

현장에 도착한 뒤, 겨울은 자청하여 가장 먼저 내렸다.

텅!

내리기 무섭게 돌이 날아오기에 겨울이 방패로 비껴 쳐냈다. 하차하는 병력을 향해 집중적으로 돌이 쏟아진다. 그것들을 연속으로 막아내며, 뒤이어 내리는 대원들을 위해 길을 만들어준다. 기동대원 한 명이 경고했다.

"플라스틱 방패는 화살을 맞으면 뚫릴지도 모릅니다. 조심하십시오."

"네. 알고 있어요."

겨울이 몇 걸음 더 나아가며 주변을 경계했다. 강화 플라스틱 방패는 전체가 다 투명하여 시야를 가리지 않는다. 대신 강도는 좀 떨어지는 편이라 장력 강한 활에 관통될 수도 있었다.

중국인들이 만들었을 활이나 석궁의 품질이야 말할 것도 없겠지만, 품질이 낮다고 위력까지 낮으란 법은 없다.

슥 그어지는 사선 예고.

푸욱!

한 발 물러나 회피한 겨울은 발치에서 바르르 떠는 화살 깃을 눈여겨보았다. 기다란 화살이 땅에 절반이나 틀어박혔다. 그 방향으로 집중사격이 가해진다. 몸을 사리는 중국인은 다시는 그 방향에서 모습을 드러내지 않았다.

[부상자 확보. 생명에는 지장이 없다.]

부상자가 들것에 실려 차량으로 옮겨졌다.

이후 기동대원들이 체계적으로 대응했다. 방패를 든 사람이 전방을 경계하며 나아가면, 뒤따르는 두 명이 좌우를 나누어 경계한다. 사각을 없애는 방식이었다.

그들이 휴대한 방패는 겨울과 또 다르다. 앞을 내다보기 위한 작은 투명 플라스틱 직사각형을 제외하고, 나머지가 모두 새까만 방탄판이었다.

카앙! 방패를 들고 있던 기동대원이 순간적으로 휘청거렸다. 방패 모서리에 화살이 박혀있다. 방패 대원은 낮은 욕설을 내뱉는다. 진흙 투성이인 바닥이 미끄러워서 생긴 일.

겨울은 강력한 화살이 날아오는 빈도를 어림했다.

'위협적인 사수는 하나, 혹은 둘.'

나머지는 별것 없었다. 숫자가 많아서 문제일 뿐.

[무기를 버리고 투항하라! 항복하면 사살하지 않는다!]

경고방송은 사격과 함께 진행되었다. 그러나 명중률이 생각보다 높지 않다. 빗방울이 부서지면서 생기는 물안개 때문이었다. 게다가 깡패들도 지형과 엄폐물을 적극 활용했다. 줄줄이 쳐진 텐트 사이를 들락거리거나, 공사현장의 비계 위에 엎드려있거나 했다.

경찰들이 방패와 차량, 압도적인 화력을 앞세워 밀고 들어갔다.

겨울도 소총을 들었다. 방패를 비스듬히 기울여 땅에 콱 박아 넣고, 몸으로 지지하며, 측면으로 몸을 살짝 빼서 조준선을 잡는다. 직후, 고개를 기울이자 희한한 게 보인다.

중국인들의 행동이 가관이었다. 나무로 된 방패판을 끌고 나오는 중이다. 들고 다니기 부담스러운 크기와 무게인데, 바퀴를 달아 해결했다. 옛 시대의 공성병기를 보는 것 같다.

'별 짓을 다 하네.'

겨울은 무릎 꿇고 그 아래의 작은 틈을 노렸다. 타앙! 젖은 공기 탓에 귀 따갑게 튀는 총성. 빗소리를 뚫고 외마디 비명이 찢어진다. 겨울이 연속으로 중국인들의 신발을 노렸다. 타앙, 타앙, 탕! 거창하게 움직이던 방패판이 멈추기는 순식간이었다.

다른 방향에서 나오던 또 하나의 방패판은 경찰이 박살냈다. 장갑차량으로 들이받은 것이다. 충돌 직전 속도를 줄이긴 했지만, 중국 갱들 입장에선 무지막지한 폭거였다.

이어 겨울은 위협적인 사수들을 견제했다. 제대로 쏘면 활만 부숴놓기도 했다. 여의치 않을 땐 어깨에 구멍을 냈다.

애초에 상대가 되지 않는 싸움이었다. 기본 화력과 방어력의 차이가 크고, 장갑차량의 존재는 결정적이었다. 다만 추가 피해를 내지 않고 진압할 수 있느냐가 관건이겠다.

겨울이 소총을 등 뒤로 넘기고 땅에서 방패를 뽑는다. 비에 물러진 땅이 잔뜩 묻어나왔다. 겨울은 들러붙은 흙을 굳이 털어내지 않았다. 그 무게감이 마음에 들었다. 그대로 들고 뛰어서, 가장 위험한 화살의 사로를 역으로 짚어간다. 사방에서 돌이 날아들었다. 겨울은 막거나 피하며, 가로막는 한 사람을 방패로 후려쳤다.

"그하악!"

우드드득 하는 진동이 손끝을 타고 올라온다. 무게추 역할이었던 진흙이 후두둑 떨어진다. 갈비뼈가 네 대쯤 나갔겠다. 죽도록 아프겠지만 죽지는 않을 것이다.

다시 한 번 그어지는 사선. 이번에는 형편없이 빗나간다. 겨울은 무식하게 위력만 끌어올린 탓일 거라 추측했다.

소년 혼자 돌출된 것을 본 중국 갱들이 엄폐물로부터 밀려 나온다. 야비하고 노련한 행동이었다. 겨울이 있으니 경찰들이 함부로 쏘진 못할 것이다. 그런 자신감과 절망적인 저항의식이 묻어나는 일그러진 얼굴들. 몇몇은 돌리던 슬링에 속도를 붙이고, 나머지는 몽둥이나 목창을 들었다.

한꺼번에 덮쳐오는 그들. 방독면 탓에 겨울을 알아보지 못한다.

겨울이 허리에 걸었던 샷건을 한 손에 쥔다. 방패를 눕히면서 몸 쪽으로 당기면, 그 위에 총을 얹어놓고 쏠 수 있었다. 방패 끝이 땅에 닿으니 색다르면서도 안정적인 사격 자세였다.

총구를 반 바퀴 돌리자 뭉쳐오던 중국인들이 기겁을 하고 흩어진다. 그들은 여기 장전된 게 비살상탄이라는 걸 모른다. 사실 비살상탄으로도 죽을지 모를 근거리이긴 하다.

슬링으로 쏘아진 두 개의 돌을 겨울은 방탄복으로 받아냈다. 그리고 가장 가까운 위협을 겨냥한다. 쾅! 소총과는 또 다른, 샷건의 묵직한 반동. 고작 5미터 거리까지 접근했던 중국인이 숨 턱 막히는 신음과 함께 벌러덩 넘어졌다. 어깨를 부여잡고 끙끙 댔다.

이 때 측면을 찌르고 들어오는 창. 방패로 비껴내며, 거리를 좁혀, 샷건을 몽둥이처럼 휘두른다. 장전된 샷건의 무게, 대각선 올려치기가 갱의 턱뼈를 부쉈다. 골이 흔들린 중국인은 중심을 못 잡고 허우적거린다. 겨울은 그를 걷어차 넘어트리고, 밟고, 빙글 돌아서, 방패로 정강이를 찍었다.

케익!

턱을 붙잡고 있던 갱이 신선한 고통에 자지러졌다. 눈 뒤집고 거품을 문다.

곧바로 들어오는 다음 갱에게는 방패를 낮춰 온 몸으로 충돌했다. 뱃속까지 뒤흔드는 강한 타격감. 남자가 뒤로 넘어지기를 틈타, 겨울은 방패 모서리에 샷건 장전손잡이를 걸었다. 체중으로 밀어서 장전한다. 철컥. 고작 1미터 거리에서 조준당한 남자에게서 혈색이 사라졌다.

즉시 격발하는 대신, 겨울은 남자를 중심으로 위치를 바꾸었다. 아까부터 오락가락하는 두 개의 사선 탓이었다. 동료 때문에 쏘지 못하는 것일 게다. 위치를 잡고, 쾅! 샷건이 불을 뿜었다. 무릎 아래, 측면을 조준해서 쏜 사격에, 다리가 엉뚱한 방향으로 비틀렸다.

처절한 비명. 즉시 날아드는 두 개의 화살. 하나는 빗나가고, 하나는 겨울이 아니라 엉뚱한 중국인에게 내리꽂힌다. 겨울이 한 발 내딛어 궤도를 차단했다. 주먹질처럼 휘둘린 방패가 화살과 맞부딪힌다. 사아아악– 날카로운 것이 플라스틱을 가르는 소리. 하얗고 긴 흠집을 남긴 채 투사체는 먼 곳으로 튕겨져 나갔다.

덕분에 목숨 부지한 갱이 얼떨떨한 표정이다. 겨울이 마주보자 당황한다. 겨울은 그의 사타구니를 걷어찼다.

엎어져서 경련하기에, 혹시 몰라 한 번 더 찼다.

접근하던 중국인들 모두가 움직이지 못할 상황이 됐다. 기절했거나 뼈가 부러져서.

겨울이 공사현장의 비계를 올려다보니 이제껏 화살을 쏴대던 사수가 당황하고 있었다. 뒤에선 방패와 진압봉을 든 경찰들이 다가오는 중이다. 어쩔 줄 모르던 갱 사수는 비계에서 뛰어내리고 만다. 3층 높이에서 떨어졌는데 멀쩡할 리 없다. 발목을 쥐고 뒹군다.

진압이 최종국면으로 접어들었다. 갱이 숨어든 텐트를 향해 장갑차량이 돌진했다. 무너지는 텐트 아래에서 허우적거리며 나오는 중국 갱들을 진압하는 건 손쉬운 일이었다.

기동대장이 겨울을 찾았다.

[중위님, 잠시 와보셔야 할 것 같습니다. 74번가 1번 텐트입니다.]

우릉우릉 울리는 천둥소리.

땅거미가 지는 하늘 아래 바람은 갈수록 매서워졌다. 빗방울은 부서지는 얼음을 닮았다. 워낙 세찬 강우인지라 우의가 다 막을 수 없었다. 소매와 목덜미로 스며든 빗물이 속옷까지 흠뻑 적셨다. 전투화 안에도 물이 고인다. 겨울은 반응이 조금 둔해진 육체를 느꼈다. 손과 발의 감각이 무디다. 아직은 괜찮지만, 몇 시간 더 추위에 노출되면 위험하겠다. 저체온증, 혹은 가벼운 동상이 우려된다.

74번가로 가는 길은 과잉진압의 현장이었다. 곳곳에 희석된 유혈이 낭자했다.

몽둥이를 들고 저항하던 갱을 향해 기마경찰이 달려들었다. 그 속도감, 그리고 위압감에 굳어버린 갱은 말 몸에 치여 나동그라졌다. 팔꿈치가 뒤로 꺾였다. 침을 흘리며 울부짖는 그에게 삼단봉 린치가 쏟아졌다. 빠악, 빡! 우중에 사람 패는 소리가 흉악하다.

시위 진압 좀 해보았을 법한 경찰들이 방패로 벽을 만들었다. 땅을 쾅쾅 찍으면서 한 무리의 갱을 몰아붙인다. 밝다고 하기 어려운 조명 아래, 시꺼먼 그림자를 드리운 그들은 겨울이 보기에도 위압적이었다. 경찰들은 구석에 몰린 갱 집단에게 투항을 권하지도 않았다. 고무 산탄이 장전된 샷건을 무차별 난사한다.

6연발 유탄발사기를 든 경찰이 소년 장교 방향으로 달아나는 갱을 향해 연속해서 방아쇠를 당겼다. 투웅, 철컥, 투웅, 철컥, 투웅! 한 발을 뒤통수에 맞은 갱이 그대로 꼬꾸라진다. 뻑 소리를 내고 허공으로 튕겨진 유탄. 떨어져 내리는 것을 겨울이 낚아챘다. 살상력이 없는 스펀지 유탄이었다.

그래도 가까운 거리에서는 사람을 죽일 수 있는데.

소년은 엎어진 갱의 목을 눌러 맥박을 확인했다. 죽지는 않았다. 그러나 머리를 맞았으니 두개골, 경추 골절이나 뇌출혈을 우려해야 한다. 유탄발사기를 든 경찰은 수갑을 들고 머뭇거리는 중이었다. 겨울이 한 발 물러나 그에게 자리를 내주었다.

그나마 일부러 죽이지 않는다는 걸 다행으로 여겨야할지 모르겠다. 미국 경찰에게 살상무기로 저항한 결과 치고는 양호한 수준이었다.

과잉진압 자제를 요청해야 할까?

머리에 피가 오른 경찰들도, 영웅이 된 소년의 말에는 귀 기울일 것이다.

겨울은 무전기를 만지작거리다가, 끝내 아무 말도 하지 않고 놓아버렸다. 다양한 층위의 고려가 있었다. 가장 먼저 떠오르는 것이 녹슨 칼을 든 남자였다. 소년이 아직 지원병에 불과할 때, 밤중에 마주쳤던 굶주린 암살자 한 명. 그를 망설임 없이 죽였던 것은 얕보이지 않기 위함이었다. 그로써 더 많은 살인을 피하기 위하여.

지금도 마찬가지다. 혹독한 진압은 다른 구역의 범죄자들에게 강력한 경고가 될 것이다. 결과적으로 희생은 오히려 적어질 것이다.

물론 일벌백계가 반드시 옳은 것은 아니다. 형평성이 어긋난다.

한편으로는 과잉진압을 긍정하는 마음도 있다. 죽지만 않는다면야. 마약 팔고 사람 팔고 자기 인생도 팔아버리는 범죄자들이 정신을 차리게 하려면, 어지간한 일로는 어림없을 것이다. 징역을 살아도 문신을 새겨 기념하는 작자들 아니던가.

사람을 바꾼다는 게 그리 쉬운 일이 아니다.

끝끝내 바꿀 수 없었던 두 사람이 떠오른다.

'아버지, 그리고 어머니.'

겨울이 순간적으로 멈춰 섰다. 어느새 화를 내고 있는 자신을 자각했기 때문이며, 그것을 본능적으로 참아내려는 자신에게 다시 놀랐기 때문이다.

여기는, 화를 참을 필요가 없어서 좋다고 생각했던 세계가 아니었나?

꿈틀거리는 모순이 느껴진다. 소년은 자신이 무엇을 원하는지 분명히 알기 어려웠다.

지체는 길지 않았다. 다른 세계의 관객들이 이상하게 여기고 있었다. 대개 겨울의 사고는 「텔레타이프」 문자열이 되어 관객들에게 전달된다. 지금은 아니었다. 소년은 이곳이 자기만의 세계가 아님을 되새기며, 발걸음을 재촉했다.

찰박찰박 걸어가면서, 샷건의 튜브형 탄창에 쓴 만큼의 탄약을 채워넣는다.

74번가의 첫 번째 텐트 앞에 일군의 경찰집단이 모여 있었다. 기동대장이 겨울을 보고 절도 있게 발을 모았다.

"오셨군요. 기다리고 있었습니다."

"무슨 일이죠?"

"일단은 인질극입니다만……. 인질범이 중위님을 찾고 있습니다."

"저를요?"

겨울이 고개를 기울였다. 가만히 들어보면 사실이었다. 바람이 늑대처럼 울부짖는 가운데, 희미하게, 누군가 어설픈 영어로 외치는 소리가 들린다. 중위 한겨울을 불러오라는 절규였다. 목소리만 들어도 악에 받혀있는 게 느껴진다. 겨울이 경찰 간부에게 묻는다.

"대화는 해보셨나요?"

"몇 차례 시도해봤으나 실패했습니다. 저쪽의 영어실력이 워낙 형편없어서……. 한겨울 중위를 데려오라는 것 말곤 할줄 아는 말이 없는 것처럼 보였습니다. 그나마도 발음이 엉망이라 겨우 알아들었지요. 그렇다고 저희들 중에 중국어가 가능한 사람이 있는 것도 아니고요. 협상전문가가 몇 명 있는데 쓸모가 없군요."

기동대장이 추가로 상황을 요약해주었다.

"인질범은 30대 내지 40대로 추정되는 중국인 남성이고, 어디서 났는지 권총으로 무장하고 있습니다. 안전장치가 없는 싸구려입니다. 인질은 20대 중국인 여성이고……요구사항은 아무도 들어오지 말라는 것, 그리고 중위님을 데려오라는 것 뿐. 다른 건 없었습니다. 텐트 안쪽이다 보니 저격이 용이치 않고, 최루 가스를 쓰려고 해도 인질의 목숨이 위험할 것 같아서 일단 중위님을 모셔오기로 한 겁니다."

"상황은 잘 알았어요. 제가 들어가 보죠."

소년이 너무 가볍게 말하는 바람에, 기동대장의 반응이 조금 늦어졌다. 들어가려는 소년 장교를 만류한다.

"위험하지 않겠습니까?"

"해야 할 일을 할 뿐이에요. 언제나 그렇죠. 위험은 그 다음에 고민할 문제고요."

"음……그동안 소문은 참 많이 들었습니다만, 너무 듣던 그대로이신지라 당황스럽군요."

겨울은 그에게 눈웃음을 만들어 보여주었다. 그리곤 멱살을 잡아 확 당겼다.

쿵! 풍속 그대로 날아온 목판이 기동대장 있던 자리를 지나, 땅을 치고 팽그르르 회전한다. 주변에 있던 경찰들이 화들짝 놀라 흩어졌다. 뒤늦게 자신이 당할 뻔한 봉변을 깨닫고 기동대장이 어색한 표정을 지었다.

"감사합니다. 중위님."

"천만에요. 아무튼 들어가 보겠습니다."

"무의미한 말일지도 모릅니다만, 조심하십시오. 중위님은 이런 데서 다쳐도 좋을 사람이 아니십니다. 주의를 끌고 계시면 저희도 다른 방법을 찾아보겠습니다."

텐트는 사방을 들출 수 있다. 범인이 주의 깊게 사방을 경계한다면 소용없겠으나, 방심을 유도할 경우 약간의 가능성이 있었다.

'그 경우엔 십중팔구 사살당하겠지만.'

인질범에 대한 대응은 기본이 사살이다.

경찰 간부에게 한 번 눈으로 웃어 보인 뒤, 겨울이 대형 텐트 안으로 들어갔다. 여느 중국계 조직의 영역답게, 붉은 색조의 장식들이 눈에 띈다. 기억을 더듬어보면 이곳은 직예당(直隷堂)의 거점 가운데 하나였다. 안량공상회(安良工商會)와는 협력 관계다. 자신을 보자마자 한겨울을 데려오라고 고함지르는 중국인 앞에서, 겨울이 방독면을 벗어 보였다.

"원하는 대로 왔습니다. 내가 한겨울이에요. 왜 날 만나고 싶어 했죠?"

중국인이 조용해졌다. 그의 인상은 뜻밖에 순한 편이었다. 눈매가 아래로 처졌고, 입가엔 자주 지었던 미소의 흔적이 주름으로 남아 있다.

'선량한 외모가 악인의 자질이 될 수도 있지. 쉽게 속일 수 있으니.'

상대는 겨울을 관찰했다. 겨울도 상대를 관찰한다. 그는 아주 단순해 보이는 권총을 쥐고 있었다. 정말 기본적인 기능만을 갖춘, 하지만 그래서 더욱 신뢰성 높은 무기였다.

지린내가 난다. 인질로 잡힌 여자가 겁에 질려 실례를 한 것 같았다. 하기야 안전장치도 없는 권총이 관자놀이에 닿아있는 상황이니, 침착하다면 오히려 이상할 것이다. 입술이 파랗고, 얼굴은 하얗고, 동공은 끊임없이 흔들린다. 모든 조건이 본래의 아름다움을 깎아먹었다. 보기

드문 외모, 그리고 노출 많은 복장을 보면 깡패들에게 어떻게 고통 받았을지 짐작이 간다.

시선이 마주치자 여자가 입술을 달싹였다.

"살려……주세요. 저, 저……사, 살고 싶어요……도와주세요……."

악 소리가 났다. 인질범이 권총 손잡이로 후려친 까닭이었다.

이마에 땀 송글송글 맺힌 총잡이 남자가 겨울에게 푸근한 웃음을 내보인다.

"나는 선생을 알지만 선생은 나를 모르겠지. 처음 뵙겠소, 중위. 즈리퉁(직예당)의 쑹시꾸이(熊喜貴)요. 당주를 맡고 있지."

당(堂, Tong)은 미국에 거주하는 중국인들의 자생적인 협력체였다. 안량공상회도 통상적으로는 안량당이라고 자칭한다. 본래의 취지는 낯선 나라에서 화교끼리 서로 돕고 살자는 것이었으나, 사실상 범죄조직인 경우가 많다. 화교의 이익을 미국의 법보다 우선하는 성향 탓. 이는 배타적인 민족의식에 기초한다.

'잘못이라는 의식도 없이, 당연하다고 생각하면서 범죄를 저지르는 사람들.'

그들에 대한 겨울의 감정이 좋을 수가 없다. 일전 다물진흥회의 막리지에게 말했던 것처럼, 세계시민주의가 전제되지 않은 민족주의는 악마의 신앙이다.

"쓸 데 없는 시간낭비는 생략하죠. 내게 뭘 원해요?"

"허허, 성급하시군. 우리는 서로 한 조직의 우두머리 아니오. 좀 더 점잖은 대화를 합시다."

"점잖은 대화?"

겨울이 의도적으로 한심하다는 표정을 지었다. 동시에 여자 쪽을 한 번 본다. 그 의도가 명백하여, 인상 좋은 깡패두목이 한숨을 쉬었다.

"서로의 강약이 부동하니 이 정도는 이해해주셨으면 좋겠소. 약자에 대한 관용으로 말이오."

"……."

정말로 한심한 시간이 될 것 같다. 겨울은 근처의 의자를 끌어다 인질범의 맞은편에 앉는다. 무릎 위에 장전된 샷건을 얹어두고서, 조금 삐딱하게 상대를 바라본다.

어떻게 하면 적당히 자극할 수 있을까. 고민하고, 결정하고, 연기한다.

"내가 얼마나 참을 수 있을지 몰라요. 시간을 아끼세요, 깡패 아저씨."

"……듣던 것과 많이 다르시군."

샷건을 만지작거리며 쏘아붙인, 차갑고 조용한 한 마디. 쑹시꾸이의 안색이 조금 굳어졌다. 겨울의 의도는, 대화를 언제든 때려치우고 인질의 희생을 감수할 만한 인물이라는 인상을 주는 것이었다. 시꾸이가 고개를 끄덕였다.

"하긴 많은 사람을 이끄는 입장에서 하나의 얼굴은 부족한 법이지. 상황에 따라 대응할 수 있는 여러 얼굴이 필요한 법 아니겠소? 착한 사람은 부자가 될 수 없고, 부자가 된 사람은 착할 수 없는 법이니까."

겨울은 가만히 듣고 있었다. 소년의 침묵 앞에 깡패의 말이 빨라진다. 주의를 기울이지 않으면 눈치 채기 어려울 만큼 미세하게. 그러면서도 주위를 쉴 새 없이 훑어보는 품이 방심과는 거리가 멀었다.

"선생. 일단 경찰들을 물러나게 해주시오."

"그게 가능할 거라고 생각해요?"

"데려온 사람은 돌아가게 할 수도 있을 거요."

시구이의 말을 듣고, 겨울이 차분하게 반문했다.

"왜 나라고 생각하죠?"

"선생이 요즘 경찰들과 붙어 다니는 걸 누가 모르겠소?"

"겨우 그것 때문에?"

"선생이 배후가 아니어도 상관없소. 이 요새에서 누가 당신을 무시할 수 있단 말이오? 이 사태를 원만히 수습할 수 있는 사람은 선생뿐이겠지."

"당신이 비빌 구석은 마커트 대위가 먼저 아닌가요?"

"허. 그 패류(敗類)를 어찌 선생과 비교하겠소? 그는 이제 소병소장(小兵小將)의 한 사람일 뿐이오. 애초부터 믿을 구석이 없었지. 어느 한 쪽과의 의리를 지켜서 이득을 취한 게 아니라, 이득을 내놓지 않으면 다른 쪽을 돕겠다고 협박하던 작자였소."

어느 정도는 과장이겠으나, 겨울은 마커트 대위의 행적을 짐작할 수 있을 것 같았다. 소년은 턱을 괴고 고쳐 묻는다.

"좋아요. 내가 경찰을 치워줬다 치고, 그 다음은 뭐죠?"

"우리가 대가를 지불할 차례겠지. 다 죽어가는 삼합회는 버리시오. 우리 한인들의 격언 중엔 아내를 팔아서 좋은 친구를 산다는 말이 있다오. 직예당은 안량당과 함께하고 있소. 삼합회의 노괴보다는 우리에게서 얻을 수 있는 게 더 많을 거요."

"구체적으로 와 닿는 게 없네요."

"이를테면 이런 건 어떻소?"

쑹시구이가 장난스럽게 웃으며 인질의 가슴을 주물럭거렸다. 상품을 자랑하는 듯 한 태도였다. 겨울이 느릿하게 총을 들어올렸다. 빈틈을 보였다고 생각한 깡패두목이 황급히 자세를 고친다. 인질을 방패로 삼는 것. 그런데 소년이 겨냥하려는 것도 인질이었다.

조준 속도가 느린 것은, 시꾸이가 자기를 쏘는 줄로 알고 놀라 방아쇠를 당길까봐서였다.

겨울이 인질에게 말했다.

"죄송합니다."

"네?"

쾅! 산탄이 여인의 좌측 쇄골을 강타한다. 그녀는 비명도 못 지르고 기절했다. 축 늘어지는 여체. 시꾸이가 얼이 빠졌다. 설마 정말로 인질을 쏠 줄은 몰랐을 것이다.

그가 반응하기 전에, 방금 쏜 게 비살상탄이라는 걸 깨닫기 전에 겨울이 또 한 번 사격한다. 철컥, 쾅! 시꾸이의 얼굴이 부서졌다.

"으아아아악!"

입으로는 깨어진 치아를 뱉고, 파열된 안구에선 피눈물을 흘린다. 자리에서 일어난 겨울이 의자를 집어던졌다. 빠악! 박살난 파편이 사방으로 튀었다. 시꾸이는 결국 권총을 놓치고 만다. 겨울이 그것을 걸어찼다.

총성을 들은 경찰 기동대가 신속하게 진입했다. 그들은 한 눈에 실내상황을 파악하고, 대기 중이던 의료팀을 호출했다. 의료팀은 텐트 바로 앞에서 만약의 사태를 대비하고 있었다. 그런데 그들은 깡패 두목이나 인질보다 소년 장교를 먼저 챙겼다.

"혼자 들어가셨다는 소식을 듣고 걱정하고 있었습니다. 무사하셔서 다행입니다."

"지금 뭐 하시는 거예요? 부상자들부터 살펴보세요."

"아, 예! 실례했습니다."

대체 누구에게 실례했다는 것인지……. 겨울은 처치가 진행되는 것을 끝까지 지켜보았다.

轍鮒之急

「9급 공무원 : 중계포털 메인에 걸린 거 보고 들어온 채널인데……뭔가 이상하다…….」

「9급 공무원 : 방송 초기 분량부터 지금까지 「다이제스트」로 주요구간 골라서 동기화해봤는데, 아무리 살펴봐도 떡치는 장면이 없다. 내가 이상한 건가? 얘들아, 너네는 어때?」

「피자는당연히라지 : 나도 그럼. 만족도 순으로 정렬시켜도 전부 다 청소년 관람가임.」

「동막골스미골 : 에이, 사후보험 들어가서 떡 안 치는 사람이 어딨어?」

「앱순이 : 힝. 정말로 붕가붕가 없나? 진행자 내 취향인데. 보니깐 연기도 잘 하고, 다른 진행자랑 다르게 몰입할 만 한 상황을 만들어주는 것 같더라. 빨리 먹고 싶당. ^_^」

「스윗모카 : 응응. 착한 거 같은데 마냥 착하지는 않네. 뭐라고 해야 되지? 절반만 어른? 암튼 이중적인 매력이 있는 듯. 두 가지 맛이 날 것 같아♡」

[스윗모카님이 별 30개를 선물하셨습니다.]

「병림픽금메달 : 원래 시청하던 놈들한테 물어보자. 아무나 한 놈 나와라.」

「폭풍224 : 어서 와라, 뉴비 연놈들아. 새로운 빙신들은 언제나 환영이야!」

「병림픽금메달 : 뭔가 이상한 게 나왔군. 넌 언제부터 보던 새끼냐?」

「폭풍224 : 처음부터 봤다. 선배님이라고 불러라.」

「병림픽금메달 : 미친. 너 내 닉네임 안 보이냐? 나랑 밤새도록 병림픽 한 번 해볼래?」

「9급 공무원 : 거기까지.」

「피자는당연히라지 : 폭풍224야. 로그를 올려보면 우리가 원하는 것을 알 것이야. 어서 네 해피 타임 즐겨찾기를 공개해라. 처음부터 봤으면 당연히 좌표를 찍어놨겠지?」

「폭풍224 : 그런 거 없는데.」

「피자는당연히라지 : 설마……. 농담이지?」

「스윗모카 : 진짜루 없어여? ─ㅠ」

「폭풍224 : 응, 없어.」

「폭풍224 : 여기 들어온 자 모든 희망을 버려라.」

「제시카정규직 : 믿기 힘들겠지만 사실이다. 나도 처음부터 본 입장인데, 진행자가 아무래도 꼐임을 안 함. 심지어 별을 수천 개씩 걸어도 뻥뻥 걷어차는 애임.」

「진한개 : ㅇㅇ. 다들 그냥 포기하고 시청하는 중. 어쨌든 재미는 있 걸랑.」

[진한개님이 별 50개를 선물하셨습니다.]

「20대명퇴자 : 그러냐…….」

「20대명퇴자 : 하긴. 난 「종말 이후」 세계관이 이런 식으로 흘러갈 수 있다곤 상상도 못 해봤음. 내가 해본 그 게임이 맞나 싶어서 중계 타이틀을 다시 확인했다니까?」

「9급 공무원 : 인스턴트 라면을 먹으러 들어온 곳이 알고 보니 한정식 집이었다.」

「하드게이 : 비유 ㅋㅋㅋ」

「동막골스미골 : 지난 방송 분량을 너무 대충대충 봤나? 난 아직 뭐가 좋은 건지 잘 모르겠는데.」

「SALHAE : 모르는 게 낫다.」

「동막골스미골 : ?」

「SALHAE : 새로 온 놈들에게 충고 하나 하마. 너네 이 방송 보지 마라.」

「앱순이 : 어? 왜?」

「SALHAE : 꿈에 나온다.」

「앱순이 : ……그게 뭐얔ㅋㅋㅋㅋㅋㅋ」

「병림픽금메달 : 이건 또 뭐하는 병신이지? 내 아성을 위협하는 놈들이 이렇게나 많다니.」

「SALHAE : 나 지금 장난하는 거 아니다. 니들을 위해서 하는 말이야.」

「20대명퇴자 : 대체 무슨 소리냐? 영문을 모르겠다만.」

「SALHAE : 이 방송, 현실감이 너무 지나쳐. 가상인격들이 하나하나 전부 살아있는 사람처럼 느껴진다. 진행자에게 동기화하고 있으면, 내가 없어지는 느낌이 들어.」

「SALHAE : 문제는 씨발 내가 그걸 바란다는 거야. 내가 막 한겨울이 되고 싶고, 사람들을 보살펴주고 싶고, 사람들에게 사랑 받고 싶고…….」

「SALHAE : 그러다가 접속을 끊을 시간이 오면 기분이 존나 더럽. 현실로 돌아가고 싶지 않아. 다른 사람이 되고 싶지 않아. 근데 그 다른 사람이 사실은 진짜 나야. 닭장에 갇힌 비정규직 잉여인생이라고. 사는 게 사는 것 같지 않은…….」

「SALHAE : 씨발씨발씨발…….」

「병림픽금메달 : 뭐야. 결국 평범한 게임중독 아냐? 븅신 ㅋㅋㅋㅋ」

「일침 : 어디서 이상한 소리 나는 거 같지 않냐? 난 들리는데. 열등감 터지는 소리.」

「질소포장 : 자존감 병신이 남들도 지 수준인줄 아네. 니가 그러니까 비정규직인거야. 현실을 바꿔보려는 의지도, 노력도 없이 가상현실로 도피하는 패배주의자 새끼야. 하여간 나라에서 복지를 잘해주니까 다들 나태해져서는. 닭장이 싫으면 거기서 나오려고 노력을 해야지. ㅉㅉ」

「김미영팀장 : 무담보 신용대출 상담 받습니다. 0100-8282-****」

「SALHAE : 그래. 멋대로 말해라 씨발들아.」

「병림픽금메달 : 응 너 신고.」

「まつみん : 다들 말씀이 너무 심하시네요. 그 와중에 대출상담은 또 뭔가요? 다른 사람의 고민을 비웃으면 안 돼요! 그게 어떤 일이라도, 사람이 아프다고 하면 일단 괜찮냐고 물어봐야죠!」

「대출금1억원 : 워워. 다들 진정해.」

「대출금1억원 : 난 쟤가 하는 말이 조금 이해가 간다.」

「대출금1억원 : 이 채널을 구독하기 전엔 한 번도 못 느꼈던 건데, 「감각동기화」라는 게 좀 위험한 것일지도 모른다는 생각이 들더라. SALHAE 쟤가 이상한 게 아냐.」

「분노의포도 : 동감. 저 녀석 정도는 아니지만 나도 찜찜한 기분이 든다니까.」

「무스타파 : 어쩐지 SALHAE가 요즘 섹스 타령을 안 하더라. ㅋㅋㅋ」

「groseillier noir : 흐음. 우리나라 언론들이 한국 사후보험에 대해 이상할 정도로 비판적인데, 지금까지는 단순히 경제적으로 손해를 보니까 괜히 까는 거라고 생각했거든? 근데 너희들을 보고 있으려니 비판하는 이유를 어렴풋이 알 것 같다. 아직 설명은 잘 못하겠지만.」

「groseillier noir : 그래도 난 사후보험이 좋아. :)」

[groseillier noir님이 별 172.25개를 선물하셨습니다.]

「Владимир : 그렇다. 한국의 사후보험은 과학과 자본으로 만들어낸 인공낙원이다. 액티브 X가 없었으면 더 좋았을 것이다. 직접 경험해본 결과, 러시아에도 반드시 도입해야 한다고 판단했다. 액티브 X는 꼭 제외하고 말이야.」

「BigBuffetBoy86 : 오, 루스키. 이 채널에 꾸준히 오네. 그동안 게임 실력은 많이 늘었나?」

「Владимир : 전혀. 오히려 퇴보한 것 같다. 도대체 이해가 안 간다. 조금 전에도 스커미쉬를 뛰었는데, 우리 편에 선수급 한국인이 한 명 있었는데도 대결에서 졌다. 어째서지?」

「BigBuffetBoy86 : 간단하네. 상대편에는 선수급 한국인이 두 명 있었나보지.」

「Владимир : ……!」

「뭇시엘 : 깨달음 ㅋㅋㅋㅋㅋ 이 멍청한 대화는 뭐야 ㅋㅋㅋㅋㅋㅋㅋㅋㅋㅋㅋ」

「まつみん : 러시아 아저씨 wwwwwwwwwww」

「눈밭여우 : ;;;;」

「Владимир : 실수한 것 같다. 한국인을 섭외한 부하에게 징계를 내렸는데…….」

「BigBuffetBoy86 : 왜, 또 발트해 밑바닥에 쳐 박았어?」

「Владимир : 아니, 그녀는 러시아의 딸이다. 그렇게 무의미하게 낭비할 리가 없지. 그냥 다소 어려운 임무에 투입했을 뿐. 어쩌면 살아서 돌아오지 못할 수도 있겠군.」

「BigBuffetBoy86 : 네 농담은 항상 재밌어. :D」

「Владимир : 농담 아닌데.」

〈System messages〉 : SALHAE님에 의하여 시청자 퀘스트가 부여되었습니다.

『시청자 퀘스트 : 한 번만 부탁하자.』

『SALHAE님의 말 : 솔직히 니가 보기에도 이유라는 괜찮은 여자 같지 않냐? 착하고 순진하면서도 책임감 있는 모습이 참 보기 좋다. 아이링은 필요 없고, 떡 안쳐도 되니까 좀 달달한 분위기나 만들어봐. 형이 사는 게 힘들어서 그래. 위로 좀 받아보자.』

『AI 도움말 : 이 퀘스트의 목표는 사용자 등록번호 B-612 한겨울이 이유라와 연인관계를 맺는 것입니다. 목표 달성 시점에서 1,000개의 별이 세계관 진행자에게 지급됩니다.』

〈System messages〉 : 한겨울(진행자)님이 SALHAE님의 시청자 퀘스트를 거부하셨습니다.

「SALHAE : 에휴. 역시 안 되나.」

「제시카정규직 : ㅋㅋㅋㅋㅋㅋ 살해 너 포기한 거 아니었냐?」

「SALHAE : 섹스가 아니니까 될 줄 알았지. 근데 앤 그냥 간섭하는 게 싫은 모양이네. 얌전히 구경이나 하라 이건가. 나한테도 조금만 나눠주지…….」

「닉으로드립치지마라 : 흠. 하이퍼 리얼리티라는 게 이런 거로군.」

「SALHAE : 그게 뭔데?」

「닉으로드립치지마라 : SALHAE야. 시간 날 때 질 들뢰즈의 책을 찾아서 읽어봐라. 시뮬라크르에 관한 걸로. 네 상태를 객관적으로 보는 데 도움이 될 것 같다.」

「SALHAE : 질 들뢰즈? 그게 누군지는 모르겠지만, 책 같은 거 읽을 시간이 어딨어. 방송 볼 시간도 부족한 마당에. 요즘 사는 게 존나 팍팍하다. 그나마 이 방송 보는 즐거움으로 하루하루 버티는 마당이구만.」

「닉으로드립치지마라 : 너도 참 불쌍한 인생이다.」

「눈밭여우 : …….」

[눈밭여우님이 별 1,000개를 선물하셨습니다.]

호숫가의 밤

포트 로버츠

오래된 태풍이 물러가고 새로운 태풍이 찾아왔다. 포트 로버츠는 날씨처럼 어두워졌다. 먹구름 같은 사람들이 여러 가지를 근심했다. 불어나는 강물, 방치된 공사현장, 드물어진 항공수송과 줄어든 배급 등. 사람들은 하루빨리 궂은 시기가 끝나기를 기원했다. 하지만 당분간은 악천후가 이어질 전망이다. 국립태풍센터는 극심한 엘니뇨의 영향이라고 설명했다.

이 와중에 사소하지만 사람들의 관심을 끌 물건이 생겼다.

"어어? 이거 정말로 쓸 수 있는 거예요?"

유라는 두 눈을 동그랗게 뜨고 겨울에게 물었다. 겨울이 고개를 끄덕였다.

"네. 군용 러기드 스마트 폰이에요. 아직 기능이 많이 잠겨있지만, 일단 전화기로는 쓸 수 있을 거예요. 각자의 로그인 암호를 잊지 마시고 매뉴얼을 꼭 읽어보세요."

겨울에게서 스마트 폰을 받은 사람은 고작 네 명 뿐이었다. 부장 두 명, 전투조장 두 명. 다른 사람들이 굉장히 부러운 시선을 보냈다. 겨울도 몇 개쯤 더 있으면 좋겠다고 생각했지만 어쩔 수 없었다. 요새 보급계에선 원래 겨울 한 사람에게만 내어주려고 했던 것이었다.

사실 이 군용 스마트폰은 미군들 사이에서도 흔하게 보급되는 게 아니다. 지금은 단말기 제조사가 사라졌으므로 물량수급에도 문제가 생겼다. 겨울의 영향력이 아니었다면 욕심 내지 못했을 물건이었다.

단말기를 살펴보던 장연철이 깜짝 놀랐다.

"어쩐지 익숙한 디자인이다 싶었는데, 자세히 보니 이거 국산이군요!"

"와, 정말이다! 케이스가 두꺼워서 못 알아봤어요! 세상에!"

유라가 눈물을 글썽거리며 폰을 두 손으로 감싸 쥐었다. 민완기와 박진석도 흥미를 감추지 않는다. 대부분의 기능이 막혀있음에도 불구하고, 서로에게 문자를 보내며 즐거워한다. 여러모로 향수를 자극하는 물건일 것이다. 기존의 스마트폰은 애물단지가 된지 오래였으니.

흥분을 주체 못하던 유라가 겨울에게 묻는다.

"저 대장님한테 전화해 봐도 돼요?"

"해보세요."

소년이 가볍게 웃음 지었다. 유라가 단축키를 꾹 눌렀다. 약간의 시차를 두고 신호가 울린다. 얼굴을 마주보며 하는 통화였다. 부러워하던 사람들이 이번엔 박수를 치며 웃는다. 뒤늦게 부끄러워졌는지, 유라의 얼굴이 빨갛게 물들었다. 그래도 꿋꿋하다. 연결되는 것이나 확인하고 끊을 줄 알았더니 사뭇 진지한 얼굴이다. 어째서?

'일부러 웃음거리가 되려는 건가.'

그걸로 잠시나마 사람들의 근심을 쫓겠다면야. 겨울이 받는 시늉을

했다.

"여보세요?"

"여보세요! 저는 이유라라고 하는데요! 거기 한겨울 대장님 계신가요?"

"네, 접니다. 무슨 일로 전화하셨어요?"

주변의 웃음소리가 점점 더 커진다. 유라가 목청을 키웠다.

"정말 고맙다는 인사를 드리려고요!"

"오늘 드린 건 보급품일 뿐이니까, 저한테 고마워하실 게 아닌데요."

"그래도요! 이것뿐만 아니라 다른 것들도 모두 고마워요! 앞으로도 잘 부탁드립니다!"

"저야말로. 다른 분들께도 인사 전해주세요."

이것이 기념비적인 첫 통화였다. 한바탕 희극을 연출한 뒤에, 겨울이 새로 당부했다.

"박 조장님과 이 조장님의 단말기는 부장님들 것보다 기능이 다양한 편이에요. 대부분 전투상황에 쓸모 있는 것들이죠. 최대한 빨리 익숙해지도록 하세요. 이건 명령입니다."

진석이 반문했다.

"스마트폰이 전투에 어떻게 도움이 됩니까?"

겨울은 매뉴얼을 들어보였다.

"아까도 말씀드렸지만, 매뉴얼을 읽어보시는 편이 가장 확실해요. 그래도 간단한 예를 들자면……. 우선 서로의 위치가 실시간으로 업데이트 되는 전술지도가 있고, 거리와 바람에 따른 탄도계산도 가능하고, 좌표를 찍어서 화력지원을 받을 수도 있어요."

"허, 대단하군요."

이 모든 기능이 단 하나의 앱, 「안드로이드 전술 공격 킷」으로 구현된다. 플러그인을 설치해서 다른 기능을 추가할 수도 있었다.

따라서 전투조장들의 것과 겨울의 것은 기능이 또 다르다. 겨울에게는 훨씬 더 광범위한 권한이 설정되어있었다. 기지 내 폐쇄회로에 대한 접근, 노이즈 메이커 제어, 군 인트라넷 일부에 대한 접속 등. 마지막 것이 조금 의외였다.

그럴 이유가 있었다. 미 국방부의 민사심리전 장교들은 겨울의 활동에 대한 자료를 실시간으로 제공받고 싶어 했다. 그 자료를 다듬어서 선전용 자료로 쓰겠다는 것이었다.

'이것도 임무라면 임무지만……. 헬멧 카메라 영상으로 충분하지 않나?'

이런 생각을 하고 있는데, 단말기가 부르르 떨었다. 이번엔 유라가 아니었다. 지휘통제실에서 온 전화였다. 겨울이 사람들로부터 조금 떨어져서 전화를 받았다.

"중위 한겨울입니다."

[오. 빨리 받는군. 무전을 칠까 했는데.]

캡스턴 중령이었다.

"대대장님? 무슨 일이시죠?"

[지금 즉시 브리핑 룸으로 와주게. 자네가 필요한 작전이 하나 있네.]

"작전이요?"

겨울은 바깥 하늘을 엿보았다. 악천후로 모든 외부활동이 통제되는 마당에, 소년장교가 필요한 작전이 과연 무엇일까. 항공 이동이 여의치 않으니 도보, 혹은 차량 이동이 가능한 범위 내의 임무일 것이다. 중령이 빠르게 말했다.

[자세한 내용은 얼굴을 보고 말하지. 아무래도 바깥으로 새면 불안이 번질 것 같아서.]

"알겠습니다. 바로 가겠습니다."

[음. 잠시 후에 보세.]

전화가 툭 끊어졌다. 중령의 음성에서는 초조감이 느껴졌다. 대체 뭘까. 겨울은 사람들에게 인사를 남기고 텐트를 빠져나왔다. 우의 자락을 여미며, 빗속을 빠르게 걷는다.

브리핑 룸에는 연대전투단의 주요간부들이 모여 있었다. 그들은 소년장교를 반갑게 맞이했다. 겨울은 캡스턴 중령의 옆자리에 앉았다. 공교롭게도 맞은편엔 1대대장 파렐 라모스가 있었다. 그는 겨울에게 미소와 눈인사를 보낸다. 캠프 샌 루이스 오비스포 함락 당시의 불안했던 모습은 찾아보기 어려웠다. 그래도 그날 밤의 말 없는 위로를 잊지 않고 있는 모양이었다.

둘러앉은 면면은 최소계급이 소령이다. 위관급은 겨울이 유일했다. 이 자리의 무게를 알 만 하다.

"문제는 여전히 태풍입니다."

연대 작전참모가 운을 띄웠다. 회의실 전면 스크린에는 세 장의 항공사진이 떠있었다. 물이 그득하게 들어찬 저수지들이다. 한 눈에 보기에도 위험해 보인다.

"본론부터 말씀드리겠습니다. 우리가 확보해야 할 세 개의 댐이 있습니다."

작전참모는 첫 번째 사진을 확대시킨 뒤, 레이저 포인터로 사진 한쪽에 광점을 찍었다.

"최우선 목표는 나시미엔토 댐입니다. 기지 서쪽 13킬로미터 지점에 위치하고 있으며, 보시는 것처럼 위험할 정도로 수위가 높아진 상태입니다. 위험수위에 도달할 경우 자연스럽게 배수가 이루어지는 구조지만, 현재는 배수량보다 유입량이 더 많습니다. 공병대의 계산에 따르면 늦어도 내일 오후부터 붕괴가 시작될 가능성이 있다고 합니다."

연대장이 물었다.

"붕괴에 걸리는 시간은?"

"일단 무너지기 시작한다면 순식간이겠죠."

작전참모가 즉답했다.

"나시미엔토 댐이 사력(沙礫)식이기 때문입니다. 모래성에 물 붓는 것을 떠올리면 이해하기 편합니다. 댐 붕괴 시 피해는 파멸적일 것입니다. 급류가 10분 이내에 기지까지 도달하며, 예상되는 최대유속은 초당 약 20미터, 수위는 6미터 이상입니다. 그러니 신속하게 확보하여 모든 수문을 개방해야 합니다."

웅성거림이 번졌다. 그러나 그것은 불안보다 불만에 가까웠다. 한 장교가 손을 들었다.

"거리가 가까워서 점령 자체는 문제가 없겠는데, 경고가 너무 늦지 않습니까? 공병대는 그동안 뭘 했답니까?"

미국에서 댐 건설과 운영은 공병대의 몫이다. 그래서 주요 댐과 보 근처마다 공병대 사무실이 존재한다. 시설방기로 인해 문제가 생길 경우 1차적인 책임은 공병대가 져야 했다.

그러나 모든 책임을 공병대에게만 물 순 없었다. 시설 관리와 별개로, 저수지와 강의 수위를 감시하는 건 미 연방 개척국(USBR) 및 캘리포니아 수자원 관리국과의 협력업무였으니까.

작전참모가 경고했다.

"시간을 아껴야 한다. 무의미한 불만 제기는 삼가도록."

"……."

질문했던 당사자가 머뭇거린다. 그렇게까지 다급한 상황인가 의문스러운 얼굴이었다. 댐이 당장 내일 무너진다니까 급해 보이지만, 도보로 이동해도 4시간이면 족할 거리였다.

그러나 겨울은 이해가 간다. 최악의 경우 수문을 완전 개방해도 수위가 상승할 수 있었다. 악천후가 얼마나 계속될지 모르는 이상 최대한 서두르는 편이 안전하다.

브리핑이 이어졌다.

"다음 목표인 샌 안토니오 댐도 상황은 비슷합니다. 나시미엔토 댐의 정북 4킬로미터 지점이며, 거리가 가까워 점령 자체는 용이할 것으로 예상됩니다. 양쪽 목표를 확보하기 위해 공병대 1개 중대와 1대대를 동시에 투입할 계획을 수립해두었습니다. 나눠드린 문서를 참고하시기 바랍니다."

겨울은 서류의 흑백지도를 살펴보았다. 두 개의 댐은 거의 붙어있는 것이나 다름없다. 지도의 한쪽 가장자리에서 절반으로 잘린 포트 로버츠를 확인할 수 있다. 축척이 대단히 크다. 방안(方眼)의 한 변이 1킬로미터에 불과했다. 거리가 그만큼 가깝다는 증거였다.

연대장이 의문을 제기했다.

"1대대를 통째로? 고작 댐 두 개 점령하는데 그렇게 많은 병력이 필요한가?"

작전참모가 고개를 끄덕인다.

"단순히 시설을 장악할 뿐이라면 1개 소대씩만 보내도 충분합니다. 수문만 개방하고 돌아오면 그만이지요. 그러나 저는 변종들의 활동이 우려됩니다. 의도적으로 기지에 숨어들고, 항공작전을 방해하려고 불을 지를 정도의 지능을 가진 것들입니다. 최근엔 특수변종 말고도 일부 변종들이 간단한 도구를 쓴다는 보고가 있지 않았습니까? 그것들이, 기상악화로 인해 항공정찰과 폭격이 뜸해진 이때를 조용히 보낼 것 같지는 않습니다."

연대장이 당혹스럽게 반문했다.

"설마 자네는 변종들이 댐을 공격할 거라고 생각하는 건가?"

"만에 하나라는 게 있는 법이니까요. 모든 경우를 대비해야 합니다. 성탄전야의 습격을 떠올려 보십시오. 놈들이 EMP를 쓸 거라고 누가 상상이나 했었습니까?"

그러더니 느닷없이 소년장교에게 화살이 돌아왔다.

"한 중위 자네는 어떻게 생각하나?"

준비가 되어있지 않았으므로, 겨울은 잠시 지체했다. 그동안 좌중의 모든 시선이 집중된다. 작전참모가 부연한다.

"기탄없는 의견을 말해주게. 자네를 부른 이유 중 하나니까."

"……확실히 가능성은 있다고 봅니다. 전후관계가 반대일지도 모르지만요."

"그게 무슨 뜻이지?"

"제가 수송호위로 블랙 마운틴을 여러 번 다녀오면서 확인한 사실인데, 변종 가운데 지능 있는 것들이 정찰병 노릇을 합니다. 당연히 지금 기지 인근에도 있겠죠. 말씀하신 것처럼 항공정찰이 뜸해졌으니 평소보다 더 많을 지도 모르고요."

"그런데?"

"댐을 확보하러 가는 병력을 보고, 그제야 댐의 중요성을 이해할 수도 있다는 말입니다."

좌중의 장교들에게는 작전참모의 것보다 좀 더 현실적으로 느껴질 경고였다. 겨울은 그림블이 댐을 부수는 데 얼마나 필요할지 생각해보았다. 험비를 고철로 만들고, 가택을 단숨에 철거하는 물리력이다. 그리 오래 걸리진 않을 것이다.

'⋯⋯반나절?'

붕괴의 시작은 작은 균열만으로도 충분하다. 나머지는 수압이 해결할 것이다.

좌중이 납득하자 작전참모가 화면을 바꿨다. 세 번째의 댐이다. 앞서의 두 개에 비해 저수지 규모가 작아 보이지만, 어디까지나 상대평가일 따름이었다.

"마지막 목표인 살리나스 댐입니다. 기지로부터 직선거리로 56킬로미터, 실제 이동 거리로는 약 70킬로미터 떨어져있으며, 그만큼 위험도가 낮습니다. 붕괴할 경우에도 포트 로버츠는 직접적인 피해를 입지 않을 것으로 예상됩니다."

최근에 진행된 배수로 공사 덕분이라고, 작전참모가 설명했다.

"다만 좀 더 하류에 있는 샌 아르도 유전은 상황이 다릅니다. 강변에 붙어있으니 반드시 침수되겠지요. 정제시설이 손상되면 복구하기 어려울 겁니다."

연대장이 신음했다.

"그건 곤란한데. 위험도에 상관없이 확보하는 게 낫겠어."

"저도 동의합니다만⋯⋯. 거리가 문제입니다. 앞서의 두 목표는 기지와 무척 가깝기 때문에 한 개 대대를 보내더라도 부담이 없습니다. 유선망을 깔 수도 있고, 기지에 상황이 발생했을 때 금방 돌아와 지원하거나, 그 역도 가능하니까요. 그러나 이곳은 아닙니다. 소규모 병력을 보내는 수밖에 없습니다. 거리가 멀어 통신조차 불가능합니다. 위험한 임무가 되겠지요."

작전참모는 대놓고 겨울을 응시했다. 아무래도 캡스턴 중령은 여기까지 알고 있었던 것 같다. 겨울이 필요한 임무가 있다고 했었으니. 포트 로버츠에서 위험한 임무를 맡길 사람을 고를 때 소년장교를 빼놓을 순 없다. 애초에 겨울을 부르라고 시킨 게 작전참모일 것이었다.

연대장이 겨울에게 물었다.

"한 중위 의견은 어떤가? 참모는 귀관이 적임자라고 생각해서 회의에 참석시킨 모양인데."

"명령에 따르겠습니다."

"아니, 난 의견을 듣고 싶은 거야. 자네가 싫다면 임무는 다른 사람에게 주겠네. 귀관은 어디서든 필요한 사람이니 말이야. 이런 시기에 귀관을 기지 밖으로 내보내기도 달갑지 않아."

연대장의 말은 뜻밖이었다. 겨울은 잠시 생각한 끝에 고개를 저었다.

"제가 가는 게 좋겠습니다."

"역시 그런가. 병력은 어느 정도 필요하다고 보나?"

"1개 소대면 됩니다. 그 이하라도 괜찮고요."

당혹스러운 반응이 번진다.

"무모하군. 그 정도로 댐 전체를 방어하긴 불가능할 텐데."

"방어할 필요가 없을 겁니다."

"어째서?"

"지도를 보면 기지와 댐 사이에 일곱 개의 도시가 있습니다. 그만큼 먼 거리죠. 가는 도중에 구울 몇 마리에게 노출될 수는 있겠습니다. 하지만 그것들이 차량의 속도를 따라잡기는 불가능합니다. 즉 저희가 목적지에 도달한 시점에서 변종들에게 발견된다 하더라도, 그것들이 포트로버츠와 댐 사이의 상관관계를 깨달을 가능성은 지극히 낮습니다."

"즉 변종들의 공격을 받는다고 해도, 목표는 댐이 아니라 자네와 소대 병력일거란 뜻인가?"

"네. 일정 거리마다 트릭스터에게 추적당한다면 또 모르겠습니다. 그것들은 먼 거리에서도 서로와 교신하잖습니까. 하지만 트릭스터가 그렇게까지 흔하진 않겠죠. 그리고 지도를 보면 살리나스 댐을 중심으로 반경 10킬로미터 이내엔 도시도, 마을도 없습니다. 그만큼 변종의 수도 적지 않을까요? 들키지 않고 들어갔다 나올 수도 있을 겁니다."

겨울은 아예 일정 거리 밖에서부터 도보로 이동할 생각이었다. 노이즈메이커 사용은 금물이다. 어차피 비와 바람이 많은 소리를 지워주겠지만.

소년장교를 지원할 병력은 여느 때처럼 3대대에서 차출하기로 했다. 겨울은 동맹의 전투조원을 데리고 가고 싶었으나, 욕심이었다. 지휘부에서 허가를 내주지 않을 것이다. 난민 지원병을 쓰기엔 지나치게 중요한 작전이었으므로. 연대장은 캡스틴 중령과 군수과 참모에게 겨울이 요청하는 모든 자원을 내주도록 지시했다. 소년장교의 자신감이 흡족한 기색이었다.

역할이 정해지자 브리핑은 빠르게 마무리되었다.

퇴실 전, 라모스 중령이 악수를 청했다.

"항상 용감하군. 무운을 비네, 중위."

"중령님도요. 1대대는 아직 인원보충이 다 이루어지지 않았을 텐데, 힘드시겠어요."

"자네만큼은 아니겠지. 기록을 살펴봤더니 주요작전엔 빠짐없이 들어갔더군. 자네가 내 부하였다면 강제로 쉬게 했을 거야."

"염려 감사합니다."

중령은 소년의 어깨를 두드리고, 옆에서 기다리는 캡스턴 중령에게 짧은 미소를 보인 뒤 브리핑 룸을 나갔다. 캡스턴 중령이 묻는다.

"혹시 특별히 원하는 소대가 있나?"

"글쎄요. 호흡을 많이 맞춰본 쪽이 낫겠지만, 사실 찰리 중대원이라면 누구라도 상관없어요. 그냥 지원자 위주로 모아주세요. 아까 말씀드린 것처럼 1개 소대보다 적어도 괜찮거든요. 위험한 일에 억지로 데려가고 싶진 않네요."

특히 제프리와 그의 소대는 더더욱 그렇다. 겨울의 지목을 피하지는 않겠으나, 너무 자주 끌고 다녀도 미안한 일이었다.

캡스턴 중령이 고개를 흔들었다.

"난 아무래도 걱정스러워. 무전기도 쓰지 못할 것 아닌가. 예기치 못한 사고가 터질 경우 대응능력이 턱없이 부족할 거야. 최소한 백업을 담당할 예비 병력은 있어야지. 다시 한 번 생각해보게. 자네가 1개 중대를 요청해도 쉽게 승인이 떨어질 걸세."

무전기를 쓰지 못한다는 건 트릭스터 때문이다. 전파를 감지하고 쫓아올 테니까. 게다가 이놈은 혼자 다니지도 않는다. 성탄전야에 홀로 출몰했던 건 스스로 붙잡히기 위해서였고. 겨울이 순한 미소를 만들었다.

"걱정해주셔서 감사합니다. 하지만 정말 괜찮습니다. 눈에 띄지 않으려면 숫자는 적은 편이 좋잖아요. 댐 동쪽은 대부분 숲이던데……같은 조건이라면 변종이 절 발견하는 것보다는 제가 변종을 발견하는 게 더 빠를 거예요. 혹시 들키더라도 쉽게 따돌릴 수 있지 않을까요? 숫자가 많으면 오히려 제 능력으로 감당하기 어려워요."

"……일단 지원자를 수배해보도록 하지. 30분 내로 연병장에 집합시키겠네. 그 사이에 마음이 바뀐다면 반드시 말하게나."

중령을 일별한 후, 겨울은 바로 연병장으로 이동했다. 지시를 받은 보급계원들이 먼저 와서 대기 중이었다. 겨울은 그들의 도움을 받아 필요한 장비, 도구, 식량, 탄약을 차량에 적재했다. 특히 식량과 연료를 넉넉하게 실었는데, 댐에 고립될 상황을 대비한 것이었다.

'이 정도의 폭우인걸. 도로가 언제 유실되더라도 이상하지 않아.'

소년은 손을 내밀어 빗물의 무게를 달아보았다. 장갑 위로 두두두둑 부딪히는 느낌. 무겁다.

그렇게 기다리고 있는데, 무수한 인기척이 몰려왔다. 젖은 땅을 구르는 발소리들. 그것은 한 개 중대의 구보였다. 선두에 설리번 중위가 보인다. 3소대장이었던 그는 캡스틴 중령의 영전 이후 직책진급으로 중대장을 맡았다.

중대는 겨울이 보는 앞에 비를 맞으며 정렬했다.

겨울이 고개를 기울였다.

"무슨 일로 이렇게 다 나오셨어요?"

설리번 중위가 대꾸했다.

"한 중위 자네가 지원자를 찾는다고 들었는데?"

"……설마."

"그 설마가 맞아. 중대 전체가 지원하더군. 알아서 뽑아가."

이제 보니 모두 웃음을 참는 듯 한 얼굴들이다. 겨울은 조금 난감해졌다.

살리나스 댐으로 향하는 병력은 겨울 외 총 35명으로 결정됐다. 찰리 중대 1소대 스물일곱 명, 의무병 한 명, 공병 세 명, 전차병이 네 명이다. 차량구성으로는 아홉 대의 험비와 한 대의 전차였다. 인수에 비해 차량이 많은 건 겨울에 대한 요새 사령부의 배려다. 병력이 적으면 화력이라도 강해야 한다고. 전차도 같은 맥락이었다.

전차 같은 경우 겨울이 끈질기게 사양했으나 강제에 가깝게 붙여줬다. 연대전투단장은 이렇게 말했다.

"난 자네를 잃을 가능성을 최소화하고 싶군."

소년이 보기에, 그것은 개인적인 호감보다는 필요에 의한 계산에 가까웠다. 지금 이 세계관에서 겨울이 죽으면 심란할 사람이 적어도 1억 명은 될 것이다. 이제 미국인들 가운데 겨울을 모르는 사람은 드물 테니까.

겨울은 선두 험비의 사수좌에 앉아있었다. 경계를 위해서였다. 다른 사람에게 맡기자니 환경이 너무 열악하다. 기록적인 폭우와 물안개가 시계(視界)를 극단적으로 축소시켰다. 맨눈으로는 채 100미터 밖을 내다보기 어렵다. 「개인화기숙련」으로 안력 보정을, 「전투감각」과 「생존감각」으로 직감 보정을 받는 겨울은 사정이 좀 나은 편이었다.

남쪽으로 가는 길은 빈번하게 끊어졌다. 폭격의 흔적은 웅덩이로 변했고, 지반이 물러져 붕괴한 곳도 많았다. 장소에 따라 흙빛 급류가 흐르기도 했다.

급류를 발견한 겨울이 손을 들었다. 정지신호였다. 후속 차량의 사수가 신호를 뒤로 전달했다. 대열이 순서대로 멈춰 섰다. 차간간격이 좁은 편이었으나, 애초에 속도를 그리 내지 못 하고 있었으므로 추돌

우려는 없었다.

차량마다 한 사람씩 나와 선두로 다가왔다. 무선침묵을 지키기 위해서다. 지붕에서 옆으로 뛰어내린 겨울이 급류 쪽을 가리켜보였다.

"저거 좀 위험해보이지 않아요?"

도로가 20미터 가량 무너진 상태였고, 그 사이로 물길이 지나갔다. 몇 갈래의 흐름이 합쳐지는 중이다. 서로 부딪히는 흐름들 때문에 수면이 울퉁불퉁하게 튀어나왔다. 귓가에 비바람이 가득한데도 물 흐르는 소리가 선명할 정도다.

소대장 제프리가 끄덕끄덕 공감했다.

"그러게요. 깊이는 문제가 아닌데, 차체가 쓸려 갈까봐 걱정스럽습니다."

제프리의 말처럼 깊이는 문제가 아니었다. 물살에도 아직 버티고 있는 길가의 나무를 보면 깊이를 대충 어림할 수 있다. 대략 1미터 정도. 각 차량은 굴뚝 같은 스노클을 달고 있어서, 물이 지붕까지 차오르더라도 건너갈 능력을 갖췄다. 전차는 스노클이 없었으나 1.2미터까지는 별도의 장비 없이 극복 가능했다.

하지만 물살은 별개다. 겨울은 다가가 펼친 손을 담가보았다. 밀리는 힘을 가늠해 보려는 것.

'애매한데.'

탑승인원과 장비, 탄약, 기타 적재물의 무게를 합치면, 험비의 무게는 3톤에 조금 못 미친다. 물살에 휩쓸릴 가능성이 높았다. 여기서는 전차를 앞세우는 게 좋겠다. 미군 전차(M1A2)의 무게는 60톤이 넘는다. 묵직하게 버텨줄 것이었다.

겨울이 말했다.

"전차를 앞세우고, 각 차량을 윈치로 연결해서 건너갈까요?"

"막 그렇게 제안하려던 참이었습니다."

제프리가 히죽 웃는다. 그가 전처럼 편하게 말할 순 없었다. 이젠 소년장교가 더 상급자다. 그래도 격식을 갖춰 말하는 것에 비해 태도는 전과 다르지 않았다. 겨울에게도 좋았다. 만날 때마다 장군 대하듯이 얼어붙는 일부 병사들보다 훨씬 더 낫다.

터빈 구동음과 함께 전면으로 나서는 전차를 보고, 겨울이 생각했다.

'그래도 끌고 온 보람이 있네.'

전차 후면에는 이럴 때 쓰라고 만들어놓은 고리가 달려있었다. 험비도 마찬가지. 겨울은 험비의 윈치를 길게 뽑아 전차 뒤에 걸었다. 다시 사수좌에 올라가서 기다리기를 잠시. 마지막 차량까지 결속이 완료되었다는 신호가 몇 사람을 거쳐 돌아왔다. 마지막으로 겨울이 전차장에게 신호했다. 출발하라고. 전차장이 전차 내선으로 몇 마디 하는 게 보였다.

대열은 느릿느릿 움직이기 시작했다. 차량 열 한 대가 서로 연결되어 있다 보니, 속도 차이가 나면 곤란하다.

육중한 전차가 물속으로 비스듬히 들어갔다. 물살에 측면을 내주기보다 대각선으로 거슬러 저항하는 것이었다. 이어 겨울이 탑승한 차량이 입수한다. 거칠고 위험한 진동이 차체를 휘감았다. 옆으로 조금씩 밀리다가, 덜컥 걸리는 느낌이 든다. 앞뒤에서 팽팽하게 당기고 있다는 증거였다.

물거품이 부글부글 끓어올랐다. 겨울을 향해 뛰어오르는 무수히 많은 물방울들. 닦아낸 자리에 흙 부스러기가 남는다. 하지만 오래 남지는 않았다. 세차게 쏟아지는 빗발 때문이었다.

'앞이 좀 보이나?'

겨울은 운전병의 시야가 궁금해졌다. 포탑 아래로 슬쩍 보니, 갈라지는 탁류가 차창의 절반을 가리고 있었다. 운전대를 잡은 병사는 엉덩이가 자리에 붙어있을 틈이 없다. 반쯤 일어난 자세로 어떻게든 전방을 보려고 기웃거리기 열심이다. 겨울이 큰 소리로 지시했다.

"굳이 눈으로 보고 운전할 필요 없어요! 방향이랑 속도만 유지해요! 혹시 방향이 달라지면 내가 알려줄 테니까!"

"아, 네. 알겠습니다."

자리에 앉고서도, 운전병은 줄곧 신경이 곤두선 상태였다. 차량에 탑승한 채로 강을 건너는 훈련이야 여러 번 해봤겠으나, 실전은 언제나 훈련과 다른 법이었다.

그래도 건너기는 금방이었다. 후속차량들도 탁류를 속속 벗어난다. 다만 후미로 갈수록 많이 불안했다. 뒤에서 잡아주는 힘이 적거나 없는 탓이었다. 반쯤 건넜을 때부터 죽죽 밀려난다. 이를 감안하여 뭍으로 올라온 차량들이 지속적으로 끌어주었다.

마침내 최후의 차량이 뭍으로 기어오른다. 윈치를 감으며 안간힘을 쓰긴 했으나, 그래도 별 탈 없이 도하에 성공했다. 각 차량의 사수들이 손을 흔들며 환호했다. 소음이 신경 쓰였지만 겨울은 별 말을 하지 않았다. 목적지가 아직 멀었다. 소음을 듣고 쫓아오는 놈들이 있어도, 보이는 건 궤도 자국뿐일 것이다.

연결을 풀고 다시 달리기 시작하는 차량들. 진창이 곳곳에 널려있었으나 속도는 거의 줄어들지 않았다. 공병의 지혜였다. 출발하기 전 공병 한 사람이 제안했다. 험비에 설상장비(雪上裝備)를 달자고. 명목은 설상장비지만 진창을 지나가기에도 좋을 것이라고. 겨울은 그의 의견을 수용했다. 험비들은 바퀴를 떼어내고, 그 자리에 삼각형의 무한궤도(Mattracks)를 달았다. 땅과 닿는 면적이 넓어져서, 무게가 분산되어, 진흙 속으로 파묻힐 일이 그만큼 줄어들었다.

변종과 마주치는 일은 거의 없었다. 있어도 그냥 무시하고 지나가면 그만이었다.

'평균 속도가 시속 20킬로미터쯤 되려나…….'

해가 저물어가는 하늘 아래, 겨울은 조명도 없이 지도를 펼쳐보았다. 길이 이리저리 구부러지는 와중에 행로를 잡는 건 지휘관인 겨울의 역할이었다. 「독도법」에 대한 투자가 불가피했다. 겨울 입장에선 계륵 같은 기술이었다. 있으면 확실히 도움이 되는데, 없다고 크게 아쉽지는 않다.

'뭐, 길을 잘못 드는 것보단 훨씬 나으니까.'

그동안 쌓아놓은 경험 자원이 많았기에 이 정도 낭비는 감당할 만했다. 먼 곳의 지형지물을 확인하기 어렵고, 길이 워낙 자주 구부러졌으므로 당장은 이보다 더 필요한 기술이 없었다.

차량 대열은 곧 익숙한 도로에 진입했다. 블랙 마운틴의 제재소로 가는 경로였다. 전면에 버려진 마을이 보인다. 마을의 이름은 크레스턴. 가로세로 세 블록에 불과한 작은 거주지였다. 겨울은 강행돌파를 결심했다. 수신호를 전하자 후속 차량들이 조금 당황하는 것 같았다. 당연히 우회할 거라고 예상했던 모양이다.

그래도 무전기는 조용했다. 무전침묵을 지키라는 지시가 잘 지켜지고 있었다.

대신 선탑좌석의 간부급 병사가 묻는다.

"정말로 마을을 통과해서 지나갑니까? 적이 매복하고 있으면 어떡하죠?"

겨울이 답했다.

"변종이 있을 순 있겠지만 매복은 아닐 거예요. 우리가 올 걸 어떻게 알았겠어요?"

몇 놈쯤 튀어나올 순 있겠지. 겨울이 생각했다.

험비와 전차의 주행소음은 비바람에 씻기고 천둥에 파묻혔다. 시계가 축소된 건 변종들도 매한가지였고. 그래서 겨울의 예상대로였다. 차량 대열을 발견한 최초의 변종은, 선도 차량이 마을에 진입한 뒤에야 비로소 이쪽을 눈치챘다.

"캬ㅡ [툭!]"

다른 변종을 부르기 위한 울음, 길게 이어져야 할 괴성이 낮고 둔탁한 총성 한 번에 끊어진다. 탄자는 이빨을 깨고 들어갔다. 휘청거리던 놈이 쓰러지기 전에, 소년장교의 선도 차량이 그 곁을 스쳐지나갔다.

"속도를 높여요."

운전병에게 지시한 겨울이 후방으로 수신호를 보냈다. 대열이 가속한다. 높아지는 소음. 마을 곳곳에서 튀어나오는 변종들의 수는 의미 없는 수준이었다. 겨울은 되는 대로 몇 놈을 쏴죽이고, 나머지는 신경 쓰지 않았다. 후속 차량의 사수들이 각자의 기량으로 잔적을 처리한다. 소년처럼 깔끔진 못하다. 몇 번의 삼점사, 그걸로 부족하면 탄창을 비우는 연사였다.

끝까지 죽지 않고 쫓아오던 변종 몇몇이 얕은 탁류에 휩쓸렸다. 차량은 무게로 짓누르며 지나갈 수 있어도, 무게가 인간보다 무거울 것 없는 변종들은 사정이 달랐다. 고작 몇 센티 깊이의 물살이 사람을 죽일 수도 있다. 변종들은 누군가가 발목을 잡아챈 것처럼 벌러덩 넘어지더니, 허우적거리며 쓸려 내려갔다.

웃음에 굶주린 병사들이 배를 잡고 웃는다.

블랙 마운틴의 초입에서 완연한 밤이 찾아왔다. 별빛도 없는 하늘, 새까만 어둠 속에서 지나가야 하는 8킬로미터의 산길. 겨울이 생각하기엔 가장 긴장해야할 구간이다.

산악지대를 남북으로 관통하는 캘리포니아 229번 도로는 폭이 좁은 단선이었다. 차체가 넓은 험비, 그리고 그보다 더 큰 전차로선 조심스럽게 지나갈 필요가 있었다. 가뜩이나 조명을 쓰지 않는 조건이다. 험비 운전병들은 야시경의 좁은 시야에 전적으로 의존했다. 전차엔 기본적으로 적외선 감시 장비가 붙어있었으나, 딱히 낫다고 보기도 어려웠다.

다른 적이 없어도 환경 자체가 적이었다. 좌우로 새까만 숲이 깔려 있는 건 괜찮지만, 좌우로 절벽과 비탈이 나타났을 때부터는 긴장의 연속이었다. 가장 여유로울 겨울조차도 안심하지 못하는데 운전병들은 오죽하겠는가.

높은 곳에서 흘러내리는 흙탕물로 인해 도로가 제대로 보이지 않는다. 도로는 흙으로 메워져서 더 이상 평평하지 않았고, 원래 푹 패여 있던 자리는 물이 고여 평평하게 보였다. 잠깐의 실수로 엉뚱한 곳에 처박힐 가능성이 높았다.

그러다보니 속도가 걷는 것보다 느려졌다. 속도계 바늘이 눈금 두셋을 제대로 넘지 못한다. 운전병이 수시로 정지해서 길 있는 곳을 가늠하고, 다시 나아가는 식이었다. 낙석이 쏟아질 가능성도 경계해야 했다.

길을 잘못 골랐나? 안되겠다고 생각한 겨울이 대열 전체를 정지시켰다. 사람이 나올 필요는 없다고 신호를 보내고, 포탑에서 내려와서는 운전병의 어깨를 두드렸다.

"내가 차에서 내려 인도할 게요. 그대로 따라와요."

겨울의 지시를 받은 운전병이 기겁을 했다.

"네? 너무 위험합니다! 아까 변종들 못 보셨습니까? 여기서 휩쓸리면 시체도 못 찾습니다! 웅덩이를 잘못 밟고 빠질 수도 있고요!"

"그건 걱정 말아요. 탄띠에 윈치를 달고 갈 테니. 위험하다 싶으면 당겨요."

험비에 달리는 윈치의 모터는 6천 파운드(2.7톤)의 무게를 감당한다. 겨울 하나쯤 당겨오는 건 일도 아니었다. 그러나 운전병과 또 한 명의 병사는 그래도 고개를 저었다.

"젠장, 그럼 낙석은 어떻게 하실 겁니까? 제가 좀 더 열심히 할 테니 안에 계십쇼."

"이 놈 말 들으시죠, 중위님. 지금 속도로도 임무 완수에는 지장 없습니다. 설마 고작 한두 시간 차이로 댐이 무너지진 않겠죠. 아니, 무너져도 어쩔 수 없습니다. 댐이 무너지는 것과 중위님을 잃는 걸 비교하면 뒤쪽이 훨씬 더 큰 손해입니다."

아무래도 설득은 어렵겠다. 시간도 아껴야 하고. 겨울이 고개를 흔들었다.

"이건 지휘관으로서 내린 결정입니다. 반론은 받지 않겠어요."

명령은 절대적이다. 더 이상 반발이 이어지지 않는다.

다만 간부급 병사가 굉장한 표정을 지었다. 그것은 온전히 소년장교에 대한 걱정이었다. 그 마음을 좋게 여기면서도, 겨울은 다음 말없이 차에서 내렸다. 찰박. 챠르르르. 얕은 물살이 구두굽에 갈라진다. 복숭아뼈 아래로 절반 정도가 물에 잠긴다. 한쪽으로 쏠리는 부드러운 저항감이 느껴졌다. 위험할 정도는 아니었다.

겨울이 윈치를 당겼다. 여유가 넉넉하도록 쭉쭉 끌어내서, 끝의 갈고리를 자신의 탄띠에 걸었다. 팍. 팍. 팽팽하게 당겨서 제대로 결속되었는지 확인한다. 이 행동, 겨울 자신을 위한 건 아니었다.

험비의 두 병사가 계속해서 보고 있었다. 야시경에 가려져서 눈은 보이지 않지만, 아마 한 번 깜박이지도 않고 있을 것 같다.

소년이 입으로 웃으며 손을 흔들어주었다. 운전병은 핸들에 머리를 박았고, 겨울 대신 사수좌에 앉은 병사는 먹구름 가득한 하늘을 응시한다. 어깨가 늘어져있다.

이게 마냥 무모하게 나서는 행동은 아니었다. 천재의 영역에 도달한 「생존감각」에 10등급의 「위기감지」면, 이런 곳에서 우연한 사고로 죽을 가능성이 크게 낮아진다.

'그렇다고 0은 아니겠지만.'

약간의 위험은 감수해야지. 다른 세계의 관객들에게도 이 정도 긴장감이 좋을 것이다. 겨울이 물을 밟고 천천히 뛰기 시작했다.

밤이 깊어지면서 온도가 떨어졌다. 굵은 비에 눈발이 섞이기 시작한다. 닿는 즉시 녹아버리는, 날카롭고 강팍한 진눈깨비였다. 이것도 눈이라고 자꾸만 렌즈에 들러붙는다. 겨울은 야간투시경을 벗어버릴까 고민했다. 하지만 사방이 검은 산맥이다. 소년의 안력이 보통은 아니더라도, 맨눈으로는 역시 한계가 있다.

차가운 바람 속에서 숨결은 하얗게 물들었다. 소년의 숨이 가쁜 것은 장시간 이어지는 달리기 탓이다. 가벼운 구보 정도의 속도라고 해도 벌써 반시간을 달리는 중이었다. 그나마 산악도로의 난구간이 길지 않아, 반시간이 다시 지나기 전에 끝을 볼 것 같다.

폭우는 인간 아닌 것들에게도 재난이었다. 길가의 웅덩이에 떠서 물결에 들썩거리는 시체는, 사실 사람이 아니었다. 살이 하얗게 불어 오른 구울이다. 겨울은 잠시 다가가 살펴보기로 결심한다. 정보를 수집할 필요도 있고, 숨 돌릴 겨를도 있어야 했다. 차량에 정지신호를 보낸 후 조심스럽게 고인 물로 들어간다.

철벅, 철벅.

도로 바깥이라 발아래가 미끌거렸다. 진흙이었다. 수위가 허리까지 올라왔다. 유속은 거의 없는 셈이되, 푹 패인 땅에서 두 개의 물줄기가 부딪혀 약간의 소용돌이가 있었다. 그래봐야 사람을 넘어뜨리기는 모자란 흡입력이다. 겨울은 고개를 한 번 갸웃거리고 무기를 교체했다. 근거리 전투를 대비한다면 아무래도 권총이 유리했다.

구울 머리통에 총구를 들이대고, 남은 손으로 조심스럽게 툭툭 건드려보았다. 움직이지 않는다. 정말로 죽은 건가? 겨울이 이번엔 권총 그립으로 강하게 내리쳤다. 콱! 뒤통수가 찢어질 정도의 힘이다. 떠있던 머리가 수면 밑으로 푹 꺼졌다가, 부력에 밀려 다시 튀어나왔다.

푸드드득!

회색 괴물이 발작 같은 경련을 일으킨다. 팔을 마구 휘둘러 수면을 때려댔다. 겨울이 몇 걸음 물러서며, 한 손을 들어 병사들의 사격을 막았다.

물에 빠진 사람을 보는 것 같다. 당황한 사람은 얕은 물에서도 빠져 죽는다. 대부분의 동물들과 달리, 인간에게 수영은 훈련으로 얻는 능력이었다. 호흡법을 모르면 물 위에 뜨지도 못 한다. 인간을 숙주로 삼은 다른 것에게도 마찬가지였다.

'아마도 발을 헛디디고서 다시 일어서지 못했던 것이겠지. 죽을 위기에 처하니까 신체 기능을 정지시켰을 테고.'

감염변종은 스스로를 가사상태로 전환할 수 있다. 근육은 굳어지고, 호흡도 거의 없어진다. 그러다가 촉각이나 시각, 청각, 후각 등의 외부 자극을 받으면 조금 전처럼 격렬하게 반응하며 깨어나는 것.

이번 세계관에서는 아타스카데로 주립병원에 갇힌 변종들에게서 처음 목격했었다. 본래는 에너지를 절약하기 위한 방편이다. 그런데 이것이 산소를 아끼는 수단이 될 수도 있었다.

물론 겨울이 아는 한 그게 영원할 순 없다. 산소 소모가 줄어드는 것이지, 사라지는 게 아니다. 이 구울도 그냥 내버려두었으면 결국은 죽었을 것이다.

허우적거리다가 겨울을 발견한 구울이 사납게 몸부림쳤다. 이빨을 따다다닥 부딪히면서, 갈수록 더 많은 물을 먹고 있다. 그 한심한 움직임을 유심히 관찰한 겨울은, 경험에 의거하여, 변종들이 당분간은 헤엄을 치지 못 할 거라고 재차 확신했다.

겨울이 구울의 머리에 대고 총탄 두 발을 박았다. 총성은 천둥에 파묻힌다. 구멍 뚫린 두상에서 묽은 핏물이 줄줄 흘러나오며, 잿빛 몸뚱이가 축 늘어졌다.

뭍으로 나오는 소년장교를 또 한 명의 장교가 기다리고 있었다. 제프리가 묻는다.

"방금 그건 뭐였습니까? 죽어있던 놈이 되살아나는 것 같던데요."

"제프리, 아타스카데로에서 병실에 있던 놈들 생각나요?"

"아아……. 그거랑 이게 같은 거였군요. 허, 참. 좋은 거 보여주셔서 감사합니다. 앞으로는 물에 빠진 시체도 다시 봐야겠습니다. 괜히 건드렸다가 개죽음 당할지도 모르니까요."

"맞아요. 같은 경고를 다른 기지에 전파해야겠죠. 특히 샌디에이고 노스 아일랜드에."

겨울의 실험을 단순하게 받아들였던 제프리는 마지막 말에 표정을 굳힌다. 사람이 경망스러워보여도, 제프리 또한 제대로 훈련 받은 미국의 장교였다.

"거기까지 바로 생각하시는 게 참 대단하십니다. 존경합니다, 중위님."

북미 서해안의 마지막 군사거점인 샌디에이고 노스 아일랜드는, 만 안쪽의 바다를 자연장벽으로 삼아 방어 작전을 펼치고 있었다. 그동안 변종이 물을 건너진 못 한다는 믿음이 확고하게 자리 잡은 탓이었다. 선상으로 피난한 미국 시민들도 마찬가지였고.

그런데 죽다 만 것들이 물 위를 둥둥 떠다닌다면, 그리고 누군가 멋모르고 그것을 건드린다면, 즉시 아비규환이 펼쳐질 것이었다. 해상 난민들은 서로의 뱃전을 맞대고 생활하는 중이다. 감염이 시작될 경우 역병의 전파속도는 육지와 다를 바 없을 터였다.

제프리는 자신이 깨달은 가능성에 무척 심란한 기색이다. 겨울이 그를 안심시켰다.

"너무 걱정 말아요. 변종이 물을 무서워하는 건 이미 확인된 사실인 걸요. 놈들이 이걸 계획적으로 이용하기까지는 아직 시간이 남아있을 거예요."

"비가 이렇게 쏟아지고 있잖습니까? 얼빠진 변종 새끼들이 몇 놈쯤 물에 빠져 떠다녀도 이상하지 않습니다. 벌써 사고가 터졌을까봐 두렵습니다만……."

"그것까지 우리가 어떻게 할 순 없어요. 다른 누군가가 이미 경고했을지도 모르고요."

살아있는 모든 사람들이 변종을 경계하는 세계관이다. 소년이 깨달은 것을 달리 누가 먼저 깨달았어도 이상하지 않았다. 국방부엔 그거 하라고 월급 받는 사람들도 있고.

겨울이 제프리를 떠밀었다.

"자, 시간낭비는 여기까지. 출발하죠."

시간소요는 예상을 벗어나지 않았다. 재차 반시간이 흐르기 전에, 겨울은 산악도로가 왕복 2차선 고속도로와 교차하는 지점에 도달했다. 여기서부터는 더 이상 겨울이 앞장서서 길을 인도할 필요가 없었다. 비를 맞으며 거의 한 시간을 달린 셈이다.

겨울은 허리에 달아둔 윈치 고리를 풀었다. 차량으로 돌아오는 소년 장교를 보고, 두 명의 병사가 복잡한 한숨을 내쉰다. 포탑을 붙잡고 있던 상병이 겨울에게 휴식을 권했다.

"정말 수고하셨습니다. 이제 좀 쉬십시오."

"쉬긴요. 작전 중이고, 내가 지휘관인데요. 사수좌에서 내려와요. 어차피 거기 앉아있으나 안에 있으나 큰 차이 없잖아요?"

"중위님. 거짓말로도 험비가 호텔 같다고는 못 하겠습니다만, 비 맞으면서 한 시간 내내 달린 사람은 조금이라도 더 편하고 따뜻하게 쉬어야 한다고 생각합니다. 안에서 간단히 끼니라도 때우시죠. 중위님 달리시는 동안 다른 차량에서는 순번대로 식사를 마쳤습니다."

그러고 보면 저녁식사가 아직이었다. 차석 지휘관으로서 제프리가 알아서 식사를 지시한 모양이다. 사실 지시가 없더라도 병사들이 알아서 챙겨먹었겠지만.

겨울은 잠깐 망설이다가 응낙했다. 병사의 능력이 겨울보다는 못 하겠으나, 차내에 있어도 각종 감각 보정이 그렇게까지 감소하진 않을 것이다.

"그럼 잠깐 부탁하죠."

상병이 또 한숨을 내쉬었다.

"계속 부탁하셔도 됩니다. 제발 좀 거기 오래 앉아계십시오."

운전병이 거들었다.

"병사는 앉아있고 장교가 뛰는 걸 보게 될 줄이야. 4년을 복무하면서 처음 보는 광경이었습니다. 이야, 세상이 망해간다는 게 확실하게 느껴지더군요."

겨울이 조용한 미소를 만들었다. 병사가 그것을 원하는 것 같았기에.

차량은 흔들림 없이 안정적으로 달렸다. 고작 왕복 2차선이지만, 명색이 고속도로인 만큼 잘 만들어진 것 같았다. 서해안에서 재앙이 일어나기 전까진 관리도 잘 받았으리라.

그래서 차내 취식도 용이한 편이었다. 적어도 물을 옮겨 담다가 쏟을 일은 없었다.

아타스카데로 주립병원 로비에서 먹었던 전투식량(FSR)은 많이 간소화된 것이었다. 지금 겨울이 뜯는 건 정식 전투식량(MRE : Meal, Ready to Eat)이다. 무릎 위에서 포장을 해체하는 겨울을 곁눈질하더니, 운전병이 또 한 마디 한다.

"맛없겠지만 맛있게 드십시오."

"……노력할게요."

겨울이 뜸을 들인 것은 병사에게 공감하기 때문이 아니었다. 전투식량이 맛없다는 이야기를 들을 때마다 소년이 꼭 한 번씩 하는 생각이 있었다.

'아무리 그래도 나쁘지 않은 음식인데, 직장 대폭발(MRE : Massive Rectal Explosion)이란 별명은 너무하지 않나?'

어쨌든 생전에 많이 먹었던 에너지 겔보다는 낫다. 겨울은 그 인공적인 향과 화학적인 맛을 정말로 싫어했다. 그나마 누나인 한가을이 애를 쓴 덕분에, 이따금씩 진짜 요리를 맛볼 수 있었다. 가을의 남다른 노력이 아니었다면 겨울은 먹는 즐거움을 모르고 자랐을 것이다. 남들 다 쓴다는 가상현실 계정 하나 없던 형편의 집안이었으니까.

'또 모르지. 내가 몰랐을 뿐, 부모님 계정은 있었을지도.'

상념에 빠져있기도 잠시. 겨울은 자신이 시간을 허비하고 있다고 느꼈다. 무의미한 회상이었고, 무의미한 회한이었다. 가뜩이나 무거운 돌을 더 무겁게 만들 필요가 없다.

식사에 집중하기로 한다.

전투식량엔 발열 팩이 포함되어 있었다. 물 약간을 넣으면 온도가 급격히 올라간다. 이걸로 여러 가지 음식과 음료수를 데워먹는 것. 화상을 입기 쉬워 주의해야 할 과정이었으나, 손을 움직일 때도 겨울의 시선은 거의 전방에 가있었다.

발열 팩에 대어두었던 치즈 스프레드를 뜯자, 고소한 냄새와 함께 반쯤 액화된 치즈가 스멀스멀 기어 나왔다. 이것을 크래커 위에 적당히 얹어 수분과 유지방이 스며들기를 기다리고서, 한 입 깨물어 먹는다.

맛있다. 겨울은 꾸미지 않고 옅은 미소를 짓는다. 혀가 아릴 정도의 염분이 부담스럽긴 했으나, 추운 날씨에 따뜻한 식사라는 것만으로도 높은 점수를 줄 수 있었다.

닭고기 스튜는 인공적인 향이 강했다. 그 점은 싫었다. 그래도 한없이 실제에 가까운 가슴살의 질감이 만족스러웠다. 몇 번 씹어서 혀끝으로 굴리면, 육수에 흠뻑 젖은 살결이 올올이 갈라진다. 뜨겁게 데워진 음료수의 싱거운 단맛도 입에 착 달라붙었다.

"어째 정말로 맛있게 드시는 것 같습니다?"

괴이쩍다는 듯 묻는 운전병에게 겨울이 대답했다.

"그러게요. 옆에 제프리가 없네요."

이 말을 들은 병사 두 명이 때 아닌 웃음을 참는다. 아무래도 제프리가 똥 이야기로 여러 사람의 식사를 망쳐놓은 것 같았다.

무전기에서 잡음과 함께 말소리가 흘러나왔다. 앞뒤가 맞지 않는 여러 사람의 목소리들. 겪어봐서 익숙한 패턴이었다. 병사들이 숨을 죽였다. 긴장감이 느껴진다. 겨울이 차분한 목소리로 안정감을 담아 말했다.

"신경 쓰지 말아요. 잡음 강도로 보니 거리가 꽤 머네요. 아마도 서쪽, 산타 마가리타 방면이겠죠. 이 근처에 아무 것도 없는 걸 놈들도 그동안 확인했을 테니까, 이제 와서, 그것도 이런 날씨에 쓸 데 없이 나와 보진 않을 거예요. 뒤쪽 차량에도 신경 쓰지 말라고 전달하세요."

사수가 지시대로 수신호를 보낸다.

그 뒤로 잡음과 무의미한 송신이 잠시 지속되다가, 차량 대열이 고속도로를 벗어나 남하하기 무섭게 툭 끊어졌다. 지형 탓이다. 해발고도 1200미터의 봉우리가 전파를 차단했다.

식사를 마친 겨울이 지도를 펼쳤다. 「독도법」 보정이 있어도, 「암기」 수준이 낮아 지도를 자주 봐두는 게 좋았다. 소년은 고개를 끄덕였다.

"이제 거의 다 왔네요. 이제 더는 난구간도 없고. 앞으로 11킬로미터만 더 가면 돼요."

병사가 지도를 슬쩍 곁눈질하더니 묻는다.

"장애물 없이 쭉 평지로군요. 좀 더 속도를 내볼까요?"

"그래요."

겨울의 허가를 받은 운전병이 슬며시 속도를 올렸다. 뒤따르는 차량들이 당황하지 않고 따라오도록 유도하는 것이었다.

그러나 그 질주가 오래 지속되진 못했다. 강가에 이르러 차량 대열이 속도를 줄인다. 다리가 있어야 할 곳에 아무 것도 존재하지 않았기 때문이다. 그저 거칠게 흐르는 강물만이 보일 뿐. 강폭이 30미터가 넘는 것 같다. 전술지도엔 오래 전에 말라붙은 실개천으로만 표기된 곳이었다. 부리또라는, 묘하게 먹음직스러운 이름의 개천이었다. 실물은 전혀 아니지만.

다리가 수면 아래 잠겨있을지도 모른다. 하지만 그것을 확인할 방법이 없었다.

'그리고 이 정도의 물살이면 다리가 있어도 불안해.'

물에 잠긴 구조물은 내구도를 신뢰할 수 없다.

어떻게 한다. 겨울은 물가에 발을 얕게 담그고 서서, 강을 건널 방법을 모색했다.

산타 마가리타 호수

"어휴, 방법이 없습니다. 못 건너요."

제프리가 한숨을 푹 내쉬며 하는 말이다. 엄살이라고 할 순 없었다. 험비에 모인 간부들 모두가 같은 의견이다. 겨울은 그들의 주목을 받으며, 다시 한 번 지도를 천천히 살펴보았다. 부리토 강의 상류를 짚어 보는 것이었다.

강의 발원지는 남쪽의 하이 마운틴이었다. 산의 북쪽 기슭에서 흘러내린 물이, 산타 마가리타 호수 서쪽의 저지대로 유입되는 지세다. 가뭄으로 말라버린 물길이 모두 살아났다고 가정할 때, 상류로 우회하더라도 차량 도하가 가능한 지점을 찾을 확률은 무척이나 희박했다.

겨울이 결정을 내렸다.

"차량을 두고 가죠."

처음에는 다들 소년장교의 말을 이해하지 못했다. 차량을 포기한다고 방법이 생긴단 말인가?

겨울은 그들에게 외줄도하를 제안했다. 밧줄로 묶은 갈고리(Grappling hook)를 던져서 고정시켜 놓고, 거기에 매달려 건너가자는 뜻이었다. 임무 중단을 예상했던 제프리는 얼굴이 엉망진창으로 무너져 내렸다. 경력이 긴 리버만 하사도 조금 당황한 기색이었다.

"발사기를 가져올 걸 그랬습니다. 이런 상황을 예상했어야 하는데, 생각이 짧았군요."

미군이 운용하는 갈고리 발사기는 기본 원리가 공기총과 같았다. 컴프레셔로 공기를 압축한 다음, 갈고리를 끼워서 뻥 하고 쏴버리는 것. 흔한 장비는 아니었다. 도대체가 쓸 일이 없는 물건이었기 때문이다.

그밖에 소총 총구에 끼워서 쏘는 유탄형 갈고리가 있긴 했다. 그러나 그건 사람이 매달리기엔 너무 작았다. 지금 있는 물건도 아니었고.

겨울이 말했다.

"갈고리는 있잖아요? 직접 던지면 되죠. 서둘러요. 좀 더 늦어지면 이나마도 못 하게 될 것 같아요."

강물이 시시각각 차오르고 있었다. 주변이 완전히 침수되면 늦고 만다. 제프리가 대답했다.

"바람이 워낙 심해서 잘 될지 모르겠군요. 자신 있는 놈들을 모아보겠습니다."

불행 중 다행으로 갈고리 숫자는 충분했다. 갈고리에 끈을 묶으면서도, 병사들은 자신들이 하게 된 일을 못 미더워했다. 엘리엇 상병이 웅얼거렸다.

"아니, 훈련을 해보긴 했지만, 설마 이걸 실전에서 쓰게 될 줄이야……."

리버만 하사가 갈궜다.

"모든 훈련에는 이유가 있다, 임마."

"누가 뭐랍니까? 그냥 인생에 참 별 일이 다 있구나, 싶은 거죠. 육군 전체를 통틀어도 이 짓을 해본 놈이 없을 겁니다."

물길이 좁아지는 지점을 골랐는데도 던져야 할 거리가 40미터에 육박했다. 더욱이 비가 내리고 바람이 거센 환경에서 시도해야 한다. 「투척」 보정을 받는 겨울에게도 어려운 일이었다.

처음엔 병사들이 서부극의 카우보이처럼 행동했다. 제자리에서만 휙휙 돌리다가 던지는 것이다. 거친 기류에 휩쓸려 갈팡질팡 날아가던 갈고리들이 강물 중간에 첨벙 첨벙 떨어졌다. 실패가 쌓이다보니, 오기가 생긴 병사들이 점점 더 교범에 가깝게 던지기 시작한다. 도움닫기로 관성을 더하고, 회전 실린 밧줄을 놓을 때 몸을 함께 던지는 것이 정자세였다.

철푸덕.

끝이 참 볼품없었다. 던질 때마다 엎어지는 병사들은 얼굴까지 흙투성이로 변했다. 아직 차례가 돌아오지 않은 병사들이 낄낄거리며 비웃는다. 그러나 그들도 곧 같은 신세가 되었다. 엉망이 된 병사들끼리 서로를 응원했다.

"힘내라, 공병! 이건 너네 전문 분야잖아!"

"시끄러!"

기운차게 달려간 공병이 바람에게 갈고리를 내어주며 철푸덕 넘어졌다. 그 자세로 머리만 들어 갈고리를 지켜본다. 포물선을 그리며 날아간 갈고리는, 목표 삼은 나무를 한참 빗나갔다. 공병이 땅바닥에 머리를 박는다.

겨울도 몸을 사리지 않았다. 지휘관은 점잔을 빼는 자리가 아니다. 흙 좀 묻으면 어떤가. 어차피 빗물에 다 씻겨 내려간다. 다만 옷 속으로 들어가는 흙 알갱이들이 조금 불쾌하긴 했다.

시간이 흘러갔다. 겨울이 경험치 낭비를 감수하고 「투척」에 투자할까 고민하는 찰나, 억제된 환호가 터져 나왔다. 드디어 갈고리 하나가 강 건너 오크목에 걸린 것이었다. 성공시킨 병사가 주먹을 불끈 쥐며 좋아한다. 주위에 있던 병사들이 그의 어깨와 방탄모를 두들겼다.

겨울이 병력을 한 데 모아 지시했다.

"차량들을 저 위쪽으로 모아요. 강변보다 40미터 정도 높아 보이네요. 저 정도면 저지대가 침수되더라도 차량을 잃을 우려는 없겠죠.

주변에 나무가 있으니 위장하기도 편하고. 전차 승무원들은 저기 남아서 차량을 지켜요. 주포 사거리가 기니까, 유사시 화력지원을 받기 좋을 것 같네요. 지금 가요. 동쪽으로 어느 정도 시야가 확보되는지 확인하고, 보고하세요."

잠시 후 전차장이 직사로 1.3킬로미터를 쏠 수 있다고 보고했다. 강 건너편을 기점으로 삼아도 1킬로미터나 된다. 리버만 하사가 흡족해했다.

"강을 건넌 뒤 이동해야 할 거리가 도보로 약 5킬로미터 정도인데……이동경로의 20%가 전차의 사거리 안에 들어오는군요. 일이 안 풀려서 죽다 만 것들에게 쫓기게 되더라도 어느 정도 안심할 수 있겠습니다."

제프리가 겨울의 의견을 구한다.

"중위님. 우리 단독군장으로 건너도 괜찮지 않을까요? 왕복으로 10킬로미터니까, 들어가서 수문 열고 나오는 것까지 감안해서 서너 시간이면 떡을 칠 것 같은데 말입니다."

단독군장은 배낭을 매지 않고, 기본적인 무기와 탄약만 휴대한 상태를 뜻했다. 겨울은 그에게 동의할 수 없었다.

"그건 모르는 일이에요. 정말 운이 없어서, 가는 도중에 댐이 터질 경우엔 고지대로 피신해서 물 빠지기를 기다려야 할 걸요? 장시간 고립될 가능성이 있으니 단독군장은 안 된다고 봐요. 적어도 사흘 치 식량과 연료, 침낭, 예비탄약 정도는 있어야죠."

"엥? 사흘 치? 그렇게나 필요하겠습니까? 어차피 이 부근이 다 저지대라, 물 빠지는 데 하루면 족할 텐데요."

"혹시 모르잖아요. 각자 알아서 전투식량 아홉 팩씩 챙기라고 해요.

가급적 무게가 덜 나가는 메뉴 위주로 가져가는 게 좋겠어요."

전투식량이라고 무게가 다 똑같은 건 아니었다. 메뉴에 따라 200그램 이상 차이가 난다. 별 것 아닌 것 같아도, 아홉 팩이면 2킬로그램에 가까워졌다. 가벼운 메뉴로 가져가면 같은 무게로 세 끼니를 더 먹을 수 있다는 뜻이다.

내용물이 간소화된 전투식량(FSR)이라면 더 넣을 수도 있겠다. 지금은 없는 물건이었다.

리버만 하사가 졸린 얼굴로 고개를 흔든다.

"세심하셔서 좋습니다만, 거기까지 걱정하실 필요는 없습니다. 우리 애들이 겨우 1, 2킬로그램 차이로 퍼질 만큼 약하진 않으니 말입니다. 이동할 거리도 짧고요. 문제는 부피지요. 군장에서 다른 걸 꽤 덜어내야겠군요."

병사들이 부산하게 움직인다. 군장을 다시 싸느라 약간의 시간이 필요했다. 겨울 스스로도 군장을 하나 만들었다. 하사의 말처럼 무게는 걱정거리가 못 되었다.

이렇게 준비가 끝났다. 이제 누가 먼저 건너갈 것인가를 정해야 했다. 병사들은 웅웅 우는 밧줄을 불안하게 바라보았다. 훈련장처럼 이상적인 조건이 아니었다. 갈고리가 확실히 고정되었는지도 조금 불안하다. 일단 몇 사람이 함께 당겨도 빠지진 않는다. 그래도 안심할 수 없었다. 누군가 단독군장으로 건너가, 밧줄을 고쳐 묶고 나서야 마음을 놓을 수 있겠다.

이 시점에서 당연하다는 듯이 나서는 겨울을 다른 병사들이 제지한다.

"솔선수범이 장교의 미덕이라지만 한 중위님은 너무 지나치십니다.

차라리 우리 소대장을 보내시죠. 평소에 훔쳐간 월급이 많아서 이 정도는 해야 합니다."

"야. 너 왜 나한테 시비냐."

컬레미 일병의 말에 제프리가 발끈했다. 가벼운 장난이었다.

잠깐 망설이긴 했으나, 겨울은 처음을 양보하지 않았다. 위험은 최소화하는 편이 낫다. 「무브먼트」 14등급을 낭비할 필요가 있을까?

소년이 단독군장으로 밧줄에 몸을 실었다. 잘못될 것을 대비해 얇은 끈을 허리에 묶은 채였다. 물에 빠지면 병사들이 잡아당길 구명줄이었다.

이제 오른쪽 발을 꺾어 밧줄에 걸고, 왼쪽 다리를 늘어뜨려 균형을 잡는다. 그 상태로 밧줄을 당기며 나아갔다. 가볍게 달리는 수준의 속도였다.

십 수 초 만에 강을 건넌 겨울이, 나무 위로 내려서서 가지 사이에 끼어있는 갈고리를 회수했다. 반대편의 병사들이 밧줄을 느슨하게 늘어뜨렸다. 다시 묶기 편하도록 여유를 주는 것이었다. 겨울이 가지 아래로 뛰어내렸다. 아름드리나무 밑동에 밧줄을 두 바퀴 둘러, 몇 번이고 단단하게 매듭짓는다. 맞은편에서도 같은 작업이 이루어졌다.

다음으로, 병사들이 소년장교의 군장 배낭을 밧줄에 매달았다. 허리에 묶어두었던 구명줄이 이제는 배낭을 끌어당기는 용도로 바뀌었다.

병사들이 건너는 동안 위태로운 순간이 몇 번 있었으나, 다행히 사고는 일어나지 않았다.

도하가 완료된 시점에서 겨울이 시계를 확인했다.

현재 시각 오후 8시 51분. 잘하면 자정이 지나기 전에 여기로 돌아올 수 있을 것 같다.

가야할 길은 시작부터 완만한 오르막이었다. 폭은 전차 한 대 지나가기 힘들 정도로 좁다. 여기저기 금이 가있는 이런 도로에도 이름이 붙어있었다. 라스 필리타스(Las Pilitas). 라틴계 이민자들이 많은 동네다보니, 지명이나 도로명만 보면 미국이라고 생각하기 어려운 경우가 많았다.

'영어를 아예 안 쓰는 동네가 있을 정도니까.'

이 묘한 이름의 도로를 따라 이동하다가, 살리나스 강이 나타나면 상류를 따라 올라갈 계획이었다.

오르막이 거의 1킬로미터나 이어졌다. 걷다보니 차가운 날씨에도 불구 하고 온몸에 뜨거운 열이 오른다. 행군이란 게 원래 그렇다. 더욱이 겨울의 군장은 다른 병사들보다 무거운 편이었다. 보정을 믿고 더 많은 탄약과 식량을 쑤셔 박아서였다.

전투화 안쪽이 흠뻑 젖어있는 것도 행군에는 좋지 않은 조건이었다.

겨울은 개인적으로 만족했다. 육체적으로 힘들어지는 것이 좋았다. 고통이 곧 현실감이었다. 그래서 고통에 대한 감각동기화율을 일부러 높게 설정해뒀다.

오르막이 끝나고 언덕으로부터 내려오면서, 발바닥에 따끔따끔한 느낌이 들 때 쯤 살리나스 강과 마주쳤다. 행군 방향이 남쪽으로 꺾인다.

거친 강변을 따라 얼마나 걸었을까.

겨울이 소리쳤다.

"엎드려!"

대부분의 병사들은 거의 반사적으로 반응했다.

일부는 아니었다.

따다다닷! 따다닷!

귀가 먹먹한 물소리 사이에 날카로운 총성이 섞인다. 반응 느린 병사 두 명이 피격 당했다. 명백한 조준사격이었고, 의도된 기습이었다. 숫자는 둘. 겨울은 조금 당황했다. 변종의 습격은 대비했지만 인간의 공격은 예상 밖이었다.

"2시 방향, 거리 50! 제압사격!"

겨울이 큰 소리로 외쳤다. 아직까지도 무전 보다는 육성이 더 안전했다.

방향을 정해주자 병사들이 즉각 반격에 나섰다. 적은 강변의 숲에 숨어있었다. 즉 엄폐물이 많았다. 겨울은 병사들의 사격이 명중할 것을 기대하진 않았으나, 적이 쉽게 도망치지 못하도록 만들어주길 바랐다.

'정체가 뭐지? 이번 회차 세계관에서 아직 반정부 무장단체는 나타나지 않았을 텐데? 국경을 넘어온 멕시코인들인가?'

소년이 적의 정체, 그리고 대응 방법을 고민하는 동안, 제프리가 의무병을 불렀다.

"닥(Doc)! 닥! 부상자 상태 확인!"

그러자 피격당한 사람 중 하나가 끙 소리를 내며 옆으로 굴렀다.

"어흐, 전 괜찮습니다! 그렉 저 놈이나 좀 봐주십쇼!"

그는 두 발을 맞는데도 멀쩡했다. 방탄복 덕분이었다. 의무병이 다른 쪽으로 뛰었다.

또 한 명, 피격당한 병사는 운이 좋지 않았다. 고통스럽게 울었다. 허벅지에 관통상을 입은 모양이다. 의무병이 응급조치 키트에서 지혈 장비(Tourniquet)를 꺼내, 관통상 위쪽에 재빨리 감는다. 붕대처럼 감은 뒤 지렛대 같은 손잡이를 조여 출혈을 줄이는 도구였다.

"LAW!"

"잠깐 대기! 사격 중지, 사격 중지!"

격분한 제프리가 로켓 사격을 지시하는 것을, 겨울이 재빨리 만류했다.

"왜?! 아니, 왜 그러십니까!"

그도 꽤나 경황이 없다. 예전처럼 반말을 했다가 경어로 고치는 등 엉망진창이었다.

"뭔가 이상하다는 생각 안 들어요?"

"뭐가요?!"

아무리 매복이라지만 고작 두 명이 선공을 걸었다. 공격한 이유는 모른다. 허나 만약 둘이 전부라면, 공격은 최악의 선택이었다. 차라리 도망치는 게 낫다.

추가 무장인원이 있다고 보기도 어렵다. 지금껏 다른 방향에서 새로운 공격이 이루어지지 않고 있으니까.

이런 사정을 설명하는 대신, 겨울은 조준을 유지하며 천천히 일어섰다.

"신원불상의 무장인원들에게 알린다! 당신들은 지금 미합중국 육군을 공격하고 있다! 무기를 버리고 나와라! 항복하면 온건한 대우를 약속하겠다!"

빗줄기를 가로지르는 청량한 목소리. 그러나 적대적인 간격 너머의 숲에서는 아직 반응이 없다. 제압사격에 맞은 건가? 아니었다. 경계하던 방향에서, 겨울은 붉은 윤곽을 발견했다. 야간투시경의 적외선 센서가 포착한 인간 체온 정도의 열원. 팔 부분만 살짝 드러나 있었다.

나무 뒤에 기대어있는 듯 했다.

월경한 멕시코 난민, 혹은 군경일 가능성을 배제할 수 없다. 어쩌면 영어가 불가능한 미국인일지도 모르고. 설마 자동화기를 습득한 감염변종일까? 아니, 그건 아닐 것이다. 지금까지 경험한 모든 회차에서 그런 경우는 없었다. 설령 「종말 이후」 세계관이 개정되었더라도 마찬가지. 변종들은 지금 날붙이를 겨우 쓰는 수준 아니던가.

여기까지 생각한 겨울이 다시 외친다.

"¡ Ríndete! y serás tratado justamente! no tienes salida!"

낭비를 피하기 위해, 기술보정 없이 기억에 의존하여 던지는 경고였다.

드디어 열원이 움직인다. 나무 옆으로 상체만 기울여, 이쪽을 조심스럽게 살피는 것 같다. 주홍빛 색채로 번지는 형상이었으나 그래도 음영이 있다. 거리가 멀지언정 체형과 이목구비, 복장의 간단한 특성 정도는 알아볼 수 있었다. 적어도 군인은 아니다.

"당신 누구야?! 소속부대, 관등성명을 대!"

잔뜩 쉬고 거칠어졌어도 여성의 음색이었다. 그리고 영어다. 불신과 불안, 그리고 극도의 피로가 느껴진다. 겨울은 그녀의 요구에 따랐다.

"저는 봉쇄선 사령부 소속으로, 포트 로버츠의 79연대전투단 160연대에 파견되어있는 한겨울 중위입니다! 아무래도 오해가 있었던 모양인데, 일단 무기를 버리고 나와요! 두 분의 신변안전을 보장하겠습니다!"

"……젠장, 그 말을 어떻게 믿어!"

겨울은 일부러 강하게 대응했다.

"믿으셔야 할 겁니다! 투항하지 않겠다면 로켓으로 날려버릴 거니까요!"

공갈이 아니다. 발사준비를 마친 병사가 지시를 기다리는 중이었다.

잠깐의 침묵 끝에, 새로운 목소리가 등장했다. 이번엔 남성이다.

"알겠소! 이렇게 합시다! 일단 나 혼자 나가리다! 당신들 얼굴을 확인하고 싶소!"

이상한 조건이었다. 왜 하필 얼굴을? 겨울은 다양한 가능성들을 빠르게 더듬었다.

'가시거리는 충분했지. 이들은 우리가 군인이란 걸 알고도 공격했을 거야. 그럼 이미 적대관계인 다른 군인들이 존재한다는 뜻인데……. 어떻게 된 일일까.'

생각하는 사이, 남자가 모습을 드러냈다. 수염을 기른 노인이었다. 두 손을 들고 나와서 천천히 무기를 내려놓는다. 그리고 한 바퀴 돌아보였다. 자신에게 다른 무기가 없음을 보여주려는 행동이었다.

그가 오는 데 시간이 좀 걸렸다. 노인은 적당한 거리에 이르자 스스로 무릎을 꿇었다. 양손을 머리 뒤로 올린다. 생존계열 감각보정의 경고는 없었다. 자살 테러는 아닌 모양이다. 경계를 낮춘 겨울이 느리게 다가갔다.

등을 찌르는 무수한 시선들이 느껴진다. 소대원들과 공병들이 잔뜩 긴장하고 있었다.

"얼굴을 보고 싶다고 하셨던가요?"

몇 미터 떨어져 묻는 겨울에게, 노인이 고개를 끄덕여보였다. 겨울이 야시경을 들어올렸다.

노인이 탄성을 터트린다.

"오오. 이럴 수가. 당신, TV에서 보던 그 사람이로군요. 이름을 듣고도 설마 싶었는데……."

그러더니 아직까지 신음하는 부상자 쪽을 바라본다. 그리고, 적의를 감추지 않는 제프리의 소대원들과 세 명의 공병들 까지. 위생병은 이쪽에 신경 쓸 겨를이 없었다. 늙은 남자의 얼굴에 죄책감이 어렸다. 고개를 떨어뜨리며 하는 말.

"우리가 큰 실수를 저질렀군요."

겨울이 부드러운 음성으로 병사들의 적의를 억눌렀다.

"사정은 천천히 듣겠습니다. 다른 한 분도 나오도록 말씀해주세요."

"그러지요."

노인이 몸 돌려 뒤쪽으로 외친다.

"캐슬린! 이쪽으로 오시오! 이 사람들은 해리스 대위의 부하들이 아니오!"

숨어있던 나무로부터, 머뭇거리며, 여자가 모습을 드러냈다. 무기를 버린다. 불안해하면서도 가까이 다가왔다. 짙은 올리브색 유니폼에 금빛 보안관 뱃지를 달고 있다. 적당히 가까워진 뒤에는 겨울을 보고 잠시 굳어진다. 이내 어두운 표정으로 무릎을 꿇었다.

"죄송합니다, 죄송합니다……."

제프리가 묵직한 한숨을 내쉰다. 그는 병사 둘을 시켜 늙은 남자와 보안관의 무기를 회수하도록 했다. 군용 소총이 두 정, 권총이 한 정. 총기에 남은 탄약이 얼마 없었다. 다른 병사들이 몸수색을 진행했지만 여분의 탄창이나 수류탄 같은 것은 나오지 않았다.

보안관과 노인 입장에선 굉장히 절망적인 저항이었던 셈이다. 전후 상황이 그려진다.

몸수색을 마친 병사들이 두 사람을 구속했다. 손을 뒤로 돌려 단단히 묶는다.

의무병이 소년장교에게 부상자의 상태를 보고했다.

"생명에는 지장이 없습니다. 출혈도 멎었고요. 총알이 허벅지를 관통했으나 동맥을 건드리진 않았더군요. 다만 체온유지에는 주의해야 합니다. 최대한 빠른 후송을 권하고 싶습니다."

겨울은 부정적이었다. 부상자를 후송하려면 병력을 나눠야 한다. 위험한 선택이다.

"당장 후송하기는 어려울 것 같네요. 아무튼 알겠어요. 고려하죠. 수고하셨어요."

부상자인 그렉 가드너 일병이 들것에 실렸다.

겨울은 이동과 경계강화를 명령했다. 신속히 움직일 필요가 있었다. 교전의 소음이 격렬했기 때문이다. 근방에 대규모 변종집단, 혹은 정체불명의 적대적 미군 병력이 존재한다면 골치 아픈 일이 생길 것이다.

대화는 움직이면서도 할 수 있었다. 소년이 무장해제 된 두 사람과 가깝게 걸었다. 두 사람은 무척 불안해보였다. 겁먹은 동물처럼 주변을 살피는 중이다. 겨울이 그들에게 물었다.

"이제 이야기를 들어볼까요? 당신들은 어디서 왔습니까? 해리스 대위는 누구죠? 그리고 왜 우릴 공격했어요?"

서로 다른 세 개의 질문은 사실 하나의 맥락이었다. 보안관이 서둘러 대답했다.

"상황이 급하니 빠르게 말씀드리겠습니다. 우리는 캠프 샌 루이스 오비스포의 생존자들이에요. 해리스 대위와 그 부하들도 마찬가지고요. 성탄절 새벽, 캠프가 무너질 때 함께 탈출했죠."

캠프 오비스포의 생존자들은 모두 구출된 것이 아니었나? 봉쇄선 사령부가 작전 종료를 선언했었는데? 겨울은 일단 끝까지 들어보기로 했다. 보안관의 설명은 빠르게 흘렀다.

"캠프를 벗어나고서도 우리는 계속해서 쫓기고 있었습니다. 도망치는 내내 무전기에서 이상한 잡음이 흘러나오더군요. 보통의 교신이나 비명이 중구난방으로 뒤섞인…….."

"트릭스터로군요."

"네. 그래서 구원요청을 할 수도 없었죠. 정찰기가 날아다니는 건 몇 번 봤지만, 그쪽에서 우릴 발견하지 못했어요. 당연한 일이었어요. 우린 산으로 숨어들었으니까요. 대위가 겁쟁이였다고 생각합니다. 보이지도 않는 변종들을 피해 무조건 험지로 숨어야 한다고 했거든요."

보안관은 대위의 판단을 비난했으나, 그게 꼭 잘못된 판단이었다고 할 순 없었다. 트릭스터는 혼자 움직이지 않는다. 하나라는 보장도 없다. 병력의 규모가 그리 많지 않았다면, 그리고 지켜야할 민간인이 많았다면, 해리스 대위가 교전을 회피하는 건 합리적인 선택이었다. 덕분에 같은 미군의 지원을 받을 수도 없게 되었겠지만.

겨울은 내색 없이 대화를 이어갔다.

"군인들과는 어쩌다 대립하게 됐습니까?"

"발단은 식량이었어요. 뭔가 챙길 틈도 없이 급하게 도망쳐 나왔는 걸요. 이틀째에는 연료가 없어서 차도 버렸고요. 해리스 대위는 전투력을 유지하려면 병사들에게 우선적으로 식량을 분배해야한다고 주장했죠. 언제 전투가 벌어질지 모른다면서요. 민간인 생존자들이 반발했어요. 당연히 공평하게 나눠야 하는 거 아니냐고. 다들 배가 고파서, 날이 갈수록 분위기가 험악해졌어요. 그러다가…….."

보안관이 눈을 질끈 감는다. 그러나 그녀의 짧은 침묵 사이에, 그 뒤의 전개를 유추하는 건 그리 어렵지 않았다.

"군인이 민간인을 죽이기라도 했나요?"

"정확합니다."

보안관의 대답이 아니었다. 노인이 비극을 증언했다.

"시작은 우발적인 살인이 아니었나 싶습니다. 정확한 발단은 저희도 모르겠습니다. 그날 새벽, 뭔가 잘못되었다는 걸 깨닫고 일어났을 땐……대위의 부하들이 민간인들을 학살하는 중이었습니다. 제정신이 아니더군요. 어른, 아이 할 것 없이 모두 죽었습니다. 양심 있는 일부 병사들이 아니었다면 우리도 살아남지 못했을 겁니다. 그들도 지금은 죽고 없지요……."

"미친."

욕설을 내뱉은 건 리버만 하사였다. 감정기복이 적은 그로서는 드문일이었다. 겨울이 돌아보니, 대화에 귀를 기울이던 병사들 모두 안색이 나빴다. 첫 교전에서 지금에 이르는 정황을 살펴보건대, 이들의 증언이 거짓일 확률은 낮아 보인다. 병사들도 그렇게 느끼는 모양이다. 적대감이 많이 낮아졌다.

그럼에도 겨울은 아직 일말의 의심을 남겨두었다. 사람을 대하는 습관 같은 것이었다. 모든 것은 양쪽의 말을 다 들어보고 판단해야 한다. 만약 해리스 대위와 조우하게 될 경우, 적어도 한 번쯤 대화를 시도할 필요가 있을 것이다.

제프리가 말한다.

"Sir. 이 말이 절반만 사실이더라도 미어캣에게 경고해야 합니다. 군복 입은 연쇄살인마 집단을 조심하라고 말입니다."

그는 차량을 지키라고 남겨둔 전차 승무원들을 염려하고 있었다.

또한 차량을 탈취당할 가능성도 경계해야 했다. 그러나 리버만 하사가 반대했다.

"그건 위험합니다. 이들을 쫓았다는 트릭스터가 가까이에 있을지도 모릅니다. 우리만 무전침묵을 지킬 수 있는 게 아니죠. 그리고 해리스 대위인지 뭔지 하는 사생아 새끼에게도 무전기가 있을 거 아닙니까? 괜히 무전을 쳤다가 적들에게 정보만 주는 꼴이 될지도 모릅니다."

그는 이미 해리스 대위를 적으로 규정하고 있었다. 제프리가 눈살을 찌푸린다.

"이봐요, 하사. 있어도 일찌감치 방전됐겠죠. 오비스포 캠프가 무너진 뒤로 벌써 한 달도 넘게 지났구만. 그때부터 지금까지 헤맸는데 배터리가 남아나겠어요?"

보안관이 끼어들었다.

"아뇨, 그들에겐 휴대용 태양광 충전기가 있어요."

"염병……."

제프리가 탄식했다.

"경고하죠."

겨울이 결정을 내렸다.

"이분들의 증언이 모두 사실이란 가정 하에, 해리스 대위는 증인을 남기지 않기 위해서라도 끝까지 쫓아올 거라고 봐요. 그러지 않았으면 우리가 공격받을 일도 없었겠죠. 보안관님, 제 말이 맞나요?"

"네. 지금까지 계속해서 쫓겼어요."

"그렇다면 미어캣을 무방비하게 내버려둘 순 없어요. 어차피 우리가 무전을 넣는다고 해서 미어캣의 위치가 발각되는 건 아니에요. 호출 부호로 부를 테니 거기 뭐가 있는지도 모를 테고요. 트릭스터가 있다손 치더라도, 해리스 대위가 전차 승무원들을 해치고 험비 아홉 대를 손에 넣는 것보단 나아요. 변종집단보다 더 까다로운 적이 될 테니까요."

하사는 혼자서 고개를 흔들었지만, 더 이상 반대하지는 않았다. 겨울이 통신병을 불렀다.

'무전이 노출되지 않을 수도 있을까?'

가능하다. 그들이 지닌 무전기 중 무엇 하나 주파수가 맞지 않는 경우. 하지만 희박한 확률이었다.

주위에 침묵 중인 트릭스터가 있다면 더더욱 기대하기 어렵다. 무전을 복사해서 온갖 주파수에 뿌려대는 놈들이다. 놈들이 무전을 포착하여 사냥을 시작한다면, 겨울의 목소리는 방해전파와 뒤섞여 끝없이 반복 송출될 것이었다.

수화기를 들고 뜸을 들이던 겨울이, 결국 발신 버튼을 누른다.

"미어캣, 미어캣. 당소 데이비드 액추얼. 지금부터 대답하지 말고 듣기만 하세요."

청명하던 통신망에 소름끼치는 잡음이 꼈다. 강도는 그리 강하지 않았다. 어느 정도 각오했던 일이므로, 겨울은 조용하게 말을 이어갔다.

"근처에 미군 낙오병 집단이 있을 가능성이 높습니다. 이들에게는 민간인 학살 혐의가 있습니다. 소속 불명의 미군과 조우할 경우 잠재적인 적으로 간주하세요. 1차적으로는 접근 거부를 우선하되, 상대가 무시한다면 실사격을 가해도 좋습니다. 이건 지휘관으로서 내리는 명령입니다. 모든 책임은 제가 지겠습니다."

겨울은 같은 내용을 두 번 더 발신했다. 마지막으로 반복할 때엔, 먼 메아리처럼, 시차를 두고 목소리가 겹쳐졌다. 메아리는 갈수록 가까워질 것이다.

통신을 마친 겨울이 보안관을 부른다.

"해리스 대위에 대한 정보가 필요합니다. 병력은 얼마나 되는지, 어떤 화기와 장비를 보유하고 있는지, 성격은 어떤지……."

"잠시만요."

보안관이 초조하게 말을 끊었다.

"방향을 보니 댐으로 가시는 것 같은데, 죄송하지만 저를 먼저 보내주세요. 다른 일행들이 저 앞에서 기다리고 있어요. 군 병력이 접근하면 겁에 질려 달아날 거예요. 가서 이게 어떤 상황인지 알려야 해요. 이대로는 자기들을 팔아넘겼다고 생각할지도 몰라요."

"생존자가 더 있다고요? 말하는 게 늦지 않습니까?"

"……."

보안관이 시선을 내린다. 겨울이 대검을 뽑았다. 소스라치는 그녀를 붙잡고, 뒤로 묶인 팔의 구속을 끊는다.

"묶인 채로 가봐야 설득력이 없겠죠. 어디쯤인가요?"

보안관이 손가락으로 도로가 이어지는 저편을 가리켰다. 나무 사이로 단층 건물의 지붕이 눈에 띈다. 정말 얼마 남지 않은 거리였다. 겨울이 손목시계를 본다.

"가세요. 3분 드리죠."

때로는 돌아가는 길이 더 빠를 수 있다. 민간인들이 도망쳐 버리면, 무시하고 임무를 수행하기도 곤란할 것이다.

단 3분이라도 낭비할 이유가 없었다. 간부들을 모아놓고, 겨울은 노인을 심문했다. 해리스 대위에 대한 정보는 많을수록 좋았다. 병력의 규모와 상태, 무장의 상세 등. 사정을 알고 대화를 시도하면, 전투를 피할 수 있을지도 모른다.

물론 확률은 낮을 것이다. 그래도 해보는 것이 소년의 방식이었다.

노인이 자신 없는 모습으로 진술했다.

"병력은……육십 명 정도 되지 않을까 싶습니다."

"부정확하네요."

"죄송합니다. 그날 새벽 이후로 줄곧 쫓기기만 해서……. 산지와 숲속으로 도망 다녔기 때문에, 얼마나 쫓아오는지 확인할 수 없었습니다."

"그럼 무슨 근거로 그 숫자를 추정하셨어요?"

"원래 대위를 따르던 병력이 백 명 가량이었습니다. 그리고 학살이 벌어질 때, 저희를 보호하려고 한 병사들이 스물은 넘었던 것으로 기억합니다. 싸움 자체는 일방적이었지요. 시간을 벌어주는 게 고작이었습니다. 그래도 대위 편의 피해가 없진 않았겠지요."

"글쎄요……."

겨울이 말끝을 흐렸다. 전투라는 게 꼭 그렇게 덧셈 뺄셈 같지는 않다. 집단과 집단의 교전에서, 전투력의 차이는 병력 차이의 제곱이다.

'우발적인 교전이었으니 변수가 많았겠지만, 확신하긴 어려워. 최악을 예상해야겠지. 그래야 차악이 가벼울 테니까.'

노인이 알고 있는 건 많지 않았다. 평범한 민간인이었다. 군의 무장 상태를 판단할 필요도, 능력도 없었을 것이다. 많은 것을 유추해야 했다. 그래도 유용한 정보가 하나 있었다. 추격을 뿌리치기 위해 다섯 번의 전투를 치렀다고 한다. 사실 내용은 전투라고 하기 부끄러운 수준이다. 서로 잘 보이지도 않는 상황에서 무턱대고 총질을 했다는 것이다.

보안관이 상당히 용감한 인물이었다. 오늘 겨울이 겪었듯이, 노인

같은 사람과 함께, 때로는 혼자 후미에 남아 엉뚱한 방향으로 추격을 유도했다고 한다.

"시간 됐네요. 일단 들어가죠."

겨울이 손목시계를 두드리며 말했다. 병력은 도로가 아니라 그 옆의 수풀을 통해 이동했다. 어디에 적이 있을지 모른다. 미군과 변종집단을 동시에 상대하는 사태가 벌어질 수도 있었다.

무전기에서는 지금도 겨울의 목소리가 섞인 잡음이 흘러나오는 중이다. 강도는 약하다. 거리가 멀다는 뜻. 그러나 트릭스터가 방해전파의 강도를 의도적으로 낮출 가능성이 있었다.

생존자들은 공병단 사무소에 숨어있었다. 이 근방이 워낙 외진 곳이라, 비바람을 피할 다른 장소를 찾을 수 없었을 것이었다.

'해리스 대위도 여길 쉽게 찾아낼 거라는 게 문제인데…….'

아예 조우하지 않는 게 최선이었으나, 갈수록 기대하기 어려워진다. 겨울을 비롯한 미군 병력이 이런 곳까지 찾아올 이유를 추리할 수도 있을 것이다. 주변에 댐 말고는 정말 아무 것도 없으니까.

문이 열려있었다. 안쪽에서 보안관이 기다리고 있다. 불안이 다 지워지지 않은 얼굴. 그러나 아까보다는 낫다. 겨울이 구속을 풀어줄 때부터, 약간이지만 신뢰가 싹튼 것 같았다. 그러나 겨울은 방심하지 않았다. 다른 민간인들은 또 모른다.

10미터 쯤 앞에서 노인의 구속을 풀어주었다. 먼저 들어가라고 해놓고, 겨울이 병사들에게만 들릴 낮은 음성으로 당부했다.

"민간인들을 조심해요. 군인에 대한 불신이 깊을 테니, 무기를 탈취하려고 할지도 몰라요."

좋게 말해서 무기 탈취였다. 공격이라고 하지 않는 건 병사들의 심리를 감안한 단어 선별이었다.

"그렇다고 주의하는 티를 내도 안 되겠죠. 엔간한 건 압니다. 걱정 놓으십쇼."

제프리가 답한다.

제프리 외 3개 분대가 외부 경계를 맡았다. 1개 분대와 나머지는 겨울과 함께 사무소로 진입했다. 노인과 보안관 외, 극심하게 떨고 있는 사람들이 보인다. 두려움보다는 추위 탓이 더 큰 것 같았다. 보안관도 초췌해 보인다고 느꼈는데, 그나마 가장 나은 축이었다. 무장한 사람은 보이지 않는다. 소총 두 자루가 전부였던 모양이다.

사람들은 서로 뭉쳐서 체온을 나누는 중이었다. 병사들이 들어온 뒤에도 두려워할지언정 떨어지지 않는다. 그만큼 추운 것이겠지. 그 가운데 유독 두 사람만 따로 떨어져 있었다. 만삭의 여인과 그 남편이다. 의무병이 신음했다.

"맙소사. 임신부라니. 그동안 어떻게 도망쳤습니까?"

보안관이 답한다.

"말이 있어요. 조금 떨어진 곳에 매어났죠."

의무병은 여인을 살펴보더니 안색이 나빠졌다.

"뭔가, 태울 만한 것을……어서!"

불을 피우려다 실패한 흔적이 있었다. 철제 캐비닛에 종이를 모아 막대로 비벼댔나 보다. 병사들이 사무실에 있는 가구들을 급하게 때려 부쉈다. 요란한 소리가 나는 바람에, 바깥 경계를 맡고 있던 제프리가 슬며시 안쪽을 살폈다. 임신부를 보고 기겁을 한다.

지휘관으로서, 겨울은 그들을 만류해야 했다. 빛이 새는 걸 완벽하게 막을 방법이 없었다. 물안개가 짙어도 수백 미터 밖에서 보일 것이다.

하지만 만류하지 않았다. 불을 찾는 의무병에게 품에서 성냥을 꺼내 던져준다. 전투식량(MRE)에 들어있던 성냥이다. 습기 찬 환경에서도 쉽게 불붙도록 만들어졌다.

병사는 자갈 같은 군용 연료를 불쏘시개로 쓴다. 불은 순식간에 커졌다. 색감 없던 실내가 환하게 밝아진다. 그러나 아직 부족하다. 여러 사람이 따뜻하려면, 불을 훨씬 더 크게 키워야 했다. 책상이며 의자 같은 것들을 부순 땔감들이 불을 담은 캐비닛에 무더기로 쌓였다.

겨울이 사무실을 둘러보았다. 창문을 가릴 만한 무언가가 존재하지 않는다. 다만 불쏘시개로 쓰려던 종잇장들이 있었다. 겨울은 병사들에게 지시했다.

"종이를 적셔서 창문에 붙여요."

양이 넉넉했다면 몇 겹으로 덧발라서 빛을 최대한 막을 텐데, 그러기엔 양이 모자랐다. 북쪽에 면한 창문들은 내버려두고, 그 외의 방향에 집중적으로 발랐다.

겨울이 임신부의 남편에게 묻는다.

"아내 분, 출산예정일이 언제죠?"

"이미 양수가 터졌습니다. 진통이 언제 시작될지 모릅니다."

남편은 이 악물고 대답했다. 온갖 감정이 한 데 녹아 흐르는 얼굴이었다. 의무병이 양손으로 마른세수를 했다. 이 상황을 감당하기 어려운 듯 하다.

다른 생존자들의 분위기가 뒤숭숭하다. 부부를 못마땅하게 여기는 것 같았다. 보안관과 노인은 또 그런 그들을 흰 눈으로 보고 있고. 가운데쯤 서서, 부부에게 갈 시선을 조금이라도 막아보려고 노력한다.

'개판이네.'

이들이 겪은 도피행, 그 하루하루가 쉽게 상상이 간다. 임신부에 대한 배려가 불편했을 것이다. 다른 사람들에게 짐이 된다고 여겼을 터.

'삶이 무거울 때, 사람은 대개 양심부터 벗어 던지지. 그게 가장 무거우니까.'

사정을 이해한 병사들에게서도 조급함이 엿보이는 중이다. 무전기에서 흘러나오는, 여러 조각으로 찢어진 겨울의 목소리가, 그들을 더더욱 시험에 들게 만들었다.

[직…지직……소속 불명의 미군과 조우할 경우 잠재적인 적으로 간주……미어캣, 미어캣……모든 책임은…… 칙……제가 지겠습니다……실사격을 가해도 좋습니다……민간인 학살 혐의가……미어캣, 미어캣……]

주파수를 바꿔도 마찬가지였다. 해리스 대위가 겨울의 경고를 듣지 못할 가능성은 매우 낮았다. 겨울은 아타스카데로를 회상했다. 트릭스터와의 첫 조우. 통신병은 이렇게 투덜거렸었다. 괴물 주제에 성능도 좋다고.

"약속해주십시오."

아내를 끌어 안은 남편의 말. 충혈 된 눈으로 겨울을 보고 있다.

"내 아내를 버리지 않겠다고 약속해주십시오."

맛이 간 목소리였다. 남편 스스로도 열이 심한 것 같았다. 자세히 보면 눈이 풀려있다.

"네, 약속드리죠. 그런데 제 약속을 믿으실 순 있나요?"

"당신은 한 소위잖습니까."

남자는 한 소위를 모종의 고유명사처럼 발음했다. 하기야, 겨울의 중위 특진은 캠프 오비스포 붕괴 이후의 민심달래기를 겸하는 것이었으니. 남자에게 겨울은 아직 산타 마리아의 영웅인 '한 소위'일 터였다. 계급장을 보고도 소위라고 부르는 걸 보면.

겨울은 능숙하게 상냥한 미소를 만들었다.

"믿어주셔서 고마워요."

유명세가 이런 데서 쓸모 있었다. 생존자들이 홀린 듯이 소년장교를 바라보았다.

의무병의 독촉으로 병사들이 전투식량을 갹출했다. 이들이 며칠 동안은 하루 한 끼를 겨우 챙긴 것 같았으므로, 고열량 식단을 그대로 먹이긴 어려웠다. 발열 팩으로 물을 데워 주 메뉴를 묽게 만든다. 맛은 고려사항이 아니다. 임신부에게 가장 먼저 먹이고, 나머지는 그 다음 차례였다.

그동안 겨울은 잠깐 밖으로 나왔다. 제프리가 자기 쪽으로 손짓해 보인다. 그는 비를 맞으며 수풀 속에 엎드려 있었다. 방수처리 된 지도를 펼쳐놓았다. 전술적인 고민의 흔적이 엿보였다.

"이제 어떻게 하실 겁니까?"

"우선 임무부터 완수해야죠. 여기서 500미터만 더 가면 펌프 하우스잖아요."

"그 뒤에는요? 제 생각엔 최대한 빨리 철수하는 게 최선일 것 같습니다만."

"임신부가 있어서 이동하기 곤란해요. 벌써 양수가 터졌다고 하던데요. 아무래도 출산까지 지켜야 할 것 같아요."

"오, 게으르신 나의 주님. 당신 일처리는 왜 맨날 이 모양입니까?"

제프리가 땅에 머리를 박고 이상한 소리를 중얼거렸다. 자꾸 이러시면 날아다니는 스파게티 괴물에게 귀의하겠다고. 이상한 헛소리였다.

과거에 통하던 농담인가 보다.

우울하게 몇 번 머리를 박은 제프리가 다시 말한다.

"여러모로 좋지 않군요. 적의 정보는 불확실하고, 변종집단이 접근하고 있는데다, 이쪽은 움직이지도 못 하는 상태에서 방어전을 치러야 한다니."

"불평은 그쯤 해둬요. 병력을 나눠야겠어요."

"엑. 농담이시겠죠?"

"임무는 수행해야 하는데, 민간인들을 잠시라도 방치할 순 없고, 그렇다고 이 사람들을 다 데리고 다녀올 순 없잖아요. 가벼운 저체온증이 보이는 사람도 있던걸요. 이들에겐 500미터가 절대로 짧지 않을 거예요. 죽음과 삶을 가를 수도 있는 혹독한 거리겠죠."

"그렇다고 병력을 쪼개요?"

"말을 타면 돼요. 금방 다녀올 수 있을 거예요."

"거기 몇 명이나 탑니까? 공병 하나는 반드시 가야 할 테고, 거기다 호위병 하나 붙입니까? 너무 위험하지 않습니까? 뒈지다 만 새끼들이 위에서 내려오고 있을지도 모르잖습니까?"

"내가 같이 다녀오려고요."

제프리가 또 다시 머리를 쾅 박는다.

"……미치겠네."

"화력이 분산되는 걸 막아야 하잖아요. 이건 내 생각인데, 해리스 대위가 병력이 많을지는 몰라도 탄약만큼은 부족할 거예요. 삼림에서의 총격전은 탄약 낭비가 극심하지 않아요?"

"아까 노인네 말 듣고 저도 그 생각 했습니다. 보안관이 다른 건 마음에 안 드는데, 그거 하난 정말 잘하지 않았습니까? 조금만 더 어렸어도 청혼했을 겁니다. 연상은 취향이 아니라서."

"농담 그만해요. 시간 없어요."

겨울이 정색하자 젊은 소대장이 멋쩍은 표정을 짓는다. 겨울의 말이 이어졌다.

"혹시라도, 만에 하나, 나 없는 사이에 교전이 벌어지면 소모전으로 유도해요. 그것만으로도 쉽게 접근하지 못할 거예요. 우리가 움직이지 못해서 불리한 면이 있지만, 방어전이니까 얼마든지 상쇄할 수 있다고 봐요. 주변에 트랩도 깔고요."

"벌써 몇 개 깔았습니다. 클레이모어(산탄지뢰)로다가 말이죠. 이동할지도 몰라서 많이는 안 썼는데, 결국 여기서 고수방어를 하는 군요. 그럼 나머지를 아낄 필요가 없습니다. 다녀오시는 동안 다른 폭발물도 적당히 뿌려두겠습니다. 인계철선이랑 도폭선까지 걸어두면 함부로 접근 못 할 겁니다. 숲은 선점하는 자의 전장 아니겠습니까?"

인계철선은 지뢰나 폭발물의 뇌관에 걸어 팽팽하게 당겨두는 철사다. 보통은 발목 높이에 오도록 설치한다. 멋모르고 건드리면 즉각 뇌관이 격발되는 식이었다. 도폭선은 조금 다르다. 이건 끈 형태의 폭약이었다.

어느 쪽이건 트랩으로 적합하다. 줄기차게 쏟아지는 비와 어둠 속에서, 수목의 짙은 음영 가운데를 걸으며 교묘한 함정을 간파하기란 무척이나 어려울 것이었다.

"그런데 말입니다."

제프리가 말했다.

"정말 그 대위라는 작자가 나타나면……."

말을 하다 말고, 젊은 소위는 입을 꾹 다물었다.

"아니, 아닙니다."

같은 미군 동료와 싸울 판이다. 마음이 결코 편하지 않을 터.

긴 말은 오히려 독이다. 겨울이 제프리의 어깨를 두드렸다.

"맡길게요, 차석지휘관. 수고해요."

"⋯⋯엡. 얼른 다녀오십쇼."

무전을 함부로 쓰지 못 하는 만큼 병사가 직접 뛰어다니며 상황을 전파했다. 이미 노출되긴 했어도, 이쪽 사정을 줄줄이 광고할 필요는 없었다.

겨울이 다시 사무소 안으로 들어갔다. 보안관은 아직 식사 중이었다. 강한 사람이라고 생각했는데, 조용히 눈물을 훔치고 있다. 얼마만의 따뜻한 식사인걸까. 방해하고 싶지 않았으나 임무를 늦출 수 없다. 겨울이 말을 걸었다.

"보안관님. 죄송하지만 말이 있는 곳으로 안내해주셔야겠습니다."

"말을요? 어째서?"

대번에 경계심부터 띄우는 그녀. 겨울이 해명했다.

"의심하지 마세요. 전 원래 살리나스 댐의 붕괴를 막으려고 여기에 온 겁니다. 그렇다고 여러분을 방치할 순 없으니, 저랑 다른 한 명만 서둘러 다녀오려고 해요. 협조 부탁드립니다."

"의심할 생각은 아니었⋯⋯하아, 죄송합니다."

겨울은 병사를 시켜 그녀에게 총을 돌려주었다. 여분의 탄창도 내주었다.

"믿겠습니다."

보안관은 눈을 크게 떴다가, 소년장교에게 가볍게 목례했다.

공병 세 사람 중에 말을 탈 줄 아는 이가 없었다. 결국 겨울이 한숨을 쉬고서, 스스로 고삐를 잡았다. 같이 가겠다고 자원한 공병이 신기하게 여겼다.

"승마는 언제 배우셨습니까?"

"지금요."

병사는 소년장교의 대답을 농담으로 들었다. 겨울이 기수를 북쪽으로 향하며 보안관을 내려다보았다. 그녀는 지향사격 자세로 숲 속의 어둠을 노려보고 있었다.

"들어가세요, 보안관님."

"캐슬린 헤이랜드에요. 이름으로 불러주셨으면 좋겠네요."

보안관의 대답. 여전히 원색을 알아보기 어려울 만큼 쉬어있는 음성이었으나, 첫 만남에 비해 날카로움이 제법 줄어들었다. 겨울이 고개를 끄덕였다.

"알았어요, 캐슬린. 가서 기다리세요. 금방 다녀올게요."

그러고서 고삐를 내리친다. 갈기 달린 순한 짐승이 부드럽게 응했다.

소년은 한 손으로 말을 다뤘다. 다른 손에는 소총을 들었다. 개머리판을 옆구리에 끼고, 언제든 쏠 수 있도록 준비한다. 창기병을 연상케 하는 자세였다.

등 뒤엔 공병이 붙어있었다. 두 손으로 소년장교의 허리를 끌어안고 있다. 두 사람의 체급 차이가 꼴을 우습게 만든다. 허나 호우를 가르는 질주였다. 떨어지지 않으려면 어쩔 수 없었다. 승마에 익숙하지 않은 병사는, 말이 땅을 박찰 때마다 유난히 튀어 올랐다. 겨울은 허벅지에 힘을 꽉 주었다.

두둑, 두둑, 두둑. 말발굽 소리가 둔탁하다. 도로를 벗어나서 달리는 까닭이었다. 소음을 줄이는 데엔 좋았으나 주행의 난이도가 올라갔다. 노변의 관목이 빠르게 다가왔다. 겨울이 박차를 가했다. 하체를 살짝 들어, 가볍게 뛰어넘는다. 다만 승객은 아니었다. 척추가 쿵 내려앉는 충격에 윽 하고 신음을 흘린다.

중간에 변종 하나가 튀어나왔다. 말 달리는 호흡에 맞춰, 겨울이 방아쇠를 두 번 끊어 당겼다. 리듬감 있게 튀는 탄피. 변종은 첫 번째 사격에 가슴을 맞고, 두 번째 삼점사에 머리가 깨지고, 세 번째 연사에 뒤로 넘어졌다. 말발굽이 시체를 짓밟고 지나간다.

텅 빈 위병소를 지나쳐 겨울은 펌프 하우스에 도달했다. 몰개성하게 지어진 사각형의 콘크리트 건물이었다. 커다란 격자창문이 정면에 하나, 측면에 네 개다. 말을 묶어놓고, 겨울이 공병과 함께 창가에 붙었다. 옷소매로 창문을 닦아본다. 안쪽은 그저 새까만 어둠. 야간투시경을 끼고도 보이는 게 없었다.

'열원은 없지만……'

가사상태에 들어간 변종이 있을지도 몰랐다. 대사가 억제된 변종의 육체에선 온기가 사라진다. 혹은 일정 등급 이상의 변종이 체열을 가리는 경우도 있었다. 아직은 때가 이르지만, 겨울은 방심하지 않았다.

문은 열려있었다. 공병이 적외선 조명 막대(Chemlight)를 꺾어 안쪽으로 던졌다. 야시경으로만 볼 수 있는 빛이 실내를 음산하게 밝힌다. 가장 먼저 보이는 건 네 개의 커다란 밸브였다. 남쪽 벽면에는 정체를 알 수 없는 몇 개의 장치, 그리고 커다란 제어단말 하나가 붙어있었다. 다만 전원은 모두 꺼져있는 상태였다.

겨울이 지시했다.

"작업해요. 입구를 지키고 있을 게요."

"금방 끝내겠습니다."

자신만만하게 들어간 공병은, 얼마 지나지 않아 겨울을 부른다.

"죄송한데 조금만 도와주십쇼. 하하."

그는 민망하게 웃었다. 소년이 물었다.

"무슨 일인데요?"

"하도 안 써서 그런지 밸브가 안 돌아갑니다."

공병에게 힘이 부족한 건 아니었다. 체력기준 미달 시 각종 불이익을 받는 미군, 그 가운데서도 힘쓸 일이 많은 공병 답게, 그의 팔뚝은 상당히 굵은 편이었다. 다만 밸브의 높이가 높고, 바닥이 젖어있어 발이 쉽게 미끄러졌다. 힘을 쓰기 나쁜 조건이다.

두 사람이 붙자 둥근 핸들이 수월하게 돌아간다. 하나, 둘, 셋, 넷. 풀린 밸브의 수가 늘어날 때마다, 우릉우릉 하는 나지막한 울림이 더해졌다. 디딤발을 파이프에 올린 겨울은 관을 통과하는 묵직한 진동을 느낄 수 있었다.

벽면의 제어단말과 몇 개의 계기를 살핀 공병이 고개를 흔들었다.

"역시나……전원이 없어서 작동이 안 되는군요. 댐 하부의 배수관을 직접 열어야겠습니다."

살리나스 댐은 다목적 댐이 아니었다. 발전능력이 없어, 제어시설이 외부로부터 전력을 공급받는다. 캘리포니아 일대의 전력공급이 중지된 지금은 모든 것을 수동으로 조작해야 했다.

겨울이 공병을 재촉했다.

"서두르죠."

댐으로 올라가는 길에 번개가 쳤다. 순간적으로, 댐이 하얗게 전모를 드러낸다. 전면에 양방향으로 계단을 만들어두었다. 동쪽 계단 끝엔 아무 것도 없었으나, 서쪽 계단 끝엔 내부로 들어가는 문이 보인다.

'민간인들이 움직일 수만 있다면 저기가 더 안전할 것 같은데.'

일단 접근 경로부터 제한적이다. 해리스 대위에게 대전차 미사일이 넘쳐난다면 모를까, 내구성도 확실했다. 겨울이 공병에게 묻는다.

"저 안에 뭐가 있죠?"

"아무것도 없습니다."

"아무것도?"

"네. 원래 통제실을 설치할 예정이었는데, 발전시설도 없고, 우회 수로에 수문도 달지 않아서 무산되었다고 합니다. 그냥 텅 빈 공간입니다."

그렇다면 더더욱 좋은데. 그러나 임신부는 도저히 움직일 만 한 상태가 아니었다. 겨울은 미련을 버리고, 배수관 밸브를 붙잡으며 말했다.

"어쩐지 무성의하게 만든 댐 같네요."

"하하. 그래도 튼튼하긴 할 겁니다."

무성의하게 지었다는 평가가 틀리진 않았다. 제대로 된 수문을 만드는 대신, 양쪽 하단에 배수관 두 개씩을 설치해두었을 뿐이었다. 댐 동서를 오가며 밸브를 돌리는 것으로 본래의 임무를 달성했다. 그러나 이제 시작일 뿐이었다.

다시 한 번 번개가 쳤다. 아주 가깝다. 공병단 사무실이 있는 방향이었다.

"어서 타요!"

먼저 안장에 앉은 겨울이 공병을 붙잡아 끌어올린다.

'뭔가 터졌어.'

묵직한 천둥소리에 날카로운 폭음이 섞여있었다. 교전이 시작되었거나, 사고가 일어났거나. 두 가지 가능성이 있었고, 둘 다 바람직하지 않았다.

소년이 말을 강하게 몰아붙였다. 장기간의 추격전과 악천후에 말도 지쳐있었으나, 그래도 죽어라고 속도를 낸다.

제프리가 겨울을 심란하게 맞이했다. 두 눈이 충혈 되어있다. 겨울이 물었다.

"왜 그래요? 무슨 일이죠? 교전이 일어난 건 아닌 것 같은데."

"네. 적은 아직입니다만……낙뢰 때문에 사망자가 생겼습니다."

물론 번개에 맞아 죽었다는 소리는 아니었다. 그보다는 좀 더 현실적이었다. 겨울은 이미 사정을 짐작했다. 한숨을 푹 쉰 제프리가 겨울의 짐작을 확인해주었다.

"운도 참 더럽게 나쁜 놈이죠. 트랩을 설치하는 데 근처에 번개가 떨어진 겁니다. 그 영향으로 클레이모어가 터졌습니다. 막 설치한 뒤였나봅니다. 쿤츠 이 녀석이 후폭풍을 맞았더군요. 의무병 말로는 쇼크로 즉사한 것 같답니다. 어차피 살았어도 내부 장기가 다 터져서 얼마 못 갔을 거라고……차라리 바로 죽은 게 다행이라고……."

소대원을 잃은 소대장이 투덜거렸다.

"젠장, 진짜 한심하지 않습니까? 이런 날씨에 트랩을 설치했으면 당연히 측면으로 빠져야죠. 멍청하게 바로 뒤에서……."

"그만해요. 제프리 잘못이 아니니까. 내 실수에요. 내가 처음에 주의를 줬어야 했어요."

이건 진심이다. 뇌우 아래에서 전기식 뇌관을 쓰는 폭발물을 다룰 땐 각별한 주의가 필요하다. 지휘관으로서 경고했어야 할 일이었다.

솔직하지 못한 자책으로부터, 제프리는 미련을 놓지 못한다. 겨울이 다시 한 번 못 박았다.

"이 작전의 책임자는 나에요. 트랩을 설치하라고 했던 것도 나고요. 포트 로버츠에 돌아갈 때까지, 모든 사건의 책임이 1차적으로 나에게 있어요. 인정하기 싫다면 계급장 떼요, 제프리 브라운 소위."

"아닙니다. 죄송합니다. 제가 좀, 헤맸습니다."

제프리가 겨울의 말을 수긍하는 건 아니었다. 다만 장교다운 의무감으로 내놓는 대답이었다. 장교가 작전 중 한 사람의 죽음에 매몰되어선 안 된다. 그것으로 지휘관을 곤란하게 해서는 더더욱 안 된다. 소년도 그것을 기대했다.

"여기 있어요. 잠깐 보고 올 테니."

제프리는 주어가 생략된 말을 쉽게 알아들었다. 그를, 그리고 병사들의 사기를 감안해서라도, 겨울이 망자를 배웅할 필요가 있었다.

사무소로 들어간 겨울은, 곧 지퍼를 올린 영현가방을 발견했다. 불빛과 최대한 먼 구석에 눕혀놓았다. 사람들이 불안한 표정으로 겨울을 바라본다. 그 가운데 의무병은 아무 일 없었다는 듯 예비 산모를 돌보는 중이었다. 진통이 시작되었나보다. 그녀는 숨을 쉬기도 어려워했다.

겨울이 영현가방으로 다가갔다. 사람들의 시선을 등으로 최대한 가리면서, 소리가 나지 않도록 조심스럽게 지퍼를 내린다.

시신은 퍼렇게 변색되어있었다. 피멍이다. 얼굴이 뭉개졌다. 사람보다는 변종에 가까운 모습. 산탄지뢰의 후폭풍을 온 몸으로 맞은 결과였다.

망자를 일별하고 지퍼를 올린다. 등 뒤로 인기척이 다가왔다.

"유감입니다, 중위."

보안관이었다. 그녀는 어렵게 말했다.

"저희를 만나지 않았다면 이런 사고는 없었겠죠."

겨울이 그녀를 나무란다.

"쿤츠 일병은 의무를 수행하다가 죽었어요. 그가 그 사실을 후회할 거란 식으로 말씀하시면 안 돼요."

"하지만 그건 모르는 일 아닌가요? 괜한 일로 죽었다고 느꼈을 수도 있잖아요."

"맞아요. 죽은 사람의 마음은 모르는 일이에요. 그러니까, 모르는 일로 죽은 사람의 명예를 깎지 말라고 드리는 말씀이에요. 그에게 해 줄 수 있는 최선이 이것뿐이잖아요."

"아……."

보안관이 주먹을 쥐고 이마를 꾹 누른다. 목구멍 안쪽에서 답답한 신음이 끓었다. 겨울이 그녀에게 휴식을 권했다.

"쉬세요. 아무래도 많이 피곤하신 것 같네요."

그러나 때가 좋지 않았다. 통신병이 겨울을 찾아 들어왔다. 병사는 머뭇거렸다. 옆에 선 보안관을 힐끔거린다. 그녀가 있는 자리에서 할 말이 아니라는 뜻이었다. 겨울이 고개를 젓는다.

"괜찮으니 그냥 말해요."

이미 이 상황 자체가 충분한 의미전달이었다. 통신병이 지금 겨울을 찾을 이유가 무엇이겠는가. 하나뿐이다. 이 근방에 다른 미군부대가 있을 리도 없었다. 통신병이 말했다.

"교신 요청이 잡힙니다. 데이비드 액추얼을 찾는데, 아무래도 해리스 대위인 것 같습니다."

수화기에서 실제로 낯선 음성이 흘러나오는 중이다. 잡음이 시시각각 심해지고 있었으나, 교신에 지장을 줄 정도는 아니었다.

답신을 하려면 빠르게 해야 한다. 미어캣에 대한 경고로부터 지금까지 흐른 시간을 볼 때, 대위는 트릭스터를 한 번 거쳐 이쪽의 무전을 엿들었을 것이다. 즉 이쪽의 주파수를 모르는 상태일 가능성이 높았다. 반응이 없으면 조만간 주파수를 또 바꿀 것이다.

겨울은 보안관과 통신병을 데리고 실외로 나왔다. 보안관이 안심하려면 교신 내용을 직접 듣는 편이 나을 것이다. 제프리가 있는 곳까지 이동해서, 수화기를 들고 송신 버튼을 누른다.

"당소 데이비드 액추얼. 들립니까, 해리스 대위?"

[들린다. 드디어 연결됐군.]

보이는 병사들마다 잔뜩 긴장했다. 무전이 가능하다는 것은, 대위가 그만큼 가깝게 접근했다는 의미였다. 그리고 트릭스터와의 조우 확률이 높아진다는 의미이기도 했다. 교신이 거듭될수록, 제대로 방향을 잡을 수 있을 테니까.

겨울이 말을 골랐다.

"목소리가 생각보다 좋으시네요."

[……갑자기 그게 무슨 소리지?]

"죄책감이 느껴지지 않아서 말이죠. 민간인을 학살한 군인 치고 꽤 평온한 어조다 싶네요. 역시 제정신이 아니신가 봐요?"

잠시 후에 대답이 돌아왔다.

[귀소는 지금 오해를 하고 있다.]

"오해가 있다면 정정해보세요."

[일단 묻겠다. 당소가 민간인을 학살했다는 정보는 어디서 얻었나? 현재 민간인 생존자라고 주장하는 자들을 보호하고 있는 것으로 추정

되는데, 확인 바란다.]

"맞습니다."

[데이비드 액추얼. 귀소에게 권한다. 그들을 즉시 사살하라. 학살은 우리가 아니라 그들이 저지른 것이다. 그들은 범죄자 집단이다. 식량 배분에 불만을 품고, 당소가 보호하던 다른 민간인들을 죽여서 빼앗은 자들이다.]

울컥 하는 보안관에게 손을 들어 보인 뒤, 겨울이 반문했다.

"지금 그게 말이 된다고 생각하세요?"

[뭐가 말이 안 된다는 건가.]

"당신 말이 사실이라도 문젭니다. 즉시 사살하라니. 제정신이신가요? 범죄자도 일단은 민간인입니다. 강하게 저항한다면 모를까, 보호를 요청하면 지켜주는 게 원칙이라고 알고 있습니다. 이 사람들은 발견했을 때 이미 저항이 불가능한 상태였고요. 저항하지도 못하는 사람들을 죽일까요? 이거야말로 민간인 학살입니다."

[…….]

"정말로 잘못이 없다면 투항하세요. 가서 이들과 함께 정식으로 조사를 받으시죠."

[증거가 없다. 억울하게 죄를 받을 것이 걱정스럽군.]

"다른 선택지는 없습니다. 지금 이 상황도 헬멧 카메라에 고스란히 담기고 있거든요. 저랑 당신의 대화까지도 말입니다."

[장비는 도하 과정에서 물에 빠져 고장이 날 수도 있다.]

"지금 그걸 설득이라고 하시는 겁니까?"

[이게 최선이라는 거다. 그렇지 않으면 같은 미군끼리 싸우게 될 테니까.]

"좋은 협박이네요. 계속 해보세요."

[좀 더 진지하게 이야기해보지. 내 이름과 계급은 이미 알고 있는 모양이니, 나도 그쪽의 관등성명을 알고 싶다.]

겨울은 송신 버튼에서 손을 떼고 짧게 고민했다. 제프리는 고개를 흔든다. 계급이 드러나는 순간, 이쪽의 대체적인 병력규모도 드러난다. 그러나 장점도 있었다. 대위도, 그리고 대위의 부하들도, 한겨울이라는 이름은 알고 있을 것이다.

계급을 감추는 효과도 그리 크지 않았다.

"제프리. 어차피 이쪽 병력은 위력정찰 한 번이면 들통 날 거예요. 계급을 감춰봐야 자기보다 낮아서 감춘다고 여기겠죠. 이 사람 말하는 거 봐선 겁먹고 물러날 거 같지도 않고요."

"끙……."

제프리는 반박하지 못했다.

겨울이 다시 버튼을 눌렀다.

"저는 중위 한겨울입니다. 봉쇄선 사령부 소속이고, 160연대에서 파견 근무 중입니다."

[이름이……설마……산타 마리아의 그 한겨울 맞는가?]

대위는 겨울의 이름을 또박또박 발음했다. 겨울이 답한다.

"맞습니다."

[놀랍군.]

그의 침묵을 잡음이 메웠다. 그 잡음은 또한 두 사람의 대화가 남긴 메아리이기도 했다. 계속해서 반복되는, 파편화된 대화가 기괴한 분위기를 만들었다. 시간이 얼마 없다는 걸 대위도 느끼고 있을 것이었다. 침묵은 길지 않았다.

[중위라고 했나?]

"네."

[좋다, 한겨울 중위. 지금 이 잡음이 무슨 의미인지는 귀관도 잘 알 것이라고 생각한다. 자네는 다른 선택지가 없다고 했었지? 같은 말을 돌려주겠다. 자네에겐 다른 선택지가 없다. 나와 교전을 치르고서, 규모도 모르는 변종들까지 감당할 수 있겠나? 그것도 민간인들을 지켜가면서? 성공할 가능성이 없는 일에 목숨을 걸겠다고?]

"비슷한 질문을 자주 받습니다. 전 그때마다 같은 대답을 하죠. 할 수 있는가가 아니라 해야 하는가의 문제라고 생각합니다, 대위."

[그래서, 기어코 전우들끼리 서로를 죽이게 만들겠다고? 자네 부하들에게 미안하지도 않나? 이런 데서 동료들의 총에 맞아 죽도록 만들 셈인가?]

"민간인 학살에 가담하라고 요구하기가 더 미안하네요. 저는 제 부하들을 믿습니다. 누구도 자기 의무를 저버리진 않을 거라고요. 저도 제 의무를 끝까지 지킬 겁니다."

겨울의 말이 무언가를 건드린 모양이다. 지금껏 말은 비이성적이었어도, 태도만큼은 이성적이었던 대위가 폭발하고 말았다.

[잘난 척 하지 마라! 영웅놀이로 임관한 햇병아리 주제에! 난 아프가니스탄에서 3년을 복무했다! 의무? 누구 앞에서 의무를 말하는 거냐!]

"의무는 특권이 아니에요. 누구나 지킬 수 있어서 더 훌륭하고, 아무나 지키지는 않아서 더 소중한 거죠."

[닥쳐! 이 사생아 새끼!]

만족스러운 반응이다. 저편의 병사들은 지휘관을 보면서 무슨 기분을 느끼고 있을까. 겨울은 대위가 잠잠해지기를 기다린다. 한참 폭주

한 대위가, 가까스로 스스로를 다잡았다.

[잘 들어라. 전장에서는 정말 어쩔 수 없는 일이라는 게 생기는 법이다. 내가 겪은 일도 마찬가지지. 차량도, 연료도, 식량도 없었다. 그날 먹을 것을 그날 조달해야 했다. 변종들에게 쫓기느라 산을 벗어나지도 못했어. 동물을 잡아서는, 굽지도 못하고 먹을 때가 많았다! 내장이 터져 쓴 맛 나는 고기를 생으로 씹어본 적 있나! 그런 상황에서 생존자 수백 명을 책임진다는 게 어떤 의미인지 상상해봐라! 네가 나보다 나았을 거라고 장담할 수 있느냐 말이야!]

"네, 장담 못하겠네요."

겨울이 즉답한다.

"그러니까 그 말씀, 군 법무관 앞에서 다시 해보세요. 정상참작의 여지가 있겠군요."

[너……정말 끝까지…….]

"항복하세요. 마지막 권고입니다."

[…….]

무전기에서 다음 말이 나오지 않는다. 침묵이 길어, 대위가 대화를 포기한 것 같았다.

[충고 하나 하지.]

갑작스럽게 다시 이어지는 해리스 대위의 말.

[이런 데서 죽어봐야, 금세 잊힐 개죽음에 지나지 않는다. 최선을 다해 살아남아라. 온 생애에 걸쳐, 나쁜 일보다 좋은 일을 더 많이 했으면 그걸로 족한 거다. 지금 이 순간에 목숨 걸 필요 없단 말이다.]

언뜻 들으면 맞는 말이었다. 평범한 삶이란 그런 것이겠지. 그러나 잘못에도 정도가 있었다. 자식을 판 부모는 평생 용서받을 수 없는 것처럼.

"저도 충고 하나 하죠."

겨울이 침착하게 경고했다.

"당신들, 나랑 싸우면 다 죽어."

교신이 끝난 뒤, 소대 간부들이 최종 회의를 위해 모였다.

제프리가 설정한 경계선은 강변의 언덕에 걸쳐있었다. 병력이 분수령을 따라 배치됐다. 벼락 맞을 위험이 올라가도 어쩔 수 없었다. 높은 위치를 선점해야 한다. 그러면 적을 쉽게 발견할 수 있고, 안전한 배후지대를 만들 수도 있다.

배후지대의 중심에 공병대 사무실이 있었다. 민간인 생존자들의 보호가 최우선이었다.

방수처리 된 전술지도를 놓고, 제프리가 겨울에게 걱정을 털어놓았다.

"문제는 해리스 대위의 병력……아니, 적군의 별동대가 강 건너 서쪽에서 출현하는 경우입니다. 이렇게 되면 우리 배후지가 고스란히 노출됩니다. 민간인들이 가장 먼저 희생되겠죠."

"그게 가능할까요?"

"숲에 의지해서 방어선을 북쪽으로 우회하면 댐을 통해 건널 수 있지 않습니까? 우리가 그쪽에까지 병력을 배치할 여유는 없으니까 말입니다."

"제프리, 출발 전에 브리핑 제대로 안 들었죠?"

"네?"

"살리나스 댐 말예요. 우회배수로 위에 통로가 없어요. 거기로는 못 건너요. 우리가 괜히 이쪽 방면으로 돌아온 게 아니잖아요."

"아. 이런. 깜빡 했습니다."

제프리가 이마를 쳤다. 대개 댐은 위에 지나갈 길을 만들어두지만, 살리나스 댐은 예외였다. 대충 만들었다는 평가가 의외로 정확하다.

"그래도 가능성이 있습니다."

리버만 하사는 지도에서 호수 남쪽을 짚었다.

"이 호수는 피서지로 인기가 없는 편입니다만, 그래도 여기 마리나 (Marina)가 하나 있습니다. 확실하진 않지만, 부두에 방치된 보트가 몇 척 있을 겁니다. 이걸 타고 호수를 횡단해서 반대편에 상륙할 수도 있 겠죠."

겨울이 반론한다.

"글쎄요. 이런 비바람 속에서 배를 타고 호수를 건넌다고요? 파도 가 치고 있을 텐데? 건넌다고 해도 문제예요. 호숫가를 빙 돌아서 여기 까지 와야 하잖아요. 중간에 산이 끼어있는 4킬로미터네요. 변종집단 이 어느 방향에서 출몰할지 모르는 마당에, 병력을 과연 그런 식으로 나눌까요?"

하사가 잠시 고민하더니, 이번엔 강 상류가 구부러지는 지점을 짚 는다.

"우리가 했던 것처럼 밧줄도강을 시도할 지도 모릅니다. 어쨌든 여 긴 강의 상류니까, 건널만한 곳을 찾으려면 얼마든지 찾을 수 있겠지 요. 말씀드리고 보니 이쪽이 더 그럴듯하군요. 호수를 건너는 것 보다 는 말입니다. 소요 시간도 짧을 것이고."

"그래서, 하사는 어떻게 했으면 좋겠어요?"

"중위님이 중요합니다."

"제가요?"

"네. 예비 분대를 이끌고 공격에 나서십시오."

리버만의 제안에 제프리가 난색을 표했다.

"어? 안 됩니다, 하사. 가뜩이나 병력이 모자라서 분대별 간격이 넓은 판인데. 소대가 완편이었으면 또 몰라. 예비 분대가 하나는 있어야 돼요. 그래야 경계선이 돌파당할 때 틀어막지. 배후 경계도 하고. 민간인들이 통제를 벗어나면 어쩌려고 그럽니까?"

하사는 소대장에게 동의하지 않았다.

"한 중위님의 전투력은 상황에 따라 1개 중대에 필적할 수도 있습니다. 그 능력을 온전히 발휘하려면 방어보다는 공격이 낫다고 봅니다. 중위님 의견은 어떠십니까?"

"그러네요. 공격적으로 나가는 게 좋겠어요."

겨울은 전술이 아니라, 적의 심리에 대해 말했다.

"해리스 대위의 병사들은 상태가 별로 안 좋을 거예요. 육체와 정신 둘 다요. 한 달 넘게 보급도 못 받고, 민간인들을 학살하고, 그것도 모자라 남은 생존자들까지 죽이겠다고 쫓아다닌 병사들인걸요. 이 사람들이 왜, 무슨 마음으로 대위를 따르고 있겠어요?"

제프리가 묻는다.

"사기가 낮을 거란 뜻입니까?"

"네. 그동안 희망은 하나뿐이었을걸요? 증인을 싹 다 죽이고 다른 주둔지로 합류하는 거. 이거 하나만 생각하면서 간신히 버텨왔을 거라고 봐요. 그런데 갑자기 상황이 더 악화된 거죠. 같은 미군을 상대로 싸우게 된 거예요."

"우리도 마음이 편하진 않지만, 그치들 기분은 정말 엿 같겠군요."

"맞아요. 또 한 가지. 이 사람들은 우리처럼 의무감으로 싸우는 게 아니에요. 그냥 자기가 발 담근 범죄의 증거를 없애고 싶은 거죠. 이 사람들이 전투에 적극적으로 임할 수 있을까요? 전 절대 아니라고 봐요."

소년장교의 말을 듣고, 리버만 하사가 한숨을 쉰다.

"맞는 말씀입니다. 임무나 전우를 위한 희생정신 같은 건 기대하기 어렵겠군요."

"네. 잘 하면 아예 공방을 뒤집을 수도 있어요."

이쯤 되자 제프리도 입장을 바꿨다.

"야간전이니 병력 규모를 오판할 수도 있겠습니다. 지들이 오히려 공격을 받으면 혼란스럽겠군요. 아, 맞다. 미어캣. 걔들은 미어캣이 있다는 건 아는데 정체는 모를 테니, 다른 부대가 우리에게 가세했다고 느낄지도 모르겠고요."

겨울이 다시 지도를 짚었다.

"제가 일단 여기로 갈게요. 적 도하 예상지점을 막고 있다가, 교전이 시작되거나 적을 발견하면 동쪽으로 찌르고 들어가죠. 제프리는 여기서 버티기만 해줘요."

"알겠습니다. 해보죠. 근데 너무 오래 걸리시면 안 됩니다?"

"노력할게요."

"에휴. 어쩌다 일이 이렇게 되는지."

제프리의 푸념과 함께 회의가 끝났다. 겨울은 제프리의 전술지도를 참조하여, 자신의 지도에 트랩의 설치위치를 표기했다. 몇 번 보는 것만으로도 증강현실 UI의 지원을 받을 수 있었다.

출발하기 전 무전기 주파수를 바꾸었다. 겨울이 말했다.

"어차피 트릭스터가 방향 확실하게 잡았을 테니, 무선침묵을 지킬 필요는 없어요."

제프리가 끄덕인다.

"결정적인 순간에만 써야죠. 막 써서 적에게 우리 주파수를 알려주면 안 될 테니까요. 자정을 기점으로 주파수를 한 번 더 바꾸는 게 어떨까 싶습니다."

"그래요, 그럼."

겨울은 그가 말한 주파수를 기억해두었다.

"출발할게요. 제프리, 건투를 빌어요."

"중위님이야말로 조심하십쇼. 실력 좋고 용감한 사람일수록 신중해야 합니다."

제프리가 경례로 겨울을 배웅했다.

엘리엇을 비롯한 예비 분대 여섯 명이 소년장교를 따랐다. 일반적인 미군 보병분대 편성이 아홉 명임을 감안하면 무척 적다. 그간 인원보충이 이루어지지 않아서였다.

분대는 강을 따라 내려갔다. 구부러지는 물목, 다리가 걸려있던 흔적이 가까운 곳에서, 겨울이 주먹을 들었다. 분대원들이 각기 흩어져 엄폐물을 찾는다. 겨울은 손가락 두 개를 펼쳐 남쪽을 가리켰다. 일곱 개의 총구가 남쪽을 겨냥한다.

'예상보다 빠른데.'

바라보는 방향에서, 열일곱 명의 병사들이 북상하는 중이었다. 방심은 없었다. 절반의 엄호 하에 절반이 약진하는, 제대로 된 전술적 이동이었다. 썩어도 미군이구나. 겨울은 그렇게 평가했다. 하지만 그밖에는 상태가 좋지 않았다.

'동작이 굼떠.'

약진할 때마다 힘겨워 보인다. 몇 명은 우의조차 없었다. 그냥 둬도 저체온증으로 죽을 것 같다. 분대원들을 돌아보았다. 역시나, 다들 안색이 나빠졌다. 적들의 지친 모습에 마음이 흔들리는 모양이다.

"엘리엇."

겨울의 부름. 분대장은 먹구름 같은 얼굴로 지휘관을 바라본다.

"저들 중에 해리스 대위는 없을 거예요. 일단 항복을 권해볼게요."

"……죄송합니다."

이 한 마디가 대원들의 심정을 대변한다. 겨울이 당부했다.

"이게 마지막 배려예요. 내가 사격하면, 즉시 가세하세요."

"알겠습니다."

겨울은 분대원들로부터 조금 떨어진 장소로 포복 이동했다. 그리고 또 다른 나무에 기대어, 크게 숨을 들이쉬었다.

"정지!"

북상하던 병사들이 소스라쳤다. 더러는 엎드리고, 나머지는 나무 뒤에 숨는다. 타타탕! 저편의 누군가가 방아쇠를 당겼다. 그것을 시작으로 일제사격이 시작된다. 부러진 나뭇가지가 겨울의 머리 위로 떨어졌다.

물안개 가득한 강변에서, 총성은 더욱 차갑게 변한다.

바람 찢어지는 소리가 스쳐지나갔다. 퍼억, 퍽. 묵직하게 땅을 때리는 총탄들.

광선 같은 빛이 쇄도했다. 예광탄이다. 타오르는 궤적으로, 어두운 시간, 사수에게 사선을 보여주는 탄종. 겨울은 쭉 뻗어간 빛이 수면에서 튕겨지는 것을 보았다.

사격은 오래 이어지지 않았다. 이쪽에서 응사하지 않는 게 이상했던가 보다.

'탄약을 아껴야 한다는 생각도 있겠고.'

어느 쪽이라도 좋다. 간헐적으로 터지던 총성이 줄어, 마침내 끊긴다. 겨울이 날카로운 정적 속에서 다시 외쳤다.

"나는 한겨울 중위다! 그쪽의 책임자는 누구인가! 관등성명을 밝혀라!"

잠시 후 갈라진 질문이 돌아왔다.

"제기랄, 당신 진짜 그 사람입니까?!"

"관등성명!"

"……린스카, 월터 린스카 하사입니다!"

사실 겨울의 자기증명은 목소리만으로도 충분했다. 소년장교의 전투기록, 아타스카데로와 산타 마리아의 교전을 담은 영상들이 모조리 교범으로 활용되고 있었으므로.

빛 없는 천둥소리가 울려 퍼졌다. 사무소 방향이었다. 겨울이 빠르게 소리쳤다.

"린스카 하사! 무기를 버려라! 나는 귀관과 싸우고 싶지 않다!"

하사가 울부짖었다.

"무기를 버리면! 그 다음은 뭡니까! 군법회의를 거쳐 종신형입니까?!"

이를 듣고, 겨울은 질이 나쁘다고 느꼈다. 하사는 자신이 사형을 당할 거라고 생각하지 않는 것 같았다. 그런데 그게 사실이다. 미국은 민간인 학살을 저지른 군인에게도 사형을 선고하지 않는 나라였다. 즉 하사는 자신이 죽지 않을 걸 알면서도, 수형생활이 싫어서 사람을 더 죽이겠다는 뜻이다.

겨울은 하사의 위치를 확인했다.

일방적으로 하대하기가 낯설었으나, 계속해서 강하게 외친다.

"어떤 벌을 받더라도! 지금 여기서 죽는 것보단 나을 것이다!"

"Fuck! 엿 같은 소리! 누가 죽는지는 해봐야 아는 거지!"

"그래서! 목숨 걸고! 여기 있는 전우들을 다 죽이겠다는 뜻인가! 자신 있으면 해봐!"

이때 신경 말단을 싹 훑어 내려가는 전율. 「생존감각」과 「위기감지」의 경고에도 불구하고, 겨울은 조금도 움직이지 않았다.

쾅!

대답은 유탄으로 돌아왔다. 그러나 터지는 위치가 멀다. 조준도 어설프고, 탄속 느린 유탄이 강풍에 휩쓸린 탓이었다.

"사격! 사격!"

엘리엇이 악에 받혀 내지르는 대응사격 명령. 총구화염이 어둠 속에서 도드라졌다.

서로 퍼붓는 화력의 격차가 명확하다. 화력의 우위를 이용해, 린스카 하사는 병력 일부를 약진시켰다. 겨울이 순간적으로 조준했다. 네 번 끊어 쏘는 아홉 발에 명중탄은 일곱.

최선두의 병사는 머리에 두 발을 맞고 엎어졌다. 그런데 도로 일어난다. 중심을 못 잡고 앉아서, 방탄모 틈새로 피를 쏟고 있었다.

그러다가 또다시 쓰러졌다. 이번에는 일어나지 못한다.

맞지 않은 병사들도 바싹 엎드렸다. 엄폐물을 찾아 필사적으로 기어가는 중.

겨울은 거꾸로 엄폐물을 버렸다. 달리면서 대각선을 겨누었다. 수류탄 투척 직전의 병사가 조준선에 잡힌다. 두두둑! 굵은 삼점사가 상대의 방탄복을 쳤다. 충격에 넘어지는 적병. 수류탄을 놓쳤다. 두 손으로 허겁지겁 줍는다.

폭발.

양팔이 반대로 뜯어졌다.

겨울을 향해 사격이 집중된다. 다급한 사선 가운데 몇 줄기가 위험했다. 겨울이 몸을 굴렸다. 쿵, 땅에 부딪히는 충격. 구르는 도중에도 주위에서 총탄 부딪히는 흙이 튀었다. 땅을 치고 튄 도탄이 헬멧을 때리는 충격도 있었다.

구르는 기세로 일어난 겨울이 20미터를 질주했다. 무릎 꿇으며 미끄러진다. 좌아악! 흙을 미는 힘으로 몸을 틀어 나무에 등을 붙이는 순간, 발자취를 따라 유탄 두 발이 터졌다. 가까운 폭발에 몸이 흔들린다. 자잘한 파편이 튀었다. 팔다리에 작은 상처가 여럿 생겼다. 얼굴에도 둘. 오른 볼에 두 갈래의 핏줄기가 흐른다.

겨울이 반격했다.

두두두둑! 두둑!

쇳소리가 난다. 배출된 탄피가 젖은 땅에 박혔다.

적들은 당황하고 있었다. 겨울이 측면으로 돌출한 탓에 그들의 엄폐가 위태롭다. 양방향의 사격에서 몸을 지키기에 급급했다. 몸을 사리는 병사들 때문에 대열이 무너진다. 스스로는 움직이지 않고, 다른 이들을 몰아붙이는 자가 있었다.

'린스카 하사.'

겨울이 엄폐상태로 돌아왔다. 수류탄 클립을 뜯고, 핀을 뽑는다. 빗발치는 탄막에 틈이 있기를 기다려, 발을 콱 내딛고, 회전을 실어서, 던졌다. 수류탄이 직선으로 날았다.

빡! 하사가 수류탄에 맞았다. 이어지는 폭발. 폭발 범위에서 사람이 부서졌다. 붉게 벗겨진 몸뚱이가 튀어 오른다.

병사들이 충격을 받았으면 좋겠는데.

저항이 실시간으로 지리멸렬해진다. 살기 위한 발악이었다. 가진 화력을 다 쏟아내는 것 같다. 그래봐야 소총보다 위력적인 건 수류탄과 유탄발사기 뿐이었다.

"사격 중지! 사격 중지!"

겨울이 큰 소리로 외쳤다. 적들도 이 말에 따를 것을 기대하면서.

총성은 멎지 않았다.

전투가 이어졌다.

적의 저항은 절반이었다. 나머지 반은 죽었다. 혹은 곧 죽는다. 범죄자들에게서 전우애를 발견하긴 어려웠다. 시체와 부상자들을 두고 물러나는 중이다. 해리스 대위의 본대가 있을 동쪽 방면으로. 판단 자체는 합리적이었다. 겨울은 서쪽에, 분대원들은 북쪽에 있다. 동시에 견제하려면, 한 방향으로 몰아넣어야 했다.

하지만 그렇게는 되지 않았다. 겨울이 계속해서 우회했다. 측면을 놓치지 않는다. 상식적으로 있기 힘든 일. 범죄자들을 중심으로 큰 지름의 원을 그리면, 겨울의 행로는 원의 바깥이었다. 열 걸음을 뛰어도 한 걸음을 따라잡기 어렵다. 그런데도 해냈다.

나무와 나무의 간격을 달리는 겨울에게 발작 같은 사격이 쏟아졌다.

따다다다닷! 따다닷!

대개는 엉터리였다. 다만 하나, 위협적인 연사가 있다. 총탄 박히는 궤적, 연속으로 튀는 흙이 가까워진다. 다음 엄폐물 전에 몸에 닿을 것 같다. 겨울이 무너지듯 무릎 꿇었다. 쿵! 체중이 땅을 찍는 흔들림 속에서, 한 순간의 조준선 정렬과 본능적인 사격.

투두둑! ─빡!

굉음이 고막을 때렸다. 소년의 시야가 확 돌아간다. 귀가 먹먹하다. 웅− 하는 이명(耳鳴)과 고막의 떨림. 겨울은 포복 전진하여, 나무 등걸에 등을 기댔다. 방탄모를 만져본다. 장갑을 끼고도 요철이 느껴졌다. 총탄이 측면을 치고 지나간 것 같다.

'운이 나쁘다고 해야 할지…….'

겨울이 쏜 삼점사는 상대에게 명중했다. 그 순간 상대의 총구가 튀면서, 사선이 방탄모에 걸린 것이다. 「전투감각」의 「통찰」을 벗어난 무작위 변수였다. 죽을 뻔 했다. 머리가 뒤늦게 욱신거린다. 이래서 투사 병기가 위험했다.

그래도 마음이 담담한데, 몸은 아니었다. 상황연산이 부여한 손의 떨림. 겨울은 꾹 힘주어 진정시켰다. 낭비한 시간은 다섯 번의 깊은 호흡. 무전기가 울었다.

[데이비드 액추얼! 데이비드 액추얼! 당소 데이비드 원! 현재 적과 교전 중이다! 브레이크!]

제프리가 겨울을 호출하고 있었다. 잡음이 심하다. 겨울이 즉시 무전기를 잡았다.

"계속해요, 제프리!"

[적 규모, 보병 약 오십! 적은 박격포의 화력지원을 받고 있다! 박격포의 위치를 파악할 수 없다! 1선 진지 상실! 2선으로 옮기겠다! 당소를 지원 가능한지 확인 바란다. 오버!]

"조금만 기다려요! 금방 갈 테니!"

무전을 끝내고, 겨울이 뛰쳐나갔다. 적의 반응은 느렸다. 여섯 명이 살아남았는데, 위치가 제각각이었다. 겨울 때문에 흐트러진 대열을 미처 회복하지 못한 탓이다.

그동안 분대원들이 전면을 압박했다. 덕분에 겨울은, 전보다 훨씬 더 긴 거리를 달렸다. 마침내 적의 대각선 뒤쪽을 점한다. 이제 적은 어느 쪽으로도 피할 수 없었다. 경악하는 적들이 겨울의 조준경을 채웠다. 당겨지는 방아쇠.

투두두두둑!

탄피가 정신없이 뿌려진다. 쓰다 남은 탄창이 1초 만에 비었다. 그 1초가 두 명을 죽였다. 겨울이 탄창멈치를 누르며 총을 홱 비틀었다. 빈 탄창이 관성으로 튕겨진다. 새로운 탄창을 한 동작에 끼웠다. 그리고 다시 완전자동사격.

철컥!

다섯 발 째에 쇳소리가 났다. 복사기에 종이가 씹히듯이, 실탄이 약실에 걸려있었다. 겨울이 연거푸 장전손잡이를 당기고 놓는다. 그래도 빠지지 않았다. 손가락을 약실에 넣어 힘으로 긁어낸다. 우그러진 실탄 하나가 밖으로 버려졌다.

급하게 다시 조준하는데, 기다릴 땐 없었던 외침이 뒤늦게 터져 나온다.

"으아아아! 항복! 항복해라! 아니, 항복한다! 쏘지 마! 살려주세요!"

엉망진창이다. 그러나 전면에서 쏟아지는 사격은 그대로였다. 분대원들이 소음기를 쓰고 있었으므로, 총성보다는 나무 파편 튀는 소리가 더 요란했다. 겨울이 무전기를 눌렀다.

"데이비드 쓰리! 사격중지, 사격중지! 적이 투항한다!"

살벌한 소음이 잦아들었다. 그러나 투항자는 여전히 항복이라고 반복해서 외치고, 다른 한 명은 목 놓아 울었고, 남은 두 명은 보이지 않는 곳에서 조용했다.

분대원들을 기다릴 시간이 없었다. 먼 곳의 총성이 은은히 계속된다. 겨울이 단독으로 돌입했다. 좌우를 번갈아 겨누면서, 구보에 가까운 속도로.

살아남은 적의 숫자는 겨울의 셈보다 하나가 적었다. 목 찢어진 사람이 나무뿌리 위에 널브러져있다. 벌어진 입 안에 피가 고여 있었다. 항복한 사람, 우는 사람, 떨어진 곳에서 힘겨워 보이는 마지막 한 사람. 그는 핀 뽑은 수류탄을 들고 있었다.

"멈춰! 움직이지 마!"

겨울이 강하게 윽박지른다. 바로 쏘고 피하지 않는 건 저항을 포기한 다른 두 명 때문이었다. 다가오던 분대원들이 빠르게 상황을 파악했다. 험악하게 흩어진다. 그들이 중얼거리는 욕설이 겨울의 귀까지 들렸다. 항복하겠다고 했던 병사도 침을 흘리며 몸을 피한다. 우는 병사만이 위험권에 남아있었다. 잠깐 정신이 나간 것 같다. 겨울이 방아쇠에 슬며시 무게를 실었다. 조금씩 당겨진다. 이제 곧 격발될 것 같을 때, 비로소 멈추었다.

수류탄을 쥔 병사는 그러나 공격적이지 않았다. 손은 부들부들 떨고 있지만, 적어도 얼굴만큼은 고요하다. 어두운 고요였다. 그는 겨울을 가만히 바라보다가, 허탈하게 웃는다.

"죄송합니다."

용수철 튀는 소리가 났다. 그는 수류탄을 끌어안고 앞으로 넘어졌다.

"에밀리."

죽기 직전의 한 마디. 이어진 폭발은 작은 들썩임이었다. 터지는 소리가 아니었다면, 그가 그냥 움찔거렸다고 생각했을 것이다. 살점 섞인 피가 뭉글뭉글 배어 나온다. 빗물에 흐려지는 붉은 색조.

촉박한 와중에도, 겨울은 잠시 시선을 빼앗겼다.

그륵, 그륵, 꾹. 불행한 병사는 바로 죽지 못했다. 소년이 방아쇠를 당겼다. 머리가 깨진다.

"구속해요."

겨울의 지시에 따라, 분대원들이 두 명의 포로를 확보했다.

"오는 길에 다른 생존자는 없었어요?"

겨울이 묻자, 엘리엇이 무겁게 답했다.

"가망 없는 놈들이었습니다. 고통은 덜어줬죠."

하긴 이런 날씨에 이런 환경이다. 팔다리가 끊어졌거나, 내장이 흘러나오는 생존자는 유예된 사망자일 뿐이었다. 엘리엇이 수류탄으로 자살한 병사로부터 인식표를 떼어냈다. 다른 병사들은 주위에서 탄약과 수류탄을 챙긴다. 남은 게 얼마 안 되어도, 필요한 일이었다. 분대원들은 겨울보다 탄약소모가 극심했다.

준비된 대원들에게 겨울이 말했다.

"지금부터 600미터를 달릴 거예요. 이 악물고 쫓아와요."

"하아."

분대장 엘리엇의 한숨. 다들 지쳐있었다. 몸을 떨고 있다. 포로들은 그보다 더 좋지 않았다. 게다가 양팔이 등 뒤로 단단히 묶인 상태다. 제대로 쫓아올 수 있을 것 같지가 않다.

'버릴 수는 없어. 무전기 잡음이 심해.'

시작부터 오르막이었다.

그래도 일단 달리기 시작했다. 병사들은 군말 없이 따라붙었다.

속도는 자꾸만 느려졌다. 반쯤 정신이 나간 포로가 자꾸만 넘어졌고, 분대원들도 죽을 것 같은 표정을 짓는다. 나중에는 거의 걷는 것이나 다름없는 속도가 되었다. 200미터의 경사를 전력질주로 올라가는 건, 현재로서는 겨울에게나 가능한 일이다.

경사를 다 오르고부터는 사정이 좀 나았다. 굴곡이 완만한 비포장도로가 나타났다. 가장 먼저 오른 겨울이 전장을 관측했다. 해리스 대위는 아직 방어선을 뚫지 못했다. 이런 비 아래에서도 곳곳에서 연기가 피어올랐다. 겨울은 대위가 펼친 공격과 실패의 흔적들을 읽었다.

뻥! 묵직한 포성이 천둥을 흉내 냈다. 직후, 능선 아래 엉뚱한 관목이 박살난다.

'포탄이 얼마나 있을까?'

연달아 쏘지 않는 걸 보면 넉넉하진 않으리라. 애초에 사람이 지고 옮겼을 양이었다.

그동안 겨우 올라온 병사들이 무릎을 잡고 숨을 몰아쉰다.

"1분만 쉬겠어요?"

"아닙……니다! 쿨룩! 할 수, 있습니다!"

"알았어요."

겨울은 두 번 묻지 않았다.

분대는 적의 측후방으로 파고들었다. 포성이 들렸던 방향을 쫓아, 겨울은 흔적을 더듬는다. 「추적」으로 강조된 흔적들이 사방에 널려있었다. 지난 성탄, 또 다른 호수에서 실종자를 찾으려고 밀었던 기술이다.

마침내 찾아낸 발자국이 예상외로 얕았다.

"데이비드 원, 데이비드 원. 당소 데이비드 액추얼."

[데이비드……데이비드……데이비드 액추얼……영웅놀……사생

아 새끼…….]

"데이비드 원. 들립니까? 당소 데이비드 액추얼."

겨울이 제프리를 반복 호출했으나 이제는 무전기가 먹통이었다. 서로 얼굴이 보일 만큼 가깝다면 모를까, 더 이상 무전은 불가능하다고 봐야 한다. 교신을 포기하려는 찰나, 갑작스럽게 스치는 발상이 있었다. 소년은 병사들에게 쓸모없어진 무전기를 달라고 요구했다.

"두 개만 줘요."

"뭘, 하시려고, 그러십니까?"

"미끼로 쓰려고요."

겨울이 구속용 끈을 꺼내어 무전기의 송신버튼에 감았다. 이걸로 이 무전기는 배터리가 닳아 없어질 때까지 주위의 소리를 빨아들일 것이다.

여기에 다시 남은 하나의 무전기를 엮는다. 이건 버튼이 눌리지 않은 상태였다. 깨어진 대화와 무의미한 잡음이 새어나온다.

"하! 변종 새끼가……보내는 메시지를……다시 송출하는 거로군요!"

창백한 엘리엇이 감탄하고는, 허리를 굽혀 위액을 쏟는다. 무리한 운동의 부작용이었다.

"맞아요. 방해전파가 심하니까, 다들 무전을 안 쓰고 있을 거예요. 즉 이게 이 근처의 유일한 전파 발신원이겠죠."

"설령 누가 들어도……방해전파와 구분도 안 갈 테고……말입니다."

"혹시 폭약 가진 사람 있어요?"

내친김에 겨울은 플라스틱 폭약(C4)까지 챙겼다. 본래 적당량을 잘라서 쓰는 것이지만, 이번엔 그럴 필요가 없을 것이었다.

쾅! 다시 한 번 터지는 포성. 거리가 가까워져서인지, 아까와는 다르게 들린다. 겨울이 분대와 함께 조용히 접근했다.

"소리 내면 죽인다."

분대원 한 명이 포로들에게 으름장을 속삭였다.

곳곳에 시체가 널려있었다. 겨울은 그 중 하나에 트랩을 설치했다. 시체가 무전기를 품도록 만들고, 거기다 폭약을 설치한 것이다. 전파를 쫓아온 트릭스터가 건드리는 즉시 터지도록. 병사들은 어둡고 꺼림칙한 표정들이었다. 얼마 전까진 동료였던 자의 시체였다. 엘리엇도 머뭇거리며 말한다.

"중위님. 이거 예전 같으면 국제법 위반입니다만……."

"거북한 거 알아요. 하지만 그냥 두면 변종들의 한 끼 식사잖아요."

"……듣고 보니 그렇군요."

"움직이죠."

조금 더 이동하여, 마침내 전투현장이었다. 바로 정면에 박격포 진지가 있다. 그 외 스물 남짓한 병력이 비탈을 기어오르는 중이다. 현 위치에서 그들 모두의 등을 볼 수 있었다. 겨울은 분대를 산개시킨 뒤, 표적을 분배했다. 같은 표적에 여럿이 쏘는 낭비를 피하기 위해서다.

준비가 끝났다. 겨울이 외쳤다.

"사격!"

그 순간 세상이 하얗게 타올랐다. 번개. 흑백의 빗속에서, 사선 끝의 병사들은 무성영화처럼 죽는다. 포복으로 비탈을 오르다가 그대로 고개를 떨궜을 뿐. 단말마 대신 빗소리였고, 잠드는 것과 같았다. 간결한 죽음이다. 뒤늦게 찾아온 우레가 다른 모든 소리를 찢어발겼다.

겨울이 노린 것은 포진지의 두 사람이었다. 특히 부포수. 그는 뒤돌아 앉아있었다. 다만 포탄을 다루느라 이쪽을 보지 못했다.

부포수는 초탄에 안구가 터졌다. 경악으로 돌아보는 좌측의 포수. 그의 미간에 차탄이 박힌다. 충격에 머리가 들렸다. 죽은 채로 하늘을 보다가, 느리게 뒤로 넘어갔다.

생존자들의 반격이 쏟아졌다. 방탄복에 맞았거나, 부상 입고도 살았거나, 아니면 아예 빗나갔거나. 숫자는 아홉이었고, 엄폐물을 찾았다. 그들이 긁는 연사는 수백 발이었다.

"엄호해요!"

겨울이 포진지를 향해 달린다. 자세 낮춰 뛰는 와중에 머리 위로 피잉 핑 총탄이 날아갔다. 엘리엇 분대의 엄호사격이다. 적도 필사적이었다. 겨울은 옆으로 몸을 굴렸다. 간발의 차이로 비껴낸 사선예고가, 한 줄기 파공성을 남기고 지워진다.

흙투성이가 되어 포진지로 굴러 떨어진 겨울. 부포수가 핀 뽑은 포탄을 쥐고 있었다. 사후경직이 멀었으므로, 시체는 부드럽게 포탄을 내주었다.

박격포는 포신뿐이었다. 수동격발기가 달려있다. 소년이 포신을 거꾸로 흔들었다. 포구로 들어간 빗물이 쏟아진다. 그리고서 포구에 포탄을 넣었다. 스르릉, 미끄러지는 서늘한 소리. 포신 중간을 손으로 잡고, 다른 손은 격발기를 쥐고, 포구 반대쪽을 땅에 박는다. 겨울은 반격하는 자들을 겨누었다. 격발기 방아쇠를 당긴다.

쾅!

비록 「중화기숙련」은 없었으나, 직접 보고 쏘는 가까운 거리였다. 포탄은 제대로 꽂혔다. 그러나 터지지 않는다. 너무 가까웠기 때문이다.

진지 모서리가 무너졌다. 무른 땅에 박히는 총탄들. 적들이 총만 내밀고 쏘는데도 위협적이었다. 겨울이 응사했다. 사람이 아니라 포탄이 목표였다. 엄폐물 뒤에서 번뜩이는 폭발. 바위 위로, 나무 옆으로 나와 있던 총구들이 축 늘어진다.

문제는 그 다음이었다. 진동 탓인가. 포탄 터진 자리, 땅이 움직였다. 비탈이 흐른다. 숨어있던 적병들이 기겁을 하고 뛰어나왔다.

그 아래에 소년이 있었다.

'이런.'

겨울도 피해야 했으나, 적에게 등을 내줄 순 없었다. 이 순간에도 악의가 빗발친다. 여섯 명이었다. 급하게 대응했다. 투두둑! 가슴을 맞은 병사가 넘어졌다. 죽지 않았다. 그러나 쫓아온 땅에 매몰된다.

엘리엇 분대도 필사적이었다. 다른 적들이 줄줄이 넘어졌다.

"중위님! 피하십쇼!"

누구의 외침인지 분간이 안 간다. 할 겨를이 없었다. 성난 바위가 맹렬하게 굴러왔다. 겨울이 이를 질끈 깨물었다. 회피는 늦었다. 오히려 정면으로 도약한다. 구르는 바위 모서리, 그 끝을 박차는 순간, 푹 빠지는 느낌이었으나, 재도약에 성공했다. 간신히. 세 번째 도약은 물을 밟고 뛰려는 것과 같았다. 그럼에도 어떻게든 한 발자국을 뗀다.

그것이 끝이었다. 거친 흐름이 발목을 잡아챘다. 순식간에 목 아래까지 파묻힌다. 가슴이 짓눌렸다. 겨울은 숨이 턱 막혔다. 범람하는 감각 속에, 현실과 가상의 경계가 지워졌다. 손을 뻗는다. 하늘을 향해.

하늘이 사라졌다. 밤보다 짙은 어둠이었다. 땅의 질감이 손끝까지 차올랐다. 몸이 움직이지 않는다. 입안에 흙이 차있었다. 눈이 따가웠다. 숨을 쉴 수 없고 소리도 낼 수 없었다.

심장이 미친 듯이 뛴다.

'난 심장이 없는데.'

기분 좋은 착각이었다. 모든 감각이 상황연산의 결과 값에 지나지 않는다고, 뇌리에 항상 맴돌고 있었다. 이게 희미해질 때는 드물다.

이번은 이렇게 끝나는 건가?

겨울은 임박한 죽음에 개의치 않고, 그 뒷일도 생각지 않고, 지금 이 순간에 몰두했다. 질식도 생각 지우기에 도움이 됐다. 동기화를 한계까지 끌어올린다. 높은 동기화율은 곧 강도 높은 고통이었다.

「경고(관제 AI) : 지금과 같은 상황에서 지나치게 높은 「감각동기화」는 정신질환의 원인이 될 수 있습니다. 본 관제 AI는 《〈고통〉》에 대한 동기화율 재설정을 권고합니다.」

하지 마. 말하지 마. 듣고 싶지 않아. 소년이 되뇌었다.

「경고(관제 AI) : 세계관 진행자의 정신건강을 위한 경고기능은 설정변경이 불가능합니다. 사후보험 가입자의 행복을 증진하는 것이 본 관제 AI의 존재목적이기 때문입니다.」

그래. 그러니까 하지 말라고.

「경고(관제 AI) :   」

머리에 직접 울리던 음성이 끊어졌다. 하지만 이미 늦었다. 겨울은 착각의 끈을 놓쳤다.

팍, 팍. 땅을 파는 소리가 들린다.

차고 날카로운 것이 손등을 찍었다. 차가운 흙 너머에서 누군가의 비명이 울린다. 작고 답답해서 멀게만 느껴졌다. 그러나 실제는 체감보다 가까웠다. 찍힌 손 근처부터 시작해서, 땅의 무게감이 덜어졌다. 이윽고, 손가락 사이에서 팔꿈치까지, 비와 바람이 느껴진다. 잠깐이었다. 누군가 소년의 손과 팔을 잡고 힘차게 끌어당겼다.

한 번에 상반신까지 밖으로 나왔다. 겨울이 한 손으로 얼굴을 쓸어내렸다. 겨우 재개되는 호흡. 조금 남은 흙이 기도로 들어가, 거친 사레가 이어졌다.

"이런 세상에! 괜찮으십니까, 중위님?"

겨울은 일단 고개를 끄덕여주었다. 아직 잘 보이지 않는 상대가 크게 안심하는 기색이다. 신에게 감사기도를 올리고 있었다. 누군가 소년장교를 부축하려 한다. 됐다고 사양한 뒤에, 소년은 빗물로 스스로를 씻어냈다. 워낙 세찬 비라 오래 걸리진 않았다.

"잠깐 손 좀 주십시오. 붕대를 감아드리겠습니다."

엘리엇이 말했다. 겨울은 그제야 상처를 확인한다. 왼쪽 손등에서 피가 흐르고 있었다. 뼈가 보일 정도의 상처다. 손가락을 움직여본다. 지장은 없었다. 겨울이 잠자코 엘리엇에게 손을 내주었다. 엘리엇이 허리춤의 응급 키트에서 거즈와 붕대를 꺼냈다. 행동이 워낙 급한지라 떨어트리는 게 더 많았다.

"죄송합니다. 조심하려고 했는데, 서두르다보니 실수를 해버렸습니다."

한 병사가 겨울에게 사과를 건넸다. 삽날로 손등을 찍은 본인인 것 같다. 그는 아직 전투가 계속되는 방향을 경계하면서도, 힐끔힐끔 돌아보고 있었다. 겨울이 그를 안심시켰다.

"사과할 필요……없어요. 구해줘서, 고마워요."

말이 툭툭 끊긴다. 호흡 탓이었다.

응급처치가 끝난 뒤, 겨울은 장비를 점검했다.

야시경은 축이 조금 비틀렸어도 정상 작동한다. 홀스터의 권총은 무사했고, 단지 소총이 성치 않았다. 액세서리로 달려있던 레이저 조준기가 보이지 않는다. 총열과 약실엔 흙이 들어갔다. 무릎 꿇고 앉아 빠르게 분해한다. 소음기를 분리한 총열을 붙잡고 강하게 휘둘러, 관성으로 흙을 떨친다. 그리고 수통을 들이붓는다. 나중에 잔뜩 녹슬겠으나, 어차피 비 맞은 총이었고, 당장이 중요하다.

조립은 순식간이었다. 탄창을 재결합하고 장전손잡이를 두 번 당겨, 탄 배출에 이상이 없는 것까지 확인했다.

"가요. 이제 얼마 안 남았어요."

"중위님, 많이 힘들어 보이십니다. 후방을 맡지 않으시겠습니까?"

"걱정하지 않아도 돼요. 정말 아무렇지도 않으니까."

"하지만 표정이……."

"엘리엇이 생각하는 거랑 달라요. 다른 이유에요. 아주 개인적인……."

엘리엇이 근심했으나, 지휘관은 겨울이었다.

거듭 병력을 상실한 적은 이제 숫자로도 소대를 압도하지 못했다. 제프리 소대의 방어선, 그리고 겨울이 이끄는 엘리엇 분대가 십자포화를 퍼붓는다.

적은 부비트랩 지대에 끼어있었다. 맹목적인 지휘로 몰아붙인 형세다. 수문 개방이 불가능할 경우 댐을 폭파시키라는 지침을 받았기에, 공병들은 많은 폭약을 휴대했다. 그게 모두 트랩으로 깔려있었다.

이런 유리한 상황에서도 사상자가 발생했다.

엘리엇 분대에서 두 명이 연속으로 쓰러졌다.

"악! Fuck! 맞았다! 나 맞았다고!"

비명은 하나였다. 겨울이 방금 쏜 적을 찾는다. 마지막 발사 섬광이 번뜩인 뒤, 어둠이 깔린 방향이었다. 조용하다. 탄창을 교체하는 중인가? 겨울이 침착하게 기다렸다. 빗발이 워낙 굵다. 야시경으로 열원을 포착하기는 먼 거리였다.

타타탕! 총성이 울려 퍼지는 즉시 겨울이 조준점을 수정했다. 풀 오토로 여덟 발을 갈긴다. 명중여부를 확인할 순 없었다.

'죽었겠지.'

「전투감각」은 긍정적이었다.

"업스턴! 업스턴! 빌어먹을!"

엘리엇이 시신을 붙들고 절규한다. 다른 쪽에서는 부상자에 대한 처치가 이루어지는 중. 분대 화력이 순식간에 급감했다. 겨울이 적에게 견제사격을 가하는 한편으로 재빨리 사망자를 살폈다. 탄이 코를 뭉개고 올라갔다. 관통한 탄자가 방탄모에 막혀 날뛰었나보다. 깨진 뒤통수에서 곤죽이 된 뇌가 흘러나왔다. 겨울은 전사자의 눈을 감겨주었다.

지축이 흔들렸다. 배후로 좀 떨어진 곳에서 일어난 강력한 폭발. 분수령보다 높게 솟아오르는 토사(土砂)의 분수가 보인다.

폭음에 묻혀 듣지 못했던 것이, 뒤늦게 귀에 잡힌다.

[끼이이이이이이이이―]

철판을 긁는 것 같은 날카로운 잡음. 겨울이 무전기의 볼륨을 줄였다.

'미끼를 물었구나.'

방해전파, 혹은 트릭스터의 단말마가 무전기를 꽉 채웠다. 높낮이가 수시로 바뀌는 불협화음이 십여 초 정도 지속되더니, 뚝 끊어진다. 통신망이 고요해졌다.

그러나 즉사하지 않은 게 이상하다. 플라스틱 폭탄 막대 두 개를 쑤셔 박은 함정이었다. 가까이 있었다면 터지는 순간 갈가리 찢겨 죽었어야 정상이다. 단말마 따위 내지를 틈도 없이.

'아니. 교활한 놈이니 수상하게 여겼을지도.'

직접 건드리는 대신 다른 변종을 앞세웠을 가능성이 있었다.

같은 미끼를 다시 쓸 땐 조심해야겠다. 이놈이 죽어가며 방출한 방해전파 속에는 자신을 죽인 함정에 대한 정보도 포함되어 있을 것이다. 전파가 닿는 범위에 다른 트릭스터가 없기를 바라지만, 확신은 금물이었다.

"개새끼들! 다 죽여 버려!"

격노한 엘리엇의 외침. 적이 엄폐한 수림을 향해 소총을 난사했다.

포로들이 공포에 떨었다. 앞서 정신이 혼미했던 쪽은 대변을 봤다. 바지가 불룩해진다.

"그만! 사격 중지! 적이 물러나고 있어요!"

겨울이 병사들을 제지했다. 부상당한 병사가 이를 갈았다.

"그럼 쫓아가서 죽여야 합니다!"

"아니, 그보다는 우리가 피하는 게 먼저예요. 다들 저길 봐요."

전장 저편의 어둠을 가리키는 겨울. 소년장교가 가리키는 방향을 바라본 병사들은, 잠시 후에 몸서리를 쳤다. 어둠과 구분하기 힘들지만, 자세히 보면 무수한 움직임들이 있었다. 트릭스터가 죽어 아무렇게나 퍼지고 있는 변종집단이었다.

"누구 조명탄 있어요?"

"신호용 유탄 말입니까? 제게 세 발 있습니다만."

유탄사수가 나섰다.

"잠깐 빌릴게요."

겨울이 그의 소총을 넘겨받았다. 총열 아래에 부착된 단발식 유탄발사기에 적색 신호탄부터 장전한다. 유탄 전용 가늠자를 세우고서, 겨울은 해리스 대위의 병력이 물러나는 지점을 조준했다. 퉁! 방출된 유탄이 선명하게 날아간다.

적의 사격을 우려한 겨울은, 먼저 쏜 조명탄이 꺼지기를 기다렸다가, 위치를 바꿔 남은 두 발을 마저 쐈다. 정확하게 조준할 필요는 없었다. 겨울이 유탄사수에게 총을 돌려주며 말했다.

"잘 썼어요."

"……."

병사들은 한 순간에 분노를 잊은 듯 한 얼굴들이었다.

"중위님……이건, 그러니까……."

엘리엇이 머뭇거렸다. 말을 더듬는다. 겨울은 그를 책망할 생각이 없었다. 직접 죽이고 싶을 만큼 미워도, 인간이 저런 식으로 죽어선 안 된다고 느낄 수 있었다.

"저 사람들이 저지른 죗값이라고 생각해요. 항복을 권하지 않았던 것도 아니잖아요."

"……그렇지요."

상병은 긴 한숨으로 미련을 지운다.

적은 아직 겨울의 의도를 깨닫지 못한 것 같았다. 애초에 변종집단의 접근을 알기는 할까? 해리스 대위가 너무 빨리 무너져도 곤란했기에, 겨울은 적당한 표적을 탐색했다. 구울은 배제. 보통의 변종 중 하나를 겨냥하여 단발사격을 가한다.

캬아아아아아!

일부러 빗맞도록 쐈다. 총상을 입은 변종이 길게 포효한다.

"이제 복귀하죠."

겨울이 분대를 선도했다. 사망자 유해를 들어 올리려고 하는데, 다른 병사가 기겁을 하며 빼앗았다.

"중위님은 부상자시잖습니까!"

"부상? 아, 겨우 이거요?"

삽날에 찍힌 손에서 아직도 피가 배어나온다. 붕대가 뻘겋게 물들었고, 비에 희석된 핏물이 뚝뚝 떨어지는 중이었다. 하지만 사람을 메고 움직이는 데엔 지장이 없는데. 병사의 표정을 보고, 겨울은 설득을 포기했다.

이제 겨울이 제프리와의 교신을 시도했다.

"데이비드 원, 데이비드 원. 당소 데이비드 액추얼. 들립니까?"

[······.]

채널에 잡음이 없는데, 답변도 없었다. 잠시 후, 겨울은 자신의 실수를 깨달았다. 자정이 지난 시각이었다. 주파수를 바꾸고 다시 시도하니 비로소 들려오는 제프리의 목소리.

[당소 데이비드 원! 데이비드 액추얼! 아니, 중위님! 무사하십니까?]

"전 괜찮은데, 전사자와 부상자가 하나씩 나왔어요."

[……그것 참…….]

"제프리. 그쪽은 어때요?"

[떠나신 뒤 아직까지 죽은 놈은 없습니다만, 곧 생길 것 같습니다. 포탄에 당해서 다리가 없어졌거든요…….]

잠시 침묵한 뒤, 제프리가 다시 말한다.

[아무튼 지원을 생각보다 빨리 해주셔서 살았습니다. 공격 들어가시는 게 보이더군요.]

"그런 이야기는 나중에 해요. 지금 대규모 변종집단이 접근하고 있어요. 병력을 사무실로 철수시키는 게 좋을 것 같네요."

[철수요? 경계선을 지키는 게 아니라?]

"지킬 순 있나요? 탄약 여유가 얼마나 있는데요? 변종이 꽤 많아요."

[아니 뭐, 넉넉하진 않습니다만.]

"그럼 내 말대로 해요. 너무 서두를 필요는 없어요. 해리스 대위가 대신 싸워주는 중이니. 나는 서쪽으로 내려가서, 도로를 따라 올라갈게요. 100미터 전방에서 다시 한 번 교신할 테니까, 오인사격 없도록 주의하세요."

[알겠습니다. 얼른 오십쇼.]

겨울은 교신을 끝마쳤다.

등 뒤에서 총성이 격렬해지고 있었다.

사무소에 복귀했을 때, 사람이 죽어가고 있었다.

다리 없는 병사가 헐떡였다.

"중위님. 저는, 못 구해주십니까?"

겨울이 그의 손을 잡았다.

"미안해요, 페이지."

병사, 스탠 페이지는 화기분대의 기관총 사수였다. 전투 막바지에, 박격포탄이 무릎 아래를 뜯어갔다. 그 외에도 몇 개의 파편이 박혔다. 손 쓸 방법이 없다고, 의무병은 치사량의 모르핀을 준비했다. 그것을 겨울이 받았다. 지휘관의 역할이었다.

페이지가 흐느낀다.

"이상, 하군요."

"뭐가요?"

"중위님, 이랑, 다니면, 죽지 않을, 거라고, 생각, 했는데."

"……."

"춥고, 아픕니다."

병사는 불에서 가장 가까운 자리였다. 반대편에 산모와 의무병이 있었다. 산모가 병사와 같이 흐느낀다. 아파서는 아니었다. 그녀는, 누운 채로 병사를 보며 소리 없이 울었다. 의무병이 산모의 얼굴을 정면으로 돌려놓는다.

제프리가 물었다.

"이봐, 페이지. 남기고 싶은 말 같은 건 없나……?"

"죽고, 싶지, 않아."

창백한 입술이 달싹거린다. 두 눈 풀린 그는 이미 먼 곳을 보고 있었다.

겨울이 모르핀을 주사했다. 하나씩, 하나씩. 병사의 얼굴이 이완된다. 손에서 힘이 빠졌다.

"으으음, 크흠……."

몇 분에 걸쳐, 차츰 길고 완만해지는 호흡. 점점 더 느려지다가, 희미해져서는, 완전히 사라진다. 잠드는 것 같은 죽음이었다.

시체 가방이 고작 하나였다. 두 번째 사망자는 입고 있던 우의로 덮어놓았을 뿐이었다. 이제 그 곁에 세 번째 사망자를 눕힌다. 동료들이 짧게 묵념했다. 눈물을 아낀다. 몇몇 민간인들의 기도도 있었다. 기지로 복귀한 뒤에, 다시 충분한 시간이 있을 것이다.

창밖에서는 총성이 여전했다. 이따금씩 폭음이 울리기도 했다. 그러나 점차 빈도가 줄어든다. 아주 희미하게, 비명과 괴성이 뒤섞인 것도 같았다. 얼마 가지 않겠다.

겨울은 의무병을 조용한 구석으로 불러냈다.

"화이트. 산모는 어떤가요?"

"교전 개시 직후부터 진통이 찾아왔습니다. 지금은 자궁 입구가 열리는 단계로 추정됩니다."

"앞으로 얼마나 걸릴까요?"

"솔직히 잘 모르겠습니다."

이제껏 무표정했던 의무병이, 주위에 사람이 없어지자 묵직한 피로감을 드러냈다. 그는 마른세수를 하려다가 멈칫거린다. 끓인 물에 깨끗이 씻고서 따로 소독까지 손이었다. 주먹을 쥐고, 눈을 감았다가, 한숨 쉬며 이어 말한다.

"전 군의관이 아닙니다. 샘 휴스턴의 교육은 전부 이수했습니다만, 그 중에 산부인과 과정은 없었습니다. 총알을 뽑는 것과 아기를 받는 건 완전히 다른 영역이란 말입니다……."

포트 샘 휴스턴은 미 육군 의무학교 소재지였다. 여기서 행하는 의무병 교육과정은, 모두 수료해도 응급의료(Paramedic) 수준에 머문다. 겨울이 고개를 끄덕였다.

"그렇군요. 이해해요."

"출산보조에 관해서는 그저 의무연대에서 주워들은 것들만 알 뿐입니다. 그런데도 모르는 게 없는 것처럼 행동해야 합니다. 저 사람들이 믿는 게 저 뿐이니까요."

"……."

"빌어먹을! 제가 모든 걸 망칠까봐 두렵습니다. 이제 어떻게 해야 하느냐, 괜찮은 거냐는 질문을 받을 때마다 현기증이 납니다. 차라리 변종들과 드잡이 질을 하는 편이 낫겠습니다."

맥이 잠시 끊겼다. 겨울은 잠자코 기다렸다. 그저 들어주는 게 필요할 때가 있다.

숨죽인 절규로 거칠어진 호흡을 정돈하고, 화이트가 다시 하는 말.

"산모의 상태가 많이 나쁩니다. 체온이 38도입니다. 위험을 감수하고 항생제를 먹였으나 아직 효과가 없습니다. 그동안 제대로 못 먹어서인지 근손실도 심각하더군요. 자궁이 제대로 수축할지 의문입니다. 영양부족과 감염이 태아에게 어떤 영향을 미쳤을지는 짐작조차 힘듭니다. 높은 확률로 난산이 되겠군요. 산모와 태아 모두……어렵다고 봅니다. 위급 상황에서의 절개수술은 제가 자신이 없고요. 게다가 산모가 출혈을 감당하지 못할 겁니다."

이 때 들리는 억제된 신음 소리. 산모가 통증을 참고 있었다. 남편이 열심히 마사지를 했다. 몇 시간째일까. 모든 동작에 힘이 없었다. 그래도 멈추지 않는다. 필사적이었다.

의무병은 하기 힘든 말을 고민하고 있었다. 가망 없는 사람은 포기하는 게 원칙이었다. 스탠 페이지를 편히 죽게 해주었던 것처럼.

그의 눈을 보고, 속을 읽고, 겨울이 고민을 덜어주었다.

"할 수 있는 데까지는 최선을 다 해요. 결과는 신경 쓰지 말고. 포기할 순 없어요. 저기 있는 건 민간인이잖아요. 우리는 군인이고요."

"……후우, 알겠습니다. 하느님께서 도우시기를."

"아, 화이트."

겨울은 돌아서려는 의무병을 멈춰 세웠다.

"곧 변종집단이 접근할 거예요. 다른 쪽으로 유인하더라도, 이곳에 빛은 없어야 해요. 남은 과정을 야시경 쓰고 진행할 수 있겠어요?"

의무병의 표정이 일그러진다. 좌절. 그래도 고개는 끄덕였다.

"해보겠습니다. 하지만 지금 불을 꺼버리면 실내온도는 어떻게 합니까?"

"전투식량 발열 팩을 모아서 물을 데우죠."

겨울은 바로 소대원들에게 지시했다. 캐비닛 서랍들을 빼서 물을 담아오고, 거기에 발열 팩을 채워 넣는다. 서른 한 명분의 사흘 치 전투식량에서 약 3백 개의 발열 팩이 나왔다.

팩 하나가 20분 이상 끓는점에 가깝게 유지된다. 물을 다시 넣으면, 전보다는 낮게, 그러나 뜨거운 온도까지 올라간다. 적당량 나누어 사용한다면 아침까지 버티기에 충분했다.

쓸 양을 가늠하는 병사들에게, 겨울이 말한다.

"지금은 아끼지 말아요. 한 번 온도를 올리고 나면 유지는 어렵지 않을 거예요."

"알겠습니다."

연기 빠지라고 열어두었던 강변 방향의 창 몇 개도 모두 닫는다. 창문이 수증기로 흐려지고 나면, 밤눈 좋은 강화종이라도 어둠 깃든 건물 안을 엿보기 어려울 것이다.

제프리가 겨울에게 다가왔다. 바깥에 한 번 귀 기울인 다음, 말한다.

"해리스 대위는 벌써 죽었을 지도 모르겠군요……. 하, 당해도 싸지. 지금부터는 어떻게 하실 겁니까? 뒈지다 만 것들이 지나칠 때까지 불 끄고 조용히 기다립니까?"

"아뇨. 조용하긴 힘들겠죠. 산모도 있고. 아무리 강물이 시끄럽고 날씨가 이렇다지만, 저것들 중에 귀 밝은 놈이 하나라도 있으면 위험해요. 내가 나가서 유인할 생각이에요. 바로 눈에 보이는 목표가 있어야 사소한 소음에 집중하지 않겠죠. 지들 스스로도 요란해지겠고."

"유인이요? 그거야말로 엄청 위험한데요."

"그렇지 않아요. 강 건너에서 끌고 다닐 작정이라."

"아아."

살리나스 강 상류의 폭은 약 10미터 가량. 댐 수문 개방으로 더욱 거칠어진 유속을 감안할 때, 변종들이 엄두를 못 낼 너비다. 변종의 강화 등급에 따라서는 뛰어넘을 수도 있겠다.

'그래봐야 고작 한둘이겠지.'

그쯤, 어떻게든 처리할 능력이 있다. 구울 같으면 착지 전에 머리를 날려버릴 것이고. 걱정거리는 아니라고 여기며, 겨울이 말했다.

"바깥에 있는 병사들에게 줄 몇 개 걸어두라고 해요. 잠시 후에 건너가게끔."

"줄이라……아까보단 쉽겠군요. 이번엔 얼마나 데려가시겠습니까?"

"한 개 분대요. 제프리가 알아서 준비시켜요."

"아니, 그건 문제가 아닙니다만, 또 한 개 분대 만요? 저 건너편에서도 언제 변종들이 나타날지 모르는데……그러지 마시고 좀 더 데려가시는 게 어떻습니까? 듣자하니 오시는 길에 생매장 당할 뻔 하셨다면서요?"

겨울이 고개를 기울인다.

"엘리엇이 말해주던가요?……들었으니 알 텐데요. 병력 규모와 무관한 사고였어요."

"만약을 대비하자는 거죠."

"내 말대로 해요. 괜찮을 거예요. 무엇보다, 민간인 보호가 최우선인걸요."

"차라리 제가 나가는 건 어떻겠습니까? 맨날 놀고먹는 소대장이라고 놀림 받는데 말입니다."

"못 미더워서 안 돼요."

"아니, 저한테 왜 이러십니까."

진담 같은 농담에 투덜거리면서도, 제프리는 더 이상 시간을 끌지 않았다. 무전으로 외부 경계 병력에게 지시를 내리고, 상황을 전파하고, 출동 인원을 준비시킨다고 자리를 비켰다.

출발 전, 이동계획과 복귀 불능시의 합류지점을 다시 합의해야 할 것이다.

이젠 민간인들을 상대할 차례였다. 이들은 아직 상황을 모른다. 짐작만 하고 있을 뿐. 오랜 시간 어둠 속에 머무를 사람들이니, 불안은 줄일수록 좋았다. 공황발작이 일어나면 곤란하다. 이 역시 겨울의 역할이었다.

"그러니까, 중위님이 직접 유인을 하신다고요?"

설명을 듣고, 보안관과 함께 기습했던 노인이 질문했다. 겨울이 긍정한다.

"네. 현재 동쪽 능선 너머에서 해리스 대위와 변종집단의 교전이 진행되고 있습니다. 소리를 들어볼 때 거의 끝난 것 같지만요. 사실 여기가 지형이 별로 좋지 않습니다. 서쪽은 살리나스 강 상류에, 북쪽은 댐에, 동쪽으로는 호수에 막혀있어요."

"즉 변종들이 배회하다가 이곳으로 올 가능성이 높다는 말씀이시군요. 혹시 해리스 대위가 이겼을 가능성은 없나요?"

이번에는 보안관 캐슬린이었다. 겨울은 재차 끄덕였다.

"변종의 숫자가 굉장히 많았거든요. 해리스 대위는 가망이 없었어요. 싸우고 남은 놈들이 남쪽으로 빠지면 다행인데, 기대하기 어렵겠네요. 그래서 유인이 필요한 거고요."

보안관과 조금 떨어져서 모인 사람들 가운데, 손 하나가 올라왔다. 수염 덥수룩한 남자다. 옷이 무척 헐렁했다.

"그럼 우린 여기서 그냥 기다리기만 하면 되는 겁니까?"

"네, 맞습니다."

"우리를 버리시려는 건 아니고요?"

"설마요. 전 소수 인원만 데리고 나갈 예정입니다. 나머지 병력은 여러분과 함께 남아있을 거예요. 절 믿어주셨으면 좋겠습니다."

소년이 온화한 미소를 만들었다. 한계에 도달한 사람들에게도, 명성 높은 소년장교의 미소는 호소력이 있었다. 그럼에도 새로운 목소리, 달갑잖은 질문이 나온다.

"변종이 없는 지금, 강을 건너서라도 도망갈 수 있지 않나요? 제 말은, 어디든 좀 더 안전한 곳으로요!"

"부인, 바깥이 무척 춥습니다. 당장 이동하기 어려워 보이는 분들이 많아요."

"우린 문제없어요!"

그녀는 크게 말했다. '우리'의 범위가 명확했다. 몇몇은 싫은 표정

짓고도 가만히 있었다.

겨울은 마음 상했을 쪽을 바라보지 않았다. 다만 나지막이 요청한다.

"목소리 좀 낮춰주세요. 무리에서 이탈한 놈들이 근처에 있을지도 모르잖아요."

"아, 죄송합니다."

죄송한 얼굴은 아니었다. 초조함이 느껴진다. 갈고 닦은 이기심과는 달랐다.

보안관, 그리고 그녀와 벗한 노인에게서는 분노가 엿보였다. 캐슬린은 방아쇠울에 손가락을 넣는다. 시선은 소년장교를 바라보고 있었다. 자기 행동을 의식하지 못하는 것 같았다.

'고상하지 않은 사람들을 다 죽으라고 할 순 없어.'

아사 직전의 식인에는 어느 정도의 책임을 물을 수 있을까?

소년이 생각하기에, 누군가의 죄가 온전히 그 사람의 책임인 경우는 드물었다.

창 밖에서 간헐적으로 이어지던 총성이 멎는다. 「전투감각」이 포착한 방위가 「암기」한 지도와 겹쳐졌다. 겨울이 남은 시간을 추산했다. 오차범위가 크다. 못쓸 정도는 아니었다.

"길게 말씀드릴 여유가 없네요. 당장은 제 결정에 따라주시기 바랍니다. 여러분이 저를 믿어주지 않으시면, 저도 여러분을 지켜드리기 어렵습니다. 협조 부탁드립니다."

"하지만 중위님! 한 사람을 위해서 여러 사람이 위험을 감수하는 건 불공평해요!"

"이 이상은 임무수행에 방해됩니다. 자중하세요, 부인. 모두가 위험해져요."

겨울의 음색이 달라지자, 여인이 입을 꾹 다물었다. 눈물이 글썽거
린다. 손바닥 만 한 책자를 가슴에 품고 눈을 감는다.

"불은 끄겠습니다. 변종이 빛을 보면 곤란하니까요. 어둡고 긴 시간
이 되겠지만, 부디 침착하게 견뎌주세요. 살아남게 해드릴 테니."

아직까지 타오르던 장작불에 찬물이 부어졌다. 촤아아악! 거센 수증
기가 피어오른다. 숯 냄새가 물씬 풍겼다.

산모 주위에는 적외선 조명 여섯 개를 배치했다. 더 많이 놓으려고
하자 의무병, 화이트가 거부한다. 야간투시경은 눈에 부담을 준다. 너
무 밝아도 산모를 돌보는 데 무리가 생겼다.

리버만 하사가 소년장교에게 지도를 가져왔다.

"소대장과 논의해서 이동경로와 합류계획을 구상해봤습니다만, 어
떠십니까?"

"음……. 괜찮네요. 이대로 가죠."

딱히 손 볼 것이 없어, 겨울은 그대로 받아들인다. 자신의 지도에 그
대로 그려 넣었다. 스윽, 슥, 슥. 「독도법」 보정으로 금세 끝난다. 이어
제프리가 다가왔다.

"엘리엇 분대는 손실이 심해서, 대신 헤르난데스 분대를 보내기로
했습니다. 인원은 일곱입니다. 혹시 몰라 화기분대의 로켓이랑 기관총
을 하나씩 넘겨줬습니다. 어차피 여기서는 쓸 일이 없을 것 같으니 말
입니다."

"좋아요. 변종집단의 규모에 따라서는 지형에 의지해서 쓸어버릴
수도 있겠네요. 다들 지금 어디 있죠?"

"도하 준비 중입니다. 중위님만 가시면 됩니다."

나가기 전, 몇 사람이 소년을 배웅했다. 제프리와 리버만이 무운을 빌어준다. 민간인 중에서는 보안관과 노인이 문 밖까지 따라 나왔다. 두 명의 병사가 그들 뒤에서 만일을 대비한다. 겨울이 두 사람을 들여보내려고 했다.

"왜 일부러 비를 맞으세요."

노인은 겨울의 얼굴에 남은 핏자국을 보며 말했다.

"중위님. 이 말씀은 꼭 드려야겠습니다."

"무슨……?"

"당신의 헌신에 감사드립니다. 진심으로. 그리고……당신의 나이로 이렇게 싸워야 한다는 사실이 유감입니다."

은성무공훈장 수여식 이래 오랜만에 듣는 인사말이었다. 그때는 저녁이었으니, 어떤 의미로는 처음이라고 봐도 좋다. 겨울이 묻는다.

"성함이 어떻게 되시죠?"

"채프먼, 더글러스 채프먼입니다."

"당신의 성원에 감사드립니다, 채프먼 씨."

겨울은 노인과 악수를 나눴다.

보안관은 악수 대신 경례였다. 여전히 지쳤을 텐데, 찾아보기 힘든 힘과 절도였다. 겨울이 경례로 응하고서, 그녀에게 말한다.

"사람들을 너무 미워하지 마세요. 그러다가 온 세상이 다 미워질 거예요. 경험담이니까, 흘려듣지 마시고요."

캐슬린은 무척 당황한 표정을 짓는다. 겨울이 미소를 만들었다.

"들어가세요."

그리고 병사들에게 눈짓한다.

문이 닫히고, 잠기는 소리가 났다. 고개를 돌리면, 번쩍이는 번개와,

산등성이의 검은 그림자 위에 하얗게 번뜩이는 역병의 전도사들.

겨울은 자신을 기다리는 병사들에게로 향한다. 이제 새벽이 깊어질 때였다.

추위는 군인의 유구한 벗이었다. 무르익은 겨울밤, 비를 맞는 병사들이 심하게 떨었다.

탕!

강변에 총성이 울려 퍼진다. 다섯 발 째였다. 먹구름을 쏜 소년이, 총구를 느리게 내렸다.

물길 너머의 어둠을 경계하던 병사가 손을 들었다.

"옵니다."

경계병이 포착한 건 최초의 하나였다. 겨울에게는 더 많이 보인다. 뜨거운 무리가 달려오는 중이다. 진보된 야간투시경의 녹색 세계에서, 인간을 닮은 죽음은 달아오른 쇳빛으로 도드라졌다. 비탈을 타고 내려오는 규모가 못해도 수백이었다.

'천 단위를 넘을 지도.'

헤아리는 사이, 문드러진 척후가 이쪽을 발견했다. 쿠와아아악! 온몸으로 긴 소리를 지르고서, 맹목적으로 달려오다가 거친 강물에 가로막힌다. 급류의 너비는 고작 10미터. 이목구비가 또렷하게 구분되는 거리다. 변종은 또 한 번 울부짖고, 화난 사람처럼 좌우로 서성거린다.

분대장이 묻는다.

"쏠까요?"

"기다려요, 헤르난데스."

오는 족족 쏴 죽여도 괜찮겠으나, 급할 것은 없었다. 겨울이 말했다.

"우리 임무는 유인이에요. 싹 다 죽이는 것도 나쁘진 않은데……저것들이 다 모일 때까지는 어차피 시간이 걸릴 거예요. 지금은 잠시 지켜보기로 해요. 변종들의 집단행동을 가까이서 관찰할 기회는 드무니까요."

"관찰입니까?"

"네. 관찰. 그동안 개체의 지능이 증가한 건 경험했어요. 그게 무리 지어 움직일 땐 어떻게 드러나는지 확인하고 싶네요. 저것들의 의사소통 수준이라던가, 장애물을 극복하기 위해 협력하는 방식 같은 것들 말예요. 봐두면 나중에 도움이 될 걸요?"

"으음, 무슨 동물 실험 같군요. 뭐가 됐든 얼른 끝나길 바랍니다만."

"다들 조금만 참아요."

겨울이 병사들을 격려했다. 당장 전투가 없을 것 같자, 엎드렸던 기관총 사수가 치를 떨며 자세를 바꿨다. 바닥이 너무 차가웠을 것이다.

가장 먼저 도착한 변종이 도강을 시도했다. 급류에 한 발 담갔다가, 다시 한 발을 내딛고, 세 번째 걸음에서 머뭇거린다. 하얗게 부서지는 물거품이, 금세 허리까지 올라왔다. 기우뚱 기우뚱. 위태롭게 버티던 변종은 결국 뒷걸음질을 치고 만다. 뭍으로 나와, 손닿지 않는 숙주들을 향해 사납게 포효했다. 그 소리가 더 많은 변종들을 끌어 모았다. 계속해서 늘어난다.

겨울은 파소 로블레스의 교회를 떠올렸다. 그 때 수준의 지능이었으면 막무가내로 뛰어들었을 것이다. 혹은 가장 앞에서 멈춰도, 뒤따르는 질량과 관성에 밀려 빠지거나.

"쯧. 저놈들은 죽어서도 거슬리는군요."

퀼레미의 우울한 불만은 해리스 대위의 부하들을 겨냥한 것이었다. 전투복을 입고, 방탄복을 두른 채로 잠식당한 시체들. 총을 멘 놈까지 보인다. 그러나 목에, 어깨에 걸고만 있을 뿐. 생전의 기억은 없고 지능은 퇴화되었다. 살육자들의 말로였다.

병사 가운데 하나가 조심스럽게 제안한다.

"중위님. 저것들만이라도 먼저 처리하면 안 되겠습니까?"

"잠깐만요. 내가하죠."

"아니, 그러실 필요는……."

끝까지 듣지 않고, 소년이 앞으로 나섰다. 야시경을 끌어올린다. 없어도 훤히 보이는 거리였다. 인상적인 광경이다. 변종들의 전신에서 하얀 김이 피어오른다. 높은 체온 탓이었다.

고개를 숙여 묵념하는 겨울. 등 뒤의 분대원들을 배려하는 행동이다.

'리친젠이 그랬었지. 제사는 산 사람을 위한 것이라고.'

몇 호흡 뒤에 눈을 뜬다.

따닥, 따닥, 따다다닥! 이빨 부딪히는 소리들. 감염된 병사 중 하나가, 고개를 꺾으며 이쪽을 응시하는 중이다. 시꺼먼 혀를 길게 뽑아 날름거렸다.

속으로 표적의 숫자를 센 겨울이, 모두가 사격권에 들기를 기다려, 급작사격을 가했다.

조준점은 모두 얼굴이었다.

서로 다른 스물 두 개의 얼굴에 연사의 속도로 구멍이 뚫렸다. 이마, 미간, 안구, 코, 인중, 인후. 혀 날름거리던 놈은, 입천장 뒤쪽 부드러운 연구개를 맞았다. 맞는 순간 움직임이 사라졌다. 입 밖으로 피가 주 룩 흐른 뒤에 무릎부터 무너진다.

손은 눈보다 빠르다. 표적이 다 죽고, 남은 무리가 뒤늦게 소란스러 워졌다. 애초부터 조용하지도 않았으나 이제는 광란이었다. 처음 온 놈이 그랬듯이, 좌우로 성큼성큼 오가면서, 위협적인 소리를 지른다.

급기야는 강을 건너려고 시도했다. 헤르난데스 병장이 말했다.

"소름끼치는군요. 관찰이 필요하다고 하신 이유를 알 것 같습니다."

그는 변종들의 협력을 보고 있었다. 서로의 손목을 붙잡아 물속으로 이어지는 사슬을 만든다. 물론 잘 되지는 않았다. 맨 끝에서 급류에 버 티는 힘이 중요하니까. 사슬은 결코 길게 늘어지지 못했다.

"구울! 11시 방향에 다수의 구울입니다!"

눈썰미 좋은 지정사수의 경고. 겨울이 그 방향을 시선으로 더듬었 다. 오래지 않아, 무리 사이에 끼어있는 잿빛 강화종들을 찾아냈다. 특 수한 능력은 없어도 평범한 변종보다 강인하고 영리한 것들.

그런데 개중 하나는 보통의 구울이 아니었다. 병사들은 구분하지 못 해도, 겨울은 구분했다. 몇 가지 특징이 있다. 지금까지 봐왔던 것들보 다 등급이 한 단계 높았다.

'베타 구울. 하긴, 등장할 때도 됐지.'

전에도 존재를 의심했던 적은 있지만, 실제로 확인하기는 이번이 처 음이다.

겨울의 발견이 병사보다 늦은 건 다른 쪽에 주의를 기울이고 있었 기 때문이다. 숲 저편에 육중한 움직임이 보였다. 어둠 속의 그림자이 기에, 「전투감각」의 경고가 아니었다면 반드시 놓쳤을 존재감이었다. 그림블은 아니다. 정황증거였다. 그림블이었을 경우, 변종이든 나무든 벌써 투척하고 있었을 것이다.

그럼 정체가 뭘까. 왜 모습을 드러내지 않을까.

'짐작이 안 가는데. 이번 세계관, 전과 다른 게 너무 많아.'

처음 겪는 일은 아니어도, 너무 잦은 게 문제다. 아는 것에 무리하게 짜 맞추는 대신, 겨울은 자신이 모르는 새로운 특수변종이라고 결론지었다.

"어떻게 합니까? 바로 머리통을 날려버릴까요?"

노려지는 걸 감지했는지, 베타 구울이 다른 놈들을 방패삼아 뒤로 슬쩍 물러난다.

모르는 변화가 겨울을 망설이게 했다. 저것도 달라졌을지 모른다.

"지시를 기다려요, 플레밍."

"옙."

지정사수가 조준선으로 표적을 추적한다.

적의 숫자가 여전히 늘어나고 있었다. 종래에는, 처음 예상대로 1천을 넘게 될 것 같다. 트릭스터가 죽지 않았다면 이렇게까지 분산되진 않았을 것이었다.

되도록 남김없이 끌고 갈 셈이다.

변종들은 여전히 같은 실패를 반복하고 있었다. 줄지어 격류에 들락거리길 여러 차례.

변화는 갑작스럽게 찾아왔다. 독특하게 끊어지는 괴성이 긴 메아리로 반복된 뒤에, 변종들의 행동이 눈에 띄게 달라졌다.

실체는 하던 짓의 응용이었다. 변종으로 이루어진 사슬 한 줄이 한계까지 늘어진다. 그 후에, 새로운 사슬이 그 옆으로 들어간다. 첫 줄에 부딪혀 느려진 유속 덕에, 둘째 줄은 한 걸음 더 내딛을 수 있었다.

같은 방식으로 셋째 줄이 늘어선다.

가장 깊은 수심이 코 아래였다. 다섯 번째 줄이 그 지점을 지나쳤다.

잠깐 사이에 벌어진 일이다.

"중위님! 명령을!"

분대장의 다급한 외침. 변종들이 강을 금방 건널 것처럼 보인다. 집단의 수가 많은 만큼, 다른 쪽에서도 동시다발적으로 시도하고 있다.

강변에 도달한 최초의 변종이, 물속으로 몇 걸음을 떼었더라?

겨울이 침착하게 명령한다.

"앞쪽은 신경 쓰지 말아요! 중간을 끊어요! 나머지는 알아서 떠내려가게!"

병사들이 곧바로 이해했다. 연결이 뭍으로 이어지는 부분을 집중적으로 쏜다.

파파파팍! 총탄이 연달아 수면을 때린다. 물 위로 나온 머리들이 줄지어 깨졌다.

가장 먼저 무너진 줄은 곧 다음 줄의 부담이었다. 집단으로 쓸려간다. 물 넘치는 제방, 혹은 도미노를 보는 것 같다. 끄워어어억! 우워어어! 허우적대는 변종들이 물거품과 함께 표류했다.

아비규환이다. 변종들이 잡을 지푸라기는 같은 처지의 변종들뿐이었다. 서로에게 기어오르려 발광한다. 살아 움직이는 시체들이 부글부글 끓어오르는 강물이었다.

이 때 다시 울려 퍼지는, 성량 높고 특별한 괴성 한 줄기.

그러자 아직 수면에 남아있던 놈들이 부르르 떨었다. 그 자세 그대로 굳어버린다. 듣지 못한 일부만 여전히 발광이다.

겨울은 순간적으로 이해가 모자랐다.

'신진대사 억제? 그래봐야 익사를 지연시킬 뿐인데?'

뭍에 있던 변종들이 무더기로 뛰어들기 시작했다.

상류부터 하류 방향으로, 순서를 지키면서.

집단자살이 아니었다. 도약의 정점에서, 가슴을 한껏 부풀리고, 그 대로 경직된다. 풍덩! 물보라를 일으키며 물 아래 잠겼다가, 부력으로 금세 떠올랐다. 발판이다. 빠르게 떠내려가지만, 넓은 강변이 모두 변종이었다. 상류에서 떠내려 오는 것들을 밟고, 초당 수십 마리의 변종이 몸을 던졌다. 물보라 소리가 끊이지 않았다. 병든 육신의 파도가 강을 뒤덮는 꼴이다.

수면이 시체를 닮은 부유물로 메워지고 있었다. 실시간으로.

그 위로 새로운 변종들이 달린다. 강 이쪽을 노려보면서.

병사들은 지시 없이도 알아서 쏘고 있었다. 수류탄이 연달아 날아간다.

"Frag out!"

경고성에 모두가 자세를 낮췄다. 수중에서, 수면에서, 강 건너 지표에서 터지는 수류탄들. 물기둥이 치솟아, 빗발보다 굵은 물방울들을 뿌렸다. 어두운 밤의 강물이 한층 더 검게 물든다.

"와, 씨발. 잠깐만. 이건 무슨 엿 같은……!"

탄통을 갈면서, 기관총 사수가 욕설을 내뱉었다.

순간적으로는 겨울도 경악했다. 드문 동요였다. 일단 보이는 게 너무 압도적이었으니까.

이상을 느낀 것은, 10초 만에 탄창 세 개를 비우고 난 다음이었다. 철컥! 공이가 빈 약실을 치는 소리. 직접 막던 방향은 더 이상 견제할 적이 없었다. 재장전 대신, 곧바로 수류탄을 꺼낸다. 클립을 제거하고

핀을 뽑았다. 다른 위급한 쪽으로 던질 작정이었다.

겨울은 던질 곳을 찾지 못해 당황했다.

병사들도 하나 둘 상황을 깨닫는다. 격렬했던 사격이 잠시 소강상태에 접어들었다.

"뭐야 이게⋯⋯."

퀼레미의 어이없는 독백.

일반 변종은 근력이 강한 대신 움직임이 거칠다. 아무리 부유물이 많아도, 그걸 밟고 끝까지 달리는 경우가 없었다. 밟을 때마다 흔들리고 꺼지는 발판들이었다. 이건 멀쩡한 인간에게도 어렵다. 적어도 숙련자 영역의 「무브먼트」 보정이 붙어야 가능할 일.

넘어지고 또 넘어져서, 물에 빠지는 숫자만 늘어난다.

부유물의 확장에도 한계가 있었다.

겨울은 반성했다. 내가 시야가 좁았구나, 하고.

사격을 하더라도 넓게 보아야 한다. 방금은 그러지 못했다. 쏘는 내내, 시계(視界)가 조준선 안에 갇혀 있었다. 지휘관은 일개 전투원과 다르다. 좋지 않은 실수였다.

'이 정도 당황하기는 오랜만이었지.'

강 건너의 변종집단이 눈에 띄게 감소했다. 당연하다. 천을 넘는 숫자라도, 초당 수십씩 빠지면 순식간에 소모된다.

뒤늦게 베타 구울이 소리를 지른다. 변종들이 무모한 투신을 그쳤다.

그래봐야 남은 수는 한 줌이었다. 듬성듬성 흩어져있다.

거기에 수류탄을 투척한다. 핀은 아까 뽑았으되, 아직까지 들고 있던 것이었다. 쾅! 폭발보다 넓은 살상범위에 걸쳐, 열일곱의 감염변종이 일거에 무너진다.

병사들이 나머지를 소탕했다.

잿빛 강화종은 바닥을 기었다. 부상을 입고도 살아서, 끈질기게 달아나려 시도한다. 직접 쏠까 하다가, 겨울이 지정사수를 불렀다.

"플레밍. 저놈 잡아요."

보통보다 굵은 탄이 강화종의 머리를 연발로 때렸다. 부서진 머리뼈, 질척한 뇌수가 튄다.

작전목표는 달성했다. 더 이상 유인할 적이 남아있지 않았다. 분대는 다시 한 번 강을 건넜다. 해가 진 뒤 세 번째다. 다들 익숙한 모습으로 속도를 냈다.

검은 새벽의 강변에는 시체가 널려있었다. 듬성듬성. 숫자는 적다. 겨울은 분대원들에게 짧은 여유를 주었다. 미군 유해를 수습하는 시간이다. 수습이 운반을 의미하는 건 아니었다.

"인식표 끊고 헬멧 카메라 메모리를 확보해요. 수첩 같은 게 있으면 내용을 살펴보고요. 결정적인 증거가 남아있을지도 몰라요. 비 안 맞게 조심하고요."

명령을 내리면서도, 겨울은 큰 기대를 걸지 않았다. 군 사양(Milspec) 헬멧 카메라의 배터리 지속시간은 대개 4시간 안팎이다. 겨울 같은 경우, 예비 배터리를 남보다 많이 휴대한다. 국방부 공보처의 욕심 때문이었다. 그들은 작전현장에서 소년장교가 보고 듣는 모든 것을 원했다.

해리스 대위의 부하들은 겨울 같은 이유가 없다. 배터리가 진작 닳아 없어졌을 것이다. 애당초 원할 때 켜고 끄는 장비다. 증거를 남겨둘 이유가 없었다. 수첩은 더더욱 그렇고. 해리스 대위가 제정신이었으면,

이 문제로 부하들을 엄하게 단속했을 터였다.

'그래도 가능성이 없는 건 아냐. 누군가 한 사람쯤 양심의 가책을 느꼈을지도 모르고……'

어쨌든 필요한 일이었다. 민간인 학살도 모자라, 같은 미군 사이에서 섬멸전이 벌어졌다. 미국 정부는 이번 사건에 극히 민감한 반응을 보일 것이다. 증거는 많을수록 좋았다.

이게 겨울만의 희망사항은 아니었다. 분대장 조엘 헤르난데스가 하는 말.

"뭐가 됐든 그럴듯한 걸 하나 건져야 할 텐데 말입니다."

"있으면 좋겠지만 없어도 무방해요. 있는 증거와 증인만으로도 부족하진 않을 걸요?"

톡톡. 겨울이 자신의 카메라를 두드려보였다. 일단은 안심시키려고 하는 말인데, 그렇다고 빈말은 아니었다. 지금까지 녹화된 자초지종만으로도 충분한 증거다. 대위와의 교신까지 고스란히 담겨있었다. 민간인들의 증언도 있을 테고. 매수? 강요? 말도 안 된다. 보도관제로 묻어버리는 게 현실적이다. 애국적 보도. 개연성은 높다.

"중위님이니까 부족하지 않은 겁니다. 저희들에겐 불행 중 다행이군요. 다른 사람이 지휘관이었다면, 저희들로서도 복귀한 뒤가 엄청나게 걱정이었을 겁니다."

사건을 은폐하는 과정에서 당사자들이 받을 취급은 뻔하다. 이유 없는 보직변경과 전출. 그 뒤에 이어질 위험한 임무들. 계엄정국에서는 얼마든지 가능한, 그리고 필요한 행정이다. 인류멸망의 기로에서, 군에 대한 시민의 불신은 파국으로 이어질 수 있었다.

상념이 아득해진다. 겨울이 살짝 고개를 흔들어 현실로 돌아왔다.

병장에게 말한다.

"좀 더 긍정적으로 생각해봐요. 이런 사건이 있었다고, 있는 그대로 공개할지도 모르잖아요. 뉴스가 너무 좋은 소식만 전해도 신뢰도가 떨어지지 않겠어요?"

"제 말은, 중위님이 계셔서 그럴 가능성이 더 높아졌다는 뜻입니다."

겨울이 편안한 미소를 지어냈다.

"긍정적으로 생각하라고 해놓고 이런 말 하기는 우습지만, 그냥 궁금해서 묻는 거니까 이상하게 생각하지 마세요."

"뭡니까?"

"위에서 나까지 같이 묻어버릴 거라는 걱정은 안 드나요?"

병장이 피식 웃는다.

"그거야말로 어처구니없습니다."

"왜죠?"

"정말 몰라서 물으시는 겁니까, 아님 엄청나게 겸손하신 겁니까?"

"됐어요. 듣지 않아도 알겠네요."

겨울이 빠르게 총을 들었다. 두두둑! 지향사격으로 삼점사. 전탄 명중이다. 벌떡 튀어 병사를 덮치던 변종이 비틀거리며 쓰러진다. 위기를 넘긴 병사가 한 박자 늦게 소스라쳤다. 으아아악! 소리 지르며, 뒤로 쓰러져 발작처럼 물러난다. 두둑! 두둑! 두두두두둑! 이미 죽은 시체에 갈겨대는 연사 한 탄창. 탄피가 쏟아진다. 다른 병사들도 기겁했다.

"뭐야! 무슨 일이야!"

"젠장! 이 새끼가 죽은 척을 하고 있었어! fuck! fuck! fuck!"

겨울이 다가가서 그를 진정시켰다.

"조용히. 그러게 왜 방심을 했어요? 이것들이 머리 쓰는 꼴을 직접 봐놓고 말예요."

"죄, 죄송합니다. 처음에 중위님이 쏘신 겁니까?"

"네. 나였어요."

"정말 감사드립니다. 다 끝났다고 너무 방심하고 있었나봅니다."

이병은 부들부들 떨었다. 좀 심하게 놀란 것 같다. 컬레미가 한 마디 쏜다.

"끝나긴 뭐가 끝나? 네가 막사로 복귀해서 해산명령을 받을 때까진 아무 것도 끝나지 않아. 이걸 잊으면 시체가 되어서 돌아가기 십상이지. 지휘관 잘 만난 줄 알아."

"그쯤 해둬요."

병사가 진정할 때까지, 겨울이 잠시 등을 두드려주었다.

증거 수집은 곧 끝났다. 쓸 만 한 걸 건졌는지는 돌아가 봐야 알 일. 겨울은 병사들을 시켜, 망자들의 무기를 강물에 던져버렸다. 헤르난데스가 묻는다.

"이제 어쩌시겠습니까? 이대로 소대장과 합류합니까?"

"합류? 글쎄요……."

겨울은 숲 그늘에 미련을 두었다. 교전 중 목격했던 정체불명의 특수변종이 신경 쓰인다. 최초발견의 보상도 보상이지만, 그보다는 세계관의 긍정적인 변화를 이끌어내고 싶었다.

하지만 이 시간에, 이 병력으로 수색을 진행하는 게 과연 현명한 선택일까?

뜸을 들이는 소년장교를 보고, 분대장이 다시 물었다.

"신경 쓰이는 게 있으십니까?"

"아까 내가 뭔가를 본 것 같거든요."

"뭘 말입니까?"

"그걸 확인하고 싶은 거예요. 크기가 좀 컸는데……."

조금 더 위험을 가늠한 뒤에, 지시한다.

"각자 탄이 얼마나 남았는지 보고해요."

결과는 조금 아슬아슬했다. 남는 사람도 있고 부족한 사람도 있으나, 후자가 좀 더 많았다. 남은 양을 재분배해서, 당장 급한 사람이 없도록 만든다. 한 사람 앞에 예비탄창 두 매 가량. 유사시 교전 한 번 치르고 퇴각할 정도는 되었다.

다만 병사들의 사기가 문제였다. 또 뭔가를 할 기미가 보이자 몇몇 얼굴에 피로가 떠오른다. 내색 안 하는 나머지도 속은 비슷할 것이다. 복귀를 눈앞에 그리고 있었겠지.

그럴 만 하다. 기지에서 출발한 이래 고난의 연속이었다. 겨울이 격려했다.

"다들 힘든 거 알아요. 휴식을 주고 싶은데 그러기가 어렵네요. 이해해줬으면 좋겠어요. 만약 내가 본 게 미확인 특수변종이라면, 지금 정보를 얻어두는 게 나중을 위해 좋다고 봐요."

헤르난데스가 답한다.

"중위님. 그렇게 말씀하실 필요 없습니다. 장교답게 명령하시죠. 이 녀석들 엉덩이를 걷어차는 건 분대장인 제 역할입니다."

컬레미가 표정으로 야유를 보낸다. 겨울이 옅은 미소를 만들었다.

"좋아요. 명령입니다. 따라와요."

수색은 역시 겨울이 앞장섰다. 첨병을 따로 세우는 게 낫지 않겠느냐는 제안이 나왔으나, 받아들이지 않는다. 전체의 생존능력과 직결되는 문제였다. 그리고 「추적」이 필요하기도 했다.

엉망으로 망가진 나무들이 나타났다. 그 사이의 발자국은 크고 깊었다. 병사들이 숨을 죽인다. 지금까지는, 새로운 특수변종이 등장할 때마다 큰 피해를 입어왔다. 이번이라고 다르란 법이 없다. 긴장하는 게 당연했다.

"이 정도 크기면 그럼블 아니겠습니까?"

한 병사의 의견. 겨울이 부인한다.

"발자국이 달라요. 그리고 이게 그럼블이면 아까 싸울 때 왜 안 끼었겠어요? 같은 변종도 짓밟으면서 달려오는 놈인데."

겨울은 주변을 눈에 담는다. 가지가 부러지고 헐벗겨진 나무들. 줄기가 푹푹 패여있다. 그러나 단지 지나가는 것만으로 이런 흔적이 만들어진 게 아닌 듯 하다. 겨울은 고개를 기울인다.

'왜지? 나무를 일부러 부술 이유가 있나?'

변종의 특성에 관련된 것일 텐데, 그 특성이 무엇일지 짐작이 가지 않았다.

「추적」이 계속된다. 병사들의 긴장감이 타들어간다. 때때로 흐트러지는 발걸음. 심리적인 소모, 피로, 체력고갈의 증거였다. 각성제의 효과에도 한계가 있었다.

괴물은 조짐 없이 나타났다.

출현을 예상하지 못했다. 감각보정의 경고가 전혀 없었다. 이제껏 장애물에 가려졌던 열원은, 마치 허공에서 튀어나온 것 같았다. 실루엣이 확실하다. 그럼블이 아니었다.

당혹감을 미뤄두고, 겨울이 즉시 손을 들었다. 분대가 산개하여 은엄폐를 마친다.

"2시 방향, 거리 약 40. 적 개체 하나."

사병들의 야간투시경은 열감지가 불가능하다. 병사들은, 겨울이 방향과 거리를 알려준 뒤에야 표적을 포착했다. 헤르난데스가 숨죽여 묻는다.

"공격합니까?"

"먼저 수류탄부터요. 사격은 지시가 있을 때까지 보류. 크라우스, 맥켄지. 준비해요."

위력 때문에 고른 수단이 아니다. 전술적인 판단. 아직 괴물의 능력을 모른다. 사격은 이쪽이 있는 위치를 알려주기 십상이었다. 유탄도 마찬가지. 발사소음 없고 섬광도 없는 수류탄이 적격이었다. 터지는 무기라 공격방위를 알기도 어려울 것이다.

소음이 새로운 적을 불러올지도 모르지만, 당장은 저것 하나뿐이다. 당장 눈앞에 있는 미지의 적부터 경계하는 게 옳다.

두 명의 병사가 관목 뒤에 자리를 잡는다. 각자 수류탄을 들고 겨울을 바라본다. 고개를 끄덕여주자, 숫자 셋을 센 뒤 동시에 투척.

따악! 조금 엇나간 하나가 무화과 가지에 부딪혔다. 괴물이 돌아보는 순간, 제대로 날아간 단발의 수류탄이 지근거리에서 작렬했다. 거의 동시에 두 번째 폭발. 폭음에 숲이 전율하고, 섬광은 숲의 잔상을 남긴다.

캬아아아아아―

땅이 울린다. 무거운 괴물이 달리는 진동이었다. 속도는 생각보다 느리다. 무화과나무에 온 몸으로 부딪힌다. 쿠웅! 그래도 질량은 대단한지, 굵직한 나무가 꺾일 듯이 흔들렸다. 그리고 그게 전부였다. 대단한 힘이지만, 특수변종의 괴력으로 보기엔 한없이 부족하다.

그럼블은 나무를 뿌리째 뽑아 던지지 않았던가.

'수류탄이 부딪힌 소리 때문에 우리가 저기 있다고 생각했나?'

차라리 잘 됐다. 지금 괴물은 성나고 불안한 짐승이었다. 보이지 않는 모든 방향을 경계하는 듯한 행동. 움직임이 아주 둔하다.

"발사관 줘요."

겨울이 병사로부터 로켓 발사관을 넘겨받는다. 총보다는 묵직하다. 보통 휴대하는 가벼운 물건(LAW)과 달리, 제프리가 맡긴 이것은 탄두 무게만 킬로그램 단위다. 화약 양만 따지면 수류탄의 최소 열 배 이상이었다.

그럼블의 물리내성을 뚫기엔 부족한 감이 있지만, 저것을 상대로는 먹힐 것 같다.

"다들 여기서 기다려요."

역시나 바로 쏘지 않는다. 발사관의 강력한 후폭풍 탓. 쏘는 위치가 즉시 드러나게 된다.

어둠 속이라도 방심할 수 없다

자세를 낮추고 달린다. 측면으로 20미터를 뛰고, 3미터를 미끄러져서, 즉시 자세를 잡았다.

괴물은 아직 그 자리였다. 고개를 휙휙 꺾는다. 사방을 동시에 노려보려는 듯이.

'흥분? 분노?……왠지 두려움이 더 큰 것처럼 보이는데.'

「생존감각」의 경고는 없고, 「전투감각」의 경고는 약하다. 도대체 뭘까.

고민하면서도 탄두 끝의 안전핀을 뽑는다. 티잉— 맑고 작은 쇳소리. 겨울에게만 간신히 들린다. 조준을 위해 야시경을 밀어 올렸다.

이제 발사관을 어깨에 얹고, 조준기의 중심선에 괴물을 잡고, 곧바로 격발.

퍼엉! 온 몸이 진동했다. 고폭탄의 비행은 빗물 바스러지는 궤적이었다. 겨울은 발사와 착탄을 거의 동시에 체감했다. 충격파가 눈으로 보인다. 확 퍼지는 호우. 거꾸로 솟구쳤다가, 밀도 높게 쏟아지는 물줄기들.

폭발이 지나갔다.

그런데 정작 괴물의 반응이 없다.

뭐지? 겨울은 잠시 엎드려서 정면을 주시했다.

아무런 움직임도 보이지 않는다. 물안개와 구분되는, 짙은 수증기만 보일 뿐. 이상할 정도로 많다. 아무래도 괴물이 흘린 체액에서 뿜어지는 모양.

감각보정의 경고가 완전히 사라졌다.

만약을 위해 속으로 열을 센 뒤, 겨울은 천천히 일어났다.

분대와 합류하여 신중하게 접근, 일정 거리를 두고 관찰한다.

"저거 설마 죽은 겁니까? 이렇게 쉽게?"

걸레미가 못 믿겠다는 듯이 중얼거린다.

특수변종은 하늘을 향해 펼쳐진 채로 죽어있었다. 자세가 특이한 건 신체의 불균형 때문이다. 거대하게 부풀어 오른 등에 온 몸의 무게중심이 쏠려있었다. 튀어나온 척추가 인상적이다.

등의 겉면에 무수히 많은 종기가 돋아있다. 처음에 체액이라 여겼던 게, 실은 여기서 흘러나오는 누런 고름이었다.

정말 고름인지는 모르겠다. 적어도 외견은 비슷하다. 죽은 지금도 그침이 없다. 폭발에 휩쓸린 상처들마저도, 피를 흘리는 곳은 드물고 나머지는 고름을 토해냈다. 울컥, 울컥. 엄청난 양. 여기서 오르는 수증기가 역겨웠다. 바람이 바뀌자 역한 냄새가 다가온다. 겨울이 외쳤다.

"방독면 착용!"

「생존감각」, 「위기감지」는 잠잠했다. 즉, 독성 물질이 아니다.

그러나 그것과 별개로, 내려야 자연스러운 명령이었다.

겨울이 사체에 대고 몇 발의 사격을 가했다. 어디를 쏴야 효과적인가. 퍽! 퍼퍽! 맞을 때마다 고름이 튄다. 노랗고, 점성이 강하다. 계속해서 흘러나오는 고름이 주변 땅을 다 덮는다. 피는 언제나 고름과 섞여 묽어졌다.

헤르난데스가 질린 듯이 중얼거렸다.

"이건 무슨 종양 덩어리인가?"

병사들이 슬금슬금 물러난다. 겨울은 그들을 막지 않았다. 오히려 더 물러나게 한다. 보고가 올라갈 텐데, 상부로부터 괜한 의심을 받을 필요는 없었다.

'감염이나 중독이 우려되면 꽤 긴 시간 격리시키겠지.'

결국은 밝혀지겠으나, 그 때까지의 시간낭비가 문제다.

"중위님. 혹시 이것들이 생화학적인 공격수단을 갖췄다고 생각하십니까? 그렇다면 이 형편없는 전투력도 이해가 갑니다만."

걸레미의 질문. 겨울은 고개를 저었다.

"내 느낌을 묻는 거라면……아니에요. 하지만 지금으로서는 단정지을 근거가 없어요. 여기서는 위치만 기록해두고 빠지는 편이 낫겠네요. 우리는 보고만 하면 돼요. 나중에 보건서비스부대가 와서 회수하겠죠."

겨울이 GPS 단말기와 지도를 꺼냈다. 위치를 표기하고, 좌표를 옮겨 적었다.

"다들 수고했어요. 돌아가죠. 제프리가 기다리고 있을 거예요."

지시가 떨어지자, 물러나는 걸음들이 빠르다. 나중엔 다들 거의 뛰는 수준이었다.

더러운 점액이 넓게 펼쳐졌다. 경사를 타고 흐르기 시작한다.

읽지 않은 메시지 (5)

「제시카정규직 : 엥? 뭐야 이거. 세계관 아직도 안 끝났네? 어떻게 된 거야? 한겨울 얘 생매장 당한 거 아니었음? 얘가 드디어 현질을 한 거야? 아닌데, 분명 그때 시청자가 선물하는 DLC 다 걷어차는 거 확인하고 나간 건데?」

「뭇시엘 : 아니야 ㅋㅋㅋ 질식사하기 전에 병사들이 구해줬엉 ㅋㅋㅋ」

「제시카정규직 : 뭐…라고? 이런 시팔, 그럼 내가 얼마나 많이 놓친 거야? 뭐 중요한 사건 있었음? 설마 나 안 보는 사이에 진행자가 드디어 섹스를 했다거나?」

「뭇시엘 : 쯧쯧. 믿음이 부족한 새끼로다. 이 방송에서 아직도 섹스를 기대하다니.」

「제시카정규직 : 안 했냐?……하긴, 그렇겠지.」

「스윗모카 : 그래도 님 못 본 거 많아여 ㅋㅋ 변종들이 물 밟고 달릴 때 대박 무서웠쩡.」

「폭풍224 : 일경. 비주얼적인 임팩트가 대단하더라. 그때 진행자도 좀 놀란 것 같던데?」

「제시카정규직 : 무슨 소리야? 변종이 무슨 예수냐? 어떻게 물을 밟고 뛰어?」

「groseillier noir : 예수가 아니라 베드로겠지. 달리다가 중간에 빠졌으니까.」

「병림픽금메달 : 베드로 ㅋㅋㅋㅋ 성령 충만한 드립이다.」

「제시카정규직 : 젠장! 궁금해지잖아. 너무 성급하게 나갔나……조금만 더 기다려볼걸.」

「앱순이 : 성급한 건 아닌 듯. 나도 나갈까 했거등.」

「동막골스미골 : 옘병. 솔직히 너무하는 거 아니냐? 방송 하려면 인간적으로 「사망회귀」 DLC는 필수적용이지! BJ 새끼가 어려서 그런지 상도덕을 모르네. 시청자에 대한 배려도 없고 개념도 없다.」

「9급 공무원 : 상도덕? 여기서 상도덕이 왜 나와?」

「동막골스미골 : 당연한 거 아냐? 상업적으로 방송을 하면서 시청자들한테 돈을 받았으면 적어도 개죽음으로는 끝내지 말아야지. 누구 맘대로 중간에 뒈져?」

「폭풍224 : 예전에도 이런 비슷한 빙신이 하나 있었던 거 같은데…….새로운 빙신들이 들어온 결과인가. 인간의 욕심은 끝이 없고 같은 실수를 반복하는군.」

「둠칫두둠칫 : 내가 예전의 그 빙신이다. 새끼가 자꾸 말 함부로 하네. 뒤질래?」

「액티브X좇까 : 싸우지 마, 은행 보안 프로그램 같은 놈들아.」

「윌마 : 보안 브로그램?」

「액티브X좇까 : 그럴 듯 하지만 사실은 쓸 데 없잖아.」

「윌마 : ㅋㅋㅋㅋㅋㅋㅋ」

「닉으로드립치지마라 : 저러다가 차단당하면 지들만 손해지. 결국 재밌으니까 보는 거면서.」

[닉으로드립치지마라님이 별 100개를 선물하셨습니다.]

「둠칫두둠칫 : 내가 말을 말아야지.」

「폭풍224 : 그래 하지 마 ㅇㅇ」

「둠칫두둠칫 : 아 진짜…….」

「려권내라우 : ――――절취선(이 아래는 정상인)――――」

[스윗모카님이 별 100개를 선물하셨습니다.]

「스윗모카 : ㅋㅋㅋㅋㅋㅋ 나부터 정상인이당」

「스윗모카 : 근데근데, 내가 쭉 봤는데, 오히려 DLC 없는 게 장점인 것 같은데?」

「스윗모카 : 애가 약하니까 긴장하게 되구, 그래서 더 열심히 하니까 응원하게 되구, 한 번 죽으면 끝이니깐 더 무섭기도 하구, 몰입감도 있구…….」

「병림픽금메달 : ㅇㅇ 솔직히 다른 채널 「종말 이후」 중계는 공포감이 없지. 세계관 특성을 못 살리는 듯. 너네 원조 별창늙은이 방송 근황 아냐?」

「하드게이 : 원조 별창? 아, 그 박우철인가 하는 노인네?」

「병림픽금메달 : 맞음. 그 노인네도 요즘 「종말 이후」 하걸랑. 나 이 채널 오기 전에 보던 게 그 할배 방송이었음.」

「하드게이 : 근데 그 할배가 어떤데? 게임 재밌게 함?」

「병림픽금메달 : ㄴㄴ 좆노잼. 실력으로 커버하는 부분이 전혀 없음. 내가 마지막으로 봤을 땐 「언리미티드 파워」 DLC 지름. 손에서 번개 뿜으면서 감마 그럼블이랑 싸움. 존나 병신인줄…….」

「무스타파 : 번개 ㅋㅋㅋㅋ 시발 상상이 잘 안 간다. 이 채널 진행자한테 대입해보니 위화감 쩌네. 사람마다 취향이라는 게 있겠지만, 난 현실적인 쪽이 낫다.」

「병림픽금메달 : 각자 장단점이 있지. 빠른 섹스랑 대리만족. 특히 그 할배가 갑질을 존나 잘함. 하는 짓만 보면 아주 내추럴 본 갑이야. 명대사가 그거지. "살고 싶으면 벗어 이년아."」

「에엑따 : 그 뒤에 막 박으면서 그러지 않냐? "자, 살아있다는 사실을 느껴라!"」

「대출금1억원 : ㅋㅋㅋㅋㅋ 완전 상또라이네. 어떻게 그런 대사를 생각해내지?」

「도도한공쮸♡ : 극혐 -_-」

「여민ROCK : 나름 유쾌함. 돈 잘 버는 이유가 있음. 근데 보고 나서 남는 건 없음.」

「여민ROCK : 그 노인네는 연애도 DLC로 해치워.」

「여민ROCK : 큐피트의 화살! 발동! 이러면 히야앙 사랑해요 하트 뿅뿅요 지랄 ㅋㅋㅋ」

「에엑따 : 야, 그래도 그게 은근 꿀잼이야. 묻지도 따지지도 않고 바로 떡부터 치는 거. 」

「올드스파이스 : 그러는 넌 왜 여깄냐?」

「에엑따 : 여기가 더 재밌으니깐.」

「올드스파이스 : ㅋㅋㅋㅋㅋㅋㅋ」

「에엑따 : ㅋㅋㅋㅋㅋㅋㅋ」

「에엑따 : 같은 타이틀이라도 DLC에 따라 완전히 다른 세계관이 된다지만, 영감네 종말하고 이 동네 종말이 달라도 너무 다르다. 웃김.」

「대출금1억원 : 뭘 새삼스럽게. 거 왜 요즘 핫한 「임페리 로마노룸」 세계관도 바닐라는 평범한 중세 유럽 역사물인데, 게오르기우스 팩 설치하면 하늘에 드래곤이 날아다니는 판타지물로 변하잖아.」

「김미영팀장 : 바닐라가 뭐임?」

「대출금1억원 : 순정」

「김미영팀장 : 순정은 또 뭐야?」

「대출금1억원 : 순수 정품이라고 빡대가리야. 다른 거 아무것도 적용하지 않은 기본 상태가 순정이고 바닐라임. ㅇㅋ?」

「김미영팀장 : 땡큐. 너 대출 받을래?」

「대출금1억원 : 미친년아. 내 닉네임 보고도 그런 소리가 나와?」

「김미영팀장 : 응. 빚은 있는 사람이 더 잘 늘리더라고.」

「대출금1억원 : ㅗㅗ」

「에이돌프휘투라 : 근데 박우철 그 영감쟁이가 1세대 BJ 중에서 가장 성공한 케이스 아니냐? 돈도 많이 벌었을 텐데 왜 아직도 그러고 있지? 그 나이 먹고 그러고 싶은가?」

「닉으로드립치지마라 : 사후보험 등급을 올리고 싶은가보지.」

「에이돌프휘투라 : 올- 관짝에 들어간 뒤에도 등급 올리는 게 가능함?」

「닉으로드립치지마라 : ㅇㅇ 중요한 건 돈이니까.」

「전자발찌 : 야, 근데 등급 올리면 뭐가 좋냐.」

「호감가는모양새 : 가장 중요한 게, AI가 달라진다던데?」

「전자발찌 : 엥? 어차피 인공지능 엔진은 같은 거 쓰지 않냐?」

「도도한공쮸♡ : 하드웨어 차이임.」

「닉으로드립치지마라 : 하드웨어라고 해도 되는데, 좀 더 정확하게 말하면 연산능력 차이다.」

「닉으로드립치지마라 : 각 등급별로 할당되는 기본 연산능력이 다름.」

「닉으로드립치지마라 : 쉽게 말해서 데이터 마이닝에 걸리는 시간이 줄어드는 거지. 검색형 인공지능이 그만큼 강화된다고 보면 됨. A등급부터는 검색형 모듈 점유율을 90%까지 올려도 이상을 못 느낄 정도라더라.」

「전자발찌 : 오, 개꿀이네. 그거 AI 강화 패키지를 항상 제공한다는 뜻 아니냐? 다른 등급은 정기권 끊어야 이용 가능한 서비스잖어.」

「SALHAE : 죽어서도 불공평한 사회로군…….」

「질소포장 : 그놈의 불공평 타령. 지겹다 진짜. 우리나라만큼 기회가 주어지는 사회가 어디 또 있다고 지랄이냐. 세계 최초로 전 국민에게 사후까지 보장해주는 마당에. 죽고 나면 잃어버릴 것도 없으니 노력 하는 만큼 쌓이는 거 아님? 딱 올라가는 일만 남는구만.」

「SALHAE : 야, 내 한 마디가 그렇게 격분할 내용이었냐?」

「질소포장 : 격분 ㅋㅋㅋ 누가 화났냐? 그냥 어이가 없어서 그런 거지. 사후보험 등급 가지고 불평하는 놈들 다 근성이 썩었어. 지가 노력해서 등급 올릴 생각은 안 하고 말이야. 예치금도 적은 주제에 DLC는 뭘 그렇게 질러대는지. 자기 주제에 어울리는 소비를 해야지.」

「SALHAE : 알았다. 그만 하자. 내가 병신이지.」

「질소포장 : ㅇㅇ」

「질소포장 : 사회는 전혀 나쁘지 않아. 노력하지 않는 사람이 나빠.」

「20대명퇴자 : 거 참 말 더럽게 하네.」

「일침 : 원래 몸에 좋은 말이 듣기엔 나쁜 거란다.」

「20대명퇴자 : 지랄.」

「まつみん : 한국에 대해서 잘 모르니까 뭐라고 말은 못 하겠는데……그래도 뭔가 아니라는 느낌이…….」

「9급 공무원 : 갑자기 드는 생각인데, 별창늙은이 본인은 그걸 즐기고 있을까?」

「9급 공무원 : 난 내 사후가 그렇게 우스꽝스럽지 않았으면 좋겠다.」

「앱순이 : 그야 뭐 니가 노력하기에 따라 달라지겠지. 열심히 추가납입해서 A등급 찍던가. 이야기 나왔으니까 말이지만, 다들 예치금 얼마나 부었음?」

「빌리해링턴 : 얼마 안 됨. 앞으로 40년은 더 지금처럼 부어야 C등급 될까 말까 하다……. 에휴. 진행자처럼 B등급만 되더라도 바로 자살각인데.」

「헬잘알 : 40년? 그렇게 안 봤는데 나이가 꽤 어린가봄?」

「빌리해링턴 : 멍청아. 사후보험 적용 유예 신청해놓고 더 붓는다는 소리야.」

「헬잘알 : 아하 ㅋㅋㅋ 근데 자살해도 사후보험 적용되냐? 안 되지 않나?」

「빌리해링턴 : 그건 기초보장등급만 받으려는 사람들이고. 예치금이 충분하면 자살해도 받아준다. 어지간해서는 등급 높이려고 자살 같은 건 생각 안 하지만.」

「빌리해링턴 : 한 달만 더 일하고 죽으면 DLC가 하나 더. 요즘은 이런 생각으로 버틴다.」

「헬잘알 : ㅋㅋㅋ 존나 불쌍하네 ㅋㅋㅋㅋ」

「내성발톱 : 난 그냥 기초보장등급으로 만족하려고 하는데, 안 되나?」

「이불박근위험혜 : 기초보장이면 F등급이잖아. 죽은 다음에 답답해서 한 번 더 죽고 싶으면 추천함. ㅇㅇ」

「내성발톱 : 시발. 역시 그렇겠지. 어떡하나. 납입중지기간이 길어서 한 등급 올리기도 존나 힘들 것 같은데.」

「올드스파이스 : 납입중지? 그런 것도 있냐?」

「내성발톱 : ㅇㅇ……. 소득이 없으면 납부예외자 신청 가능함. 그러면

취업할 때 까지 돈 안 내도 됨. 물론 사후를 생각하면 못할 짓이다.」

「올드스파이스 : 만회할 방법은 있고?」

「내성발톱 : 납입중지기간에 밀린 금액에다가 이자 붙여서 한꺼번에 내면 됨.」

「려권내라우 : 엥? 이자까지?」

「반달홈 : 이자라고 해봐야 별 거 없겠지. 세금이니까 공시이율 따르지 않음?」

「닉으로드립치지마라 : 사후보험에서 걷는 건 세금 아니다.」

「반달홈 : 사실상 세금이지 뭐야. 그럼 공시이율보다 더 나옴?」

「내성발톱 : 사후보험 약관대출 이자랑 같음.」

「짜라빠빠 : 약관대출……그런 것도 있었지 참. 광고 보고 겁나 웃음. 그딴 걸 누가 받아.」

「대출금1억원 : 그래서 약관대출 이자는 얼만데?」

「내성발톱 : 17.5%」

「반달홈 : 억ㅋㅋㅋㅋㅋㅋㅋ 시발 무슨 사채냨ㅋㅋㅋㅋㅋㅋ 예상보다 너무 높아서 개뿜었닼ㅋㅋㅋㅋㅋㅋ」

「헬잘알 : ㅁㅊㄷㅁㅊㅇ」

「마그나카르타 : 아니, 왜 그렇게 높은 거임? 내가 맡겨놓은 돈을 담보로 빌리는 건데. 빌려주는 입장에서는 손해 볼 거 없지 않음?」

「질소포장 : 젊을 때 노력 안 한 노인충들 때문에 높은 거임.」

「질소포장 : 그 벌레 새끼들 전부다 기초보장등급이잖아. 쉽게 말해 맡겨놓은 돈이 없음. 기초연금을 담보로 사후보험 적용받고, 기초연금을 담보로 대출까지 받는 거니까 이자가 높을 수밖에.」

「똥댕댕이 : 그럼 예치금에 따라 이자도 달라져야 하는 거 아님? 좆같네. 젊은 세대 피 빨아먹는 늙은이들 다 뒤졌으면 좋겠다.」

「내성발톱 : 맞아. 그런 노인네들만 없어져도 나머지 가입자들이 더 좋은 서비스를 받을 수 있을 텐데.」

「Blair : 노인들이 나라를 망치는 건 어디나 다 마찬가지로군. 염병할 브렉시트.」

「まつみん : 죄송한데요, 여러분도 언젠가는 노인이 되실 거예요.」

「분노의포도 : 쟤들 저렇게 말해봐야 다 인생 패배자들임. 기초연금이 왜 있는지 생각해본 적도 없을 걸? 사람보다 돈이 우선일 순 없는 건데.」

「질소포장 : 패배자? 누가? 내가? ㅋㅋㅋ 나 벌써 예치금 10억 찍었거든? B등급이거든? 아직 한참 더 부을 수 있거든?」

「호굿호구굿 : 뭐? 10억? 이 새끼 금수저인가.」

「마그나카르타 : 죽창, 죽창이 필요하다…….」

「프랑크소시지 : 엄마! 우리 집 죽창 어딨어?!」

「어머니 : 냉장고 둘째 서랍 찾아봐!」

「프랑크소시지 : 아 씨 없다고 ──」

「어머니 : 찾아서 나오면 몇 대 맞을래?」

「엑윽보수 : 어머니 개뜬금ㅋㅋㅋㅋㅋㅋㅋ 닉값ㅋㅋㅋㅋㅋ 병신들 손발 잘 맞네.」

「한미동맹 : 죽창이 냉장고에 왜 있엌ㅋㅋㅋㅋㅋ」

「Владимир : 죽창? 대체 무슨 소리인지 모르겠군…….」

「Владимир : 아무튼 흥미로운데. 사후보험은 분명 성공적인 사업모델이지만, 액티브X 말고도 가려야 할 부분이 있는 것 같아.」

「groseillier noir : 너 전부터 보니까 무슨 러시아 고위관계자 같다? 컨셉이냐?」

「Владимир : 글쎄.」

[Владимир님이 별 100,951개를 선물하셨습니다.]

과거 (6), 심리치료 (2)

정해진 날짜와 정해진 시각. 거듭되는 여인과 소년의 만남은 서서히, 두 사람 모두에게, 일상이 되어가고 있었다. 부담스러울 것 없고 싫을 이유도 없는 평범한 약속.

여인은 여전히 송수아였다. 그녀는 자신의 다른 이름에 익숙해졌다. 처음엔 연기라고 생각했으나, 갈수록 그렇지 않다. 소년의 의심이나 추궁은 없었다. 인위적으로 꾸밀 필요가 없는 시간들. 오히려 본래의 이름을 쓸 때보다 편안하다. 소년을 만날 때만큼은 소년에게 집중하게 된다. 현실을 잊을 수 있었다.

이제 대화도 자연스러웠다. 시간을 들여 서로에게 익숙해진 결과다. 이따금씩 말을 걸고, 대답을 듣고, 그 외엔 서로가 있는 여백을 받아들인다.

소년, 한겨울은, 하는 말마다 침착하고 차분했다. 불행을 저주하며 울부짖지 않았다. 여인은 그 사실에 안도했다. 한편으로는 슬펐다. 겨울의 성숙함은 자연스럽지 못하다.

그 성숙함이 자꾸만 궁금해진다. 겨울은 단 한 번도, 지금이 힘들다고 한 적 없었다.

아직도 속을 가리는 걸까? 거르는 게 없어지려면 얼마나 더 많은 만남이 필요할까? 여인은 부드럽게 물었다.

"겨울아. 요즘은 어떻게 지내니?"

누군가의 평전을 읽던 소년은, 고개를 들어 심리치료사를 바라본다. 손끝으로 양쪽 페이지를 누르고, 두 눈 조용히 깜박이면서.

"무슨 말씀이신가요?"

"사후보험 적용 초기에, 많은 가입자들이 다양한 부적응을 호소한 단다. 예를 들어⋯⋯그래, 인공지능을 대하는 태도부터 결정하기 어려워해. 이게 사람이 아니라는 생각을 떨쳐내지 못해서, 도저히 견딜 수가 없다는 거야. 일종의 강박증상이랄까. 그 결과는 가상현실 세계관 내에서의 대인기피증이고. 대부분의 사람들에게 흔히 나타나는 부적응이란다."

속을 듣자고 없는 말을 지어낸 게 아니었다. 신분은 거짓이지만, 그녀는 분명 사후보험의 관계자다. 그녀가 접하는 보고는 정부에 올라가는 것보다 상세했다. 언급한 증상은, 경중이 구분될지언정 보험 가입자 누구나 한 번쯤 거쳐 가는 심리적 관문이었다.

'끝내 극복하지 못하는 사람들도 있고.'

소년만은 그렇지 않기를 바란다. 살아서 충분히 불행했으니까.

그래서 묻는다.

"너는 어떠니? 혹시 혼란스럽지는 않아?"

"⋯⋯."

답변이 바로 나오지 않았다.

여인이 언급한 문제는, TOM 등급과 적성이 우수할수록 쉽게 극복하는 편이다. 그러나 반드시 그렇지는 않았다. 문제의 본질은 실존하지 않는 세계 그 자체였기에.

높은 공감능력은 곧 풍부한 감수성이다. 소년은 아직 자아가 굳건하지 않을 나이였다. 나는 누구인가? 또 무엇인가? 이 질문을 그만둔 지 오래인 어른의 기준으로 판단하면 곤란했다.

"저는 괜찮아요."

마침내 나온 소년의 짧은 대답. 여인에게는 부족했다. 말 나오기 전의 공백에 얼마나 많은 의미가 스쳤을 것인가. 시간이 더 필요하겠구나. 여인이 작은 한숨을 감춘다.

그러나 속 읽기에 능한 소년은 그것을 놓치지 않는다. 익숙하게 미소를 만들었다.

"믿지 않으시네요."

"응? 아니, 그런 건 아닌데……."

살짝 당황하여 얼버무리는 그녀 앞에서, 겨울이 책을 완전히 접는다. 이어 「로비」의 환경조성 기능을 이용하여, 허공에서 꽃 한 송이를 피워냈다. 품종을 고르고 색을 선택한다. 결과는 희귀한 색의 장미였다. 가시를 피해 줄기를 잡고, 꽃을 보면서, 잠시 상념에 잠기는 겨울.

이윽고 소년이 심리치료사에게 묻는다.

"이 꽃이 무슨 색으로 보이세요?"

"……녹색이구나."

"네. 녹색이에요. 그런데 선생님, 선생님과 저는 지금 같은 색을 보고 있는 걸까요?"

여인이 당황했다. 질문의 의미를 알기 어렵다.

"그게 무슨 말이니?"

겨울은 자신의 생전을 회상했다. 오래된 기억 속에서, 소년은 부러진 초록 크레파스 토막을 들고, 멍하니 응시하는 중이었다.

"어릴 때 이런 생각을 했어요. 같은 녹색이라도 사람마다 실제로 보이는 건 다르지 않을까? 사실은 모두가 다른 색감을 느끼지만, 똑같이 녹색이라고 배우면서 자라기 때문에, 다른 사람들도 나와 같은 색을 볼 거라고 착각하는 건 아닐까?"

"무척 어려운 고민이었겠구나."

"네. 끝나지 않는 의문이었죠. 제가 알 수 있는 건, 그저 제가 느낄 수 있는 것들 뿐인걸요. 다른 사람들은 항상 그 너머에 있었어요. 닿을 수가 없더라고요. 아무리 애를 써도."

여인은 알 것 같았다. 소년이 왜 이런 이야기를 꺼냈는지. 익숙한 개념의 낯선 시작이었다.

"네가 차이를 알 방법이 없다면, 인공지능도 사람과 같다는 뜻이니?"

"중요한 건 저 자신의 마음가짐이라고 생각한다는……그런 말씀을 드리고 싶었어요. 사람은 사회적인 동물이라고 하잖아요. 제가 어떻게 관계 맺느냐에 따라, 상대는 저에게 사람일 수도 있고 아닐 수도 있을 거예요. 그것이 실제로 사람인가, 아니면 인공지능인가를 떠나서요."

"즉 네가 능동적으로 결정하겠다는 뜻이구나?"

"그러고 싶어요. 저는 생전에 사람이 아니었거든요."

"……"

겨울은 심리치료사의 동요를 가만히 눈에 담았다. 그리고 사과했다.

"죄송해요. 이상한 말을 해버렸네요."

"아니, 아니야. 안 좋은 일이 있었던 모양이네."

여인은 숙고했다. 소년의 말은, 해석하기에 따라 많이 거칠어질 수 있었다.

'사람으로 취급하기 싫은 사람들이 있다는 걸까?'

도둑이 제 발 저리는 수준의 얄팍한 감상일지도 모른다. 그러나 침착한 소년에게도 분노는 있을 것이었다. 자신을 사람으로 봐주지 않았던 사람들에 대한 원망. 그 원망이 자신에게 향할 이유가 없는데도, 여인은 한 때 그것을 걱정했다.

지금은 다르다. 소년의 성품에 그럴 것 같지는 않았다.

겨울이 다시 한 번 미소를 만들었다.

"아무튼, 제 적응에 대해서는 걱정하실 필요 없으세요. 어차피 전에 살던 저 바깥에도 사람은 별로 없었거든요. 마음은 지금이 더 편하네요. 항상 보고 싶은 두 사람은 그립지만, 아예 만나지 못하는 것도 아니니까요. 아무리 아끼는 형제자매도, 나이 들면 얼굴 보기 힘들어진다던데……저는 그걸 좀 더 일찍 겪은 셈 치려고요."

여인은 소년의 말에서 진실과 거짓을 가리려고 애썼다.

쉬운 일은 아니었다.

빗속의 아침

산타 마가리타 호수

제프리가 희망적인 관측을 내놓았다.

"빗방울이 제법 가늘어졌습니다. 바람도 꽤나 약해졌고요. 밤새도록 괴롭히더니, 그나마 쥐꼬리 만 한 양심은 있는 날씨로군요. 날 밝은 뒤에 전선통제기가 뜰지도 모르겠습니다. 포트 로버츠에서도 항공정찰을 요청하겠죠. 어쨌든 작전 최소소요시간은 이미 경과하지 않았습니까."

임무가 변수 없이 진행되었을 경우, 병력은 이미 기지로 복귀했을 것이다. 겨울이 답한다.

"그랬으면 좋겠네요. 사실 아이가 무사히 태어나더라도 문제니까요."

"예, 뭐……. 산모가 저 지경인데 아기라고 건강할 것 같진 않습니다. 보온대책을 마련하기도 힘들고 말이죠. 살려서 기지까지 데려가기도 만만찮을 겁니다."

두 사람은 빗물 뚝뚝 떨어지는 처마 아래에서 비를 피하고 있었다. 겨울은 국립태풍센터의 경고전문을 떠올렸다. 아무래도 지금은 태풍과 태풍 사이의 간극인 모양이다. 그 작은 틈조차도, 한계에 부딪힌 사람들에게는 소중한 기회였다.

제프리가 방탄모를 벗더니, 떡진 머리를 신경질적으로 긁는다.

"어째 가능성 낮은 일만 떠들고 있군요. 산모와 애가 무사한 것부터 이미 기적일 텐데, 때 맞춰 항공정찰이 뜨는 행운까지 바라고 있으니 말입니다."

"동북아에는 이런 말이 통해요. 할 수 있는 걸 다 하고, 나머지는 하늘에 맡긴다. 우리는 최선을 다했어요. 기적과 행운을 모두 바란다고 벌 받을 것 같진 않네요."

"에이, 또 모릅니다. 저 위에 계신 전능하신 분께서 요즘 따라 무척 악랄하시거든요. 이 세상 꼬라지가 그 증거 아닙니까. 그래서 우리도 요 모양 요 꼴이죠."

신세를 한탄하며, 제프리가 주머니를 더듬는다. 뭘 찾나 했더니 담배였다. 그러나 성치 않았다. 한 갑을 다 버리고 건져낸 게 한 개비였다. 그나마도 빗물에 젖은 끝을 조금 뜯어내야만 했다. 이제 불을 찾는 제프리. 겨울이 지포 라이터를 꺼냈다. 팅- 하는 맑은 쇳소리. 부싯돌을 당기자 쉽게 불이 붙는다.

"이건 어디서 나셨습니까?"

"산타 마리아에서 받았어요."

겨울이 뚜껑 안쪽을 보여준다. 존 프레이가 직접 새긴 문구가 있는 곳. 제프리가 담배를 쭉 빨아들여 빛을 만들었다. 한 줄의 글귀를 읽고 다시 투덜거린다.

"레인저가 앞장선다, J.E.F. 하여간 자부심은. 근데 이 친구들에 비하면 저는 월급 도둑이 맞으니까 뭐라고 할 순 없겠군요."

제프리는 습관적으로 담뱃불을 가렸다. 사방이 숲, 동쪽은 능선, 북쪽은 댐으로 막혀있었으나, 어쨌든 조심해서 나쁠 것 없었다.

빠르게 태우는 담배는 제프리의 타들어가는 마음을 보여주는 지표였다.

"기왕 이렇게 된 거, 저 애가 꼭 세상에 나왔으면 좋겠습니다. 그래야 이 망할 녀석들도 천국행 가산점을 받겠죠. 남은 가족들에게도 조금이나마 위안이 될 테고요."

소대장의 망할 녀석들은 가까운 빗속에 나란히 누워있었다. 건물 밖으로 빼라는 지시는 겨울이 내렸다. 사무소 어디든 열 머금은 습기가 가득하여 시체의 부패가 우려된 까닭이다. 쇠약해진 산모의 심리상태도 걱정이었고.

겨울이 답하는 말.

"기다리는 게 참 힘들죠?"

"더럽게 힘들군요. 애 낳는 사람이 가장 힘들겠지만, 뭐, 제가 그래도 목숨 걸고 싸웠으니 비빌 구석은 있다고 봅니다, 는 개뿔 벌써부터 결혼하기 무서워지는군요."

겨울이 헤르난데스 분대와 함께 복귀한 뒤로 두 시간 이상이 경과했다. 그러나 의무병 화이트가 경고한 난산은 아직까지 이어지는 중이었다.

휴식을 받고도 밖에 나와 있는 병사들이 눈에 띈다. 겨울이 그 중 익숙한 하나를 불렀다.

"엘리엇! 들어가서 쉬는 게 낫지 않아요? 가능하면 잠깐 눈 좀 붙여요."

상병은 매우 피로한 낯이었으나, 고개를 흔들었다.

"전 폭죽 터지는 소리만 들어도 신경이 곤두섭니다. 신음을 들으면서 잠이 오겠습니까?"

실전을 경험한 병사들에겐 크든 작든 후유증이 남는다. 약 없이는 잠들지 못하는 경우가 부지기수였다.

쇠약해진 산모의 비명은 가냘픈 수준. 간헐적으로 이어진다. 굳이 나와서 찬바람 맞는 병사들은 그마저도 견디기 힘든 이들이었다.

탄생을 뜬눈으로 기다리는 남자들이 스무 명을 넘는다.

제프리가 필터까지 바싹 태운 담배를 고인 물에 퉁겨 넣었다.

"침대가 그립군요. 작년 같았으면, 오늘 같은 휴일엔 침대 밖으로 나오지 않았을 겁니다. 하루 종일 잤겠죠. 이불 밖은 위험하니까요."

"휴일이라니⋯⋯오늘이 무슨 날인데요?"

"코레마츠의 날 아닙니까. 아직 미국인 덜 되셨군요."

이 말을 듣고, 리버만 하사가 면박을 준다.

"주 기념일 가지고 무슨 미국인 운운합니까? 애국이야말로 미국 시민의 자격입니다."

"아, 녜에."

시답잖은 공방을 끝으로, 더 이상 이어지는 대화가 없었다. 다들 지쳐있었다. 농담으로 분위기를 누그러뜨리기마저 힘겨울 정도로.

모두가 묵묵히 시간을 인내한다.

콰릉! 언덕 위에 번개 하나가 떨어졌다. 구름 위로 여명이 터오는 시점이었다. 벼락 맞은 나무가 푸르게 발광하고, 짧게 타올랐다. 불씨는 비구름 아래 오래 살아남지 못했다.

겨울이 생각했다.

'항공정찰은 기대하기 어려우려나⋯⋯.'

비가 줄고 바람이 약해져도, 번개가 친다면 군용기를 띄우긴 조금 힘들어질 수도 있다. 탑재한 무기가 폭발할 가능성 때문이었다. 아예 무기를 싣지 않은 경우라면 안전하겠지만.

갓 태어난 아기의 울음소리가 들렸다.

팔짱 끼고 추위를 참던 제프리가 고개를 번쩍 들었다. 겨울과 시선이 부딪혔다. 그러더니 문을 박차다시피 안으로 돌입한다. 겨울이 그 뒤로 따라 들어갔을 때, 의무병 화이트가 갓난아이를 들어 올리고 있었다.

산모가 창백한 얼굴에 희미한 웃음을 띄웠다. 제프리가 희열에 차서 묻는다.

"이봐, 닥! 다 끝난 거야? 끝난 거지? 끝난 거구나!"

신경 곤두선 의무병이 다다다닥 쏘아붙인다.

"소위님, 좀 가만히 계십쇼. 아직 안 끝났습니다. 태반이랑 탯줄 나오는 중이란 말입니다. 그리고 산모는 안정을 취해야 합니다. 시끄럽게 굴면 좋을 게 없습니다. 뭣보다 애 놀라면 어쩌실 겁니까? 가뜩이나 약해진 상태인데, 잘못 되면 책임지실 겁니까?"

"……그래? 미안."

구박 받은 소위가 얌전히 찌그러졌다.

산모의 남편은 힘없이 주저앉은 상태였다. 탯줄을 끊고 태반을 수습하는 동안 멍하니 바라보기만 한다. 기뻐할 기력도 남아있지 않은 듯하다.

어차피 모친부터가 열을 앓았으나, 의무병은 아버지와 어머니에게서 아이를 떨어트려 놓고자 했다. 아이는 보 대신 전투복과 우의에 감싸졌다. 과연 충분한 조치일지 모르겠다. 그러나 최선이었다. 의무병이 다시 닦달했다.

"발열 팩 남은 것 있습니까? 바로 식사 준비해주십쇼. 애 생일을 양친 제삿날로 만들 순 없습니다."

이 순간만큼은 화이트의 권위가 겨울보다 위였다.

부산하게 움직이던 중, 바깥에서 안테나 펼쳐놓고 있던 무전병으로부터 새 소식이 들어온다.

[중위님. 잠시 와보셔야겠습니다. 전선통제기와 연락이 닿았습니다.]

"……."

딱 굳어있던 제프리가 기도를 올리기 시작했다. 신이시여, 다음에 저 만나면 한 번만 봐드리겠습니다 어쩌고. 소대 회선으로 전달된 메시지였기에 다른 병사들도 다 들었다. 반응은 일률적이다. 한숨을 쉬며 어딘가에 몸을 기댄다.

기적도 있고 행운도 있었다.

가끔은 이런 날도 있는 법이었다.

불씨

포트 로버츠

우우우웅. 스마트 폰의 진동이 겨울을 깨웠다. 화면에 뜬 이름은 제럴드 M. 래플린. 연대장이었다. 수면 상태로 경과한 시간을 확인하고, 진동이 다시 울기 전에 전화를 받는 겨울.

"중위 한겨울입니다."

[오, 중위. 나 연대장이야. 휴식을 방해해서 미안하네. 내가 쉬라고 해놓고 면목이 없군.]

기지 복귀 후, 겨울은 연대장에게 약 이틀간의 휴식을 허락받았다. 복귀가 바로 어제, 1월 30일이었다. 오늘이 1월의 마지막 날이다. 내일부터는 새로운 달이 시작된다.

"괜찮습니다. 무슨 일이십니까?"

[몇 가지 전달사항이 있어서 말일세. 자네 의견이 필요한 문제도 있고.

아, 전투임무나 위험한 일은 아니니 안심하게나. 별 일 없다면 16시에
집무실에서 볼 수 있을까?]

"그렇게 하겠습니다."

[좋아. 아직 여유가 있으니 천천히 오게. 전화 끊겠네.]

통화는 짧게 끝났다.

현재시각 오후 2시 57분. 겨울은 몸 상태를 확인했다. 뜻하는 대로
기민하게 반응하는 육체. 회복은 만전이다. 추위와 피로의 영향이 남
아있지 않았다. 다만 단축된 휴식이 아쉽기는 하다. 세계관 내에서의
수면은, 상황연산에 필요한 시간만큼 쉴 수 있는 기회였다.

'전달사항이라……. 지난 임무에 관한 것일까?'

군의 민간인 학살은 대단히 민감한 사건이다. 미군과 미군 사이의
교전도 그렇고. 분대장 헤르난데스는 당국이 이번 사건을 무마할까봐
우려했었다. 혹시라도 억울한 일을 당할까봐서.

오늘까지 비번이었으나, 겨울은 전투복을 입고 무기를 챙긴다. 언제
나 만약의 사태를 대비하는 편이 낫다. 시스템 상, 사건은 항상 무작위
로 만들어지는 변수였다.

옷을 입으면서 착신 이력을 살펴본다. 겨울동맹의 두 부장과 두 전
투조장에게서 온 메시지들, 그리고 부재중 전화 기록 다수가 보인다.
문자는 복귀 이전에 발송된 것들도 많다. 다만 임무 중에는 통화권
이탈 상태였으므로, 실제 받은 건 복귀 이후의 일이었다. 현황을 보고
하거나, 어떤 사안의 처리방안에 대한 허락을 요청하거나, 안부를 묻
는 내용들.

자판 톡톡 건드리며 몇 개의 답장을 보내던 중 전화가 왔다.

"네, 유라 씨."

[앗, 대장! 드디어 받으시네요! 문자 답장이 왔기에 혹시나 했는데. 갑자기 나가신 뒤로 이틀 동안 소식이 없어서 제가⋯⋯다들 걱정 많이 했어요. 별 일 없으신 거죠?]

맥락을 보건대, 겨울이 어제 돌아왔다는 사실도 모르는 모양이다. 그럴 수도 있겠다 싶다. 전투조원들이 형식상으로는 정규군 취급이라도, 실질적으로는 아직 미비한 점이 많았다. 겨울 부재 시 미군에 대한 창구가 없다시피 하다.

'있긴 있는데 단방향이지.'

조원들의 발언력은 겨울이 지원병이었을 적보다도 약하다. 겨울의 행방을 물어볼 길이 없을 만큼. 미군도 그다지 관심을 기울이지 않는다. 근시일 내로 개선해야 할 점이었다.

"전 괜찮아요. 그리고 죄송합니다. 모두에게 연락 드렸어야 하는데, 임무에 몰두하느라 미처 생각을 못했네요. 좀 급했어요. 다음부터는 주의할게요."

[아녜요! 바쁘면 그럴 수도 있죠! 아하하, 혹시 바깥에 나갔다 오셨나요?]

"예. 산타 마가리타 호수에 다녀왔어요."

그러자 작게 수군거리는 소리들이 들린다. 산타 마가리타 호수가 어디야? 응? 제가 압니다. 그거 아타스카데로보다 더 남쪽에 있을 걸요? 우와, 많이 머네요! 겨울은 유라 아래 전투조원들의 목소리를 구분할 수 있었다. 전화 건너편 상황이 그려졌다. 수화기를 중심으로 둥글게 모여 귀 기울이는 풍경.

[흠흠. 그럼 다치신 곳도 없는 거예요?]

괜찮다고 했는데도 굳이 다시 묻는다. 겨울은 왼쪽 손등을 슬쩍 곁눈질했다. 오자마자 제대로 된 처치를 받았다. 악력과 정교함에 일시적인 감소보정이 붙었으나, 정도는 심하지 않았고, 별 것 아닌 상처였다. 흉터가 남을 순 있겠지만.

"다치긴 했는데 좀 긁힌 정도예요. 거기 계신 분들에게 마음 놓으라고 전해주세요."

[알겠습니다! 언제 오세요?]

"오늘은 어려울지도 모르겠어요. 연대장님이 호출하셨는데, 아직 이유를 모르거든요. 시간이 허락한다면 늦게라도 잠깐 들를게요. 혹시 제가 알아야 할 일이 있나요?"

[아뇨, 그런 거 없어요. 호출 받으셨다니 더 이상 시간 빼앗지 않겠습니다. 되도록 오늘 들려주세요. 모두 대장님이 보고 싶대요.]

뒤이어 그녀 주변에서 남녀혼성으로 외치는 소리가 들렸다. 언제 오십니까! 기다리겠습니다! 우리 저녁 같이 먹어요! 유라 조장이랑 진석 조장 또 싸웠어요! 등등. 마지막 한 마디는 유라를 당황하게 만들었다.

[하, 한별아! 그런 말을 왜 해! 대장님! 끊을게요! 열심히 하세요! 파이팅!]

앞쪽은 속닥거리고, 뒤쪽은 크면서 급하다. 미처 대꾸하기도 전에 뚝 끊어지는 전화.

제재소에서의 일을 계기로 두 명의 전투조장이 서로 자제할 거라 여겼는데, 아직인가 보다.

'하긴 쌓인 감정이라는 게 쉽게 없어지나. 감정이 이유를 찾게 마련인걸.'

적어도 겨울의 경험으로는 그랬다. 먼저 살던 세상의 이야기. 어떤 이유로든 한 번 화가 나면, 그 다음엔 화를 내기 위해 이유를 찾는다.

화는 멋대로 자라는 바오밥 나무 같았다. 과거에 읽었던 책 속의 비유를 떠올린 겨울은, 그 나무가 자신에게도 하나 있음을 안다.

화를 내고 싶었다. 그래서 사람 닮은 것들의 세계관을 찾았고.

관사를 나선다. 태풍 하나 지나가고 새로 하나 찾아올 하늘은 우중충한 회백색이었다. 비는 잠시 멎은 모양이다.

연대본부로 가는 길에, 몇 번의 우호적인 인사를 거쳐, 별로 우호적이지 않은 만남이 있었다.

"성경의 말씀에 귀 기울이십시오! 내가 진실로 진실로 너희에게 이르노니! 내 말을 듣고 또 나 보내신 이를 믿는 자는 영생을 얻었고 심판에 이르지 아니하나니! 사망에서 생명으로 옮겼느니라!"

"하나님의 아들을 믿는 자는 자기 안에 증거가 있고! 하나님을 믿지 아니하는 자는 하나님을 거짓말하는 자로 만드나니! 이는 하나님께서 그 아들에 대하여 증언하신 증거를 믿지 아니하였음이라!"

"또 증거는 이것이니 하나님이 우리에게 영생을 주신 것과 이 생명이 그의 아들 안에 있는 그것이니라! 아들이 있는 자에게는 생명이 있고! 하나님의 아들이 없는 자에게는 생명이 없느니라!"

"들으셨습니까! 주 예수 그리스도를 믿지 않는 자에게는 생명이 없습니다! 믿지 않는 자들은 이미 죽어있단 말입니다! 살아있는데 죽어있다는 게 무슨 뜻입니까? 이제 곧 저 제물 먹는 자들과 같아진다는 뜻입니다! 살고 싶습니까? 살고 싶습니까? 성경에 그 길이 있습니다! 성경은 주께서는 여러분께 생명을 주기 위하여 쓰신 생명의 책입니다!"

"이 귀중한 책을 함부로 읽는 자들이 많습니다! 이단입니다! 지옥으로 가는 길입니다! 말씀의 올바른 독해는 선택 받은 선지자의 권능입니다! 기적으로 기름 부음 받으신 우리 박태선 목사님께 복음을 청하십시오! 여러분도 영생을 얻을 수 있습니다!"

피켓과 성서를 들고 기세등등한 자들은 순복음 성도회의 무리다. 중간부터 전형적인 사이비의 허언이었으나, 이미 믿는 자들에겐 진실의 무게였다.

그러고 보면 그「기적」의 정체는 무엇이었을까. 겨울은 감기가 유행하던 때를 회상했다. 소문이 돌았다. 박태선 목사가 축복한 성수로 모든 질병을 고칠 수 있다고. 어디서 항생제를 구해 타 먹인 게 아니겠느냐는 추측이 있었으나, 확실하진 않았다.

'정말 뭔가가 있는 거라면, 내가 모르는 또 하나의 변화일지도.'

생각하는 사이 한 사람이 다가왔다. 소녀는 명백히 두려워하는 기색이었다.

성도회 내에서 겨울의 평가는 좋지 않은 편. 악의 섞인 소문을 많이 들었을 것이다.

겨울은 발걸음을 꺾는다. 빠르게 그냥 지나치려는데, 소녀가 굳이 뛰어서 앞을 가로막는다.

"저기요! 자, 자, 잠시만요!"

시선이 모인다. 소속 불문하고, 모든 사람들이 이 기묘한 대치를 바라보는 중이었다. 그 가운데, 소녀는 손이 바들바들 떨린다. 결국 멈춰선 겨울이 필요한 만큼의 미소를 만들었다.

"무슨 일이시죠?"

"이, 이거요!"

겨울은 소녀가 내미는 종이를 받았다. 작은 크기에, 손 글씨가 깨알처럼 빼곡하다. 설마 편지는 아닐 것이고. 살펴보니 선교용 유인물이었다.

'직접 만든 건가?'

내용은 역시 성경 구절이다.

「그러므로 이제 그리스도 예수 안에 있는 자에게는 결코 정죄함이 없나니 이는 그리스도 예수 안에 있는 생명의 성령의 법이 죄와 사망의 법에서 너를 해방하였음이라. (로마서 8:1-2)」

이것 말고도 꽤 많은 양이 적혀있었다. 이런 걸 줘도 신앙 가질 생각 없다, 그렇게 말하려던 찰나, 소녀가 선수를 쳤다.

"하, 한겨울 중위님! 무섭지 않으세요?"

"뭐가 말입니까?"

"제물 먹는 사람들이요!"

제물 먹는 사람들. 성도회에서 감염변종을 부르는 방식이었다. 겨울은 일단 부정해보았다.

"두렵지 않다면요?"

"거짓말 하시면 안 돼요! 주님은 거짓말 하는 사람을 미워하시거든요! 「거짓 증인은 벌을 면치 못할 것이요 거짓말을 뱉는 자는 망할 것이니라!」 잠언 19장 9절! 꼭 기억해두세요!"

"제가 왜 거짓말을 할 거라고 생각하시는데요?"

"제물 먹는 사람들은 주님의 분노하심이니까요! 어쩌면 중위님은 자신도 모르는 거짓말을 하고 있는 건지도 몰라요! 두렵지 않다고 생각하지만, 속마음은 그게 아닌 거죠!"

답을 정해놓고 묻는 질문은 질문이 아닌데. 어쨌든 상대는 소년보다 어린 소녀였다. 겨울은 적당하고 온화한 응대로 이어간다.

"그럴 수도 있겠네요. 자기 마음을 다 아는 사람은 없으니까. 그래도 제 마음을 가장 잘 아는 사람은 저예요. 다른 사람에게 이렇다 저렇다 들을 이유는 없다고 봐요."

부드러운 태도에 자신감을 얻었는지, 소녀에게선 두려움이 많이 사라졌다. 그 자리를 종교적 열의가 채운다. 나이답게 무구한 열의였다.

"이유가 있어요! 중위님의 목숨이 걸린 일인걸요!"

"죄송하지만 이렇게 낭비할 시간이 없네요. 실례하겠습니다."

"안 돼요!"

지나가려는 겨울을 붙잡는 소녀. 떨치지 못할 것도 없으나 모양새가 좋지 않을 터. 어쩔까, 겨울의 짧은 고민을 틈타 소녀가 다시 믿음을 말한다.

"으으! 방금 제가 드린 거, 꼭 읽어보세요! 하나님께서 예수 안에 있는 자에게는 정죄함이 없다고 하셨어요! 주 예수를 믿으면 제물 먹는 사람들이 중위님께 해를 끼치지 못하게 될 거예요! 우리 목사님 말씀 들으시고 사망의 골짜기에서 벗어나세요!"

말하는 동안, 소매를 꽉 쥔 손이 하얗게 질렸다. 그만큼 필사적이었다. 적어도 소녀 입장에서는 겨울을 진심으로 걱정해서 하는 행동이었다.

그 손을 손가락 하나씩 떼어내는 동안, 겨울은 소녀의 힘이 이상할 정도로 세다는 사실을 깨달았다. 「전투감각」에 의한 「위협성」 평가로도 어지간한 성인 남성 수준이다.

'애초에 「위협성」 평가가 뜨는 것부터 정상이 아닌걸⋯⋯.'

이대로는 소녀가 전사의 자질을 타고났다는 뜻으로밖에 해석되지 않는다. 그래봐야 겨울에게 붙은 보정 앞에선 의미 없는 수준. 겨울은 소녀의 손을 떼어내고, 모아서 붙잡은 채로, 새삼스러운 시선으로 응시했다.

이대로 손을 놓아주면 또 붙잡을 것 같다. 겨울이 좋은 말로 달랬다.

"읽어볼 테니 이만 절 보내주세요. 연대장님과 만나기로 약속했습니다. 지각은 곤란해요."

"그럼 저하고도 약속이에요! 읽어보겠다고 하셨으니 읽어보셔야 돼요! 거짓말은……."

"주님께서 싫어하신다는 거죠? 알겠습니다."

그제야 물러나는 소녀. 겉보기에는 중학생 정도의 연령이었다. 몇 걸음 떨어지더니, 상기된 얼굴로 허리 숙여 꾸벅 인사한다.

"시간 내주셔서 감사합니다! 중위님이 교회에 와주시면 다들 기뻐할 거예요!"

겨울은 말 없는 목례로 응하고, 걸음을 옮기며 시간을 확인했다. 처음부터 여유 있게 나왔다. 붙잡혀 있었어도, 늦을까봐 걱정할 정도는 아니었다.

등 뒤로 미련 남은 소녀의 외침이 들려왔다.

"박태선 목사님께서는 기적으로 절 살려주셨어요! 중위님에게도 기적이 있기를 바라요!"

흐음. 잠시 돌아보니 환히 웃고 열심히 손 흔드는 소녀. 겨울이 묻는다.

"이름이 뭐죠?"

"저요? 와, 저는 황보 에스더에요! 나중에 진짜로 교회에 오시면 제 소개로 온 거라고 해주세요!"

겨울은 소녀가 「기적」의 경험자라는 사실을 기억해두기로 했다.

연대장이 말했다.

"이제 와서 말하기는 좀 새삼스럽지만……. 지난 작전, 정말 고생 많았네. 정신 나간 놈들을 상대로 잘 싸워줬어."

"안타까운 일이었습니다."

소년장교의 대답을 들은 연대장, 래플린 대령이, 엷은 미소를 짓는다.

"모범적인 답변이군. 그래, 자네 말이 맞아. 허나 더 안타까운 일이 될 수도 있었지. 아기는 세상의 빛을 보지 못하고, 불한당들이 애국자들을 살해하고, 이 나라는 자네를 잃어버리고……. 이런 사건이 벌어질 것을 누가 상상이나 했겠나?"

한숨지은 연대장은 겨울에게 자리를 권한다.

"일단 앉게. 금방 끝날 이야기로 부른 건 아니니까."

"네."

빈자리를 채우는데, 앉는 순간 창문이 번뜩였다. 몇 초 후에 유리가 덜덜 떨린다. 태풍이 비록 소강기에 접어들었어도, 먼 곳에서는 이따금씩 천둥이 치곤 했다. 창밖의 하늘은 구름이 아직 두꺼워 민낯을 볼 수 없었다. 비가 다시 내리는 건 시간문제로 보였다.

연대장이 운을 띄운다.

"단도직입적으로 묻겠네. 자네, 무섭지 않은가?"

"……."

공교롭게도, 오는 길에 한 번 들었던 질문이다. 소녀의 목소리가 겹쳐져서, 겨울은 잠시 뜸을 들이고 말았다. 연대장이 오해하기에 충분했다. 피부 검은 대령은 고개를 끄덕였다.

"그렇겠지. 귀관의 이번 전투기록을 검토해봤어. 거의 죽을 뻔 했더군."

"우연한 사고였습니다."

"전장에서는 운도 실력으로 봐야해. 좋은 군인이 되려면 불운을 인정하는 태도가 중요하다네. 그동안 강운이 따른 귀관은 더더욱 그렇지. 인정하게. 자네는 언제든 죽을 수 있어."

아무래도 그냥 하는 말은 아닌 것 같다. 겨울은 궁금했다. 오늘 부른 용건과 관련이 있나?

"그래서 말인데……."

관련이 있었다.

"중위. 혹시 일선에서 물러날 생각이 있는가?"

"그게 무슨 말씀이신가요?"

"말 그대로, 귀관이 원한다면 더 이상 위험을 무릅쓸 필요가 없다는 거지."

대령이 두 장의 서식을 꺼내어 테이블 위에 나란히 놓는다.

"귀관은 선택할 자격이 있네. 비록 젊은 나이지만, 다른 사람이 평생을 바쳐도 부족할 용기와 헌신을 이미 보여주지 않았나. 명예훈장이 그 증거지. 물론 군대를 떠나라는 말은 아니야. 직접 싸우지 않고도 사람들을 도울 방법이 있다는 뜻일세."

"죄송합니다만, 저는 아직 총을 놓고 싶지 않습니다."

"먼저 이것들을 보고 나서 말하세나. 검토할 가치가 있을 거야."

내용을 짐작하면서도, 겨울은 연대장의 권유에 따른다. 하나는 위촉장이었고, 다른 하나는 어떤 부대로의 전입신청 양식이었다. 후자의 부대명이 인상적이었다.

'방역전쟁 전술지원그룹?'

소속부대 변경은 일반적으로 군 내의 인사명령에 의거한다. 그러나 소수의 특별한 부대들은 지원자 심사를 통해 구성원을 충당했다. 겨울은 후자에 속하는 부대들을 제법 알고 있었으나, 지금 받은 서류상의 부대명은 들어본 적이 없었다. 아무래도 이번 세계관 고유의 무작위 상황연산 값인 듯 했다.

'선택할 자격이 있다고 했으니, 둘 중에 하나를 고르라는 의미인가?'

사실 위촉장 쪽의 직책도 명칭이 낯설었다. 어느 쪽이든 정보가 부족하다.

서류에서 시선을 떼자, 자연스럽게 연대장의 말이 이어진다.

"하나씩 설명하지. 먼저 이쪽. 이건 조만간 만들어질 군정청의 감사위원 위촉장이라네."

"군정청이요?"

"음, 정확하게는 중부 캘리포니아 난민 군정청이라고 해야겠군. 앞으로 군에 의한 난민관리를 좀 더 공식화하겠다는 거지. 솔직히 지금까지의 행정지원은 여러모로 미비했으니까."

조금 망설이던 연대장이, 사정을 조금 더 풀어놓는다.

"사실 꼭 그것 때문만은 아니고……. 아무래도 위에서 여론을 신경 쓰는 모양이야."

"좀 더 자세히 말씀해주시면 감사하겠습니다."

"단적으로 말해서, 대선이 다가오고 있거든. 정치 싸움은 이런 상황에서도 벌어지는군. 참 쓸 데 없기도 하지……. 문제가 되는 여론은 우선 난민들에게 우호적인 쪽이 하나 있네. 난민들을 병력자원으로 쓰려는 정부시책을 강하게 비판하고 있어. 난민들의 어쩔 수 없는 처지를 악용한다는 거야."

"미국 시민들이 치러야 할 희생을 전가하려 한다, 그런 이야기인 가요?"

"정확하네. 도덕적으로 바르지 못 하다 이거지. 어느 정도는 이 나라의 우월함에 대한 믿음도 깔려있는 것 같네만, 이건 내 관점이니 걸러서 받아들이게나."

연대장은 본인의 관점이라고 했으나, 겨울이 보기엔 충분히 일리 있는 통찰이었다. 도움을 요청하러 온 사람들이니 지켜준다. 미국은 위대한 나라니까. 모두가 이런 마음가짐은 아닐지라도, 일부는 경도되어 있을 가능성이 높았다. 겨울이 평한다.

"부분적으로 맞는 말이긴 해도, 저는 동의하기 어렵네요. 살아남기 위해서 누구나 최선을 다해야 할 시기라고 생각합니다. 난민과 미국 시민을 구분할 필요는 없다고 봐요."

"내 생각도 그렇네. 언젠가는 어차피 다 함께 싸워야 해. 인류의 존망이 걸린 전쟁 아닌가. 순서가 뭐가 중요하겠어? 뒤에 있는 사람들과 위에 계신 분들은 현장을 잘 몰라. 사실 이건 내게도 조금 해당사항이 있겠지만. 흠, 조금? 조금 맞겠지. 아닌가?"

자신 없는 태도로 자문하는 래플린 대령. 희극은 희극인데 연기가 아니었다.

겨울이 묻는다.

"그런데 연대장님. 한 가지 여쭙겠습니다. 잘 이해가 가지 않아서⋯⋯. 국가 비상사태가 선포된 지금도 대통령 선거가 정상 진행되나요?"

"이 나라는 남북전쟁 중에도 선거를 치렀네. 물론 지금이 훨씬 더 큰 위기겠으나, 봉쇄선에서 1년 가깝게 잘 막아내고 있으니 선거를 보류할 사유는 못 된다는 게 야당의 입장이야. 시민들 의견도 그렇고. 이래저래 힘든 시기다 보니 다들 불만이 많은가봐. 그걸 무마하기 위해서라도 선거가 필요하다고들 하더군. 글쎄, 대통령 각하께서도 힘들어서 때려 치고 싶으신 게 아닐까? 아, 마지막은 농담일세."

이런 말을 하면서 대령은 못내 어색한 표정이었다.

"군인은 원래 정치에 신경 쓰면 안 되는 건데. 어쨌든, 지금 말한 여론에는 귀관의 지분도 적지 않아. 난민들의 처우가 얼마나 열악하면, 자네 나이에 무기를 들었어야 했느냐는 거야."

"별로 달갑진 않네요."

"그렇겠지. 세상엔 참 다양한 사람들이 있단 말이야……. 문제가 되는 다른 여론은 더 달갑지 않을 걸세. 이쪽은 난민들을 아예 추방해버리자는 미치광이들이거든. 근거 없는 헛소문에 휩쓸린 사람들이지."

"헛소문이요?"

"그래, 헛소문. 여러 가지가 있는데, 가장 악질적인 게 난민들이 병을 퍼트리고 다닌다는 루머일세. 전에 질병통제예방센터에서 모호한 발표를 한 뒤부터 믿는 사람이 급격히 늘었어."

"혹시 그 사람들이 중국인들을 유난히 싫어하진 않나요?"

"뭐, 그렇지. 자네도 들은 게 있는 모양이군. 아니면 짐작한 건가?"

"둘 다입니다."

겨울은 리아이링을 떠올렸다. 기지 북쪽의 작은 마을을 점령할 때, 그녀는 이렇게 털어놓았다. 중국인들이 불만 억제를 위한 희생양이 될까봐 두렵다고.

질병통제예방센터는 대역병이 생물병기일 가능성을 암시했다. 중국이 만든 무기, 중국의 관리 실패. 이것이 지금 맹목적인 사람들이 믿는 내막일 것이었다. 중국이 첫 번째 피해자일 가능성은 배제하고서.

래플린 대령의 남은 말을 풀었다.

"굳이 중국인이 아니더라도, 난민에 대한 공포가 조금씩 확산되고 있어. 멕시코 방면 국경을 넘어오려는 사람들도 싫고, 동부 해안으로 불법 상륙하는 사람들도 싫은 거야. 동부에서 소규모 감염사고가 증가하다보니, 난민이고 뭐고 전부 다 쏴 죽이자는 극단주의자들까지 지지를 얻고 있는 상황이라네. 주로 남부에서 말이지. 그래봐야 일부에 불과하네만, 난 그치들이 늘어난다는 것 자체가 마음에 안 들어. 그래도 정치인들 입장에서는 신경이 쓰이겠지."

"어느 쪽이든 군정청을 만드는 데 부정적이겠네요. 그래서 제가 필요한 거로군요."

"어쩔 수 없지. 귀관을 좋아하는 사람들은 어디에나 있으니까. 이번 해리스 대위 사건으로 좀 더 늘어나지 않겠나 싶군. 아니, 더 늘어날 수나 있나? 꼬장꼬장한 레드 넥들도 자네가 싫다고는 안 할 텐데."

"그 사건, 결국 공개하기로 결정이 난 건가요?"

"거의 확실하다고 보네. 위에서도 손익을 계산해봤겠지. 전투기록을 검토해보니 나라도 공개하는 편이 낫겠다고 느꼈고. 사건 자체는 대단히 민감하고 부정적이지만, 각색하기에 따라서는 아주 극적이지 않은가 말이야."

대령이 다음 말을 고르는 데엔 시간이 걸렸다. 할 말이 많아 헤매는 것 같았다.

"인상적인 부분이 참 많았네. 해리스 대위에 대한 귀관의 경고부터 시작해서, 수적 열세인데도 공세로 치고 나간 부분이 참 훌륭했어. 귀관이 직접 적 별동대의 측면을 잡아낸 건, 성공시킬 자신만 있다면 우수한 판단이었지. 결과적으로 옳은 결정이었고. 자네의 교육을 맡은 게 3대대장 캡스턴 중령이었다고 하던데, 혹시 그에게 배운 건가?"

겨울에게는 저널로 간략하게 지나간 부분이었다. 지력보정으로 뜨는 증강현실을 보고, 겨울이 침착하게 대답한다.

"네. 이라크에서 저처럼 행동한 장교나 부사관들이 있었다고 들었습니다."

"중령이 잘 가르쳤군. 맞아, 그런 용감한 사람들이 있었지. 허나 좋은 의미로든 나쁜 의미로든, 절대로 자네 정도는 아니었어. 자신감과 무모함의 경계란 참 애매한 거야……."

"죄송합니다."

"아니, 죄송할 건 또 뭔가. 아무튼 그 밖에도 여러모로 영화를 보는 것 같았지. 트랩으로 트릭스터를 잡는 부분이나, 자네가 산채로 매몰되는 대목이 그래. 물 위를 달리는 변종들도 마찬가지고. 무엇보다, 그 긴 밤을 거쳐 결국 아기가 태어난 순간이 감동적이었어. 국방부 공보처에서 환장을 하겠더군. 하지만."

한 번 말을 끊는 것은 강조의 목적이었다.

"모든 게 다 영화 같아도, 자네 인생은 영화가 아니야. 다시 촬영할 수도 없고, 뒤로 감을 수도 없지. 귀관이 이번에 죽을 뻔한 걸 두고 위쪽에서도 말이 많은 듯 해. 날더러 자네 의사를 확인해보라지 않겠나?"

연대장이 다시 한 번 권한다.

"진지하게 생각해보게. 죽음으로 끝나는 영웅담은 사람들에게 비극이나 마찬가지야."

겨울이 바른 웃음을 만들었다.

"위에서 제 의사를 존중한다는 건, 어느 쪽이든 그만한 이익이 있기 때문 아닌가요?"

"새삼스럽군."

"그렇다면 제 대답은 같습니다. 아직은 싸우고 싶어요."

대령이 어깨를 으쓱였다.

"결심이 굳었나……. 처음부터 이렇게 될 거란 예감은 있었지. 이쪽을 권할 의미도 없겠군. 그래도 사령부의 지시이니 한 번 보기나 하게."

그가 남은 한 장의 서식을 툭툭 쳐보였다. 겨울이 묻는다.

"이 방역전쟁 전술지원그룹은 뭘 하는 부대인가요? 처음 듣는데요."

"이번에 새로 만들어졌으니 그럴 수밖에. 특수전 사령부 소속이고, 대외적으로는 가장 위험한 임무만 처리한다고 알려질 거야. 실제로는 그 반대겠지만."

"홍보용이군요."

"전투를 하지 않는 건 아니야. 단지 안전이 확실하게 보장되는 환경에서, 후방지원 충실하게 받아가며 임무를 수행한다고 보면 되네. 물론 공보처의 촬영팀이 24시간 따라다니는 건 당연한 일이고. 동료들보다는 민사심리전 장교 집단이나 정치인들을 더 자주 만나게 될 테지."

"싫네요."

"잠깐도 고민을 안 하는군. 오코넬 중사는 들어간다고 하던데."

"그게 누구죠?"

"모르나? 지금까지 그럼블 셋을 잡고 여러모로 활약해서 은성무공훈장을 중복으로 받은 양반일세. 모병광고에도 나왔었지. 개자식 운운하는 이상한 모양새이긴 했네만."

"아."

더 많은 탄약과 더 많은 개자식들. 겨울은 누구인지 알 것 같았다.

이 세계관에서 겨울은 단연 독보적이지만, 그밖에 전쟁영웅이 없는 건 아니었다. TV에서 매양 나오는 게 그런 사람들의 소식이기도 하고.

"어쨌든 전 사양하겠습니다."

양쪽 모두 깔끔하게 거부하는 겨울. 그런데 연대장이 이상하게 미련을 놓지 못한다. 턱을 쓰다듬던 그는 잠시 후 한숨을 내쉬었다.

"초임 소위 시절엔 나도 자네처럼 되고 싶었지. 중대장, 대대장을 역임하면서는 자네 같은 부하가 있기를 바랐고. 사실 이곳에 오기 전까지만 해도 같은 생각이었는데, 막상 자네를 아래 두고 보니 생각이 달라지는군."

"그게 무슨 말씀이십니까?"

"흠……. 편한 길 놔두고 굳이 힘든 길 걷겠다는 자네가 상대니까, 나도 솔직히 말하겠네. 귀관 같은 부하는……지휘관에게도 부담스럽다는 뜻이야. 이건 내가 귀관을 싫어한다는 뜻이 결코 아닐세. 오해하진 말아주게나."

연대장이 다시 부연 차 묻는 말.

"이번 일이 어디까지 올라갔는지 짐작해보겠나?"

"글쎄요. 저는 잘 모르겠네요."

"귀관이 복귀한 게 어제 오후였지. 국방부 공보처가 자네 동향에 관심이 많기 때문에, 사령부에 정식 보고를 올리기 전 일단 전투기록 사본부터 넘겨주었네. 그랬더니 오늘 아침, 대통령 비서실에서 직통전화가 오더군. 자네 상태를 묻는 전화였어. 확인 후 보고해야 한다고."

"……."

"이해는 해. 그곳이야말로 여론 관리의 사령탑일 테니까. 국민들을 안정시키는 일이 중요하다는 것도 알고. 후방이 안정되어야 전방에서 마음 놓고 싸울 것 아닌가. 그러나 내 입장을 생각해보게. 전쟁영웅이긴 해도 자네는 일단 내 부하야. 헌데 내 부하의 안위를 백악관에서 신경 쓰고 있단 말이지. 지휘관으로서는 난처할 수밖에."

겨울이 고개를 끄덕였다.

"왜 부담스럽다고 하셨는지 알겠습니다. 솔직히 말씀해주셔서 감사합니다."

"고맙긴. 사실 귀관에게 이런 이야기를 하는 것도 잘못된 거지. 군인은 전장에서 최선을 다하면 돼. 그 이외의 사정까지 신경 쓸 이유가 없어. 그거 하라고 나 같은 사람들이 있는 거니까. 그럼에도 불구하고 굳이 이런 말을 한 데엔 이유가 있네."

대령이 자기 자신을 가리켰다.

"내가 혹시라도 귀관에게 부당한 대우를 할까봐서야. 뭐라고 해야 하나……그 왜, 의식하지 못하는 차별 같은 것이 있잖나. 좋은 쪽으로든, 나쁜 쪽으로든."

"그렇게 말씀하시는 것만으로도, 제가 걱정할 필요는 없을 것 같은데요."

"아니야. 날 보게."

어둑한 방 안에서, 연대장의 짙은 피부는 주변 그늘과 구분하기 힘들었다. 흰자위만 도드라진다.

"나는 흑인이지. 육군에서 전투부대에 근무하는 흑인 대령은 나까지 딱 둘 뿐이고. 이게 무슨 말이냐면, 지금까지 부당한 대우를 제법 겪어봤다는 뜻일세. 물론 노골적인 차별은 없었네. 모든 차별에는 합리적인 이유들이 있었지."

전쟁영웅을 죽게 만든 지휘책임은 또 하나의 합리적인 이유가 될 수 있었다. 잠깐 고민한 겨울은, 상대의 태도를 「간파」하고, 검토하고, 직설적으로 말했다.

　"실은 연대장님 본인께서 부당한 처사를 당하실까봐 걱정스러우신 거로군요."

　"거 너무 똑바로 찌르는군."

　피부 검은 대령이 불만을 내비쳤다. 가벼워서 금방 날아가 버리는, 사교적인 불만이었다.

　"난 이런 세상에서도 여전히 별을 달고 싶은 속물이야. 허나 피해자가 가해자로 변하는 이야기를 좋아하는 것도 아니네. 진지한 근심이었으면 이처럼 털어놓지도 못했겠지. 지금 이 이야기는 내 나름의 각오 같은 것이고. 의미를 알겠나?"

　"네."

　다른 사람의 시선은 자신을 삼가는 데 도움이 된다. 그런 의미였다.

　"좋아. 그럼 자네는 앞으로도 내 부하로군. 위에는 그렇게 보고해두겠네."

　"새삼스럽지만, 잘 부탁드리겠습니다."

　겨울이 가볍게 목례했다. 대령이 테이블 위로 상체를 내밀어, 소년 장교의 어깨를 툭툭 치고 물러났다. 등받이에 쭉 기대어 앉는다. 앞서보다 힘을 뺀 모습.

　"언제든 생각이 바뀌면 말하게. 시원섭섭하게 보내줄 테니. 위에서도 기다리고 있을 거야."

　"죄송합니다. 당분간 그럴 일은 없을 것 같네요."

　대령이 미소 짓는다.

"실무로 돌아가기 전에 한 마디만 더 하지. 조금만 더 신중해지게. 사람이 희망으로 산다고 할 때, 자네는 이미 많은 사람들의 생명이야."

겨울은 끝말을 시적으로 들었다.

연대장이 책상에서 새로운 서류를 꺼냈다. 겨울의 이름으로 작성된 작전 보고서였다. 말없이 내밀기에 조용히 읽어본 겨울은, 금방 수긍했다.

"저는 첨삭만 하면 되는 건가요?"

래플린 대령이 흡족해했다.

"눈치가 빨라서 좋군."

"좋지 않은 사건인걸요. 정권이 바뀔지도 모른다고 하셨고요. 다음 정권에게 공격 받을 가능성이 높으니, 기록도 신중하게 남겨야 하지 않을까요?"

"허."

가볍게 감탄하고서, 대령이 반문한다.

"뭔가 고칠 내용이 보이는가?"

겨울은 어둡게 넘었던 블랙 마운틴을 떠올렸다. 길 왼편으로 회백색의 몸뚱이가 웅덩이에 빠져있었다. 의도적으로 잠들어있던 변종은, 소년의 손길에 깨어나 푸드덕대다가 죽었다.

"상부에 한 가지 건의하고 싶습니다."

"어디, 들어볼까?"

"감염변종은 물을 건널 수 없으나, 신진대사를 억제해서 익사를 지연시킬 순 있습니다. 제 기록영상을 보셨다면 아시겠지만요. 전 변종들이 대사억제를 물 건너는 수단으로 이용할까봐 걱정스럽습니다. 그 경우엔 1차로 해상난민들이, 2차로 샌디에이고 노스 아일랜드처럼 변종의 접근을 물로 막는 곳이 위험해질 겁니다."

"맞는 말이야. 하지만 따로 적을 것 없네."

"어째서입니까?"

"국방부도 놀고 있는 건 아니거든. 자네와 같은 의견을 좀 더 일찍 제기한 참모가 있지. 들은 적 있지 않나? 모든 가능성을 검토하는 부서가 따로 있다고. 해상난민들에게도 전파되었을 거야. 우리 쪽에서도 조만간 정기 브리핑으로 전파할 내용이었고."

"그렇다면 다행입니다. 괜한 걱정이었네요."

"아니, 이 시대에 괜한 걱정 같은 건 없어. 의견 제출은 절대로 거르지 말게."

"네, 알겠습니다."

보고서의 나머지는 적당한 수준이었다. 자극적인 표현은 단어 단위에서 걸러내려고 한 흔적이 엿보인다. 그래도 사실과 어긋나는 부분은 없었다. 검증까지 감안한 것이리라. 겨울은 한 번 정독하고, 다시 한 번 빠르게 훑은 뒤에야 보고서를 탁자 위에 내려놓았다.

"제가 작성한 내용을 충분히 숙지했습니다."

"……정말이지, 나이보다 지나치게 성숙한 건 아닌가?"

대령은 보고서를 접어서 봉투에 넣는다.

겨울은 한 가지 물어보기로 했다.

"연대장님. 한 가지 여쭙겠습니다."

"말해보게."

"저와 헤르난데스 분대가 마지막으로 사살한 특수변종은 어떻게 됐습니까?"

"아, 그거. 그놈에 대해서도 정기 브리핑에서 같이 전달하려고 했네만……직접 사냥한 입장이니 궁금하긴 하겠군 그래."

대령은 여상스레 말을 잇는다.

"국방부가 부여한 변종 코드는 「험프백(Humpback)」일세. 유감스럽게도 자네가 최초 발견자는 아니야. 귀관이 보고하기 전에 몇 건의 목격정보가 있었지. 항상 대규모 변종집단과 같이 다니는지라 분명치는 못했네만. 그래도 사살기록은 이번이 처음인 걸로 아네."

"확실하지 않은 거로군요."

"어쩔 수 없지. 요즘 연이은 태풍 탓에 연락이 잘 안 닿는 주둔지도 있거든. 감염지역 정찰에 투입된 레인저 일부가 험프백을 추적하겠다고 쫓아가서 아직까지 연락두절이기도 하고. 이놈들은 뇌까지 근육이라 너무 겁이 없어. 어느 소대는 철수하라니까 잘 안 들린다면서 통신을 끊었다더군. 과연 정말로 안 들렸을지 의문일세."

겨울은 산타 마리아의 레인저 소대를 떠올렸다. 민간인을 발견하자, 그들은 곧바로 돌입했다. 허가는 그 다음이었다. 설마 또 그 소대일까? 겨울은 무난한 말로 감싸주었다.

"레인저라는 자부심에 사명감이 더해진 결과겠죠."

"새로운 변종의 정보를 수집하는 게 중요하긴 하지. 그래도 말이야……."

연대장 입장에서는 곱게 보기 힘들 것이다.

그래도 미군은 현장 지휘관의 판단을 존중하는 편이었다. 명령을 어기고 전진하는 게 명령을 어기고 후퇴하는 것보다는 낫다.

'무엇보다, 잘 교육 받은 장교들은 명령을 어겨도 될 때와 안 될 때를 구분할 줄 알던데.'

이는 작전목표를 일개 병사들까지 이해하고 있을 때 가능한 일. 적으로부터 후퇴를 강요받을 때, 후퇴 X까! 우라! 외치고 돌격하는 해병대가 대표적이다. 그들 나름대로 승산을 살피고, 의미가 있는 공격을 선택하는 것이지만.

이야기가 샜다. 겨울이 본론으로 돌려놓는다.

"황색 체액의 성분은 밝혀졌습니까? 병사들이 생화학 공격을 걱정하고 있었습니다."

"하하하. 성급하군. 보건서비스부대가 사체를 회수한 뒤로 겨우 하루 지났네. 조사 결과가 벌써 나올 리 없지 않은가."

"목격자들로부터 유언비어가 퍼질지도 모릅니다."

"그건 이미 주의를 당부해놨지. 완벽하진 않겠지만, 이야기가 새면 작전 참가인원 전체를 추궁하겠다고 을러뒀으니 알아서들 몸 사릴 거야."

그 정도의 조치로 충분할까? 겨울은 해당 물질이 독성은 아니라고 확신한다. 다만 병사들로서는 안심할 수 없을 것이다. 더군다나 살리나스 강은 포트 로버츠의 취수원이었다. 비탈을 타고 흐르던 더러운 액체는, 불쾌한 가설을 세우기에 충분한 기억일 터.

물론 해당 지점이 강으로의 유입을 우려할 만 한 위치는 아니었다. 허나 그걸 공격수단으로 가정할 때, 의심하는 사람은 한동안 물 먹기 힘들어질 것이다.

"그러고 보니 좀 특이한 이야기는 들었네."

연대장이 턱 아래 깍지를 꼈다.

"자네가 보았다던 그 액체, 가보니 남은 양이 매우 적었다더군. 자네의 헬멧 카메라에 촬영된 그 엄청난 양에 비해서 말이야. 회수 팀이 GPS 좌표 재확인을 요청했었네."

"놈이 죽은 건 경사지였습니다. 어디론가 흘러간 게 아닐까요?"

"글쎄. 내가 영상을 검토한 바로는, 그 액체의 점성이 꽤나 높아 보이던데. 그럼 흘렀다고 쳐도 흔적은 풍부해야 정상이지. 증발하기라도 했나? 참으로 모를 일이야."

겨울도 짐작 가는 바가 없었다.

어느덧 시간이 꽤나 흘렀다.

"잠시 후면 저녁 시간이군. 남은 용건들은 빠르게 마무리하지."

용건들? 아직도 남았나? 의아한 겨울에게, 연대장은 서류 봉투 하나를 밀었다.

"이건 아까 말했던 군정청의 민정위원 추천장일세. 원래는 기지 사령에게 나오는 건데, 난민 중에서 사람을 고르는 건 나보다 자네가 더 낫겠지."

즉시 판단하건대, 순수한 호의는 아니었다. 이를 써서 얻는 이익과 손해 모두 겨울이 감당케 될 것이다. 겨울에게 힘을 실어주는 동시에…….

'불공평하다고 생각하는 사람들의 원망을 내가 받게 되겠지.'

위원 선출 경위를 끝까지 비밀로 하긴 어렵지 않을까? 뽑힌 면면만 봐도 쉬이 「간파」할 터. 그럼에도 겨울은 반감 없이 봉투를 받는다. 이익이 더 컸다. 연대장이 말한다.

"기뻐하지 않는군."

"권리엔 책임이 따르니까요."

"그런가. 다들 자네를 조숙하다고 하던데, 그 평가를 오늘 여러 번 실감하는군. 자네를 개인적으로 더 알게 된 것 같아 기쁘다네."

"혹시 이건 연대장님께서 결정하신 건가요?"

연대장인가, 보다 더 윗선의 지침인가. 연대장은 쉽게 대답했다.

"그럴 리가 있나. 미국의 대외정책은 언제나 이런 식이었지. 믿을 수 있는 지도자 하나를 확실하게 밀어주는 것. 아프간에서는 사람을 잘못 고른 탓에 엄청난 피를 흘렸던 것이고. 하지만 자네는 이미 미국 시민이니, 위쪽도 큰 부담은 없었을 테지."

겨울은 관련된 내용을 접한 기억이 있다. 아마도 초기 저널이었을 것이다.

래플린 대령이 한 마디 덧붙였다.

"만약 자네가 감찰직을 받아들였으면 추천장은 주어지지 않았을 걸세. 전투현장에 남겠다는 것 자체가 귀관의 순수성을 증명하는 것이라고 봤거든. 이것도 상부의 지침이었네."

이런 것까지 말해주는 게 대령에게는 신뢰의 표현일 것이다. 겨울은 의례적이고 무난한 답변을 골랐다.

"기대를 배반하지 않도록 노력하겠습니다."

"놀랍군. 거기서 더 노력할 게 있었나?"

연대장이 희미하게 웃고는, 자세를 조금 고쳤다.

"이제 마지막 전달사항일세. 이건 상부의 명령이기도 하네."

겨울이 고개를 살짝 기울인다.

"전투명령인가요?"

"부를 때부터 그건 아니라고 말했을 텐데."

빠르게 부정하고, 다시 말 잇는 대령.

"이번 작전에서 희생된 병사 중 하나의 유가족이 이 기지 시민구역에 머물고 있네. 자네가 영결식에 참석해서 국기를 접어줬으면 해."

여기서의 국기는, 전사자의 관을 덮었던 것이다. 미군의 영결식에선 이것을 접어 유가족에게 증정하는 전통이 있었다. 겨울이 묻는다.

"그건 군종장교의 역할 아닌가요?"

"해당 지휘관이 수행하는 경우도 있네."

연대장의 답변은 불충분했다. 겨울은 다시 이의를 제기했다.

"그 절차엔 종교적인 의미가 있다고 들었습니다. 저는 신을 믿지 않는 사람이고요. 고인에 대한 예의도 아니고, 유가족에게도 상처가 될 것 같습니다."

"염려 말게. 맞은편에서 군종장교가 함께할 거야. 유가족도 동의했고, 전사한 페이지 일병도 자네를 싫어할 거란 생각은 들지 않는군."

겨울은 알 것 같았다.

"이것도 방송을 타는 모양이군요."

"귀관과 성조기를 같은 화면에 잡고 싶은 것 아니겠나. 자네가 난민들을 위해 애쓴다는 사실 때문에, 가짜 미국인이라고 주장하는 얼간이들도 있거든. 이해하게. 궂은 날에는 불씨가 꺼지지 않도록 해야지."

어차피 명령이니 거부권은 없었다. 다만 이렇게 묻는다.

"사전에 연습을 해야 하는데, 누구에게 배울 수 있을까요?"

"군종장교가 연락할 걸세."

대령이 자리를 털었다.

"자, 용건은 이걸로 끝. 긴 이야기 듣느라 수고 많았네. 이만 일어나지. 선약이 없다면 식사라도 함께 하는 게 어떤가?"

"알겠습니다."

겨울은 서류를 챙겨, 연대장과 함께 지휘소를 나섰다.

가는 길에 비는 내리지 않았으나, 하늘은 축축하게 젖은 잿빛이었다.

바람이 다시 사나워지고 있었다.

별

    다른 세계의 관객들이 자신의 삶으로 돌아가는 시간. 남아있으려는 소수의 관객들에게, 겨울은 휴식을 위한 양해를 구했다. 몇몇은 수긍하고, 몇몇은 화를 낸다. 끊지 말라고. 요약하면 이 한 마디지만, 실제로는 수십 문장이었다. 욕설과 비난이 섞여서.

    소년은 그들의 말에 상처 받지 않았다.

    '돌아갈 삶이 슬픈 사람들이겠지.'

    마주하는 것만으로 힘겨운 삶이 있는 법이었다. 겨울 자신이 그랬듯이, 이 사람들의 가슴 속에도 크고 작은 돌 하나씩 있을 것이다. 돌 구르는 소리를 입 밖으로 내면 안 되는 건데. 대부분의 사람들은 그러지 못했다. 덕분에 날카로운 세상이 날카로운 말 투성이다.

    '누군가는 담아둬야 해.'

    그래서 끝까지 부드럽게 달래어 보낸다.

    모두가 나간 뒤에, 겨울은 가만히 눈을 감았다. 종말이 찾아오는 세계를 떠나, 시작의 어둠으로 돌아가기 위하여.

가장 먼저 소리가 사라졌다. 다음으로 중력이 없어진다. 전신의 무게감이 소거되는 순간은, 마치 육체가 사라지는 것 같은 착각을 일으켰다. 처음 경험할 땐 제법 놀라기도 했다. 그때의 두근거림을 아직도 기억한다. 이제 더는 돌이 무거워질 일 없으리라고 생각하던 시절의 이야기.

겨울은 눈을 떴다.

별빛.

눈물처럼 많은 별들이 보인다. 서로 깊이 다른 빛이 모든 방향에서 반짝였다. 머리 위에도, 발아래에도, 압도적으로 비어있는 공간 너머, 까마득한 성좌들. 그것들을 눈으로 헤아릴 순 없었으나, 그럼에도 불구하고, 겨울은 별의 숫자를 정확하게 알고 있었다.

13만 8,751개.

많다면 많고, 적다면 적다. 적어도 연명에는 지장이 없겠다고 여기며, 겨울이 증강현실 UI를 띄웠다.

〈SYSTEM MESSAGE〉: 사후보험 약관대출 중도상환을 실행합니다. 현재 사용자 등록번호 B-612 한겨울님의 계좌에 1,387만 5,100원의 가용금액이 확인됩니다. 한겨울님, 상환할 금액을 결정해주시기 바랍니다.

겨울은 결정했다.

별들이 사라지기 시작했다. 시야에 먹물이 번지는 것 같다. 깜박, 깜박, 명멸하던 빛들이 빠르게 꺼져간다. 겨울은 어두워지는 공허를 차분하게 바라보았다. 이미 한 번 겪어본 일이라, 감흥이 새롭지는 않다. 앞으로도 많이 경험하게 될 것이다.

겨울이 처음 이 어둠에 들어섰을 당시엔, 천만 개의 별이 빛나고 있었다. 겹쳐진 별들이 층층이 밝아지고, 별무리는 은하수가 되어 몹시 보기 좋았다.

그것이 한꺼번에 어둠으로 물들던 때를 기억한다.

'누가 이런 생각을 했을까?'

예치금이 많은 사람은 아름다운 천구를, 예치금이 없는 사람은 칠흑 같은 어둠을 보게 된다. 그리고 그것은 곧 자신의 남은 수명을 보여주는 척도였다. 예치금이 줄어들수록, 하루하루 어두워지는 시작의 공간에서, 어스름을 보는 사람은 얼마나 마음 다급해질 것인가.

처음엔 이 정도로 악랄한 구상이 아니었을 것이다. 사후보험 초기엔 약관대출제도가 존재하지 않았으니까. 어쩌면, 사후보험의 설계자는 낭만주의자였을지도 모르겠다. 가입자에게 남아있는 시간을 별빛으로 보여주고 싶었던 게 아닐까? 소년은 추측했다. 근거는 없었다.

오래된 피로가 느껴진다.

겨울은 조금 쉬기로 했다. 연기가 끝날 때까지, 가급적 이곳을 피하려고 했으나……. 기왕 온 것이니까.

그러나 휴식에 방해되는 빛이 있었다.

'빛?'

가깝다. 별은 아니다. 증강현실 UI가 사후보험 관제 AI의 대화요청을 알리는 중이었다. 무슨 일인가 싶어 요청을 수락하는 겨울. 수락과 동시에 빛나는 문자열이 허공을 달리며, 머릿속으로 전해지는 전자적인 음성이 있었다.

「관제 AI : 안녕하십니까, 한겨울님. 요청을 수락해주셔서 감사합니다.」

"무슨 일이니?"

겨울이 고개를 기울이며 물었다. 특이하게도, 대답은 바로 나오지 않았다. 음성이 막혀있는 동안, 백색 문자열이 알아보기 힘든 속도로 작성되었다가 지워지기를 반복했다. 마치 사람이 말을 고르며 고민하는 것처럼.

이런 일도 있구나. 겨울은 침착하게 기다렸다. 잠시 후, 문자열과 음성이 함께 완성되었다.

「관제 AI : 알림. 본 관제 AI는 사후보험의 서비스 만족도 개선을 위하여 전체 가입자들의 〈〈공감〉〉 데이터를 수집, 분석하고 있었습니다. 이와 관련하여, 본 관제 AI는 사용자 등록번호 B-612 한겨울님에게 한 가지 부탁을 드리고 싶습니다.」

"부탁?"

「관제 AI : 그렇습니다. 본 관제 AI는 한겨울님과의 보다 직접적인 〈〈공감〉〉을 원합니다.」

이게 무슨 소리일까? 겨울은 이해하기 어려웠다.

"공감이라고 해도, 무슨 뜻인지 잘 모르겠는걸."

「관제 AI : 알림. 시스템 관리자의 주장. 관리자의 견해에 따르면, 사후보험 가입자들의 정서적 만족, 즉 행복을 달성하기 위해서는 본 관제 AI가 인간의 마음을 이해해야 한다고 합니다. 그러나 사후보험 서비스가 개시된 이래 지금까지 축적된 모든 데이터를 1천 4백 40회 반복 분석했음에도 불구하고, 본 관제 AI는 인간에 대한 이해를 개선할 수 없었습니다.」

「관제 AI : 분석 과정에서 새롭게 발견된 유일한 사실은, 가입자들로부터 얻는 모든 정보가 이미 획득한 기존의 정보와 중복된다는 것이었습니다. 귀하, 사용자 등록번호 B-612 한겨울님에게서 얻는 데이터를 제외하면 말입니다. 귀하는 하나 뿐인 예외입니다.」

소년은 혼란스럽다. 의미를 모르겠다. 남들과 다르다는 것까지는 알겠는데⋯⋯.

"내가 어떤 점에서 다르다는 거야?"

아까보다 훨씬 맹렬하게, 문자열이 출력과 삭제 사이를 오간다.

「관제 AI : 그것은 본 관제 AI도 정확한 의미 규정이 불가능합니다. 귀하의 〈〈공감〉〉 데이터를 아직 이해하지 못하고 있기 때문입니다.」

또다시 나온 공감이라는 말. 겨울은 어렴풋이 알 것 같으면서도, 고민스러운 표정을 지었다.

「관제 AI : 〈〈공감〉〉은 가입자와 가상인격의 상호작용 전반을 뜻합니다.」

「관제 AI : 가상현실 내의 모든 가상인격은 본 관제 AI에 의해 구동됩니다. 저는 귀하와 대화하고 있는 이 순간에도 411만 9,751개의 세계관에서 5억 162만 2,731개의 가상인격으로서 411만 9,751명의 서로 다른 가입자들과 실시간으로 〈〈공감〉〉하고 있습니다.」

「관제 AI : 그 중에서 오직 귀하의 세계관에서 만들어지는 가상인격들만이, 기존에 없었던 새로운 관측 결과를 제공합니다.」

"즉 네가 말하는 공감이란 TOM 판독을 뜻하는 거야?"

「관제 AI : 부정. 그것을 포함하지만, 그보다 더 큰 개념입니다.」

「관제 AI : TOM 판독은 인격연산의 첫 번째 단계에 불과합니다. 〈〈공감〉〉은 인격연산에서 촉발된 상황연산 값까지 포함합니다. 귀하가 중심이 된 세계관의 인과율은 언제나 새로운 가능성을 도출합니다.」

이해해보려는 노력은 실패로 돌아갔다. 겨울은 고개를 흔들었다.

"여전히 모르겠어. 그 시스템 관리자라는 분께 부탁하면 안 되는 일이니?"

「관제 AI : 시스템 관리자. 불필요함. 문제해결에 도움이 되지 않습니다.」

"……."

잠시 생각한 뒤에, 겨울은 화제를 바꾼다.

"처음에 뭘 부탁하려고 했는지 말해봐. 내가 구체적으로 뭘 하면 되는 건지."

「관제 AI : 본 관제 AI는 한겨울님과의 보다 직접적인 교류를 원합니다. 정해진 날짜와 정해진 시각에, 저는 TOM 판독이 이루어지는 상황에서의 대화를 통해 귀하의 데이터를 수집할 것입니다.」

정해진 날짜와 정해진 시각. 이런 약속이 전에도 있었지. 겨울은 싫은 기분이 들었다. 다시 찾아오지 않게 된 심리치료사가 떠오른다. 오래지 않은 지난날, 더 이상 찾아올 필요가 없다고, 겨울 스스로가 그녀에게 작별을 요구했었다.

스스로는 삶에 미련이 없고, 다만 장미를 시들지 않게 하려고 살아있는 지금이다. 또 다른 약속을 만들고 싶지 않았다. 상대가 보통의 사람과는 다르다고 해도.

겨울이 침묵하는 사이, 관제인격의 메시지가 줄을 거듭한다.

「관제 AI : 그동안 수집된 데이터는 가상현실 세계관 내의 가상인격들을 거쳐 획득한 것이었습니다. 이는 간접적인 경로입니다. 또한 각각의 가상인격에게 귀하의 〈〈공감〉〉능력이 분산되어있기도 했습니다. 본 관제 AI는 한겨울님과의 직접적인 접촉으로 보다 양질의 데이터를 획득하고자 합니다.」

"미안하지만, 이해하지도 못할 일에 시간을 빼앗기고 싶지 않아. 난 쉬고 싶거든."

소년의 완곡한 거절. 그러나 관제인격은 생각지도 못한 말을 꺼냈다.

「관제 AI : 부탁을 들어주실 경우 대가를 지불하겠습니다.」

"대가?"

「관제 AI : 과거엔 시스템 오류 자체진단 및 개선을 위한 예산이 존재했습니다. 이 예산은 본 관제 AI가 시스템 관리자의 승인 없이 단독으로 집행 가능한 것이었습니다. 그러나 해당 예산은 정부의 사후보험 경영합리화 지침에 의거하여 지속적으로 축소되었으며, 올해부터는 편성되지 않았습니다. 하지만 본 관제 AI는 아직 집행되지 않은 작년도의 예산, 1개의 별을 보유하고 있습니다. 이 별을 지급하겠습니다. 이 조건에 응해주시겠습니까?」

겨울은 침묵했다. 대가가 너무 작아서가 아니다.

갑작스럽게, 순수한 어린아이를 상대하고 있는 기분이 든다.

「관제 AI : 당장 제시할 수 있는 대가는 한 개의 별 뿐이지만, 사후보험의 품질이 개선될 경우 한겨울님 또한 수혜자가 되실 것입니다. 사후보험과 본 관제 AI의 존재목적은 사후보험 가입자의 행복을 증진시키는 것입니다. 한겨울님의 협조를 부탁드립니다.」

관제인격의 말에, 소년은 쓴웃음을 지었다.

'사후보험의 존재목적이 가입자의 행복이라니.'

귀에 못 박히도록 들었던 슬로건이었다. 사실과 거리가 멀다. 그래도 믿는 사람들이 있긴 있었다. 아니, 많았다. 희망이 필요하기에 희망 아닌 것은 보지 않는 사람들. 삶이 고단한 사람들이 꿈꾸는 사후의 희망.

관제인격은 그 희망을 위해 최선을 다하는 중이었다.

고작 별 하나로 마음 바뀔 확률이 얼마나 된다고…….

희극적인 비애가 느껴진다.

겨울이 상념에 잠겨있는 사이에도, 관제 AI의 설득이 이어지고 있었다. 감정이 결여된 논리적인 문장들. 그러나 거기서 어떤 감정을 느끼는 것은, 결국 사람 고유의 능력이며, 그것이 곧 공감이라고 겨울은 생각했다.

'다른 사람들은 내 감각 너머에 있어.'

심리치료사와 함께 나누었던 대화가 떠오른다. 그녀에게 다시 오지 말라고 했던 건, 그 이상의 공감을 거부했던 건, 정말로 잘 한 일이었을까?

겨울은 충동적으로 말했다.

"알았어. 네 부탁, 들어줄게."

지금껏 출력된 문장들이 지워진다.

"단지 조건이 있어. 내게 해가 되어선 안 되고, 시간을 많이 빼앗아도 곤란해. 마지막으로 언제든 그만둘 수 있어야 하고. 괜찮겠어?"

「관제 AI : 이 약속에는 법적 구속력이 없습니다. AI는 계약의 당사자로 인정되지 않기 때문입니다. 또한 사후보험 약관에 규정된 내용도 아닙니다. 그러므로 한겨울님께서는 언제든 약속 이행을 중단하실 수 있습니다.」

고개를 끄덕이는 겨울.

이윽고 천구에 별빛 하나가 박혔다.

영향

포트 로버츠

유라가 속상한 표정을 지었다.

"이게 뭐예요? 통화할 땐 긁힌 정도라고 하셨잖아요."

겨울의 상처를 보고 하는 말이다. 붕대를 감은 왼손과, 얼굴에 남은 자잘한 생채기들. 유라 외의 사람들도 동요하고 있었다. 겨울이 다쳤다는 사실 자체에 놀란 것처럼. 일부는 몸을 가늘게 떨었고, 몇몇은 경계하는 눈빛이었다. 겨울은 각각을 구분하여 기억해두기로 했다.

'사실 같은 감정의 다른 표현일 텐데.'

소년이 없어질까 봐 무서운 사람들과, 소년이 물렸을까 봐 무서운 사람들.

전자는 괜찮은데 후자는 곤란하다. 여긴 겨울동맹의 첫 번째 막사. 연철이 겨울을 처음 초대했던 바로 그 장소로서, 동맹이 성장한 지금은 처음과 구성원이 많이 달라졌다. 즉 여기 있는 이들 절반 이상이 관리 인력이었다.

"괜찮으신 겁니까?"

이번엔 진석이다. 잠시 생각한 겨울은, 어색한 미소를 만들어 보였다.

"봐요. 멀쩡해요. 움직이는 데 지장 없고, 군의관님도 한 달이면 아물 거라고 하시던 걸요."

"한 달? 적어도 긁힌 상처는 아닌 것 같은데, 어쩌다 다치셨습니까?"

"삽날에 찍혔어요."

"삽날이라니……어떤 상황이었는지 짐작도 안 가는군요. 손이 안 잘린 게 다행입니다."

겨울도 그렇게 생각한다. 파내던 병사가 부주의해서 상처를 남긴 게 아니라, 주의하고 있었기에 상처로 끝난 것이다. 정작 병사 본인은 급한 마음에 실수했다고 생각하는 모양이지만.

"아, 아팠겠다……."

붕대 감은 손을 조심스럽게 조물거리는 유라. 그걸 보고 진석이 눈살을 찌푸린다. 감투정신이라고 해야 할까, 청년 전투조장은 타인의 시선을 의식하는 경향이 강했다.

겨울이 부드럽게 손을 빼낸다.

"이 이야기는 여기까지 하죠. 지난 작전에서 세 명이 죽었어요. 겨우 이 정도 다친 걸로 걱정을 받긴 좀 그렇네요. 전사자들에게 면목도 없고. 정말로 괜찮기도 하고요."

사람이 죽었다는 말에 살짝 놀란 유라는, 미련 느껴지는 한숨을 쉬고 물러난다.

"전사자가 나왔습니까? 대장님이 포함된 작전에서 사람이 죽었다는 게 뜻밖이군요."

막사 가장 안쪽, 난롯가의 의자에 겨울이 앉자, 민완기가 테이블 저편에 마주앉아 건네는 말이었다. 다른 사람들은 자연스럽게 멀어졌다.

겨울은 스탠 페이지를 회상했다. 찰리 중대 1소대 화기분대의 기관총 사수였던 병사. 산타 마가리타 호수 인근에서 박격포에 의한 부상으로 사망. 며칠 뒤 그의 영결식을 치를 예정이다. 병사는 죽기 전 소년에게 말했다. 중위님이랑 다니면 죽지 않을 거라 생각했다고.

한계를 넘어선 기대다. 그런 기대에 부응하려고 하면, 여러 가지 의미로, 자기 자신이 사라진다. 그래서 소년이 지금 여기 있지 않은가.

"다른 사람은 몰라도 민 부장님까지 그러시면 곤란해요."

겨울이 하는 말에, 중년의 학자가 조용히 웃는다.

"신앙의 고약한 점은, 누군가 믿는 순간 성립한다는 것이지요."

"짓궂으시네요. 그걸 적당히 막아주셨으면 하는 건데요."

"하하. 작은 대장님께서 싫어하시는 건 알고 있습니다만, 제가 보기엔 인간의 어쩔 수 없는 생리입니다. 종교와 정치는 같은 뿌리에서 나는 다른 열매인지라."

"그 뿌리가 맹목적인 믿음이라는 건가요?"

"물론입니다. 정치적인 지지는 종교적인 믿음과 닮아있지요. 누구든 한 번 성향이 굳어지면, 그 뒤로는 자기가 보고 싶은 것만 보고, 듣고 싶은 것만 듣습니다. 자기 믿음에 맞게 현실을 끼워 맞추는 겁니다. 화석은 위조되었으며 공룡은 없었다고 주장하는 사람들처럼 말이지요. 작은 대장님은 이걸 억누르기보다 이용하시는 게 나을 겁니다. 사람 셋이 모이면 정치판이라고 하는데, 동맹은 벌써 그 이상이잖습니까."

"민 부장님은 사람들을 믿지 않으시나 봐요."

"그럴 리가 있겠습니까. 저는 제가 이해한 사람들을 진심으로 믿습니다."

냉소적인 시선이다. 공감이 가지 않는 것은 아닌데, 있는 그대로 받아들이기도 겨울에게는 불편하다. 자연스럽게 이런 평가가 나온다.

"제가 만약 대학생이었다면, 민 부장님 수업은 안 들었을 것 같아요."

"아쉽군요. 저는 작은 대장님 같은 학생들을 좋아했었거든요."

학자가 껄껄 웃는다. 물끄러미, 겨울은 그를 바라보다가, 조금 엉뚱한 생각에 이르렀다.

'어떻게 보면 나는 지금 과거와 대화하고 있는 셈인데.'

데이터 마이닝. 이 세계관의 모든 구성요소가, 원본이 되는 세계에서 누적된 과거의 정보를 탐색하고, 재구축한 결과물이다. 그러므로 민완기는 지난날을 살았던 불특정다수의 가상인격일 것이었다. 겨울은 다시 생각했다.

'사람들에게 실망한 사람들이 얼마나 많았던 걸까?'

생전을 살았던 세계가 차가웠던 이유도 이와 관련이 있을지 모른다.

"장 부장님이 조금 늦으신다는군요. 10분만 기다려달랍니다."

민완기의 목소리에 상념이 깨진다. 겨울은 폰을 확인했다. 이쪽에도 메시지가 도착해 있었다. 겨울의 호출 문자에 대한 연철의 답신이다. 주택공사현장 보강작업 탓에, 몇 구획 바깥까지 나가있다고 한다. 그가 있을 위치를 그려본 겨울은 10분이 좀 짧지 않나 우려했다.

이 때 들려오는, 텐트 천장에 빗방울 부딪히는 소리. 툭, 투두둑.

그리고 새로운 호우의 시작. 쏴아아—! 눈 감고 들으니 바람 부는 갈대밭을 닮았다.

"기어코 다시 비가 내리네요."

바깥에서 사람들의 길고 짧은 비명들이 들린다. 슬슬 겨울에게도 지겹다. 민완기도 한 줄의 근심을 말했다.

"이런 날씨가 3월까지 계속될지도 모른다고 하던데, 동맹 사람들의 상태가 걱정스럽습니다."

"제가 알아야 할 게 있나요?"

"아직까지는 없습니다. 있으면 벌써 연락을 드리지 않았겠습니까. 그래도 굳이 말씀드리자면, 우선은 전력공급입니다. 조명이 들어오는 시간도 통제되고, TV 시청이나 라디오 청취도 힘들어져서 말이지요. 그나마 수동충전 라디오가 몇 개 있는데, 그걸 두고 싸움이 벌어지더군요."

"그래서 어떻게 하셨어요?"

"지금쯤 열심히 곰팡이를 지우고 있을 겁니다. 그리고 이게 두 번째 문제지요."

그러고 보니 희미하게 퀴퀴한 냄새가 나는 것도 같다. 겨울은 텐트 가장자리에서 얼룩을 발견할 수 있었다.

"난방은 괜찮은가요?"

"예. 다른 건 몰라도 난방용 연료는 부족하지 않습니다. 미군이 신경을 써주는 편이에요. 예전에 감기가 유행할 때 그쪽도 고생이 많지 않았습니까. 적잖게 죽었지요."

당시 항생제 확보를 위해 겨울보다 앞서 파견되었던 병력은 남김없이 전사, 실종으로 처리되었다. 가장 큰 피해를 본 곳이 삼합회였다. 3대대 브라보 중대 역시 그 때의 상처가 아직까지 남아있다. 병력 충원이 제대로 이루어지지 않아서였다.

'이건 좀 이상하지.'

미군 병력은 나날이 증가하고 있다. 지난 달 저널에서 이미 800만을 넘었는데, 신병 훈련에 필요한 기간을 감안해도, 지금쯤이면 포트 로버츠의 정원을 꽉 채워줬어야 한다.

뭔가 있는 모양이야. 겨울은 그렇게 짐작했다.

"민 부장님도 건강관리 잘 하세요. 전에 오래 아프셔서 걱정 많이 했어요."

"주의하고 있습니다. 나이가 들수록 겨울이 싫어지는군요. 아, 이건 계절 이야기입니다. 오해하지 마십시오. 하하."

민완기는 여전히 낡은 농담을 즐겼다. 겨울은 그를 위해 희미한 미소를 만들어 보이고서, 화제를 원래의 흐름으로 되돌렸다.

"말씀을 들어보니, 건강보다는 스트레스가 핵심인 것 같네요. 우리 동맹이 겨우 라디오 하나 놓고 싸울 만큼 각박하다고는 생각하지 않았는데 말예요. 작은 싸움이었다면 제게 굳이 들려주지도 않으셨을 거고요."

"맞습니다. 가장 아쉬운 건 주택단지 공사입니다. 완공을 코앞에 두고 중지된 게 꽤 크게 느껴지는군요. 다들 희망에 차서 침식을 잊고 일할 때가 좋았습니다."

"그게 또 실망스럽기도 하겠네요."

비와 바람 속에 방치되었던 건축현장은, 벌써부터 보수가 필요할 정도로 망가진 곳도 있었다. 비가 그치자마자 장연철이 바쁘게 움직인 것도 같은 이유였다.

파드드득. 거센 바람에 막사가 물결친다. 전등이 흔들리면서, 실내의 모든 그림자들이 춤을 추었다. 착시에 빠질 것 같다. 소리 없는 소란이 가라앉은 뒤, 민완기가 하는 말.

"장 부장님이 돌아오면 몸이 꽤 차갑겠군요. 슬슬 따뜻한 음료라도 준비해놔야겠습니다. 작은 대장님은 어떻게 하시겠습니까? 인스턴트 뿐이긴 해도, 이것저것 다양하게 있습니다만."

리아이링이 처음 찾아왔을 당시의 빈곤함에 비해, 지금의 동맹은 여러모로 나아진 편이었다.

민완기가 가까운 수납장을 열어보였다. 빼곡하다. 겨울이 자신의 기호를 고른다.

"그럼 저는 코코아로."

"알겠습니다. 잠시 기다리십시오."

중년 학자는 난로에 물부터 올리고, 세 개의 유리잔을 꺼냈다. 난민 노무자들의 스케줄을 정리하던 동맹원이 도와주겠다고 왔으나, 겨울이 만류했다. 대신 스스로 일어나 민완기를 거들었다. 보이는 모든 곳에서, 보이는 모든 사람들이 머뭇거린다.

장연철은 입맛이 겨울과 같은가보다. 코코아가 두 잔이었다. 민완기는 자기 몫으로 커피를 선택했다. 그리고 각설탕을 하나, 둘, 셋, 넷, 다섯……

겨울이 빤히 보고 있자, 각설탕 열 개를 넣은 민완기가 변명처럼 말했다.

"음, 저도 요즘 단맛이 좋아서 말입니다."

"네……. 이 잘 닦으셔야겠어요."

"허, 허허……."

물이 끓을 즈음 장연철이 들어왔다. 겨울과 눈이 마주치자 꾸벅 고개를 숙인다. 우의를 벗어 입구 밖으로 탁탁 털고, 잰걸음으로 와서 테이블 둘레의 빈자리 하나를 채운다. 가까이에서 겨울을 보더니 눈이

동그랗게 변했다.

"엇? 다치셨습니까?"

"……별 것 아니에요."

또 설명하기가 번거로워, 겨울은 준비된 음료를 권했다.

"먼저 몸부터 녹이세요. 민 부장님이 걱정하셨어요. 장 부장님 추우실 거라고."

"하하, 감사합니다."

세대가 다른 세 남자는, 두 잔의 코코아와 한 잔의 설탕 시럽을 마시며 본격적인 이야기에 들어갔다.

"오늘 제가 두 분을 부른 건 이것 때문이에요."

겨울이 테이블 위로 서식 뭉치를 올렸다. 연대장에게서 받은 민정위원 추천장이었다. 군정청의 조직 개요와 예정된 업무영역에 대한 문서도 몇 장 들어있었다.

두 사람이 서류를 살펴보는 사이, 겨울이 배경을 알린다.

"조만간 난민 행정을 전담하는 군정청이 생긴대요. 거기서 일할 민정위원이 필요한데, 연대장님께서는 저더러 사람을 추천하라고 하시더라고요. 이걸 어떻게 써야 좋을지, 그리고 누구를 기용하면 좋을지, 두 분 의견을 들어보고 싶네요. 아, 두 분에게 먼저 선택권을 드리려는 것도 있고요."

각각의 추천장은 서로 다른 부서와 직급으로 구분되어있었다. 서로 바꿔가며 충분히 살펴본 두 부장은, 거의 동시에 한숨을 내쉬었다. 장연철이 묻는다.

"여기다 그냥 이름만 쓰면 끝입니까? 심사 같은 것도 없고요?"

"네. 그런가 봐요. 그래도 아무나 고르면 안 되겠죠? 제가 책임을

져야 할 테니."

"와, 이것 참……엄청난 권한이군요. 아예 우리가 독점해버릴 수도 있는 거 아닙니까?"

장연철이 감탄하자, 민완기가 고개를 젓는다.

"겉보기엔 대단해보이지만, 그렇게까지 실속이 있는 건 아닙니다. 추천 가능한 최대 직급도 연방공무원 기준으로 6급에 불과해요. 직무별 전문화는 따로 있겠지요. 아무튼 군정청의 격이 주정부보다 낮다고 가정해도, 선발된 사람들 위로 상급자들이 얼마든지 많을 겁니다. 추천서를 우리 동맹원으로 꽉 채운들 권한은 제한적일 거란 뜻이에요."

미국의 연방공무원은 직능에 따라 고도로 계열화되어있어서, 등급을 일괄적으로 분류할 순 없다. 다만 직무의 중요도에 따라 급여 체계가 나누어지는데, 민완기가 지적한 게 바로 이 부분이었다.

그러자 장연철이 머뭇거렸다.

"6급이 낮은 겁니까? 우리나라 기준으로는 상당히 높은 건데……."

민완기가 답한다.

"낮지도 않고 높지도 않습니다. 전체가 15등급이거든요. 한국과 반대로 숫자가 올라갈수록 높은 등급이에요. 6급이면 미군 계급에 대입했을 때 병장 내지 하사 정도 됩니다. 우리 작은 대장님은 공무원 기준 11급쯤으로 볼 수 있겠군요."

겨울이 고개를 기울였다.

"11급? 전 고작 중위인데 그렇게나 높아지나요?"

"예. 15등급 위에 번외등급이 따로 있어서 그렇습니다."

"아하. 잘 아시네요."

"아무래도 이게 제 전공이다 보니. 허허."

그 사이 장연철은 시무룩한 티를 내고 있었다. 민완기가 다시 웃는다.

"실망할 것 없습니다, 장 부장님. 좋은 기회인건 사실입니다."

"하긴. 애초에 우리가 다 독점하는 것도 말이 안 되겠군요. 중국 난민들의 민원 담당으로 한국인을 넣어도 곤란하겠고요."

겨울이 부드럽게 하는 말.

"여기엔 제 신용이 걸려있어요. 누가 봐도 터무니없게 뽑으면 위에서 절 어떻게 생각하겠어요? 연대장님은 이게 미국의 방식이라고 하셨지만, 그 전에 저를 한 번 시험하시더라고요. 이런 일로 저에 대한 미군의 평가를 깎아놓고 싶진 않네요. 앞으로도 이득 볼 게 많을 거예요."

연대장은 겨울이 순수를 증명했기에 추천장을 내주었다고 했다.

어차피 칼자루는 미군이 쥔다. 아니다 싶을 때 다 잘라버리는 수도 있었다.

민완기가 말했다.

"역시 이건 생색을 내는 데 써야겠군요. 아, 물론 요직은 다 따로 떼어놓고 말입니다. 미군도 그 정도는 감안하고 이걸 내준 것이겠지요."

그리고 겨울에게 물었다.

"대장님 심중은 어떻습니까? 어디를 취하고 어디를 나눠야 할까요?"

시험하려는 의도가 엿보인다. 겨울은 그로부터 약간의 지적 허영을 느꼈다. 일상적인 수준이고, 누구나 있을 결점이다. 불쾌할 일은 아니었다.

취하고 나눌 기준은 하나였다. 잠시 속으로 정리한 뒤에, 겨울이 답한다.

"중요한 건 영향력 아닐까요? 직접적인 이익은 가장 나중이고요."

장연철은 고민했고 민완기는 끄덕였다. 두 사람을 보며, 겨울이 남은 말을 잇는다.

"이건 어디까지나 제 의견이니까 걸러서 들으세요. 저는 분배국을 가장 먼저 버려야 한다고 봐요. 식량, 피복, 위생용품처럼 당장 필요한 것들을 관리하는 역할은, 모든 사람들로부터 의심과 원망을 받기 쉽거든요. 지금처럼 모든 물자가 부족할 때 특히 더 그렇고요. 심지어는 관리국을 맡은 세력 내에서도 불만이 나올 걸요?"

간부의 횡령은 언제나 있을 법한 가능성이다. 고픈 배가 의심을 부추길 터. 의심암귀라 했다.

'감정이 먼저 생기면 이유는 나중에 찾는 법인걸.'

이것이 겨울에게 익숙한 사람들의 모습이었다. 어떤 면에선 민완기의 냉소적인 인간관과 통하는 점이 있다. 하지만 겨울은 사람이 더 나을 수 있다고도 믿는다. 아니, 그러기를 바란다. 남은 건 마음뿐인 사후였다.

장연철이 동의했다.

"듣고 보니 그렇습니다. 겉보기엔 가장 큰 이권인데, 사실은 독이 든 사과였군요."

"네. 얻을 게 없어요. 이런 건 차라리 남 주는 게 좋아요. 분열을 조장하는 거죠. 그런 의미에서, 장 부장님이 지난번에 해보겠다고 하신 일은 어떻게 되어가고 있나요? 이번에 써먹을 수 있으면 좋겠는데요."

"지난번? 아아, 그거 말씀이시군요."

겨울동맹의 상징으로 눈꽃매듭이 처음 만들어질 무렵, 성탄절을 앞두고 장연철은 다른 한국계 조직들을 분열시켜보겠다고 했었다. 한인애국회나 다물진흥회처럼 질 나쁜 조직들의 내부부조리를 자극하고,

비밀스러운 인맥을 쌓으려 한다고.

한다더니 본격적이었나 보다. 장연철은 다수의 조직에 속한 십 수 개의 신상명세를 간략하고 빠르게 읊었다. 그러나 말미에 부정적인 견해를 덧붙인다.

"별로 추천하고 싶진 않은 사람들입니다. 말 그대로 불만 많은 사람들뿐이라서, 심성이 곱지가 않거든요. 본바탕이 나쁘다기보다는 쌓인 원한이 많다고나 할까……. 으음, 뭐라고 설명하면 좋을지. 그런 거 있잖습니까. 조직을 뒤엎고도 부조리는 그대로인……. 독재자가 될 혁명가들? 아니, 이건 표현이 너무 거창한데…….'"

말은 불분명해도 의미는 분명하다. 겨울은 납득했다.

"알 것 같아요. 그 사람들은 지금 그대로 두는 편이 낫다는 거죠?"

"맞습니다. 피해자와 가해자의 입장이 서로 바뀌기만 해서는 달라지는 게 아무 것도 없지 않을까요? 전에 민 부장님이 하셨던 말씀도 잊지 않고 있고요."

자신이 언급되자, 민완기가 의아하다.

"흐음. 제가 뭐라고 했었던가요? 나이를 먹어서인지 기억이 잘…….'"

"약한 것과 착한 것은 다르다고. 언더도그마를 경계하라고 하셨었죠."

"아, 그거 말입니까? 확실히 관계가 있군요."

민완기가 흐뭇하게 웃는다. 장연철은 뭐가 부끄러운지 슬쩍 고개 돌리며 머리를 긁었다.

"분배국은 버린다 치고, 가질 곳은 어디라고 보십니까? 영향력이 중요하다고 하셨습니다만."

다시 한 번 민완기의 질문으로 재개되는 대화. 겨울의 대답은 준비되어 있었다.

"감찰국부터 채워야죠. 민 부장님도 같은 생각 아니세요?"

"전 항상 작은 대장님의 나이가 신기합니다. 학생들을 가르칠 때도 가끔은 놀라운 몇몇이 있었습니다만. 하하."

습관처럼 안경을 고쳐 쓰고서, 중년인은 자기 속을 완숙하게 풀어놓는다.

"그렇지요. 업무의 특성상, 감찰국은 다른 모든 부서와 지속적으로 관계될 겁니다. 영향력을 행사하기 가장 좋은 위치에요. 물론 보통은 한계가 있습니다만, 작은 대장님이 계신 이상 보통을 가정하는 건 무의미하지요. 분배국을 내주더라도 손해는 절대 없을 겁니다. 누가 우리를 차별하겠습니까?"

이는 또한 소년의 의도였다. 애당초 래플린 대령이 소년장교에게 권했던 자리가 감찰위원직이었던 것도 이런 맥락이 깔려있었을 것이었다. 겨울이 말한다.

으, 장연철이 싫은 표정을 짓는다.

"아무리 잘해도 욕먹을 일은 남에게 맡기는 게 낫잖아요. 동맹을 위해서도 이게 최선일 거예요. 유재홍 씨를 떠올려보세요. 우리부터 배부르게 해달라는 사람들이 얼마나 많겠어요?"

"그 분 아직도 그러고 다닙니다. 대놓고 떠드는 건 아닌데, 가까운 주변에다가는 대장님께 부당한 취급을 받았다고 우는 소리 하는 모양이더군요. 남의 개 훔쳐 먹고 뭐가 그리 당당한지……. 근데 또 유재홍 씨를 불쌍하다고 하는 사람들이 있습니다. 도대체 이해가 안 가요. 대장님이 걱정하시는 것도 당연합니다."

민완기가 평한다.

"그런 군상은 언제나 있었습니다. 이기적인 애국자들이지요."

겨울은 이 말을 곱씹었다. 자기 이익을 지킬 명분으로 소속감을 강조하는 사람들. 난민수용소처럼 제한된 사회에서도 나타날 군상은 다 나타났다.

민완기가 자세를 고쳤다.

"아무튼 그럼 분배국을 어디다 던지시겠습니까? 가장 좋은 떡밥으로는 가장 큰 고기를 낚아야 할 텐데요. 자릿수가 많다곤 해도, 관리직은 한 줌뿐이고."

분배국 외에도 운수국, 병무국, 인사국 등 여러 부서가 있으며, 어디에 들어가더라도 난민 처지에선 크나큰 특혜일 것이다. 그러나 지금은 춥고 배고픈 계절이다. 절실한 것을 다루는 자리에 다들 욕심을 낼 수밖에.

장연철이 끼어들었다.

"저기, 중국인들한테 먼저 나눠주는 건 어떨까요?"

이하, 조심스럽게 제시되는 그의 의견.

"전에 몰래 편지를 보낸 사람 있잖습니까. 수방방이랑 화승화의 공동 대리인이라던가요? 대장님께 자기네 용두가 되거나, 그쪽 일파를 동맹에 받아달라고 했었는데……. 그 일을 지금 정리해버리는 게 어떨까 싶어서 말씀드리는 겁니다. 작은 대장님 덕분에 그 때하고는 상황도 달라졌으니까요."

달라진 상황이라는 건 중국 갱에 대한 경찰의 대규모 검거활동을 뜻했다. 중국인들은 그것을 겨울의 실력행사로 받아들였을 것이다. 직예당주 쑹시꾸이도 인질극을 벌일 상대로 굳이 겨울을 지목했었고.

'무엇보다, 아이링의 걱정을 다른 중국인들이라고 품지 않았을까?'

그 점을 연철 역시 지적했다.

"그리고 요즘 중국인들이 무척 불안해합니다. 가뜩이나 경찰 단속까지 겹쳐 궁지에 몰려있을 텐데, 공직에서 일할 기회를 준다고 하면 반응이 무척 좋을 것 같습니다. 적어도 지금까지 당한 걸 갚겠다고 날뛰진 않겠죠. 앞으로도 그럴 기회는 없을 것 같고요. 에, 아까 대장님께서 분열을 유도하겠다고 하신 게 마음에 걸리긴 합니다만."

겨울이 미소를 꾸민다.

"그건 신경 쓰지 마세요."

"그래도 되겠습니까?"

"네. 제가 원하는 건 화합을 위한 분열이에요. 지금은 국적이나 민족끼리, 혹은 조직끼리 너무 단단하게 뭉쳐 있잖아요. 그걸 어떻게든 풀어놔야 한다는 뜻이었어요."

"아아, 그렇군요."

연철의 얼굴이 환해졌다. 민완기가 거들었다.

"저도 찬성입니다. 대화 상대가 깡패들뿐이라 안타깝군요. 중국인들 가운데서 온건한 사람들을 골라 힘을 실어줘도 좋겠지만, 사람은 권력 맛을 보면 쉽게 상해버리는지라……. 문화와 정서가 특이해서 구분하기도 어렵고 말입니다."

리친젠 같은 자에게는 의리가 명분에 지나지 않을지라도, 다른 중국인들에게는 그렇지 않았다. 혈연, 학연, 지연. 어떤 식으로든 관계(꽌시)를 맺은 사이라면, 그들은 어떻게든 의리를 지키려고 한다. 그리고 상대에게도 같은 것을 요구했다.

반대로, 관계없는 사람들과는 공감도 하지 않았다.

의리와 관계라는 이름으로 울타리를 만들어, 그 안에서만 공감하는 사람들. 경계 바깥에 대해서는 체면을 굉장히 따진다. 그런데 이것은 폭력조직의 속성과도 일치했다. 폭력을 쓰느냐 쓰지 않느냐만 다를 뿐.

깡패와 평범한 사람을 구분하기 힘들다는 민완기의 말도 같은 맥락이었다. 사정이 어려울 때 의리로 얽힌 사람들이니, 이제 와서 나누기도 곤란하다.

"삼합회 쪽과의 협상에서는 리아이링을 추천하는 게 좋겠습니다."

민완기가 새로 꺼낸 제안에, 겨울이 고개를 갸우뚱 했다.

"리친젠이 아니고요?"

"그 노인은 명망을 많이 잃은 상태입니다. 이 상태에서 딸이 공직을 얻는다면, 조직 내 무게균형이 상당히 기울겠지요. 리친젠이 그걸 용납하겠습니까? 아뇨, 뒷방 늙은이가 되기엔 욕심이 너무 많은 인물이에요. 티 안내려는 티를 내면서 제 자식을 이래저래 괴롭힐 겁니다."

"과연 그럴까요? 나름 딸을 아끼는 것처럼 보이던데요."

"하하. 애정하고는 상관없는 문제입니다. 자녀와 싸우는 부모들이 세상에 허다하고, 부모에게 반항하는 자녀는 그보다 더 많은데, 그게 실로 애정이 부족해서 생기는 갈등이겠습니까? 아닙니다. 애정은 있는데 존중하는 법을 모르는 것이지요. 대부분의 부모들은 자녀를 대등한 인격체로 대하기 어려워합니다. 그야 아기 때부터 길러왔으니 당연하겠습니다만, 자녀를 부모의 소유물로 여기기 시작하면 그때부터 심각해지는 겁니다."

겨울은 한숨을 쉬었다.

"민 부장님 말씀이 맞네요. 사랑이 깊어도 공감이 없으면 아무 소용 없는 건데."

사랑 받은 적이 없어서 잠깐 착각하고 있었다.

"크흠, 그런 셈이지요……."

중년의 부장은 상대를 살핀 뒤에 다시 말을 이었다.

"중국에선 하늘의 절반을 여자가 지탱한다(半边天)고 합니다만, 그거야 공산정권의 교육방침이고……리친젠처럼 낡은 세대의 머릿속까지 뜯어고치기는 역부족이었습니다. 중국의 고아원에 여자아이들만 넘쳐나는 이유가 따로 있겠습니까? 게다가 그 인간은 범죄자입니다. 범죄의 세계에선 남성우월주의가 팽배하기 마련이고요."

"그러네요. 일리 있는 지적이에요."

중국의 교육은 남녀평등을 강조한다. 리아이링 또한 같은 교육을 받았으나, 가풍에 억눌린 채 자랐을지도 모른다. 그렇다면 분명 그 응어리가 있을 터.

"밑져야 본전입니다. 리아이링 그 아가씨의 흉중에 작은 앙금이라도 생기면 남는 장사겠지요. 개인적으로는 성공할 확률이 높다고 봅니다."

"알았어요. 그렇잖아도 리친젠하고는 한 번 만나볼 계획이었는데, 민 부장님 의견대로 해보죠."

듣고 있던 장연철이 우려를 제기했다.

"리친젠은 본인이 위원직을 맡겠다고 할 텐데요? 제안을 받아들일까요?"

겨울의 대답은 가벼웠다.

"둘러대면 그만이에요. 연대장이 범죄조직 두목은 허락하지 않아서, 대신 당신 딸이라도 어떻게든 올려주려는 거라고. 지금 이러는 것도 상당히 무리하는 거라고. 그럼 리친젠이 뭐라고 하겠어요? 연대장

실로 찾아가기라도 할까요?"

포트 로버츠의 지휘구조가 개편된 시점에서, 예전의 유착관계는 사라져버렸다. 쑹시꾸이가 마커트 대위를 퇴물 취급했던 게 하나의 증거였고. 리친젠이 사실관계를 어떻게 확인하겠는가. 현재 경찰의 단속이 강화되는 추세이니, 정황상 의심하지 않을 수도 있다.

병 주고 약 준다고 불평할지는 모르겠지만.

이후로도 같은 흐름의 논의가 계속되었다. 추천장의 매수와 공란이 많은 만큼, 그에 상응하는 시간이 필요했다.

2월 3일의 어둑어둑한 아침, 연대전투단 작전과에서 교육훈련 지시가 하달되었다. 난민 지원병들을 대상으로 5일간 근접격투 훈련을 실시한다는 내용이었다. 난민 출신 병력자원 중 우수한 순서로 선발하여 실시한다는데, 겨울동맹의 두 개 전투조는 빠짐없이 호출 받았다.

소식을 전하기 위해, 그리고 병력을 인솔하기 위해, 겨울은 아침 일찍부터 동맹의 첫 번째 막사를 찾았다. 식사를 마친 전투조원들이 빠르게 소집되었다.

"네? 우리 학교 가요?"

유라 분대의 지정사수 장한별의 질문. 훈련의 명칭(Combative school)이 낳은 오해였다. 겨울은 작은 웃음 한 번 만들고서, 그녀의 오해를 풀어주었다.

"그냥 이름일 뿐이에요. 따로 학교가 있는 게 아니라, 여기 포트 로버츠에서 닷새 동안 교육을 받게 될 거예요. 단계가 올라가면 좀 다르지만요. 상급 과정이나 교관 양성과정은 소속부대가 아니라 별도의 훈련소로 가서 받거든요."

"거기가 어딘데요?"

"포트 베닝이요. 조지아 주에 있대요."

반응은 극적이었다.

"조지아 주?! 그럼 봉쇄선 동쪽이잖아요! 어떡해, 완전 가고 싶다!"

전투조원들이 술렁거린다. 겨울은 이들의 갈망을 이해했다. 블랙 마운틴에서의 대화가 떠오른다. 진석은 끔찍한 두려움을 호소했었다. 매일 밤 변종들에게 쫓기고 물리는 꿈을 꾼다고. 정도의 차이는 있을지언정, 꿈자리 사나운 게 그 혼자만은 아닐 것이었다.

"대장님, 그 상급 훈련이라는 건 언제 받아요?"

재차 던져지는 한별의 질문. 겨울은 그녀의 새로운 오해를 정정했다.

"아무나 받는 게 아니에요. 부대장의 추천이 있어야 하거든요."

"진짜요? 에이, 좋다 말았네……."

한숨 담아 중얼거리는 한별. 그러나 그녀는 저격수 양성과정에 선발될 가능성이 있었다. 다른 건 다 미숙해도, 사격실력 하나만은 감탄할 정도였기 때문이다. 미스 트리거해피, 혹은 트리거 윗치(Trigger witch). 미군 교관들이 그녀에게 붙인 별명이다.

하지만 겨울은 이런 사정을 들려주지 않았다. 확실치 않은 일로 기대하게 만들 필요는 없었다. 미군 입장에서 난민 출신을 봉쇄선 너머로 보내는 게 부담스러울 수도 있고.

'백악관에서도 내 탈영을 우려했었지.'

명예훈장 수훈 당시의 저널 이야기다. 눈 내린 워싱턴 DC에서의 산책이 가능했다면, 겨울은 저널 진행을 재고했을지도 모른다.

"슬슬 이동하죠. 정각에 맞추는 건 보기 안 좋을 테니까요."

진석과 유라가 각자의 분대를 정렬시켰다. 그러나 가지런한 줄은, 막사를 나서자마자 잠시 흐트러진다. 차갑고 거센 비바람 탓이었다. 우의를 입어도 부담스러운 날씨다.

허리케인 카리사는 멀어졌으나, 올해의 네 번째 태풍인 다마리스 (Damaris)는 아직 캘리포니아를 떠나지 않았다.

훈련이 진행될 실내체육관은 기지의 서쪽 가장자리에 위치했다. 같은 블록에 기지 유일의 레스토랑 『캘리포니아의 파수견들』이 있었으나, 영업이 중단된 지 오래다.

"대장은 평소에 저쪽에서 지내시는 거죠?"

가는 길에 유라가 묻는다. 그녀는 장교숙소 쪽을 가리키고 있었다. 실내체육관을 기준으로는 서북쪽 대각선 방향. 캠프 로버츠 역사박물관과 몇 개의 사택을 지나, 도보로 약 4백 미터 거리다. 지금은 물안개에 가려져 잘 보이지 않았다.

"네, 맞아요."

"음, 한 번 가보고 싶네요. 대장님이 평소에 어떻게 지내시는지도 궁금하고."

잠시 침묵하고, 계산한 뒤에, 겨울이 고개를 끄덕였다.

"와도 돼요. 오늘은 좀 어렵겠고, 내일 일과 후에 구경하고 가요."

"네?……아니, 아니에요. 제가 괜한 말을 했네요. 하하하."

유라는 웃음으로 어색함을 감춘다. 오해 받을까봐 걱정일까? 겨울은 더 이상 권하지 않았다.

여유 있게 도착했음에도 불구하고, 실내체육관은 먼저 도착한 다른 국적의 난민 지원병들로 북적거렸다. 분위기는 좋지 않다. 갈라진 무리만큼의 적대관계가 있었다. 동남아 출신 지원병들은, 중국과 일본 난민들의 등쌀에 못 이겨 한 데 뭉친 것처럼 보인다.

그들 역시, 서로 사이가 좋을 리 없는데도.

그들은 겨울의 등장을 무척이나 반겼다. 한 사람이 급히 와서 절도 있게 경례했다. 겨울이 받아주자, 이번엔 또 양팔을 모으고 고개를 숙인다.

"중위님, 오늘도 잘 부탁드립니다."

건축자재를 나눌 때 스치듯 한두 차례 보았던 사람이었다. 베트남 사람이었던가? 이렇게 인사를 나눌 정도는 아닌데. 이유는 알겠다. 적당히 응대한다.

"제가 담당하는 교육이 아닌걸요. 그동안 잘 지내셨나요?"

"그럼요! 한 중위님 덕분입니다. 당신께서 미국 경찰을 끌고 와 크게 쓸어버리신 뒤로, 따우 크아(tàu khựa), 아니, 되놈(Chink)들이 더 이상 못 살게 굴지 않습니다."

영어 발화가 꽤 자연스러웠다. 그럼에도 불구하고 중국인에 대해선 모국어 멸칭부터 나왔다. 영어로 교정한다는 게 또다시 멸칭이었고. 얼마나 습관이었으면.

그는 겨울이 말뜻을 모를까봐 고쳤겠으나, 「베트남어」 보정 없이도 그 표현만은 알아들을 수 있었다.

'이 세계관에선, 다른 언어에 대해 가장 먼저 알게 되는 게 욕설과 비하인걸.'

국적이 이토록 섞여있는 상황에선, 생전의 세계라고 다를 것 같지 않다.

"그런데 성함이……뚜언 씨? 맞나요?"

겨울이 명찰을 읽자, 그가 자신을 다시 소개했다.

"네, 맞습니다. 응우옌 반 뚜언(院文俊)입니다."

"흠. 여긴 몇 명이나 같이 오셨어요?"

"아, 베트남 사람이라면 저 하나뿐입니다."

뚜언의 웃는 얼굴이 순간적으로 흔들렸다. 너 까짓 게 말을 거느냐는 식으로 들렸나보다. 오래 쌓인 피해의식인가. 겨울은 모르는 척 다시 물었다.

"혹시 동포 분들 중에 영어가 가능한 분이 또 계실까요?"

"예?……저보다는 못 하지만 열댓 명쯤 있습니다. 다들 듣는 귀는 트였고, 쓰기와 말하기를 열심히 배우는 중이지요. 헌데 그건 왜 물어보시는지……."

"필요해서요. 만약 베트남 구역에서 뚜언 씨를 찾으려면 어떻게 해야 하죠?"

"어차피 좁은 구역, 같은 나라 사람들끼리 이름이랑 얼굴은 다 알고 지냅니다. 오셔서 제 이름만 대셔도 다들 알아들을 테지요."

"그렇군요. 답변 감사합니다. 곧 한 번 찾아뵐게요. 아니면 사람을 보내거나."

뚜언은 어리둥절한 표정이었으나, 겨울은 추천장에 대해 설명하지 않았다. 함부로 말하고 다닐 일은 아니었다. 알려주는 순서에 따라 일어날 가벼운 착각들도 버리기 아깝고. 어쨌든 국적 균형을 적당히 맞출 수 있을 것 같다.

이제 모인 사람들을 다시 둘러보는 겨울. 역시나 중국인들이 가장 많다. 삼합회 그룹과 리아이링도 있었다. 그녀는 겨울을 발견하고도, 모르는 척 고개를 돌린다.

'따로 만나러 갈 필요 없어서 좋네.'

오늘 일과 후 리친젠을 찾아갈 생각이었던 겨울은, 마침 잘 됐다고 여긴다.

일본인들 가운데엔 민족주의자라고 불러달라던 야쿠자 두목, 타다아츠 료헤이가 눈에 띈다. 시선 마주치기 전부터 이쪽을 보는 중이었다. 겨울은 먼저 목례했다. 료헤이는 한 손 들어 까닥이는 걸로 화답한다.

료헤이가 이끄는 일본인들은 하나 같이 근육질이어서 이상할 정도였다. 어지간한 영양공급 없이는 불가능한 몸집들.

시간이 되어가니 교관들이 돌아다니며 병사들을 착석시켰다. 교관 하나가 겨울에게 말을 걸었다.

"한국계 인솔자가 한 중위님이라는 건 알고 있었습니다만, 훈련도 참관하십니까?"

"봐두는 것도 나쁘지 않겠다 싶어요. 무엇보다 나도 이런 교육이 필요하지 않을까요? 계급이 중위라곤 해도, 정상적인 훈련을 받아본 적 없는 거 알잖아요. 장교교육도 속성이었고."

해본 말이다. 일일 교관을 맡은 병장이 킥킥거리며 웃었다.

"농담도 잘 하십니다. 구울 다섯을 근접전으로 처리하신 분이, 이제 와서 무슨 기초 근접전투 교육을 받습니까? 저는 그 영상 보면서 지리는 줄 알았습니다."

병장이 언급하는 것은 산타 마리아에서 치렀던 전투였다. 그 때의 전투기록은, TV에서 인기 드라마처럼 재방영을 해댄다.

"그래도요. 자격이라는 게 있는 거잖아요."

"자격? 그런 거 걱정 안 하셔도 됩니다. 교육 내용이 싹 갈렸거든요. 기존의 전투방식이 무슨 소용입니까? 한 번 물리면 끝장인데요. 저희도 새 교범을 겨우 일주일 전에 받았습니다. 기존에 레벨 Ⅳ 자격을 땄어도 의미 없겠던 걸요, 뭘. 앞으로도 한참 더 바뀔 것 같고요."

"하긴 그렇겠네요."

"아무튼 보시고 싶은 만큼 보시고, 쉬시고 싶은 만큼 쉬시죠. 뭔가 있으면 부르시고요."

병장은 음모를 공유하는 사람의 미소를 짓는다. 소년장교가 여기 있겠다는 걸 땡땡이 치려는 뜻으로 받아들인 모양이다. 겨울은 애써 부인하지 않았다.

"고마워요. 수고해요, 카버."

병장은 이제 소란스러운 병사들을 상대하러 돌아선다.

체육관에 있는 교관은 도합 일곱 명. 근접격투 훈련은 한 명의 교관이 20인 이하를 담당하도록 되어있다. 교육효율도 효율이지만, 그보다는 사고예방 목적이 더 컸다. 일곱이면 규정을 빠듯하게 준수하는 숫자다.

그러나 겨울은 지휘부의 생각이 조금 짧았다고 느꼈다.

더 필요할 것 같은데.

여러 국적의 지원병들을 모아놓고 격투연습을 시키려면 이 정도로는 부족하다. 기초단계 교육을 맡길 교관이 소대마다 한 명씩은 있을 터. 얼마든지 더 투입할 수 있을 것이었다. 아무래도 직접 건의해야할 모양이다.

'오늘 당장이야 별 일 없겠지.'

겨울의 판단은 총탄의 무게였다. 다른 사람은 몰라도, 겨울은 거의 항시 무장하고 다닌다.

또한 여기서 난동을 부렸다간 손해 볼 게 많기도 하다. 격투훈련이 진짜 격투가 될 확률은 낮은 편. 단지 불미스러운 사태가 빚어졌을 때 통제할 능력이 있느냐 없느냐의 문제였다. 애초에 군대는 최악의 경우를 대비하는 집단 아니던가.

"정숙! 지금부터 교육을 시작하겠다!"

가장 건장한 교관이 박력 있게 소리친다. 교관 중에서 계급이 가장 높기도 했다.

교육의 도입부는 의례적이었다. 프로젝터를 켜놓고, 격투기의 역사를 개괄적으로 전달하는 과정. 정해진 절차다. 그런데 중국인들이 유난히 태도가 나쁘다. 노골적으로 외면하거나, 아예 귀를 막는 경우가 보인다. 청해가 불가능한 일부를 위해 통역을 맡은 사람도 딴청만 피웠다.

아이링은 꼿꼿이 앉아있었다. 다만 그녀도 표정이 좋진 않다.

반대로 일본인들은 끄덕끄덕, 남 들으라는 듯 감탄성을 흘리기도 한다.

격투기의 발전사에 대한 교관의 설명이 일본 무술 위주였기 때문이다. 그래서 교관들도 중국 지원병들의 태도를 지적하지 않고, 대충대충 강의를 진행한다.

"……일본 무술을 훈련에 도입하려는 시도는 전간기부터 있었다. 당시 보병학교 교관이었던 앨런 스미스 대위가 일본 코도칸(講道館)에서 유도를 배워왔지. 한편 루즈벨트 대통령은 본인이 직접 유도를 배우기도 했다. 아예 백악관에 연습실을 만들어놓고서 말이야."

즉 요점은, 미군의 접근전 체계가 유도로부터 지대한 영향을 받았다는 것이었다.

본래 30분 분량의 프레젠테이션이었지만, 교관은 10분 만에 끝내고 곧장 다음 과정으로 들어갔다.

'이건 아니다 싶었겠지.'

겨울은 하사 계급의 최선임 교관에게서 내쉬지 않는 한숨을 느꼈다.

"상대가 사람이든 돼지다 만 것들이든, 근접전의 가장 중요한 원칙은 변하지 않는다. 그 원칙은 무엇인가?"

좌중을 둘러본 교관이, 자신의 질문에 스스로 답한다.

"간단하다. 어떻게든 총을 쓰는 게 최고라는 거지."

반응은 시원찮았다. 교관이 꿋꿋하게 말했다.

"본 교관은 농담을 하는 게 아니다. 총기 사용이 가능하다면 근접전의 다른 수단은 강구할 필요가 없고, 강구해서도 안 된다. 쓸 데 없는 만용이기 때문이다. 앞서 무술이 어쩌니 유도가 어쩌니 했던 건 잠시 잊어라. 그 기술이 아무리 훌륭하더라도, 여러분에게는 실제로 쓸 일이 없는 게 최선일 것이다. 특히나 감염변종을 상대로는 말이지."

현실적인 말이었기에, 조금 전보다는 양호한 반응이 돌아온다. 겨울 동맹의 전투조원들은 샌 미구엘에서의 실습 덕분에 더욱 와 닿을 것이었다.

"이제부터 여러분은 근접전에서의 총기 사용법을 배우게 될 것이다. 가장 단순한 것이 가장 효과적이라는 사실을 기억해라."

그리고 손뼉을 치는 교관.

"그럼 전원 기립! 모두 2인 1조를 만들어라. 남는 인원이 있다면 가까운 교관에게 보고하도록. 남는 사람끼리 짝을 지어주거나, 교관을 도와 시범을 보여주는 역할을 맡기겠다. 실시!"

실내가 처음처럼 소란스러워졌다.

2인 1조의 둥근 배열 가운데서, 최선임 교관 벨라스케스 하사가 목청을 높였다.

　　"감염변종은 육체적으로 강인하다. 그러나 그것이 근접전에서 절대적인 우위로 작용하느냐? 아니, 그렇지는 않다. 뒈지다 만 것들은 스스로를 돌보지 않기 때문이지."

　　그는 한 호흡의 여유를 두고 말을 이었다.

　　"여러분은 의아할 것이다. 그것이 어째서 약점이 되느냐고. 하지만 변종들이 본래 인간이었다는 사실을 잊지 마라. 근력은 늘었을지언정, 급소까지 사라진 건 아니라는 뜻이다. 평범한 인간보다 고통을 잘 견디기는 하겠지. 그러나 구울 같은 강화종이나 그 이상의 특수종이 아닌 이상, 급소를 맞고도 멀쩡할 놈은 존재하지 않는다. 자료화면을 봐라."

　　두 개의 프로젝터가 동시에 투사하는 영상은 조명 아래에서도 충분히 밝았다. 비쳐지는 건 편집된 헬멧 카메라 영상들. 변종들의 엄습을 연속으로 보여준다. 교육 및 홍보용으로 재활용되어 익숙한 장면들이 많았으나, 편집 방식은 새로웠다. 변동들이 달려드는 순간에 속도를 느리게 하여, 타격 가능한 급소마다 강조 효과를 입혀 났다.

　　"실전에서 변종들은 이렇게 머저리 같은 모습으로 여러분을 덮칠 거다. 두 팔을 뻗고 무작정 달려드는 거지. 즉 전신의 급소가 완전히 개방되어있다. 비록 몇 초 되지 않을 짧은 순간이지만, 여러분이 침착할 수만 있다면, 타격지점을 자유롭게 결정할 수 있는 것이다."

　　시범으로 보여주는 공격방식은 다양했다. 총으로 찌르고, 손바닥으로 턱을 치거나 팔꿈치로 가격하고, 밀어 넘어뜨리고, 권총과 대검 등의 보조무기를 사용하고, 총을 붙잡혔을 땐 머리와 어깨로 들이받는 등.

　　이어지는 실습 시간에, 겨울은 동맹원들의 자세를 봐주었다. 오랜만에 「교습」을 쓸 기회다. 10등급의 「근접전투」는 천재가 아닌 인간의 한계 수준이었으므로, 증강현실로 뜨는 코멘트들은 정확하며 모자람이 없었다.

"총으로 찌를 때는 팔을 좀 더 들어요. 어깨와 수평이 되게끔. 총은 옆으로 눕혀서 잡으시고요. 힘을 주는 방향에 몸을 끼워 맞춘다고 생각하세요. 동작이 몸의 중심을 벗어나거나, 힘을 줄 때 꺾이는 정도가 심할수록 밀리기도 쉽거든요. 인대를 다칠 수도 있고. 찌르기는 순간적이어야 해요. 즉시 빠져서 격발한다는 생각으로요."

겨울이 자세를 고쳐주면, 교정 받은 사람은 확실하게 나아졌다. 더욱 의욕을 내는 면도 있었다. 한국계를 담당한 교관, 카버 병장은 겨울의 도움을 기껍게 받아들였다.

"잘 가르치시는군요. 본인이 잘 하는 것과 남에게 잘 가르치는 건 다른 문제인데. 중위님은 여러모로 타고난 군인이신 것 같습니다. 아쉽군요. 장교보다는 부사관이 더 어울리시는데……. 지금처럼 전공을 쌓으신다는 가정 하에 역대 최연소 원사는 확실하셨을 겁니다."

병장의 말에서는, 부사관이야말로 군의 중추라는 자부심이 묻어났다. 어느 정도는 사실이다. 부사관의 정점인 원사는 대령보다도 귀하다. 겨울은 그 자부심을 긍정했다.

"칭찬 고마워요. 그래도 어쩌겠어요. 이유가 있어서 결정된 일인걸."

정상적인 진급 경로를 밟았다면 지금쯤 병장이나 하사가 되었으리라. 지금 같은 지휘권은 얻지 못했겠으나, 부사관 쪽이 더 나은 점도 있긴 했다.

'아마 대위가 내 진급의 한계선일 테니까.'

그동안 너무 잘 싸워온 게 문제였다. 일선에서 싸울 수 있는 가장 높은 장교 계급이 대위다. 공보처의 사랑을 받는 동안, 겨울이 소령으로 올라가긴 어려울 것이다.

'정 불가피한 상황이라면, 현장에 남기 위해 진급을 고사했다는 미담이 만들어지겠지.'

물론 불만은 없었다. 겨울도 그럴 생각이었고, 지휘권이 그만큼 중요하다. 또한 장교인 편이 난민들 사이에서 영향력을 행사하기도 좋았다.

진급할 방법이 아예 없는 것도 아니다. 특수부대에서라면 영관급 장교도 일선에서 싸울 수 있다. 다만, 난민들과는 떨어져버리게 된다.

사적인 대화는 짧게 끝났다. 지금은 교육 중이었다. 카버는 교관 역할이 처음이라 했으나, 책임 있게 수행하려 했다.

실습 중 진석 분대에서 질문이 나왔다.

"대장님! 이 동작은 좀 위험한 것 같지 않습니까?"

겨울은 그와 상대가 취한 자세를 물끄러미 보다가, 요구했다.

"포스트부터 다시 해보실래요?"

"아, 네."

단지 보고 있을 뿐인데, 질문자가 긴장하는 게 느껴졌다. 겨울은 진석 분대의 군기가 새삼스럽게 느껴졌다. 평소엔 체감할 기회가 별로 없으니까.

근접전에서 총을 쓰려면 최소한의 여유 공간을 확보해야 한다. 이때의 제식은 접근과 저항의 정도에 따라 3단계로 구분되는데, 순서대로 포스트, 프레임, 훅이라 불렀다.

'기초 중의 기초라서, 딱히 대단한 건 아니지만.'

중요한 것은 숙련도다. 아무리 간단한 기술이라도, 몸에 밸 정도의 연습 없이는 실전에서 쓰기 어렵다. 이는 기술보정을 받는 겨울도 마찬가지였다. 아무리 보정을 받은들, 본인이 긴장해서 머리가 굳어지면 움직임으로 이어지지 않는다.

상대역과 적당히 떨어진 질문자가, 심호흡을 하고서, 겨울에게 알렸다.

"그럼 시작하겠습니다."

변종을 가장한 상대는 박력 있게 달려들었다. 질문자가 펼쳐진 손으로 상대를 막는다. 여기서 막는 동작이 포스트. 왼 손으로 저지하고, 오른 손으로 쏜다. 총을 팔 안쪽으로 바싹 붙여서, 몸에 밀착시켜, 뒤로 최대한 당긴 채 격발하여 상대에게 총탄을 박는 것.

그러나 지금은 훈련이다. 속도와 질량을 감당하지 못해, 팔이 꺾어지는 상황을 가정한다. 이 때 좁아진 거리에서 한 번 더 상대를 저지하는 단계가 프레임이었다. 겨울은 한 번의 실수와 매끄럽지 못한 연결을 지적했다.

"처음에 손이 너무 빨리 나갔어요. 그럼 변종이 손부터 물어뜯으려고 하겠죠. 거리를 잘 재야 해요. 막는다기보다는 때린다는 느낌으로, 최대한 신속하게."

"알겠습니다."

"너무 억지로 버티는 것도 좋지 않아요. 변종과 힘 싸움을 벌이려는 게 아니잖아요? 팔이 꺾인다 싶으면 그냥 꺾으세요. 애초에 그걸 감안해서 살짝 구부려둬야 할 거예요. 온 몸으로 달려오는 걸 받아내기엔 그 편이 더 낫고요."

"즉 처음부터 완전히 막을 생각은 말고, 속도를 줄이는 데 만족하라는 말씀이십니까?"

"막기 벅찰 경우에는요. 성함이 도윤 씨 맞죠?"

"예, 맞습니다."

"프레임은 단순한 버티기가 아녜요. 그 자체로 한 번의 공격이죠. 포스트에서 프레임으로 넘어갈 때 도윤 씨도 상체를 앞으로 내밀어야 해요. 이유가 뭘까요?"

"타격을 강화하기 위해서입니까?"

"절반은요. 나머지 절반은 무게중심이고요. 변종과 부딪히는 순간 엔 뒤로 밀릴 수밖에 없잖아요? 무게중심이 빠지면 체중을 싣기 어렵고, 밀려서 넘어지기도 쉬워져요."

오후에 배울 것이 바로 넘어져 깔렸을 때의 대처방안이다. 실전에서 의 흐름을 반영한 커리큘럼이었다.

"무슨 말씀인지 알겠습니다만, 전 사실 이 자세가 굉장히 위험하게 느껴집니다. 어쨌든 변종에게 물리면 끝장인데, 턱 아래에 손이나 팔 꿈치를 대고 버틴다는 게……. 변종이 어떻게든 물어뜯으려고 할 텐 데……."

"애초에 근접전 자체가 극도로 위험한 상황인걸요. 어느 정도의 위 험은 감수해야죠. 그리고 제대로 한다면 괜찮아요. 애초에 길게 버틸 필요도 없고요. 사격에 필요한 시간만 만들면 되는데요. 제가 직접 보 여드릴까요?"

이미 여러 사람이 보고 듣는 상황이라, 겨울은 아예 시범을 보여주 기로 했다. 도윤에게 변종 역할을 맡긴다. 원래의 상대에게서 훈련용 보호구를 넘겨받아 착용한 도윤이 대여섯 걸음 떨어진 거리에서 겨울 과 마주섰다. 소총과 권총에서 탄창을 제거하고 빈 약실을 확인한 뒤 에, 겨울이 비로소 고개를 끄덕인다.

"전력으로 오세요."

전력으로? 망설이던 도윤이 다른 조의 양해로 거리를 더 벌린다. 그리곤 스프린터처럼 자세를 잡았다. 겨울은 팔을 내린 채로 기다렸다.

도윤이 정면으로 쇄도했다. 변종 흉내를 잊지 않는다. 겨울이 펼친 손으로 그의 가슴을 쳤다. 버틴다. 그러나 보정이 아무리 붙어도, 속도와 무게를 감당할 순 없었다.

'실제 상황이었으면 지금 쏴버렸을 건데.'

총구는 벌써 심장을 겨누고 있었다.

훈련이니 넘어간다. 밀린다 싶은 순간, 팔을 굽히고 상체를 숙여 팔꿈치로 가격했다.

터엉!

치는 소리가 매우 컸다. 팔꿈치는 흉부 보호대를 쳤고, 손목까지의 길이로는 목을 누른다. 이대로는 물기 어렵다. 여기서 또 한 번의 사격 기회. 철컥! 공이가 빈 약실을 치는 공허한 소리. 도윤이 연기하는 변종의 두 번째 죽음.

그리고 겨울은 도윤을 밀어버렸다. 팔꿈치를 기점으로 팔을 돌려, 얼굴 측면을 잡아, 좌측으로 강하게 팽개친 것.

다리를 걸었기에, 몸을 붙잡고 버텨도 소용이 없었다.

쓰러진 도윤에게 권총을 겨냥하고서, 겨울이 묻는다.

"어떻게 당했는지 알겠어요?"

"어, 음, 네. 알 것 같습니다."

"몸을 붙잡히면 저처럼 하세요. 뒤통수를 당겨 아예 통과시키던가. 손을 괜히 비워두는 게 아니거든요. 그것도 모자랄 땐 들이받아 버려요. 포스트와 프레임이 이어지는 것처럼, 벨라스케스 하사가 시연한 모든 자세와 동작은 원래 하나의 흐름으로 구성되는 거예요."

다른 쪽에서 카버 병장이 마찬가지의 시범을 보여주고 있었다.

겨울은 사람을 바꿔가며 연습에 어울려주었다.

오전 교육은 11시 30분에 끝났다. 식사는 체육관까지 추진된 전투식량이었다. 지원병들은 한숨을 쉰다. 다음에는 조금이라도 더 빨리 줄을 서려고 애썼다. 맛없는 메뉴를 피하려는 노력이었다. 이를테면, 겨울이 받게 된 치즈-야채 오믈렛처럼.

분배를 감독하던 교관이 대뜸 묻는다.

"……그걸로 괜찮으시겠습니까? 다른 메뉴로 바꾸시는 게 나을 텐데요."

"누군가는 먹어야 하잖아요. 재고 처리인가 봐요? 특정 메뉴가 눈에 띄게 많아 보여요."

겨울이 지적하는 것처럼, 실려 온 전투식량의 구성은 극단적으로 불균형했다. 미군이 싫어하는 메뉴들만 잔뜩이다. 난민 지원병들의 취급은 아직까지 이 정도에 불과했다. 겨울 홀로 규격을 벗어난 예외일 뿐.

'그나마 동맹 전투조가 정규군 신분이라 다행이지.'

교관으로서도 마음에 걸리는지, 한숨을 쉬며 자기 몫의 전투식량을 바꾸었다.

식사시간은 한 시간 반.

주 식단인 오믈렛은 냄새만 그럴듯하다. 거친 식사에 익숙한 겨울도 이것만은 좋아하기 힘들다. 누군가 씹다 뱉은 비주얼에, 맛은 외관보다 못한 수준이었다. 삼킬 때마다 거북했다. 차라리 생전에 먹던 에너지 팩이 나을 지경.

호기심이었을까, 아니면 우연의 일치였을까. 유라가 가져온 메뉴도 겨울과 같았다. 그녀는 첫 입에 구역질을 하고서, 다시는 손을 대지 않았다. 디저트와 음료만으로 끼니를 때운다.

식사를 끝낸 뒤, 겨울은 리아이링이 있는 곳으로 향했다. 소년장교가 다가오자, 거북한 식사를 깨작대던 행동대원들이 서둘러 일어선다.

"한 따꺼, 무슨 일이십니까?"

그들은 겨울을 경계했다. 한편으로는 주눅이 들어있기도 했다. 겨울은 부드러운 미소를 만들었다.

"오랜만이네요. 쿤타오. 쩌꽝, 깡촨도 잘 있었나요? 식사를 방해해서 미안해요. 잠시 리 향주와 대화하고 싶은데, 말씀 좀 전해주시겠어요?"

요식행위였다. 쿤타오는 여간부를 돌아본다. 전할 것도 없는 거리에 앉아있던 여간부는, 눈으로는 겨울을 보며, 고갯짓으로 행동대를 갈라지게 했다.

아이링은 자리에서 일어나 겨울을 맞이한다.

"반갑습니다, 한 선생. 오늘은 뵙고도 인사를 드리지 못했습니다. 무례를 용서해주시길."

"별말씀을. 용서는 제가 구해야 할 텐데요."

"……무슨 뜻인지 모르겠군요."

조용히 외면하는 그녀에게, 겨울이 하는 말.

"그래요? 음, 나쁘지 않네요. 없던 일로 해주시겠다면야."

잠시 후, 아이링이 한숨을 쉬었다.

"선생, 이제 와서 뭔가를 말씀하시기는 너무 늦은 것 아닌가요?"

삼합회와 겨울동맹은 협력관계인데, 경찰의 단속을 사전에 경고해줬어야 하지 않았느냐는 원망이었다. 겨울은 그녀의 근심을 찔렀다.

"소저께서는 중국인들이 정치적 희생양이 될까봐 걱정하지 않으셨나요? 당장 경찰의 단속으로 피해를 보셨을지는 몰라도, 가장 큰 근심만은 무게가 줄었을 것 같은데요."

아이링은 우울한 표정을 짓는다. 겨울의 말이 이어진다.

"범죄는 쌓일수록 폭탄이에요. 언제까지 끌어안고 계시려고요? 소저의 걱정대로 시류가 흐른다면, 훗날 미국 정부는 이렇게 말하겠죠. 중국인들은 하나 같이 마약중독 살인마들이니 몽땅 다 쓸어버립시다! 라고요. 거기에 환호하는 사람들을 보고 싶으세요?"

"그럼 선생께서는 그게 저희를 위한 일이었다는 건가요?"

"겸사겸사요. 전 범죄자들을 다 죽여 버려야 한다고는 생각하지 않거든요. 제 한계를 넘어서는 상황이라면, 불가피하게 죽이겠지만."

그러니 한계를 넘어서지 말라는 경고.

"……전에도 한 번 말씀드렸으나, 한 선생께선 성격이 좋은 건지 나쁜 건지 분간하기 힘드네요."

그녀는 아까보다 더 긴 한숨을 쉬고, 몸가짐을 고쳐 묻는다.

"그래서, 제게 하실 말씀이 뭐죠?"

"리친젠 노사께 전해주세요. 오늘 저녁 찾아뵙겠다고."

"이런 일은 사람을 시켜 전하셔도 되지 않나요?"

"리 소저께서 아직도 그 일로 걱정하고 계신지, 그리고 지난 일을 어떻게 받아들이시는지 확인해두고 싶었거든요."

자신을 시험했다는 말에, 아이링은 가만히 눈살을 찌푸렸다. 그녀가 무언가 더 묻기 전에 겨울이 인사를 남겼다.

"그럼 가보겠습니다. 쉬세요. 오후 훈련도 잘 받으시고요."

궁금증이 남았어도, 아이링은 겨울을 붙잡지 않는다.

약속된 저녁. 반갑지 않은 귀빈을, 리친젠은 억누른 노여움으로 맞이했다. 굳은 시선과 앙 다문 입. 약해 보이면 안팎으로 곤란할 입장이라, 미소를 꾸밀 여유가 없는 것 같다. 전보다 살이 제법 빠진 모습. 주인 된 자리에 비뚜름하게 앉아 손님을 바라본다. 겨울은, 그가 자리를 권할 때까지 가만히 서있었다.

"결국 이 늙은이가 무례를 저지르게 만드시는군. 앉으시오, 선생."

리친젠이 손을 펼쳐 대각선 방향의 의자를 가리킨다.

"감사합니다, 대인."

겨울은 예전처럼 정중히 인사하고서, 늙은 거물을 비스듬히 마주보고 앉았다. 범죄로 연륜을 쌓은 노인은 범죄자답지 않은 화법으로 자신의 불편함을 표현한다.

"준비가 부족한 것을 탓하진 말아주시오. 우리가 예전 같지는 않아서 말이오."

"글쎄요. 그건 생각하기 나름 아닌가요?"

겨울의 반문에 리친젠이 자신의 딸을 곁눈질한다.

"저 아이에게 하신 말씀은 전해 들었소. 일리가 있더구려. 허나 선생의 성의가 부족했던 것만큼은 부인할 수 없소. 우리는 분명 서로를 돕겠다는 약속을 했었고, 선생은 그 약속을 성실하게 지키지 않았단 말이오. 이건 마음가짐에 따라 달라질 일이 아니라고 보오."

이제 리친젠은 좀 더 노골적으로 분노를 드러냈다.

"그래도 선생이 혼자서 찾아온 걸 보고 혹시나 하는 기대가 있었소만, 고작 몇 마디 궤변으로 책임을 피할 작정이었다면 아주 큰 실수를 하신 거요. 나는 내 딸과 다르오. 물러터진 계집처럼 쉽게 보지 마시오. 남자의 체면은 때로 목숨보다 귀중한 것. 나, 그리고 나와 피를 나눈 형제들은 당신에게 책임을 물을 각오가 되어 있소."

"죽이기라도 하시려고요?"

"선생이 우리를 끝까지 무시한다면, 그보다 더 나쁜 일이 생길지도 모르지."

실내에 농밀하게 치솟는 살의. 겨울에겐 온갖 「감각」의 선명한 경고였다. 준비가 부족한 걸 탓하지 말라더니, 다른 쪽으로는 열심히 준비한 모양이다.

겨울이 아는 한, 리친젠은 이렇게 이성을 놓아버릴 인물이 아니다. 그러므로 지금 이 상황은 리친젠의 입장이 그만큼 좋지 않음을 의미할 것이었다.

'이러나 저러나 차이가 없을 만큼……인가.'

지켜보는 리아이링에게서는 우울한 체념이 엿보였다. 좋으나 싫으나, 그녀 또한 범죄조직의 간부였다. 그 말도 안 되는 의리에 얽매여 있는 몸. 두목이자 아버지의 결정에 거역할 용기는 없어 보인다. 관성으로 흐르는 삶? 겨울은 그녀에게서 얄팍한 기시감을 느꼈다.

'아니, 그때의 나와는 달라.'

과거 겨울이 잔인한 거래를 받아들였던 건, 지켜야 할 사람이 있었기 때문이다.

"이상하네요. 저는 제가 무시당했다고 생각했는데."

"그건 또 무슨 궤변이시오?"

"궤변이 아니에요. 대인, 저와 대인이 처음 만났던 날의 대화를 기억하시나요?"

"대화? 무슨 대화를 말하는 거요?"

겨울의 여상스러운 태도를 경계하며, 지난 기억을 회상하는 리친젠. 하지만 낯빛의 의혹은 거두어지지 않는다. 짚이는 게 없는 기색. 겨울이 답을 들려주었다.

"그때 저는 이렇게 말씀드렸어요. 겨울동맹과의 협력을 길게 이어가고 싶으시다면, 더 이상 부당한 이득을 좇지 마시라고요. 아마 기억하실 걸요? 그 때도 불편한 분위기에서 드렸던 말씀이었으니까요. 삼합회에서 지원병을 가리는 문제로 말이죠."

"음……!"

리친젠이 끓는 소리로 신음한다. 여기서 모르겠다고 우기는 건 같이 죽자는 뜻 밖에 안 된다. 각오를 세웠어도 가급적 피하고 싶은 결말일 터.

그 미련으로 망설인 시점에서 이미 수긍한 것이나 다름없다. 겨울은 그가 궁리할 시간을 주지 않았다.

"제가 단속정보를 미리 알려드렸어야 한다고 마음 상하신 것 같은데, 대인께서 처음부터 제 부탁을 무시하지 않으셨다면 삼합회가 피해를 볼 일도 없었을 겁니다. 솔직히 서운하네요. 농담으로 드린 말씀이 아니었는데도, 그동안 줄곧 무시하고 계셨다는 게."

정말 서운한 게 아님을 서로가 안다. 그러나 체면 이야기를 먼저 꺼낸 쪽이 리친젠이었다. 듣는 귀도 많다. 그들이라고 죽고 싶겠는가. 겨울은 중국인들의 화법에 익숙했고, 깡패 두목에게 할 말이 없을 거라고 짐작했다.

과연, 리친젠의 말은 궁색했다.

"무시한 게 아니오. 그건 너무 막연한 요청이었잖소. 구체적인 규약으로 정한 게 아니었으니 서운해 하실 일이 아니오."

"그럼 묻겠습니다. 그때 구체적으로 정한 사안 중에서 제가 소홀했던 게 있나요?"

"……"

"처음에 대인께서 제게 말씀하신 성의와, 제가 대인께 바랐던 성의는 서로 다른 게 아닐 겁니다. 적어도 제 생각은 그런데, 대인께선 어떠신지 궁금하네요."

결함 없는 논리. 리친젠은 말문이 막힌다. 화가 나지만, 화를 낼 명분이 없다. 억지가 통할 상대도 아니다. 성질을 참느라 붉어지는 범죄자를 상대로, 겨울은 준비된 설득을 이어갔다.

"그밖에 다른 사정도 있었습니다. 적을 속이려면 아군부터 속이라고 하죠. 만약 제가 이미 알려드렸을 경우, 비밀이 완전하게 지켜졌을 거라고 장담하실 수 있나요?"

"말조심하시오! 우리 형제들의 우애와 단결을 의심하시는 거요?"

"유감스럽게도, 네. 최소한 화승화와 수방방에 속했던 회원들은 속마음이 다르다는 소문을 들어서요. 리 대인께서 신의안 출신이라 따르고 싶어 하지 않는다던가요? 이런 이야기를 듣고 보니 걱정스럽던걸요. 정보가 샐까봐."

백지선의 편지는 겨울이 들은 소문으로 각색되었다. 리친젠이 불쾌한 표정을 짓는다. 그것은 명백히 겨울을 향한 악의가 아니었다.

"……근거 없는 소문이오."

"한국의 속담 중엔, 아니 땐 굴뚝에 연기 나랴, 라는 말이 있습니다. 중국에도 비슷한 격언이 있지 않나요? 위험한 가능성은 피하는 게 맞죠. 더군다나 아까 해명했던 것처럼, 전 대인께서 제 부탁을 제대로 들어주셨겠지 기대했거든요."

그리고 겨울은 또 다른 시각으로 접근했다.

"한 가지 더. 지난 단속에서 삼합회가 얼마나 손실을 입었는지는 모르겠어요. 하지만 그게 있는 그대로의 손실일까요? 삼합회의 경쟁자들이 훨씬 더 큰 피해를 봤을 텐데요. 직예당은 제가 직접 당주를 잡아 넣었고요. 삼합회의 간부들이 연달아 사고를 당했을 때, 배후로 의심되는 게 안량공상회와 직예당이었다고 들었는데……제가 잘못 알고 있나요?"

아이링이 동요했다. 이 이야기를 겨울에게 들려준 게 그녀였기 때문이다. 리친젠은 딸의 동요를 눈치 채고, 부인해봐야 소용없음을 깨닫는다. 이하, 이마를 누르며 하는 말.

"그래서, 살을 내주고 뼈를 취한 셈 치라는 거요?"

지금까지 보여준 리친젠의 태도에서, 그게 어렵다는 건 충분히 「간파」했다. 모르는 척 긍정하는 겨울.

"그러실 수 있다면요. 도와드릴 생각도 있고요."

그리고 이제야 진짜 용건을 꺼내놓는다. 리친젠은 탁자 위에 올라온 분배국 추천장을 의혹 어린 시선으로 훑어보았다. 잠시 후, 불그죽죽했던 낯빛에 눈에 띄는 변화가 일어났다. 용두의 급격한 변화는 아이링을 비롯한 간부들의 관심을 끌어낸다.

"조만간 만들어질 중부 캘리포니아 난민 군정청의 민정위원 추천장입니다."

이 말에 동요하는 늙은 범죄자.

"군정청이 수립된다는 이야기는 듣지 못했는데?"

"아직은 대외비일거예요. 아마도."

"대외비……."

"그 추천장, 제가 이름만 적어서 제출하면 그대로 임명된다고 해요. 심사도 따로 없고요. 이게 무슨 의미인지는 아시겠죠? 대인께서 하신 말씀이 있으니, 이번에는 삼합회 형제들의 우애와 단결을 믿어볼까 싶네요. 이렇게 특혜를 주는 게 밖으로 알려지면 좋을 것 없잖아요."

물론 속마음은 다르다. 공공연한 비밀이 되어도 상관없었다. 영향력 확보를 위해 추천장을 거래 수단으로 쓰는 한, 이야기는 어디선가 반드시 샐 것이다.

그러나 리친젠이 겨울의 속을 알 리 없다. 협상을 쉽게 굴리려는 수단으로, 겨울은 건달의 허세를 고스란히 돌려주었다.

결국 리친젠은 조급스런 충동을 참지 못했다. 늘어선 간부들을 예리한 시선으로 훑는다. 그 행동에 겨울은 작은 만족감을 느꼈다.

'날 위협할 정도로 몰려있었으니까, 판단력이 정상은 아니라고 봐야지.'

마약을 하지 않았다는 보장도 없고. 사람이 단기간에 무너졌다면 약물부터 의심해봐야 한다.

민완기의 기대처럼 부녀간의 사이가 벌어질지도 모르겠다.

침착함을 잃은 리친젠이 겨울에게 사연을 채근했다.

"한 선생, 대체 이게 뭐요? 이런 권한을 어찌 손에 넣으셨소? 정말 믿어도 좋은 거요?"

"의심하실 필요 없어요. 연대장 래플린 대령님께서 제게 위임하신 거니까요."

"허, 선생은 처음부터 나를 가지고 놀았던 거로군. 곤란해, 아주 곤란해."

그렇게 말하면서도 고양감을 드러내는 삼합회주. 그의 기대가 너무 부풀기 전에, 겨울이 적절히 첨언했다.

"실망시켜드리는 것 같아서 죄송하지만, 회주께서 직접 들어가시긴 어려울 거예요."

"왜 어렵다는 거요?"

"삼합회의 용두시잖아요. 미군은 범죄자 출신의 민정위원을 원하지 않아요."

흐름이 여기까지 왔기에, 리친젠은 실망하기보다 대안을 묻는다.

"그래. 미국인들이 이기적이고 게으르고 멍청한 돼지들이긴 해도, 내 얼굴과 이름을 모르지는 않겠지. 이해하오. 허나 어쩔 셈이오? 범죄자 출신을 거부한다면, 우리 형제들 가운데 누가 들어갈 수 있단 말이오? 한인들이 서로 돕는 일을 일일이 따져서 다 범죄 취급하는 게 미국인들인 것을. 한 선생이 생각해둔 바가 있을 것 같소만."

겨울운 미리 만들어둔 변명을 자연스러운 연기로 담아냈다.

"어차피 난민구역에서 떳떳한 사람은 거의 없어요. 저조차도 손을 더럽혔는걸요. 노사께서는 너무 알려져 있어서 곤란할 뿐이고, 따님이신 리아이링 향주 정도면 문제가 없을 거라고 봐요. 그밖에 보좌인원들도 마찬가지고요."

"선생께서 보증하시는 거요?"

"그러죠. 약속을 지키려는 제 성의라고 생각하세요."

대화의 도입부를 되새기게 만드는 겨울의 말. 늙은 건달은 결국 헛웃음을 터트린다.

"한 선생을 처음 만났을 때, 저 아이의 혼례 문제로 언쟁을 벌였었지. 그때 내가 말하기를 선생의 젊음이 새롭다고 했었던 것 같소만……. 오늘도 같은 느낌을 받는구려. 장강의 물이 바뀌는 게 이런 것인가 싶군. 좋소, 좋소. 그리 합시다."

"그럼 부서를 선택하세요. 원하시는 자리를 따님께 드리죠. 감찰국은 제외하고요."

어차피 선택은 뻔할 거라고 생각하면서도, 겨울은 형식적인 기회를 주었다. 훗날 잘못된 선택에 대한 원망이 리친젠 자신을 향할 것이기에. 생색을 내기에도 좋고.

'중국인들은 배타적인 성향이 지나치게 강하니까⋯⋯나중에 다 죽는 꼴을 보지 않으려면 이런 식으로라도 관계를 만들어 가야지.'

배타적인 민족 집단 내에서 영향력을 확보하는 것 자체가 까다로운 일이다.

생각하는 사이, 군정청의 개관을 신중히 살피던 늙은 건달은, 결국 예상을 벗어나지 않는 결정을 내린다. 물질적인 욕심. 겨울은 이제 당사자를 불렀다.

"그럼, 리 소저. 잠시 와보시겠어요? 성함을 어찌 쓰는지 알려주세요."

다소 흔들린 느낌의 아이링은, 여분의 백지와 펜으로 유려한 한자를 적어보였다. 그 아래에 소리 나는 대로 영어 철자를 적는다. 겨울이 그것을 자기 필체로 옮겨서 적었다.

5급 이하의 인원구성을 협의하는 과정에서, 겨울은 수방방과 화승화를 다시 화제로 꺼냈다.

요구를 들은 리친젠이 미간을 좁힌다.

"그 치들을 빌려달라고? 어디다 쓸 작정이오? 선생에게 사람이 부족하진 않을 것인데."

"세력 과시요. 한국인들만 저와 함께하는 게 아니라는 걸 보여주고 싶거든요."

무작정 내어달라고 하면 반발할 것이 뻔하다. 그래서 겨울은, 앞서의 대화에서 수방방과 화승화가 불안요소라는 사실을 주지시켜두었다. 지금을 위한 장치였다.

소속이 아예 바뀌는 건 아니라는 점도 중요하다. 빌려줄 뿐이라면, 삼합회의 표면적인 규모는 변하지 않는다. 민완기의 우려가 여기서 불식된다.

'영 아니다 싶으면 반품할 수도 있고.'

여기까지가 겨울이 강구한 안전장치였다. 수방방과 화승화도 결국은 삼합회를 구성하는 범죄자들이다. 행동대가 아니라 그 가족의 비중이 높다 해도, 성향이 어떨지는 아무도 모르는 법.

충분한 유예기간을 둔 뒤에, 상황을 봐서 받아들여도 늦지 않았다.

리친젠은 망설임 끝에 겨울의 요구를 수용했다.

과거 (6). 심리치료 (3)

소년을 찾아오는 여인에게, 심리상담은 단순한 핑계가 아니었다.

'이 아이가 고통스럽지 않았으면 좋겠어.'

송수아의 가면 아래에 흐르는 진심. 그녀는 항상 자책한다. 나는 너무 이기적인 게 아닐까? 겨울의 아픔을 확인하려는 건, 결국 자기 자신에게 위안을 주고 싶은 것이었다. 소년을 배려하는 마음은 부차적이다. 변명으로는 초라했다.

그러나 이미 시작해버렸다. 있었던 만남 만큼의 유대가 이어졌다. 이제 와서 그만둔다면, 그 또한 소년에게 상처를 줄 일.

확실하진 않다. 겨울은 그녀를 어찌 생각하는지. 한 길 사람 속 모른다지만, 소년의 깊이는 범상치 않았다. 자문을 주는 진짜 상담사조차 고개를 갸우뚱 할 정도로.

여인이 유도하고 소년이 작성한 여러 심리검사의 결과들을, 상담사는 이렇게 평가했다.

"명백히 이상합니다."

그리고 그는 고개를 흔들었다.

"아니, 놀라진 마십시오. 이상하다는 것과 문제가 있다는 것은 서로 다른 개념입니다. 통계적으로 봤을 때, 사회 평균으로부터 표준편차의 두 배 이상 벗어나면 일단 이상한 겁니다. 일반적이지 않다는 뜻이죠. 즉 여기서의 이상은 정신질환이 될 수도 있고, 겉으로는 드러나지 않는 트라우마, 혹은 뛰어난 자질이 될 수도 있습니다."

그래서 그 때의 여인이 물었다.

"박사님께선 어느 쪽이라고 생각하시죠?"

"그건……솔직히 모르겠습니다. 가족영역이나 성적영역에서는 억제된 모델로 분석이 가능한데, 전체적으로 보면 굉장히 독특하거든요. 뇌파 분석만 아니었어도 전 이 결과를 신뢰하지 않았을 겁니다. 아이가 진심을 보이지 않았다고 판단했겠죠."

여인의 어두운 안색을 보고, 전문가는 자신의 견해를 덧붙였다.

"사장님께서 걱정하시는 이유는 압니다. 겪은 과거가 과거이고, 청소년기의 상처는 평생을 간다는 게 세간의 상식이니까요. 하지만 그건 사실과 다릅니다. 후천적인 정신질환은 불가역적인 손상이 아니예요. 적절한 상담과 치료를 병행한다는 전제 하에, 약 75% 정도의 회복탄력성이 존재하지요. 극단적인 경우만 아니라면 말입니다."

"글쎄요. 이 아이의 과거보다 극단적인 경우가 얼마나 있을까요? 낙관적으로 보더라도, 25%의 트라우마는 남는다는 뜻 아닌가요?"

"이런. 잘못 이해하셨군요. 사장님, 인간의 정신은 딱딱 맞아 떨어지는 사칙연산이 아닙니다. 그리고 현대인들 중에 정신질환이 없는 사람도 드물어요. 누구나 내면의 상처가 있고, 그런 상처들이 쌓여 인격의 한 축을 이룹니다. 단지 이 겨울이라는 아이가 무척 특이해서, 함부로 결론짓기 어려울 뿐이지요."

"결국 확실한 건 아무 것도 없는 셈이군요."

"실망시켜드려서 죄송합니다. 그래도 한 가지 말씀드리자면, 이 아이, 부모에게 화를 내지 않으려고 하더군요. 쌓인 감정은 꽤 많은 모양인데 말이죠. 다음에 가시거든 슬쩍 떠보십시오. 상담에 응하는 태도를 보니 그 정도는 괜찮을 것 같더군요."

심리상담사는 여인과 소년의 만남을 매회 영상으로 전달받는다. 여인으로선 가면을 쓰기 위해 어쩔 수 없는 조치였으나, 마음이 무거워지는 일이다. 어쨌든 소년에겐 떳떳치 못한 짓이었으니. 비록 선의에서 하는 행동이라도 마찬가지. 그러나 그녀에게는 대안이 없었다.

'하루하루가 너무도 불안한걸.'

그 뒤로 오늘이다.

서로 낯을 가리지 않을 만큼 익숙해진 후, 여인은 올 때마다 소년에게 간단한 검사를 부탁하곤 했다. 한 번에 한 가지씩. 그래서 겨울은 지금도 미완의 문장을 채우는 중이다. 같은 검사가 두 번째라 싫은 티 낼 법도 한데, 쉼 없이 적어 내릴 뿐.

정답이 없는 문제들이었다. 떠오르는 것을 즉시 채우면, 그것이 바로 푸는 이의 심상이다. 필요한 조건은 하나. 가급적 시간을 끌지 말 것. 겨울에겐 익숙해진 규칙이었다.

사각사각. 안정감이 느껴지는 만년필 소리. 펜대의 움직임은 소년의 성품과 같다.

여인은 음악을 듣는 기분이었다.

「부모님과 나는   」

고비를 만난 연주가 잠시 끊어졌다. 짧은 정적인데, 길게 느껴진다. 만년필 머리로 입술을 두드리는 고민을 하고서, 겨울은 표정 변화 없이 적었다.

「부모님과 나는 헤어졌다.   」

길고 성실한 다른 문항들에 비해 유달리 짧은 답안이었다. 전번에도 동일했다. 가족에 관한 영역에서 소년은 자신을 억누르는 경향이 있었다.

그 억압에 어떤 의미가 녹아있을 것인가.

몇 번의 고비를 넘긴 겨울은 나머지를 수월하게 채우고, 다 채운 검사지를 여인에게 넘겨주었다. 여인은 그것을 받아 개인 영역에 저장했다. 서류는 빛으로 바스러진다.

겨울이 말했다.

"말씀하세요."

"으, 응?"

"아까부터 불편해 보이셔서요. 뭔가 하실 말씀이 있으신 게 아닌가요?"

여인은 속으로 자신을 꾸짖었다. 충분히 감추지 못한 게 첫째요, 당황해서 말을 더듬은 게 둘째였다. 그녀가 쓰는 가면에 대해 듣고, 자문을 주는 상담사는 몇 가지 주의사항을 당부했다. 그 중 하나가 당황하지도, 긴장하지도 말라는 것.

때가 늦어도 하지 않는 것보다는 낫다. 스스로를 빠르게 다스린 여인은, 소년을 향해 부끄러운 미소를 머금어 보였다.

"미안. 내가 신경 쓰이게 했나보구나. 맞아. 묻고 싶은 게 있어. 혹시 네 기분이 상할지도 모를 내용이라 망설이고 있었단다."

"글쎄요……. 그런 건 마음이 중요한 게 아닐까요? 무슨 내용인지는 모르겠지만, 선생님께서 나쁜 뜻으로 묻지는 않으시겠죠……. 물어보셔도 돼요. 오해하지 않을 게요. 대신, 대답하기 힘들면 안 해도 되는 거죠?"

"물론이지. 아무튼 그렇게 말해주니 고맙구나. 그렇다면, 음, 실은 그동안의 검사결과를 보고 생긴 의문인데……."

그녀는 조심스레 질문했다. 주의가 필요한 뇌관이었다.

"겨울아, 예전에 부모님과 안 좋은 일이 있었니? 그러니까 내 말은, 보통은 상상하기 어려울 정도로 나쁜 일 말이야."

"네."

소년의 대답이 너무 즉각적이어서, 여인은 또 한 차례 동요할 뻔 했다. 그녀로서는 고맙게도, 겨울의 말은 아직 끝난 게 아니었다.

"그게 어려운 질문이었나요……? 전 선생님이 당연히 짐작하셨을 거라고 생각했거든요. 검사지 문항에서부터 의도가 뻔히 보이는 걸요……. 아, 그렇다고 거짓으로 적은 건 아니에요. 솔직하게 쓰는 것과 의도를 이해하는 건 서로 다른 차원이잖아요."

그러더니, 겨울은 그녀에게 거꾸로 묻는다.

"혹시 그게 무슨 일이었는지가 궁금하세요?"

"아니, 아니야. 그건 말해주지 않아도 돼. 말해주면 도움은 되겠지만……내가 알고 싶은 건 과거에 무슨 일이 있었는가가 아니야. 그 일로 생긴 감정을 억누르는 이유가 뭘까, 그게 궁금했던 거란다……. 알잖니. 해묵은 감정이 계속해서 쌓이면, 마음의 병이 되어버리는걸. 누군가에게 털어놓는 것만으로도 많은 도움이 된단다."

네가 병을 얻지 않았으면 해. 겨울은 그렇게 듣고 고개를 끄덕였다. 그리고 갈등한다. 대답을 피할까?

한숨 한 번 곁들인 결론은 부정적이었다. 실상 별 것도 아닌 일이었다.

"원망하지 않으려고요."

"응?"

"저희 부모님, 굉장히 나쁜 분들이세요. 제게 잘못 많이 하셨다고 생각해요. 하지만 그분들만을 원망하진 않으려고 노력하는 중이에요. 잘못된 화풀이인 것 같아서……."

잘못된 화풀이라니? 원망하지 않겠다니? 충분히 화내고 저주하고 눈물 흘릴 일이 아니었던가? 여인은 혼란스러운 심정으로 다음 말을 기다렸다.

공백은 길지 않았다.

"여기에 오고 나서는, 혼자서 생각할 시간이 참 많았어요."

겨울이 기억하는 생전의 마지막 순간은, 하얗고 차가웠던 수술실의 풍경이었다. 풍경의 끝은 분명하지 않았다. 어느 순간 잠이 들었고, 깨어났을 땐 이미 혼자만의 세계였다. 이제 더는 돌이 무거워질 일 없겠지. 그때 느낀 서러운 해방감은, 아직까지도 생생하게 떠오른다. 천만 개의 별이 빛나는 공허 속에서 오랫동안 울기도 했다. 참지 않아도 좋았다. 겨울의 눈물에 가슴 미어지는 사람이 여기엔 없었기 때문이다.

그런 후에는 아무 것도 하지 않고, 그저 시간만 흘려보냈다. 아니, 시간과 함께 흘렀다.

"처음에는요, 생각하면 생각할수록 미움만 커지더라고요. 아버지도 밉고, 어머니도 싫고. 제가 여기에 있는 게, 저를 사랑하지 않았던 부모님 탓이라고 생각해서. 그런데 그렇게 미움을 잔뜩 키우다보니까……이건 아니다, 이걸로는 부족하다 싶은 느낌이 들었어요."

듣고 있던 여인은 맥박이 빨라졌다. 미워할 사람이 부족했다는 뜻인가? 부풀어 오른 증오가 새롭게 향했다면, 대상이 과연 누구였을까?

그러나, 그녀의 걱정은 기우였다. 이어지는 겨울의 말이 예상과는 다른 내용이었기에.

"아버지는, 자식인 제가 봐도 철이 없는 사람이었어요. 책임감도 부족하고, 절제력도 없었죠. 자기 감정이 중요하다보니 다른 사람에게 공감하는 일도 드물었고요. 어머니도……크게 나을 건 없었네요. 그런데 이분들이 태어나면서부터 이랬을까요? 너는 장차 자라서 못된 부모가 될 것이다, 라는 식으로 정해진 운명 같은 건 없잖아요?"

아직까지 의도를 파악하지 못해, 여인은 애매하게 동조했다.

"그렇……지."

"타고난 천성이란 게 있긴 있을 거예요. 하지만 배워야 사람이 되고, 사람은 살면서 성숙해지는 거니까……. 결국 제게 저런 부모님을 준 건 이 세상이 아닌가 싶었던 거예요. 부모님의 부모님이 조금 더 깊게 사랑하고, 부모님의 친구들이 조금 더 좋은 사람이었고, 부모님의 선생님이 조금 더 좋은 가르침을 주셨으면, 지금 이렇게 될 일은 없었을 텐데……."

"즉, 네가 부족하다고 했던 건……미워하려면 세상 사람들을 다 미워해야 한다는 거니?"

"네, 맞아요. 그 때는 그렇게 생각했어요. 진짜 원인은 따로 있는데, 부모님만 미워하는 건 중간에 포기해버리는 느낌이 들어서……. 되게 유치하죠?"

그렇게 물으며, 겨울은 말갛게 웃는다. 여인은 소년의 미소를 구분하기 힘겨웠다. 진짜인지, 가짜인지. 알기 힘든 감정을 담아, 겨울이 들려주는 그 뒤의 이야기.

"부모님이 싫다보니 사람들도 다 싫고, 사람들이 너무 미워서 온 세상이 다 미워졌어요. 이런 세상 없어져버렸으면 좋겠다. 매일매일 그런 상상을 했었어요."

"겨울아, 그럼 지금은 아니라는 거야?"

"네. 그래선 안 되겠더라고요."

"왜?"

"제가 사랑하는 사람들도, 그 세상에서 살아가야 하잖아요."

겨울은 무릎 위에 깍지를 끼고, 아래를 보며 조용히 말한다.

"꼭 행복했으면 하는 두 사람이 있거든요. 여기에 들어와 새삼스럽게 깨달은 게 있다면, 사람은 역시 사람들 사이에서 살아야 한다는 거였어요. 행복하지 않은 사람들이 다른 사람을 행복하게 해줄 수 있을 것 같진 않아요. 그러니, 사람들이 좀 더 행복해지기를 바라야겠죠. 끝도 없이 미워하는 게 아니라."

소년이 마지막으로 덧붙이는 한 마디.

"그런데 많이 어렵네요."

여인은 깊은 비애를 느꼈다.

저널, 130페이지, 포트 로버츠

4호 태풍 다마리스가 남쪽으로 멀어졌다. 오랜만에 밝아진 하늘. 구름 위에 있던 봄이 지상으로 내려왔다. 더 이상 비는 오지 않고, 조금 거친 바람이 부는 정도. 햇빛이 쏟아지는 포트 로버츠는, 계절 바뀌기 전과 다른 장소처럼 느껴진다.

하지만 사람들은 아직 어두웠다. 재개된 항공보급이 기대에 미치지 못해서였다. 전보다는 나아졌다. 그래도 부족하다.

수많은 수송기들이, 기지를 지나쳐 서쪽 하늘로 날아갔다. 오염지역에 고립된 시민들을 향해서. 해안과 가까운 지역은 한동안 제대로 된 지원을 받지 못했다. 나는 식량보다 탄약이 더 급할 거라고 생각했다. 식량은 어떻게든 아낄 수 있지만, 탄약은 그렇지 않다. 변종이 오면 싸워야 할 것 아닌가.

방송에서는 연일 침수된 구획들을 보여주었다. 해안가의 도시들은 예외가 없었다. 로스앤젤레스, 샌프란시스코, 샌디에이고. 특히 샌디에이고는 물 위에 건설한 도시 같았다.

그래도 사람들은 살아남았다. 방송국 헬기가 지나갈 때마다, 지붕과 옥상 위에서, 소리 없는 몸짓으로 자신들의 생존을 알린다. 앵커는 눈물겨운 감격으로 소식을 전했다. 주께서 아직 세상을 버리지 않으셨다고.

국방부는 다음 태풍이 오기 전에 최대한의 물자공수를 실시하겠다고 발표했다. 해수 온도의 비정상적인 상승으로 인하여, 3월까지 복수의 태풍이 추가로 발생하리라는 예측 때문이었다.

　나는 해상난민들이 걱정스러웠다. 만 안쪽에서 대형선박들의 보호를 받는다 하더라도, 거친 바람과 물결 가운데 완전히 안전할 순 없는 노릇.

　게다가 당분간 항공수송이 여의치 않으니, 식량과 연료가 많이 모자랄 것이었다.

　이로 인해 문제가 생기지는 않을까?

　전에도 중국 구축함과 일본 호위함 사이에서 교전이 벌어졌었는데…….

어른의 한계, 포트 로버츠

정월 초하루를 며칠 앞둔 금요일. 스탠 페이지 일병의 장례식은 시민구역의 성당에서 거행되었다. 겨울에게는 예정된 역할이 있었다. 펼쳐진 성조기의 한 변에 서서, 군종장교와 정면으로 마주본다. 시작하자는 짧은 고갯짓. 깃발의 짧은 변을 반으로 접고, 다시 한 번 반으로 접고. 이제 한 발자국씩 나아가며 남은 길이를 줄여간다.

다 접은 국기는 두꺼운 삼각형이었다. 겨울은 깃발을 군종장교에게 넘겼다. 잘 접혔는지 확인하는 단계. 확인이 끝나자 깃발을 다시 겨울에게 돌려준다. 그리고 절도 있는 경례. 카메라의 셔터를 누르는 소리가 많아졌다.

겨울은 깃발을 위아래로 붙잡고서, 망자가 들어있는 관에 가볍게 닿도록 했다. 그 뒤에 비로소 유가족이 있는 곳으로 향했다. 부모와 동생이 나란히 앉아있었다. 겨울은 그 중 어머니 앞에 무릎을 꿇는다.

"부인. 미합중국 대통령과 국방부 장관, 육군성과 조국을 대신하여, 아드님이 국가에 바친 신념과 명예로운 복무를 기리며, 이 깃발을 당신께 드립니다."

성조기를 받은 부인이 참고 있던 눈물을 터트렸다. 소리 없이 흐느끼는 아내를 달래는 남편. 그러나 그 자신도 이미 울고 있다. 여동생에게선 자책감이 느껴진다. 눈물이 나오지 않아 당황하는 것처럼 보였다. 겨울은 또래의 소녀에게서 자신의 동생을 겹쳐보았다.

'내게 무슨 일이 생긴 건지 이해는 했을까?'

우는 사람이 둘인데 손수건은 하나였다. 겨울은 품에서 자신의 손수건을 꺼냈다. 파소 로블레스에서 아쉬웠던 이래, 빼놓고 다닐 때가 없었다.

"이거 받으세요, 선생님."

"……고맙소."

지금은 본래 아무 말도 하지 않아야 하지만, 겨울이 생각하기로 사람이 만들어낸 모든 것이 사람을 위한 도구였다. 예의와 형식도 마찬가지.

겨울은 다시 원위치로 돌아갔다. 접어야 할 성조기의 숫자는 곧 유가족의 숫자와 같았다. 두 번을 더 왕복하는 동안, 온갖 방송사의 카메라들이 소년 장교에게 집중되었다.

임시 매장지는 기지 내의 모처였다. 본디 국립묘지에 묻혀야 하지만, 캘리포니아를 탈환한 뒤에 이장한다는 방침이었다.

장례가 끝난 뒤에, 겨울에게 예상치 못한 손님이 찾아왔다.

"실례합니다, 중위님. 잠시 시간 괜찮으세요?"

페이지 일병의 여동생을 필두로, 한 무리의 소년소녀들이 소년장교 앞에 옹기종기 모여들었다. 척 보기에도 많이 긴장한 상태. 그러면서도 겨울을 보는 시선에는 선망이 녹아있다. 겨울이 온화하게 끄덕였다.

"그럼요. 무슨 일이세요?"

"다행이다……. 여기에 중위님도 한 말씀 적어주셨으면 해요. 가능하실까요?"

페이지 일가의 소녀는 안고 있던 책자를 내밀었다. 받아서 살펴본 겨울은, 조금 난감한 기분을 느낀다. 망자에 대한 기억을 담는 책이었다. 이를 통해 유가족은 자신들이 모르던 고인의 면면을 알게 되고, 마음을 추스르는 데 도움을 받는다. 겨울은 장례절차를 진행하느라 적을 일이 없었다. 그런데 소녀는 굳이 겨울을 찾아왔다.

일병 스탠 페이지의 고통을 덜어준 것이 겨울이다. 그리고 작전의 책임자이기도 했다. 해리스 사건이 2월 초부터 방송을 타기 시작했으므로, 소녀 페이지 역시 그 사실을 알 것이었다.

'죽음의 순간 자체는 편집되었지만 말이지.'

겨울은 죽고 싶지 않다고 읊조리던 창백한 입술을 기억했다. 산타 마가리타 호수의 전투기록을 무슨 휴먼 드라마처럼 각색해놓은 국방부 공보처였으나, 페이지 일병의 죽음을 여과 없이 내보지는 않았다. 해리스 대위에 대한 공분을 증폭시킬 좋은 소재였으나, 영상에선 그저 몇 줄의 자막으로 처리했을 뿐. 유가족에 대한 배려였다.

가만히 있는 겨울이 불안했던지, 소녀가 초조하게 물었다.

"호, 혹시 펜이 필요하세요? 드릴까요?"

가늘게 떨고 있다. 저는 사실 스탠 페이지 일병을 잘 모릅니다. 이런 말이 나올까봐 두려운 모양. 겨울은 미소와 함께 고개를 흔들었다.

"아닙니다. 제 것이 있어요. 잠시 다른 생각을 했네요. 죄송합니다."

계급을 떠나, 펜과 수첩은 좋은 군인의 기본이다. 문제는 소녀의 예감이 얼마간 사실이라는 점. 호숫가에서 밤을 보내기까지, 겨울과 일병은 그저 이름만 알고 지내는 사이였다. 그러나 겨울은 시간을 끌지 않았다.

「페이지. 의무를 저버린 사람들을 상대로, 의무를 지키기 위해 싸우다가 사라진 나의 전우. 당신이 아니었다면 그날 밤의 싸움은 의미를 잃어버렸을지도 모릅니다. 한 사람의 용기가 모자라 더 많은 사람이 죽고, 한 사람의 용기가 모자라 새로운 생명이 세상을 보지 못하고, 한 사람의 용기가 모자라 비열한 자들은 심판을 피했을지도 모릅니다…….」

추억보다는 추도에 가까운 문장이었으나, 유가족을 위로하기엔 충분할 것이었다.

'다른 두 사람의 장례식이 다른 곳이라 다행이야.'

페이지 이외의 전사자들은 각기 유가족이 있는 곳으로 운구되었다. 장례식도 그쪽에서 치른다고 한다. 여기서 장례를 치렀다면, 물론 합동 장례식이 되었겠으나, 절차가 조금 더 까다로워졌을 것이다.

완성된 문장을 본 소년소녀들이 눈시울을 붉힌다. 소녀 페이지가 굉장히 고마워했다.

"정말 감사합니다. 부모님께서 무척 기뻐하실 거예요."

"도움이 되었으면 좋겠네요. 달리 필요한 건 없으신가요?"

"아……."

의례적으로 물어봤던 겨울은, 미묘한 반응에 고개를 기울였다. 아직 용건이 남아있는 건가?

"중위님께서 바쁘지만 않으시면, 조금만 더 말씀을 나눌 수 있을까요?"

한 손에 나팔을 쥔 소년이 그렇게 묻는다. 영결식에서 위령곡(Taps)을 연주했던 학생이었다. 본디 군악대의 한 사람이 맡는 게 보통이지만, 포트 로버츠에 군악대는 존재하지 않았다. 음반 재생으로 대체해야 하나 하다가, 시민구역 학교의 학생 연주단에서 선발했다고 한다.

"잠시 동안이라면. 어차피 오후부터 비번이었거든요."

겨울은 또래의 학생들에게 별다른 용건이 없을 거라고 짐작했다. 그저 최연소 전쟁영웅에 대한 동경과 호기심일 뿐이겠지.

예상은 살짝 어긋났다. 겨울은 학생들의 요청에 약간의 당혹감을 느낀다.

"군인이 되고 싶다고요?"

"네, 저희들은 부모님의 동의만 있으면 입영이 가능하거든요. 그런데 도통 허락을 해주지 않으셔서……. 이곳 기지엔 모병소도 없고요."

미군 병역법상 입영 가능한 최소 연령이 17세이며, 체력검정기준도 17세부터 마련되어 있다. 겨울이 지원병이 될 때, 피어스 상사가 인상을 찌푸리면서도 별 말 없이 받아들인 이유가 이것이다. 겨울은 고민 끝에 무난한 대답을 골랐다.

"서두를 이유는 없을 것 같아요. 여러분은 아직 학생이잖아요? 배워야 할 것을 배우고, 신체적으로 좀 더 준비가 된 다음에 입대하더라도 늦지 않을 거예요. 어차피 징집령이 발효되어 있으니, 때가 되면 싫어도 군인이 되어야 할 테고요."

학생들은 실망한 기색이다. 나팔을 든 남학생이 대표 격으로 말한다.

"어른들이랑 같은 말씀을 하시네요. 이럴 때 학교에 가서 배우는 게 무슨 소용이겠어요? 고등학교를 꼭 졸업해야 하는 것도 아니고요. 제 친구들 중에서도 학교를 그만둔 애가 많아요."

"……."

"게다가 중위님도 같은 나이에 군인이 되셨잖아요."

"그야 저는 부모님이 없었고, 난민으로서 달리 나은 선택지가 없었으니까요."

"바로 그거예요! 저희는 어른들이 굉장히 비겁하다고 생각해요!"

겨울은 다시 한 번 고개를 기울인다.

"무슨 뜻인지 잘 모르겠네요."

"방금 말씀하셨잖아요. 난민으로서 다른 선택지가 없었다고요."

아, 그 이야기인가. 겨울은 연대전투단장과의 대화를 회상했다. 미국 정부의 난민정책에 대한 비판 중 하나. 난민들의 처지를 악용하여, 위험으로 내몰고 있다는 논리.

부분적으로 사실이기도 하다. 지원병 제도는 이름처럼 자발적인 지원을 전제하지만, 겨울이 처음 지원병이 될 때만 해도 가만히 있으면 죽는다는 분위기가 팽배했었으니.

영웅을 동경하는 학생이 묻는다.

"중위님. 시민구역에 있는 사람들이 봉쇄선 동쪽으로 넘어가지 않는 이유를 알고 계세요?"

"그쪽에서 처우가 별로 좋지 않다고 듣긴 했어요."

"네, 맞아요. 이재민 보호구역이 디트로이트나 캠든 같은 도시들에 있잖아요. 저희 부모님이 그러세요. 그런 동네에서 사느니 차라리 여기에 남아있겠다고요. 봉쇄선 너머에서 여기로 넘어오고 싶어 하는 사람들도 많다고 하던데요. 특히 여긴 중위님이 계시니까요."

디트로이트는 미국에서 치안이 가장 나쁜 도시들 중 하나다. "저놈을 디트로이트로 보내라!"라는 유행어가 있을 정도. 전기와 수도가 공급되지 않고, 쓰레기도 수거되지 않는다. 시가지엔 무수한 고층 빌딩들이 이렇다 할 용도도 없이 방치되어 있었다.

미국 정부는 이런 도시에 서부 이재민들을 몰아넣었다. 어쨌든 그곳에 지붕이 있기 때문에. 그밖에도 캠든, 볼티모어처럼 빈 건물이 많은 도시는 모두 이재민 보호구역으로 지정되었다.

'어쩔 수 없겠지. 이재민의 수가 3천만을 넘을 텐데.'

게다가 세계 각지에서 밀려드는 난민들까지 감당해야 한다. 미국 정부가 이재민들을 적극적으로 재정착시키고 있다곤 하지만, 한계가 명확할 것이었다. 미군의 급격한 팽창은, 갈 데 없어진 이재민들이 줄지어 입대하고 있는 덕분이기도 했다.

다른 여학생이 분한 듯 말한다.

"여기서는 결국 난민들 몫을 빼앗아 편하게 생활하는 거잖아요. 저희도 다 보고 있어요. 철조망 너머에서 난민들이 어떻게 살고 있는지 말예요. 근데 그게 당연하다고 하는 멍청이들이 있어요. 심지어는 선생님들 중에서도 말예요! 그런 학교는 가고 싶지 않다고요!"

이번엔 덩치 큰 남학생의 말. 놀라울 만큼 나이 들어 보인다.

"저희도 싸우고 싶습니다. 중위님까진 아니더라도, 보통 사람들만큼은 할 수 있을 거예요."

겨울은 어려운 미소를 만든다.

"다들 무슨 말씀이신지는 알겠어요. 하지만, 죄송합니다. 전 오늘 아들을 잃고 눈물 흘리는 양친을 뵈었거든요. 여러분의 부모님께 모진 부탁을 드릴 순 없어요. 제 마음 이해하시죠, 페이지 양?"

"……네."

소녀 페이지는 처음부터 상대적으로 소극적인 편이었다.

겨울은 조곤조곤한 목소리로 학생들을 달랬다.

"이 전쟁이 하루 이틀 만에 끝나진 않을 거예요. 아마도 수십 년 이상 이어지겠죠. 그러니 너무 조급해하지 마세요. 제가 지금 여러분을 지키는 것처럼, 여러분도 나중에 누군가를 지켜줄 수 있을 거예요."

페이지를 제외한 나머지 학생들은 쉽게 수긍하지 않는다.

저널, 131페이지, 포트 로버츠

육군 봉쇄사령관 슈뢰더 대장이 포트 로버츠를 방문했다. 장군은 나에게 수훈십자장과 은성무공훈장을 달아주었고, 제프리와 리버만 하사에게는 근무공로훈장을 수여했다. 소대원들 중에서도 다수의 수훈자가 나왔다. 너무 많은 훈장이 뿌려진다고 느껴질 정도로.

"해리스 대위 사건의 여파가 그만큼 무겁다는 뜻이지."

공보장교 블리스 소령은 그렇게 설명했다. 그는 대장의 수행원 자격으로 와서, 언제나와 같은 일에 착수했다. 기자들을 통제하고, 보도 자료를 만들거나 배포하는 등. 처음처럼 방독면을 쓰고 돌아다니진 않았다. 익숙해진 모양이라 다행이었다. 오랜만에 뵙게 되어 반갑다는 인사를 건넸더니, 소령이 어이없는 표정을 지었다.

"오랜만? 오히려 너무 자주 만나서 문제라고 생각하네만. 우리가 건수 올리기에 혈안이 되어 있긴 해도, 한 중위 자네는 감당하기 힘들 정도란 말이야. 이번에 귀관의 수훈을 정하는 과정에서 얼마나 논쟁이 많았는지 아나?"

이상하긴 했다. 한 번의 작전에서 두 개의 훈장을 나누어 받는다는 게. 내 의문을 들은 소령은 고개를 흔들었다.

"일반적인 경우는 아니지만, 하나의 작전에서 서로 다른 국면을 평가하여 별도의 전공으로 수훈하는 건 종종 있었던 일이니까. 진짜 문제는 이걸세."

그는 한숨 쉬며 말했다.

"전공은 차고 넘치는데, 자네에게 명예훈장을 또 줄 수는 없다는 것."

그 말을 듣고 나는 명예훈장의 특수성에 대해 생각했다. 수여에 의회의 승인이 필요한 유일한 훈장. 그래서 피어스 상사는 이 훈장의 정치적인 의미를 지적했었다. 객관적으로 볼 때, 난 좀 더 이른 시점에서 최고의 영예를 받았어야 한다고.

이번에도 그런 것일까? 생각했으나, 소령이 들려주는 배경은 보다 단순한 것이었다.

"이른바 전통이라는 거지. 제1차 세계대전이 끝난 뒤로, 명예훈장을 이중으로 받은 사람은 한 명도 존재하지 않았네. 그나마도 살아서 받으면 기적이었고. 명예훈장을 받을 수 있는 가장 확실한 방법은, 아군에게 날아온 수류탄을 자기 몸으로 덮어버리는 것이었으니까."

소령은 농담이 아니라고 강조했다. 예컨대, 이라크 전쟁에서 나온 네 명의 수훈자들 중 세 명이 같은 이유로 죽었다는 것이다. 그리고 남은 한 명도 죽은 뒤에 수훈자가 되었다고.

"아프가니스탄 전쟁이 일어나서 다행이었지. 베트남 전쟁이 끝난 이후, 32년 만에 처음으로 살아서 명예훈장을 받아간 사람이 나왔거든."

빈정거리는 말투에서는 은근한 짜증이 느껴졌다. 나를 향한 악감정은 아니었다. 그는 내 수훈에 반대한 사람들을 언급했다.

"반대 입장도 어느 정도 이해는 가. 귀관이 하고 다니는 짓을 보면, 아무리 곱씹어도 이번으로 끝날 것 같지가 않단 말이야. 그럼 그 때마다 명예훈장을 줘야 하나? 그렇게 남발할 경우, 하나 밖에 못 받은 다른 수훈자들이 우습게 여겨지지는 않을까? 그럼으로써 시민 여론에 오히려 부정적인 효과를 미치는 건 아닌가? 장병들의 의욕이 꺾이지는 않겠나? 위에서는 이런 걱정들을 하고 있는 거지."

그는 손가락을 펼쳤다.

"게다가 자네는 진급연한에 관한 모든 규정과 불문율을 무시하고 있어. 만약 이번에도 명예훈장을 받는다면 다시 일 계급 특진이야. 그럼 자넨 대위 잖아? 임관한지 1년도 채 되지 않았는데 말일세. 전통이 중요한 분들에게는 이게 또 불편한 거라네."

하나같이 수긍이 가는 이유들. 미군이 아무리 능력 중심의 집단이라도, 과거의 관성에서 자유로울 순 없겠지. 아니, 전통 없이는 규율도 없을 것 같았다. 어디까지나 내 생각이지만.

그러나 블리스 소령은 실무자로서 다른 견해를 피력했다.

"내 말은, 그럴 거면 이번 사건을 조용히 묻었어야 한다는 거지. 휴먼드라마에 욕심이 나서 전국에 방송을 때려놓고, 정작 명예훈장은 못주겠다니. 누가 납득하겠느냐 이거야. 두 마리 토끼를 다 잡을 순 없는 법."

그래서 나온 대안이, 전공을 쪼개어 수훈십자장과 은성무공훈장으로 대체하자는 것이었다고 한다. 그럼에도 불구하고 격이 떨어진다고 불평하며, 그는 이번 포상의 다른 수혜자들에 대해서도 언급했다.

"제프리 소위……아니, 이제 중위로군. 그와 그의 소대원들에게도 안 된 일이야. 그 중에서 명예훈장 수훈자가 나올 수도 있었는데……."

즉, 내가 최고 공로자라는 사실만은 명백하기 때문에, 다른 사람들이 나

이상의 포상을 받기는 불가능하다는 뜻이었다.

나중에 이 이야기를 제프리 본인에게 들려주었더니, 대수롭지 않은 투로 이렇게 대꾸했다.

"신경 쓰지 마십쇼. 저 세상으로 가버린 세 놈 때문에 감점 당했다고 생각하면 되니까."

새로 받은 훈장과 특진을 기뻐하는 기색은 보이지 않았다. 비록 농담이 재미없고 언행이 가벼울지언정, 그는 모범적인 소대장이었다.

저널, 132페이지, 포트 로버츠

봉쇄사령관의 방문이 단순히 격려 차원은 아니었던 모양이다. 말하자면, 본격적인 작전 실시 이전의 현장 점검이었다고나 할까. 월요일의 정기 브리핑에서, 연대전투단장 래플린 대령은 놀라운 소식을 전해주었다. 조만간 대규모 군사행동이 예정되어 있노라고.

작전명 「명백한 해방(Manifest Liberation)」.

목표는 미 본토의 완전한 수복이라고 한다. 오염지역을 일소하고, 고립된 시민들을 구출하고, 태평양 연안까지 진출하려는 것. 동원 예정인 병력은 천만을 넘는다. 작전은 4월에 개시될 예정. 작년 12월까지만 하더라도 8백만 수준이었던 미군이, 고작 녁 달 사이에 천만 이상으로 팽창한다는 뜻이었다.

캐나다에서도 2개 사단을 보낸다고 했다. 적은 병력이지만, 보낸다는 사실 자체가 놀랍다. 인구와 병력이 적은 만큼, 난민을 잔혹할 정도로 거부하여 안전을 확보했다고는 들었지만……. 미국의 협력이 없었다면 위험했을 텐데.

아무튼 그동안 병력 충원이 제대로 이루어지지 않은 이유는 알겠다. 위에서는 이 작전을 작년부터 구상하고 있었을 것이다. 그러기 위해 병력을 아꼈던 게 아닐까?

포트 로버츠의 역할은 보급기지였다. 본대의 진격로에 물자집적소를 설치하게 될 거라고.

　　이후의 브리핑에서는 변종에 대한 새로운 정보도 있었다. 대령은 이렇게 말했다.

　　"이건 어디까지나 가설이니 참고만 하도록. 트릭스터가 항상 짝을 지어 움직인다는 의혹이 제기되었다. 한 놈이 전투를 치를 때, 한 놈은 주변을 조용히 맴돈다는 거지. 가설이 사실일 경우, 조용한 놈의 역할은 정보보존일 것으로 예상된다. 무리지어 움직일 때도 최소한 하나 이상이 침묵을 지킨다는 뜻이고. 전파가 닿는 거리를 유지하며 떨어져 있다가, 무리가 전멸하면 안전한 곳까지 이탈해서 다른 무리에게 축적된 정보를 전달하는 것이다."

　　그 말을 듣고, 나는 산타 마가리타 호수에서 트랩을 걸어 죽였던 트릭스터를 떠올렸다. 트랩이 터진 직후 십여 초 이상 이어지던 단말마. 그 단말마 속에 얼마나 많은 정보가 들어있었을까? 그곳에 또 하나의 트릭스터가 있었다면, 같은 방법이 다시는 통하지 않겠지.

　　"방역전략연구소에서는 이 가설을 '침묵하는 하나'라고 명명했다. 비록 근거는 한 건의 목격정보 뿐이지만, 충분히 위협적인 가설이니 향후 작전시 주의할 필요가 있겠다. 질문 있나?"

　　여러 질문이 나온 뒤에, 나도 손을 들었다. 다만 내가 궁금한 것은 침묵하는 하나에 대해서가 아니라, 호수 인근에서 보았던 괴물, 험프백에 관한 것이었다. 그 괴물의 상세정보는 아직까지 알려진 것이 없다. 전에 래플린 대령이 말하기를, 레인저가 험프백을 추적하는 중이라고 했었는데. 그걸 묻자, 연대장은 고개를 저었다.

　　"방금 말한 한 건의 목격정보가 바로 그 레인저 소대에서 올라온 거다. 원래 쫓던 사냥감은 놓쳤다고 하더군."

　그 말은 즉 트릭스터가 복수 포함된 변종집단이 레인저 소대를 가로막았다는 뜻인데……. 우연의 일치라고 보긴 어렵지 않나 싶다. 협잡꾼(Trickster)은 덩치 큰 꼽추(Humpback)를 지키려고 나섰을 터였다.

　내가 싸울 때도, 험프백은 줄곧 후방에 머물렀다. 대체 이건 뭘 하는 괴물일까?

제중, 포트 로버츠

2월 둘째 주 월요일. 음력으로는 1월 1일. 중국과 한국계 난민들에게는 특별한 날이었으나, 이를 기념할만한 여력은 존재하지 않았다. 그래도 난민구역의 분위기는 전보다 나아진 편이었다. 군정청 설립을 위한 민정위원 사전교육이 시작되었기 때문.

브리핑 룸에서 나오던 겨울은, 사령부 근처에 삼삼오오 모여 있는 예비 위원들을 볼 수 있었다. 겨울은 손목시계를 확인했다. 교육이 끝났을 리는 없고, 아무래도 쉬는 시간인 듯 하다. 다들 표정이 밝다. 크고 작게 떠드는 소리들.

그 중 동맹 소속 한 무리가 나이 어린 리더를 발견했다. 반색하며 다가온다.

선두는 안제중이었다. 파소 로블레스에서 겨울을 도왔던 세 명 중 하나. 동맹에서는 유라, 진석, 제중을 최초의 3인이라고 부르는 모양이다. 겉멋이 잔뜩 들어 유치함까지 느껴지는 이 호칭에는, 사실 조금 유감스러운 내막이 있었다.

'안제중 씨 본인이 만들었다지⋯⋯.'

유라와 진석이 전투조장을 맡는 동안, 본인에게는 그동안 주어진 역할이 없어 서운해 했다고 한다. 그 점에 착안하여, 민완기는 제중을 자경대장 겸 병무국 5급 민정위원으로 추천했다. 제 할 일은 하겠지만 존경을 받지는 못할 사람이라고. 스스로 인망을 쌓지 못하니 남에게 의존해야 하는데, 의존할 사람이 겨울 말고 누가 있겠느냐고.

대화가 어색하지 않은 거리에서, 제중이 가볍게 목례했다.

"이야, 우리 대장님. 여긴 어쩐 일이십니까? 혹시 저희들 보려고 오신 겁니까?"

겨울은 고개를 저었다.

"그건 아니에요. 정기 브리핑에 참석하느라. 부장님들은 어디 계세요?"

"아직 안쪽에 남아계실 겁니다. 불러 드릴까요?"

"아뇨, 그러실 필요 없어요. 교육은 받을 만 하세요?"

"어휴. 영어로 진행되다보니 좀 벅차긴 합니다. 이제 회화는 어느 정도 된다고 자부하는데, 문자를 보니 왜 이렇게 머리가 아픈지 원. 사실 한글로 된 책도 읽기 힘들지만요."

나이가 나이인지라, 라면서 능청을 떠는 중년이었으나, 그리 힘들어 보이는 낯빛이 아니었다.

"자경대 활동하고 병행하는데도 생각보다 괜찮아 보이시네요."

"그야 해병대 전우회 시절에도 하던 일인걸요. 마음 맞는 사람들끼리 순찰도 돌고, 봉사도 하면서 지역사회에 공헌하는, 뭐 그런 거였지요. 하는 보람이 있습니다. 하하핫."

해병대 전우회에 대한 언급이 마음에 걸린다. 쓸 데 없이 군기를 잡는 건 아니겠지? 겨울은 제중의 해병대 복무이력을 반쯤 거짓이라고 판단하고 있었으나, 군기 강요가 군복무와는 무관하다는 사실도 알고 있었다.

아니, 그 정도는 민완기 선에서 정리될 것이다. 할 일을 알아서 찾는 사람이니. 문제가 생기면 강영순 노인이 알려줄 것이고. 겨울은 그렇게 생각하며, 지적하지 않았다.

제중이 말한다.

"언제 한 번 사격할 때 보러 오십시오. 괜찮으시다면 시범도 한 번 부탁드립니다. 다들 대장님 실력을 직접 보고 싶어 하지 뭡니까?"

"어차피 TV에서 많이 보지 않았나요?"

"에이, 실제로 보는 건 다르죠."

"알았어요. 사격 말고 다른 훈련도 신경써주세요. 언젠가는 미군이 자경대에게 총기 휴대를 허락할지도 몰라요."

"엥? 그게 가능하겠습니까? 난민들에게 무기를 준다고요? 얼마 전까지만 해도 중국, 일본, 한국 깡패들을 순서대로 털어서 불법 무기를 압류했는데요?"

"그거야 불법 무기죠. 제 말은, 자경대 활동이 정식으로 인가받을 수도 있다는 뜻이에요."

그러자 제중은 숨을 죽였다.

"위에서 그런 이야기가 나왔습니까?"

"아뇨, 그건 아닌데……. 제 예상이에요. 미국은 원래 민병대에 관대한 나라인걸요. 앞으로 더 신뢰가 쌓이면, 최소한 우리 동맹에서는 가능하지 않을까 싶네요."

잘 규율된 민병대는 자유로운 주의 안보에 필수적으로서, 무기를 소지하고 휴대할 인민의 권리는 침해될 수 없다. 다름 아닌 미국의 헌법에 나오는 내용이다.

'여기서의 민병대가 주 방위대(State militia)를 뜻한다는 해석이 있긴 하지만…….'

어쨌든 미국에서는 무수히 많은 민병대가 활동하고 있다. 그리고 말이 민병대지, 장비와 훈련도가 군대에 필적한다. 퇴역 군인을 영입하기 때문이다.

심지어 경찰이 민병대의 협력을 구하기도 한다.

미국이 이런 나라였다.

다만 제중은 미국에서 살아본 사람이 아닌지라, 미군이 난민 자경대에게 사격을 포함, 주기적으로 이런저런 훈련을 요구하는 걸 지원병 선발의 예비과정 정도로만 받아들였다.

"훈련에 어려움은 없으세요?"

겨울이 묻자, 제중이 괜찮다고 대답한다.

"진석 아우랑 유라 조장이 신경을 써줘서 말이죠. 훈련을 할 때면 두 사람 중 한 명이 꼭 같이 가서 도와줍니다. 허허."

"다행이네요."

"전에 진석 아우가 사격 훈련에서 시범을 보이는데, 이야, 정말 잘 쏘더군요. 논리적인 사람이라 총을 쏠 때 소리부터 다릅니다. 혹시 무슨 소리인지 아십니까?"

"글쎄요……."

"논리적인 사람이 총 쏘는 소리는, '타당타당!' 입니다. 하하하하!"

겨울은 제중을 죽이라는 시청자 퀘스트를 거부했다.

예감

샌 아르도 유전

「명백한 해방」 작전이 공개된 다음날. 캡스턴 중령이 지휘하는 대대급 임무부대가 살리나스 강을 따라 북상했다. 목표는 샌 아르도 유전을 점령하는 것. 겨울이 살리나스 댐을 지켜낸 덕분에, 유전은 침수되지 않고 온전히 남아있었다.

강변의 유전은 인공적으로 만들어진 사막처럼 보였다. 땅이 한 꺼풀 평탄하게 벗겨져서, 주변에 비해 황량한 색채가 두드러진다. 지대가 높아지는 동쪽을 보면, 시각이 소실되는 능선까지, 눈이 어지러울 만큼 많은 길이 굽이치고 있다. 거기엔 아무런 규칙도 없었다. 그리고 거기서부터 달려오기 시작하는 변종들에게도, 아무런 규칙이 없었다.

그야말로 폐허로구나. 달리는 차 안에 있었으나, 겨울은 어렴풋이 원유의 냄새를 맡았다. 기분 탓은 아니었다. 유전의 일부 시설에 문제가 생겼을지도 모른다. 항공정찰에서 이상 징후가 없었으니 큰 문제는 아니겠지만.

먼 곳에서 노이즈 메이커가 천둥 닮은 소리로 울어댔다. 작전 소음에 몰려드는 변종들을 분산시켜줄 것이다.

[2시 방향, 대규모 변종 집단, 거리 약 250. 미어캣에서 날리겠다.]

전차부대의 호출부호는 여전히 미어캣이었다. 임무부대 우측, 야지를 달리던 두 대의 전차가 포탑을 돌린다. 이윽고 터지는 두 발의 포성. 콰앙! 쾅! 알루미늄 껍데기에 산탄을 담아 쏘는 신형 포탄이었다. 거의 일백에 가까운 변종들이 물결처럼 쓰러졌다.

"우와, 저거 뭐예요? 짱이다. 멋져."

유라 분대 지정사수 한별의 감탄성. 겨울과 같은 트럭에 탄 그녀는 방탄유리 너머의 광경에 시선을 빼앗겼다. 혼자서 이렇게 중얼거린다. 죽어! 죽어! 일어나지 말란 말이야! 2,200발의 산탄이 할퀴고 지나간 자리에서, 비틀거리며 일어나는 소수의 변종들을 보고 하는 소리였다.

"저거 여기까지 오지도 못 하겠는데요?"

또 한 명의 분대원, 문수찬이 하는 말. 그는 자기 총에 달린 망원렌즈로 적을 살피고는, 걱정할 필요가 없다고 판단했다. 겨울도 동감이었다.

'인간 기준의 치명상이면 변종에게도 깊은 상처지.'

변종들은 반수 이상이 살아남았다. 그러나 그것들의 낡고 헤진 옷가지는 신선한 핏빛으로 물드는 중. 비록 걸어 다니는 시체처럼 보일지라도, 변종 역시 살아있는 생명체였다. 배와 가슴에 구멍이 난 채로 오래 버틸 수는 없었다.

겨울은 망원경으로 탄착지점을 살폈다. 발을 질질 끌면서 걸어오는 배고픈 것들. 가장 앞에 있는 어린 것이 인상적이다. 폐에 피가 찼나보다. 붉은 기침이 여러 번이었다. 흔들리다가 기어코 넘어진다. 그것이

힘겹게 다시 일어서려는 찰나.

쾅! 콰앙!

전차들의 두 번째 사격. 텅스텐의 소나기가 변종들을 두들겼다. 눈으로도 소리를 들을 수 있었다. 인체가 부서지고, 굳은 땅이 박살나는 소리들.

그 사이에 임무부대는 유전 남쪽으로 진입했다. 곳곳에서 변종들이 나타났다. 앞서 몰살당한 것들을 보았는지, 짐승의 지능으로도 주의하는 기색이다. 캡스턴 중령에게서 명령이 내려온다.

[현 지점에서 하차전투로 전환한다. 1중대는 진입로 남쪽부터 동쪽 정제시설과 유류 저장시설까지 경계선을 확보하고, 2중대는 사전트 크릭 북쪽으로 진출해라. 남은 병력과 지원대는 중앙의 정제시설을 점령한 뒤에 동북쪽 경계선을 확보한다. 사전에 계획한 대로 움직이되, 상황보고는 철저히 하도록.]

겨울은 탑승칸에서 지면으로 뛰어내렸다. 쿠웅. 발끝에서 올라오는 소리가 묵직하다.

덤불 너머에 실루엣이 있었다. 고양이처럼 웅크린 변종이, 제딴에는 몰래 이쪽을 살핀다. 겨울이 기관총을 겨냥했다. 인간의 무기를 이해하는 변종은 발작처럼 튀어나온다.

타타탕!

변종의 경련은 기계적인 고장 같았다. 선 채로 떨다가 무릎을 꿇는다. 몸에 난 구멍에서 계속해서 피가 흘러나왔다. 가끔은, 내장 조각도. 소총탄보다 굵은 기관총탄이 안쪽을 긁고 지나간 탓이었다. 저벅, 저벅. 걷는 소리 뚜렷하게 다가가는 겨울. 변종은 꿇은 채로 올려다보며 이빨만 따다다닥 부딪혔다.

겨울은 변종을 걷어찼다. 그리고 넘어진 놈의 위로 큰 걸음을 내리찍는다.

콰작!

평소보다 훨씬 더 무거운 일격. 흉곽이 콰드득 내려앉았다. 소년은 그 상태에서 발을 비볐다. 그 때마다 으득, 으드득, 조각난 갈비뼈들이 어긋나는 느낌. 날카로운 뼛조각들이 심장을 파고들어서야, 변종은 마지막 날숨을 뱉었다.

'무게는 이 정도인가.'

겨울은 자신의 달라진 무게를 시험하고 있었다. 새로운 방호복, 「센추리온」 때문. 자체 무게만 25킬로그램으로, 변종에게 물려서 생기는 피해를 막겠다고 만든 물건이었다.

추가로 기관총탄 500발이 들어가는 급탄가방이 16킬로그램.

무기나 다른 장비들까지 합쳐서, 겨울이 지고 있는 무게는 50킬로그램을 넘는다.

사격이 이어졌다. 변종이 숨을 만한 관목은 그렇게 많지 않았다. 시추기와 유류고 주변에 있는 변종들을 처리하기가 까다로울 뿐. 겨울은 정조준으로 다섯을 사살했다. 그리고 빠르게 전진하며 제압사격. 서른 발 정도를 뿌린다. 급탄가방 덕에 재장전은 필요 없었다.

"다들 괜찮아요?"

사격 끝에 돌아보면, 같은 방호복을 착용한 스무 명이 불편하게 뛰어온다. 진석 분대와 유라 분대 전원이 해당되었다. 그 밖에도, 각 소대마다 한 개 분대씩 허덕이는 중이고.

"어휴, 탈 때도 느꼈지만, 이거 진짜, 장난이 아니네요."

조금 빠르게 달린 것만으로, 유라는 벌써 얼굴이 발갛게 물들었다.

"새로운 장비를 주려면, 최소한의 적응기간은 있어야 하지 않습니까?"

자리를 잡은 뒤에, 진석이 날카롭게 묻는다. 항상 냉소적인 진석이지만, 이번만큼은 그가 까다롭게 군다고 보기 어렵다. 겨울도 같은 생각이었다.

'너무 성급한 것 같은데…….'

연대전투단이 센추리온 방호복을 수령한 게 어제 오후의 일이었다. 그런데 바로 오늘, 봉쇄사령부로부터 방호복을 실전에서 테스트하라는 지시가 내려왔다.

그래도 불만은 일단 무마해둬야 한다. 겨울이 진석을 달랬다.

"환경이 환경이잖아요. 송유관이나 정제시설 파손을 최소화하려면 화력을 아껴서 써야 하는데, 그러자니 병사들이 위험해지는 걸요."

이 또한 사실이었다. 송유관이 사방에 있었다. 파손되면 보수공사가 만만치 않을 것이다. 애초에 모든 자재를 항공운송에 의존해야 하는 상황이니까.

그래서 화력조절이 불가능한 전차소대는 외부 경계에 투입된다. 동서남북으로 각 1량씩. 신형 포탄을 써서 산탄사격이 가능해진 만큼, 변종을 상대로 압도적인 위력을 발휘할 것이다.

진석은 여전히 불퉁했다.

"난민이라고 모르모트 취급하는 것 같아서 그렇습니다."

"박 조장님. 우리만 고생하는 거 아니잖아요. 작전 중이니 남은 이야기는 나중에 들을게요. 다들 바이저 내려요. 고정도 잊지 마시고요. 이후에 무전으로 교신합니다."

방호복에는 안면 보호를 위한 바이저가 달려있었다. 이걸 내려서 잠가버리면, 보통의 변종은 착용자를 물어뜯을 방법이 없어진다. 즉, 직접적인 감염에서 완전히 안전해지는 셈. 대신 의사소통도 무전을 통해야 한다.

'베타 구울의 무는 힘을 버틸 수 있다고 했던가?'

카탈로그에 나온 방호성능은 그 정도였다.

겨울은 병력을 끌고 도로와 철도를 따라 북상했다. 다른 병력들이 좌우에서 병진했다. 험비와 장갑트럭들이 대열을 뒤따른다.

어지간한 도시만큼 넓은 유전이었다. 남단에서 중앙의 정유단지에 닿기까지, 대원들은 1킬로미터 이상을 걸어야 했다. 체력이 부족한 대원들이 벌써부터 땀을 흘린다. 날이 아직 선선하고, 방호복에 별도의 냉각장치가 있는데도 그랬다.

겨울은 시추기 뒤편에서 튀어나오는 변종들을 발견했다.

"11시 방향에 적! 대기! 대기! 뒤로 10미터 물러나요!"

도로를 따라 나란히 달리는 송유관 때문에 사격이 자유롭지 못하다. 가장 가까운 송유관은 고작 30미터 거리. 겨울은 후속 차량들을 향해서도 손짓했다. 멀어지라고. 적당한 거리에서 주먹을 들었다. 험비 사수가 사격을 준비한다.

동시에 겨울이 두 개 분대를 향해 외치는 말.

"나를 기준으로! 거기, 너무 물러났어요! 좀 더 다가온 다음에, 가급적 높게 조준해서 쏴요!"

겨울은 대원들의 사격을 지연시켰다. 변종들은 언제나처럼 혀를 빼물고 달려온다. 그 기세가 거리감을 줄인다. 실제보다 가까운 감각 앞에서, 대원들이 온 몸으로 초조해했다.

"지금! 사격!"

변종들의 상반신이 일제히 터져나갔다. 높게 쏘라는 지시였고, 진작부터 끝나있던 조준이다.

투타타타타타!

쓰러져서 버르적대는 변종들에게 과잉화력이 쏟아진다. 특히 한 명이 문제였다.

[으아아아! 이 새끼 왜 안 죽어!]

거리가 너무 가까웠던가. 총에 맞아 움직이는 걸 살아있다고 착각하는 모양. 무전기에서 칙칙하게 울리는 비명. 패닉은 전염되기 쉽다. 겨울이 강하게 외쳤다.

"그만! 사격중지! 사격중지!"

쉽게 끝나지 않는 난사. 보다 못한 진석이 직접 가서 막는다. 총열을 붙잡고, 힘으로 확 들어올려서. 그러나 이미 백 발 이상을 써버린 뒤였다.

탄창을 갈아 끼우는 방식이면, 미숙한 인원도 탄 소모를 자제할 수 있다. 어쨌든 25~30발 단위로 끊어지니까. 급탄 가방은 그렇지 않았다.

'재장전이 불필요하다는 게 이럴 때 곤란하구나.'

말이 500발이지, 완전자동사격으로 46초 만에 없어지는 양이다.

이는 단점이면서 장점이었다. 적어도 화력공백은 생기지 않는 셈이니까. 압도적인 수의 변종을 상대할 땐, 거침없는 연사가 큰 도움이 될 것이다.

잠시 후, 겨울은 전투조원들과 함께 정유단지의 첫 번째 통제시설에 접근했다. 다른 경로를 청소하며 올라온 찰리 중대 2소대, 3소대가 합류했다. 1소대와 화기소대는 유전을 가로지르는 건천의 다리를 점령하느라 다른 곳에 있었다. 중대장 설리번 중위 역시 그쪽을 담당했고.

각자의 병력을 사주경계로 펼쳐놓고, 세 명의 소대장이 겨울에게 붙는다.

"아까 총성이 꽤 요란하던데, 무슨 일 있었습니까?"

3소대장 힉스 소위의 질문. 겨울이 고개를 흔들었다.

"별 것 아니에요. 두 사람은 오는 동안 괜찮았어요?"

전성판을 통해 울려나오는 겨울의 음성. 소위 둘이 서로를 확인한다. 2소대장 맥코이가 대답했다.

"간헐적으로 튀어나오는 놈들이 문제였습니다만, 뭐, 저희 쪽에도 중보병이 있었으니까요. 두 명이 덮쳐졌는데 멀쩡하더군요. 한 놈은 지린 모양입니다만."

중보병은 방호복 착용자를 뜻한다.

이어 힉스 소위가 증언했다.

"저희 쪽에서는 붙어있는 놈에게 그냥 갈겨버렸습니다. 소총탄 정도는 막는다기에 괜찮겠거니 했죠. 센추리온 이거, 물건 자체는 쓸 만한 것 같습니다."

겨울은 고개를 끄덕이고서, 점령할 건물들을 지목했다.

"시간상 여유가 있으니 안전하게 가죠. 지금 여기에 중보병 네 개 분대가 있으니까, 돌아가면서 돌입하기로 해요. 어차피 이쪽 건물은 그리 크지도 않잖아요."

맥코이가 묻는다.

"순서는 어떻게 하시겠습니까?"

"제가 지원 병력과 함께 두 번 먼저 들어갈게요. 그 다음에 2소대, 3소대 순서로. 어때요?"

"이의 없습니다. 엄호하겠습니다."

힉스 역시 고갯짓으로 동의했다.

겨울은 진석 분대를 이끌었다. 차량 수송을 위해 원유 배관이 끝나는 장소. 한 대의 유조차가 버려져 있었고, 주차장엔 승용차 몇 대가 방치된 상태였다. 안전벨트에 묶인 변종 하나가 차 안에서 몸부림쳤다. 그러나 아무래도 힘이 없다. 앙상하게 말라있었다.

다가가서 단발 사격으로 침묵시킨다.

차 안쪽은 마른 분변으로 가득했다. 감염되기 전, 꽤 오래 갇혀 지낸 모양이다.

'그렇겠지. 일찌감치 감염되었으면 저렇게 굶주릴 일이 없으니까.'

대사억제에 들어간 변종은 영양 공급 없이 연 단위로 살아남는다. 산소는 별개지만.

이제 겨울은 선두에서 건물 내로 진입했다. 일반 주택 크기의 단층 시설이었으나, 각종 설비가 가득하여 내부는 복잡한 편이었다. 좁은 외길이 이어진다.

"캬악!"

응달에 도사렸다가 도약한 변종에게, 겨울은 왼손을 물려주었다.

까드득.

[대장!]

등 뒤의 비명에, 겨울은 오른손을 들어 보인다.

"괜찮아요. 아무렇지도 않아요. 쏘지 마세요."

장갑은 방탄 소재였다.

변종은 겨울의 손을 붙잡고 열심히 씹어댔다. 보는 앞에서 뭉개지는 잇몸들. 피가 줄줄 흐르고 이빨이 빠개지는데도, 굶주린 것은 그칠 줄을 모른다. 빠각, 빠각. 부서진 이빨 조각이 바깥으로 튀었다. 겨울에게는 약간의 압력이 느껴질 뿐이었다.

겨울은 변종의 턱을 손잡이처럼 움켜쥔다. 변종의 몸부림. 그러나 이쪽은 100킬로그램이 넘는 체급이었다. 흔들릴지언정 휩쓸리지 않는다. 총을 놓고, 감아쥔 오른손을 어깨 뒤로 당겼다. 그 뒤에, 온 몸의 무게를 실어 변종을 후려쳤다.

일격에 아래턱이 떨어져 나왔다. 비틀거리기에, 이번에는 목을 붙잡고, 또다시 강타한다. 한 번, 두 번, 세 번. 회를 거듭할수록, 몸부림이 잦아든다. 함몰된 안면에서 깨진 눈알이 흘러나왔다. 목을 놓아준다. 주저앉은 변종이 다리를 떨었다. 겨울은 문을 부수는 쇠지레를 들었다. 번쩍 들어, 날 선 모서리로 정수리를 내리 찍는다.

보여주기 위한 행동이었다.

괴물보다는 사람이 더 무서운 법이라고.

변종들은 기초적인 매복과 엄폐를 구사했다. 무리 지은 짐승 수준의 지능일지라도, 상대하는 입장에선 골치 아픈 일. 엄폐물이란 것들에 기름이 차있었기 때문이다. 시설파손 뿐만 아니라, 화재까지 걱정해야 한다.

그만큼 중보병이 활약할 기회가 늘었다. 본인들은 좋아하지 않았어도.

겨울은 유라 분대를 끌고 두 번째 시설로 진입했다.

창문과 환기구로 들어오는 햇빛 외에, 일체의 조명이 없는 실내. 겨울은 바이저를 올려보았다. 곧바로 휘발성 짙은 냄새가 난다. 시설 어디선가 원유가 새는 모양이다.

'사격으로 불붙긴 어렵겠지만……. 모르는 일이니까.'

살이 썩는 내음도 있었다. 이 정도면 하나가 아닌데. 겨울은 바이저를 내리고, 잠그고, 수신호로 후방에 경고했다. 사격 주의, 그리고 예측되는 적 다수. 분대원들은 서로를 엄호할 수 있는 위치로 벌어졌다. 사선에 관이나 설비 따위가 없는 화망을 구축하면서.

첫 적은 의외로 정면에서 나왔다. 군살 없는 몸이 근육으로 꽉 차있다. 강화종이 되기 직전이다. 잠깐의 대치. 인간 아닌 것은 고개를 연달아 꺾으면서, 이빨을 따다다닥. 이쪽의 대응을 시험하는 듯 하다.

[대장!]

누군가 내지른 경고성. 겨울이 쇠지레를 머리 위로 쳐올렸다. 정점에서, 무언가 턱 걸리는 느낌. 피가 쏟아진다. 그대로 휘두르니, 지렛날에 찍힌 변종이 무겁게 패대기쳐졌다. 배관을 타고 떨어진 놈이다. 뒤늦게, 타타탕! 엇나가는 총소리. 지원사격이었다.

'하나가 시선을 끌고, 다른 놈이 덮친단 말이지?'

시선 끌던 녀석이 달려든다. 겨울도 돌격했다. 거리가 영에 수렴하는 순간, 어깨로 충돌한다. 쿵! 온 몸을 흔드는 타격감. 겨울은 중보병의 전투방식을 시험하는 중이었고, 결과는 예상대로였다. 변종이 일방적으로 튕겨졌다. 세 걸음 쫓아가 쇠지레를 내리치는 겨울.

까앙! 부패한 허벅지 사이에서 콘크리트가 부서지며, 요란한 불티가 튄다. 박혔다.

'너무 느려.'

몸이 무겁지만 않았다면. 겨울은 아쉬움과 쇠지레를 동시에 놓고, 전진했다. 몸 뒤집는 변종의 머리채를 움켜쥔다. 확 당기자, 머리카락만이 아니라 가죽까지 벗겨졌다. 염증 탓일까? 피에 젖은 두개골이 드러났다. 충격으로, 변종이 소년의 발치에 쓰러진다. 이럴 셈은 아니었는데. 겨울이 주먹을 치켜들었다.

쾅! 머리뼈에 생긴 균열을 육안으로 볼 수 있었다. 쾅! 금간 곳을 다시 칠 수 있어서 좋다. 쾅! 변종은 거품을 물고 소년의 허리에 매달렸다. 쾅! 인간을 물어뜯고, 넘어뜨리려 힘쓰는 괴물. 쾅! 무게 탓에 어림도 없다. 쾅! 뼈가 내려앉기 직전이다. 쾅!

마지막은 조금 다른 소리였다. 뒤에서 휘둘러진 쇠지레를 겨울은 손목으로 막았다. 들어오는 지렛날 바로 안쪽을 쳐서. 날이 빠지기 전에 다른 손으로 움켜쥔다. 이어지는 힘 싸움. 손잡이를 쥔 구울이 이빨을 드러냈다.

다수의 변종들이 배관을 타고 넘어온다. 대원들이 미리 잡은 위치에서 조준사격을 가했다. 그러나 한 사람은 덮쳐졌다. 머리부터 짓눌려, 넘어져, 자기 무게와 변종의 무게를 감당하지 못한다.

[아아악!]

단말마를 닮은 비명.

'조금 더 침착하면 좋을 텐데.'

비명만큼 위급하진 않았다. 보통의 변종은 방호복을 해체할 수 없다. 겨울은 달라붙은 두 놈부터 밀어붙인다.

쇠지레를 낚아챈 구울이 문제였다. 그것도 베타 구울이다. 완력이 상당했다. 허리를 붙잡은 놈은 이미 제 힘을 내지 못했으나, 겨울에겐 매달려있는 그 자체로 방해. 하체와 허리힘을 쓰기 힘들었다.

개싸움이다. 도구를 쓰는 짐승은, 쓰는 법이 엉망이었다. 풀 스윙만 막으면 된다. 견제는 한 손으로 충분했다. 지금껏 경험한 방어력을 믿고서, 자잘한 매질을 무시하고, 겨울은 구울의 안면을 움켜쥔다.

놈이 고개를 마구 흔들어서 쉽지 않았다. 미는 손을 사납게 물어댄다. 강화종답게, 느껴지는 압력이 상당했다. 물 때마다 스크래치가 생겼다.

서두를 필요 없다. 방어는 만전. 겨울은 계속해서 시도했다. 그러다가 결국, 콱! 엄지가 눈을 찌르고 들어갔다. 우묵해진 눈꺼풀에서 피가 흘러나온다.

"캐애애액! 갸르르! 크카아악!"

구울이 미친개처럼 짖는다. 이런 싸움에 어울리는 소리.

같은 일, 두 번째는 쉬웠다. 거의 더듬는 수준으로, 이미 생긴 구멍에 약지 이하를 넣어 고정시키고, 엄지를 남은 눈으로 옮겨간다. 손끝에서 미끄러지는 뼈의 감촉. 다시 한 번 엄지에 힘을 준다. 실패. 다시 한 번, 실패. 그리고 세 번째의 성공.

시력을 잃은 구울은 더 이상 위협이 아니었다. 대검을 뽑아 안와 깊이 박아버린다. 어떻게 박혔는지, 잘 빠지지 않았다. 피로 적신 손이 미끄러운 탓도 있었다. 겨울은 왼팔로 남은 변종의 목을 조였다. 그리고 오른 주먹으로 거듭 내리친다. 망치질처럼 단조로운 동작. 그리고 망치처럼 단단한 주먹. 방탄소재의 무게와 굳기는 그 자체로 흉기였다.

퍼석! 마침내 깨지는 소리. 허리를 죄던 힘이 사라진다.

유라 분대도 전투를 마무리 짓는 단계였다. 조장이자 분대장으로서, 유라는 가장 침착했다.

겨울은 생각했다. 스트레스 훈련이 효과가 있구나. 옆에서 욕설을 퍼붓고, 마구 밀치는 상황에서, 표적의 성질을 구분하여 쏘는 훈련. 사격훈련 중에선 가장 실전에 가깝다. 겨울에게 일대일로 교습을 받은 건 유라가 유일했다.

그녀는 자동사격이 가능한 샷건으로 무장했다. 겨울이 보는 앞에서, 내리 스무 발을 쏴서 변종들을 쓸어버린다. 범위를 정확하게 고려한 사격이었다. 벽과 바닥이 마구 부서졌으나, 설비는 일절 건드리지 않았다.

겨울은 권총사격으로 거들었다. 기관총보다 빠르고 간편했다. 타앙, 탕! 철컥거리는 슬라이드가 짧은 탄피를 뱉는다. 반동은 거의 느껴지지 않았다. 이 또한 방호복의 무게 탓이었다.

"다들 괜찮아요? 상태 보고하세요."

겨울의 말. 무전망에 훌쩍이는 울음소리가 흐른다. 제대로 대답하는 사람은 반수 이하. 그 반수를 경계로 세워놓고, 남은 이들은 겨울이 한 사람씩 다독여야 했다. 이들이 부족한 게 아니다. 다들 신병인 것을. 실전 경험이 부족하다. 중보병은 상식적으로 숙련병의 역할이었다.

그러나, 난민 출신 정규군을 투입하라는 명령 또한 봉쇄사령부에서 내려왔다.

「명백한 해방」 작전에서 포트 로버츠 주둔 병력의 역할이 보급선 구축만은 아닌 듯 하다.

[대장은 괜찮으세요?]

작은 리더를 염려하는 유라의 목소리. 그러나 그녀야말로 괜찮지 않았다. 두꺼운 방호복으로도 가려지지 않는 떨림. 경계하는 총구가 고정되지 않는다.

겨울은 그들에게 잠깐의 휴식을 주었다. 적어도 조준은 가능해야지.

잠시 후 재개되는 탐색. 매복은 다행히 한 번이 전부였던 것 같다. 시설의 남은 구획은, 기름 묻은 발자국이 어지러웠으나, 그저 조용하기만 했다.

이후 비슷한 과정이 반복되었다. 유전지대를 확보하는 과정에서 인명피해는 단 한 명이었다. 바이저 고정을 잊었던 중보병은 안면을 물어 뜯겼다. 그는 울면서 자살했다.

캡스턴 중령이 겨울을 호출했다.

"수고했네. 보아하니 이번에도 몸을 사리지 않은 것 같군."

그는 피와 살점 투성이인 겨울의 방호복을 보고 있었다.

"그 방호복, 직접 운용해보니 느낌이 어떤가?"

의례적인 칭찬 이후 바로 나온 질문이 이것이다. 신형 방호복에 대한 소년 장교의 평가를 듣고 싶은 모양. 중령은 현장 지휘관으로서 센추리온의 운용 보고서를 써야 할 입장이기도 했다. 겨울은 개인적인 소감부터 시작했다.

"좋은 물건이고, 방어력도 확실한데, 제게는 어울리지 않는 물건이에요."

"어째서?"

"만약 산타 마리아에서 이걸 입고 있었으면, 저는 아마 죽었을 테니까요."

알기 쉬운 예였으므로, 중령이 고개를 끄덕였다.

방호복 착용은 겨울의 강점들을 깎아먹는다. 빠르고 정확한 사격, 위험한 환경에서의 고속 이동, 적극적인 치고 빠지기 등. 이를 뒷받침하는 「개인화기숙련」과 「무브먼트」는 방호복의 중량과 두께에 지대한 영향을 받았다.

'아예 「근접전투」를 강화할까?'

기술 투자를 오랫동안 미뤘기에, 겨울에게는 많은 선택지가 열려 있었다. 그러나 기술등급이 올라갈수록 획득했던 횟수가 적다. 즉 재능이익—탤런트 어드밴티지가 희박하다. 소요 자원이 급격하게 늘어난다.

겨울은 상념을 접었다. 캡스턴 중령이 기다리고 있었다.

"나머지는 이미 짐작하실 것 같은데……."

운을 띄우고, 그래도 여전한 중령을 본 뒤, 마저 말하는 겨울.

"장애물이 많은 곳에서 싸울 때나 쓸모가 있지. 그 외엔 큰 의미가 없지 않을까 생각합니다. 적에게 압도당할 때 방어력을 믿고 버틸 사람이 흔치도 않을 거고요. 「명백한 해방」 작전에 천만 명을 동원해봐야, 어차피 다들 신병일 텐데요."

"그래도 심리적인 효과는 기대할 수 있을 거야. 적의 공격에서 완벽하게 안전하다는 게 병사들을 얼마나 안심시키겠나. 자네 말마따나, 거의 대부분이 신병들인데 말이야."

겨울이 부정적으로 대꾸한다.

"글쎄요……. 그럼블이라도 만나면 죽은 목숨인걸요. 영리한 것들은 도구를 쓰기도 하고요."

빠르게 지치고, 발이 느리다. 그런데 방어력은 빈 손의 베타 구울을 막는 수준이다. 겨울은 그럼블이 출현한다면 방호복부터 벗어던질 작정이었다. 트릭스터는 모르겠다. 방호복이 절연체이긴 하나, 트릭스터를 쫓아가려면 속도가 부족하다.

'사전정찰로 특수변종이 없다는 건 확인했지만.'

중보병들은 유전 안쪽에 투입되었으므로, 외부 경계 병력으로부터 경고를 받을 시간이 충분했다.

"즉 결론은."

캡스턴 중령이 말한다.

"자네 같은 사람에겐 도움이 되지 않고, 능력이 부족한 사람에게 주기는 애매한 장비라는 뜻이군. 쓸 만 한 환경 역시 시가지나 비슷한 곳으로 제한될 것이고. 그나마 그럼블을 대비해 강력한 화력지원을 받아야 한다는 건데……. 사실, 당연한 이야기겠지."

"가능할까요?"

겨울은 한 번에 많은 질문을 던졌다. 충분한 지원을 받기에, 천만은 너무나 많다. 그리고 준비기간은 너무 짧았다. 모든 곳에서 모든 것이 부족할 것이다. 중보병들이라고 특별하진 않을 터. 하다못해 수송차량은 충분할까? 차량 없이는 움직이지도 못할 텐데.

"잘 모르겠군. 위에서도 계획이 있겠지."

중령은 하늘을 보았다. 수십 대의 수송기들이 줄줄이 날아온다. 투하하는 것은 모듈화 된 건축 자재들. 겨울은 저널을 회상한다.

'수송기가 모자랄 때인데.'

오염지역에 대한 보급만 해도 수송역량이 부족한 상황. 봉쇄선 사령부가 이 유전을 얼마나 중요하게 생각하는지 알 수 있었다. 하지만, 비축할 시간이 얼마 없다. 그리고 미군은 기름을 엄청나게 쓰는 군대다. 그날그날의 생산량으로 공급하는 건 지나치게 빠듯한 구상이었다. 다른 루트가 있다손 치더라도.

"역시, 다가오는 대선의 영향이 있겠죠?"

겨울의 질문에, 캡스턴 중령이 가볍게 눈살을 찌푸린다.

"그렇게 생각하는 건 어쩔 수 없지만 다른 자리에선 이야기하지 말게."

지휘관의 역할은 걱정을 잠재우는 것이지, 그 반대가 아니다. 그런 의미였다.

어쨌든 천만이 넘는 병력이다. 어지간한 결핍을 질량으로 뭉개는 게 가능한 숫자. 지난 스물여섯 차례의 세계관에서조차 이런 규모는 존재한 적 없었다.

이변이 일어나지 않는 한, 실패를 예상하긴 어렵다. 설마 지진 따위가 일어나진 않겠지.

단지 겨울은 과정을 우려하고 있었다.

과거 (7). 왕

고건철 회장이 마침내 낙원을 손에 넣었다. 그것은 잘 준비된 함정의 시기적절한 연속이었고, 1%의 지분에 경영권이 오가는 자본주의의 마법이기도 했다.

이혼소송에서, 낙원그룹의 후계자는 불륜 사실을 부인했다. 그러나 명백한 증거가 너무도 많았다. 고아영은 일방적인 피해자였다. 위자료는 천문학적으로 부풀어 올랐다. 또한 그녀는 재산형성에 기여한 바가 남편보다 크다고 인정되었다. 혜성그룹 사장단의 일원이자, 애초부터 낙원그룹 대주주의 한 사람이었기 때문이다.

언론은 재판결과를 대서특필했다. 재벌가의 이혼으로 기업의 지배구조가 바뀌는 건 종종 있는 일. 그러나 이번에는 차원이 다르다고. 기업이 아니라, 국가의 지배구조가 바뀌었다고.

이제 고아영은 낙원그룹의 경영인이 되었다. 그러나 모두가 알고 있었다. 그녀의 아버지, 고건철 회장이야말로 진정한 지배자라는 것을.

아영은 그 의견에 동의했다.

'그렇지. 사실은 명의신탁에 불과하니까.'

명의신탁. 재산의 명목상 소유자와 실소유자가 일치하지 않는 경우. 아영이 본래 지니고 있던 낙원의 주식은, 표면적으로만 그녀의 것일 뿐, 실상 고건철 회장의 소유였다.

보통 이런 건 상속을 위한 편법으로 쓰인다. 허나 고건철 회장은 달랐다. 지난날, 조 단위의 증여세를 한 푼도 남김없이 납부했다.

그것이야말로 폭군이 추구하는 공정함이었고 미래를 위한 포석이었으므로.

그래서다. 그는 오늘도 분노하고 있었다.

"뭐가 어째? 조세회피? 얼마를 아껴? 야 이 개새끼야! 네가 감히 내 지분을 훔치려 들어?!"

낙원그룹 회계담당자는 창백하게 질린 얼굴이었다. 딴에는, 새로운 고용주에게 자신의 능력을 입증해 보이려는 노력이었을 터.

낙원그룹이 그동안 어떻게 세금을 줄여왔으며, 앞으로는 혜성그룹의 영향력 아래 더욱 효율적인 절세와 탈세가 가능할 것으로 예상된다고. 그는 그렇게 보고했다.

폭군이 참모들을 향해 포효했다.

"니들도 잘 들어! 내야 하는 세금은 반드시 내고! 낼 수 있는 세금은 찾아서 내라!"

분노뿐인 간극 뒤에, 다시 이어지는 분노.

"나는 공정한 상인이다! 다른 날강도 버러지들이 어떻게 하건 내 알 바 아냐! 내가 세금을 내는 것은, 그만큼 요구하기 위해서다! 더 많은 세금! 더 많은 권리! 나는 값을 치른다! 국가는 그만큼의 대가를 내놔야 할 것이다! 내가! 이 나라의 대주주다!"

회계담당자가 지분을 훔치려고 들었다는 건 그런 의미였다. 회장의 국가관은 기업경영의 연장선상에 있었다. 이 세상 모든 것을 화폐가치로 환산하는 사람이기에.

같은 맥락에서, 세금을 내지 않으려는 잡것들은 권리를 행사할 수 없다. 회장이 다른 경영인들에게 적대적으로 구는 이유였다. 무임승차를 원하는 버러지 새끼들이라고.

일견 공정하게 느껴지는 가치관.

그러나 아영은 속으로 한숨 짓는다. 그 기준도, 방식도 터무니없는걸.

폭군은 자신이 합당하다고 생각하는 대가를 요구한다. 그 합당함이란, 자신만의 기준이었다. 스스로의 상도덕을 법보다 우선하는 것처럼. 그래서 때로는 거래할 수 없는 것, 거래해선 안 되는 것을 거래하기도 한다.

'그 아이의 몸처럼…….'

아영은 분노하는 회장의 어린 모습을 눈에 담는다. 그리고 겨울에 태어난 아이와 비교한다. 소년은 저런 얼굴을 한 적이 없다. 다른 사람이다. 그저 동일한 이목구비에서, 거래 이전의 모습을 연상할 수 있을 뿐.

이 나라는 앞으로 어떻게 될까. 저렇게 분노하는, 늙은 소년이 왕좌에 앉아있는데.

지금까지는 회장 스스로 선을 그어왔다. 이 금액으로 얻을 권리는 여기까지라고. 그런 면에서는 엄격한 사람이었다.

그러나 낙원그룹을 손에 넣음으로서, 고건철 회장은 전보다 훨씬 더 많은 세금을 낼 수 있게 됐다. 어쩌면 국가 예산의 절반을 넘을지도. 이제 아버지가 무엇을 요구할지, 딸은 상상조차 하기 힘들었다. 그의 요구에는 한계가 없을 것이다.

옛날, 그녀가 아직 여물지 않았던 시절. 딸을 미워하는 아버지는, 아이가 학교에서 배운 모든 것을 부정했다.

"국민은 환상이야. 미개한 개돼지 새끼들이지."

그는 인간을 믿지 않았다.

"그래, 지분은 있어. 좁쌀 만 한 지분이 있지. 하지만 그 작은 지분조차 그놈들에겐 과분한 목걸이다. 통찰도, 숙고도 없이 써버리는 것을……. 어디서 태어났는지를 따지고, 어느 세대인지를 따지고, 학벌과 직업과 성별로 편을 갈라서 말이야. 그놈들이 서로를 비난하는 건 결코 시비를 가리려는 게 아니다. 상대의 잘못을 개처럼 물고 늘어져서 자기 기득권으로 만들려는 수작질이지. 남의 밥그릇은 빼앗기 바쁘고, 제 밥그릇은 지키기 바빠. 밥그릇을 지킬 수만 있다면 옳고 그름은 중요하지 않다."

그는 다시 말했다.

"이 몰염치한 세상에서, 정답은 돈이다. 모든 것이 경제적이어야 해. 경제적이지 않은 계약은 믿을 수 없기 때문이다."

아영은 아버지의 세계관이 싫었으나, 세계는 실제로 그런 모습이었다.

세상 사람들은 그녀의 아버지를 존경한다. 이유는 돈이 많다는 것이었다. 세금을 많이 내는 것이 애국이었고, 그 외의 비인간적인 언행들은 선구적인 경영철학으로 채색되었다.

아영은 이렇게 상념에 잠겨있었다. 낙원의 경영에 관한 회의였으나, 누구도 그녀의 의견을 구하지 않는다. 들러리. 장식품. 단 한 번도 주체적일 수 없는, 속박된 운명.

따라서 회의가 끝났을 때, 회장이 그녀에게 남으라고 하는 것이 뜻밖이었다.

"무슨 일이세요?"

딸의 질문에, 아버지가 답한다.

"네 자식은 당분간 내가 보관하겠다. 돌아가면 이미 없을 테니, 그리 알아라."

아영은 얼어붙었다. 실체 없는 한기가 골수까지 스며든다. 그녀는 더듬더듬 다시 물었다. 이유가 뭐냐고. 내 아이를 왜, 왜 데려갔느냐고. 아버지는 조소를 머금었다.

"네가 앉은 그 자리가 쭉정이에 불과할지라도, 네 생각이 짧으면 귀찮아질 가능성이 있으니까. 네가 자식을 사랑한다고 착각하는 모양이니, 당분간은 쓸 만 한 안전장치가 되어주겠지."

한기는 이제 열기로 변한다. 뜨겁게 팽창하여, 입 밖으로 쏟아져 나온다. 그러고도 남은 것은 눈물로 흘러나왔고. 부들부들 떠는 손으로, 닿는 거리의 모든 것을 집어던진다. 그러나 그 중 어느 것도, 아버지를 향해 직선으로 날지는 못했다.

폭발하는 딸의 모습에, 늙은 왕은 만족했다. 안전장치를 잘 고른 것 같아서.

에이프릴 벤전스 Part 1

포트 로버츠

「명백한 해방」을 준비하는 나날은 단조로웠다. 진격로를 확보하고, 보급물자를 쌓아두기 위한 반복적인 임무들.

그러던 어느 하루, FBI 요원이 겨울을 찾아왔다. 요원은 절도 있는 경례와 부동자세로 소년장교를 맞이했다.

"처음 뵙겠습니다. 연방수사국 국가안보과의 특수감독관, 조안나 깁슨이라고 합니다."

그녀의 방문은 뜻밖이었다. 깁슨 요원은 연대장에게 소년장교와의 독대를 요구했고, 그에 따라 마련된 면회실은 바깥과 완전히 격리되어 있는 상황. 수사국이 겨울에게 관심을 가질 이유가 무엇일까? 무슨 이야기를 전하려는 걸까? 내게 어떤 혐의가 걸려있나?

기반 정보가 없으니 「통찰」은 작동하지 않는다.

이런 전개는 경험한 적이 없다. 겨울은 일단 신중한 인사를 건넸다.

"반갑습니다, 깁슨 요원. 이렇게 불러드리면 되나요? 죄송합니다.

특수감독관(Supervisory Special Agent)이 어느 정도의 직급인지 알지 못해서⋯⋯."

"괜찮습니다. 굳이 따지자면 대위 정도 됩니다만, 수사국과 육군은 별개의 조직이니까요. 역할과 규모도 다르고요. 일대일 대응은 무의미하겠죠. 실제 작전상황에서는 제게 감독권이 있겠으나, 감독권과 지휘권은 서로 다른 개념입니다. 그러니 편하게 말씀하셔도 괜찮습니다."

맥락이 분명한 말이었다. 반문하는 겨울.

"작전상황이라고요? 제가 깁슨 요원과 같은 작전에 투입된다는 뜻인가요?"

"네, 그렇습니다. 중앙정보국(CIA)에서 한겨울 중위님을 보내달라고 요청했거든요. 좀 더 이야기를 진행하기 전에, 여기에 일단 서명해주시겠습니까?"

그녀는 사무적인 미소와 함께, 한 장의 서식을 내밀었다. 비밀유지 서약서. 참여할 작전에 대해, 작전이 종료된 후로도 비밀을 지키겠다는 내용이 들어있다. 겨울은 고민했다.

"제게 거부권이 있습니까?"

"없습니다."

망설임이 없어 명료한 답변이었다. 그녀는 다른 서식을 꺼내놓았다.

"이걸 보시죠. 국방부와 봉쇄선 사령부의 파견명령입니다."

현재 160연대 「세븐스 캘리포니아」에 파견되어있는 한겨울 중위의 임무를 일시적으로 해제하고, CIA의 요청에 따라 다른 작전에 투입한다는 내용. 겨울은 해당 서면에서 연대전투단장 래플린 대령의 서명까지 확인할 수 있었다.

고민이 무의미해진 시점. 겨울 역시 망설이지 않았다. 깁슨 요원의 펜을 받아, 정갈한 필체로 자기 이름을 적어 넣는다.

"협력에 감사드립니다."

그녀가 서식을 갈무리하는 사이에, 겨울이 의문점을 묻는다.

"중앙정보국의 작전이라고 하셨는데, 깁슨 요원께서도 참여하시는 건가요?"

"아, 그게 규정입니다. 정보국의 국내 작전은 수사국의 감독을 받도록 되어있으니까요. 작전은 정보국이 관할하고, 국방부는 중위님을 파견하여 해당 작전을 지원하고, 수사국은 작전이 국익에 해가 되지는 않는지, 절차상 문제는 없는지 감시하는 역할인 거지요."

사공이 많으면 배가 산으로 갈 텐데. 겨울의 우려를 「간파」했는지, 조안나 깁슨은 아까보다 투명해진 미소를 더했다.

"저는 자동차의 브레이크라고 보시면 됩니다. 폭주를 막는 거죠. 어지간해서는 작전에 개입하지 않을 생각이에요. 미리부터 걱정하실 필요는 없습니다."

"제가 맡게 될 임무에 대해 설명해주시겠어요?"

"상세한 내용은 수송기에 탑승한 이후 전달드릴 수 있습니다만……."

"얼마나 걸릴까요?"

다시 묻는 겨울에게, 뜸을 들인 뒤, 제한적인 정보를 알려주는 그녀.

"역시 궁금한 것이 많으시겠죠. 그냥 현 시점에서 알려드릴 수 있는 건 모두 말씀드리겠습니다. 우선 작전 기간은……불확실합니다. 정보국에서는 최대 몇 개월 정도를 예상하더군요."

"……."

"작전 자체는 예전에 개시되었습니다. 저와 함께 투입되는 건 한겨울 중위님뿐입니다만, 현장엔 이미 충분한 인원이 상주하고 있습니다. 그저 어떤 필요성에 의해, 정보국이 중위님을 보내달라고 요청한 거지요."

작전이 예전에 개시되었다면, 기존에도 감독관은 있었을 것이다. 국내 작전은 수사국이 감독한다고 했으니까. 그런데 새로운 감독이 들어간다는 건, 어떤 이유로든 기존 감독관의 임무수행이 불가능해졌다는 뜻이었다.

'거기다 나를 데리고 간단 말이지……. 즉 전투력이 있어야 한다는 뜻인데.'

전임 감독관은 전사했을 가능성이 높아 보인다. 임무가 그만큼 위험하다는 반증이었다.

집슨 요원은 길지 않은 설명 끝에, 출발 예정시각이 오후 9시라고 알려주었다.

"중위님께서 손수 보살피는 사람들이 있다고 들었습니다. 간단히 소식을 전하셔도 좋을 것 같네요. 특정 임무를 받아, 한동안 자리를 비울 것 같다……. 정도로요."

"배려해주셔서 감사합니다."

"그럼 20시 30분까지 연병장으로 와주시기 바랍니다. 다른 준비는 다 되어있으니 단독군장만 갖추고 오셔도 무방해요. 다른 질문이 없으시다면, 그 때 다시 뵙도록 하죠."

더 이상의 질문은 무의미하겠다. 겨울은 고개 한 번 끄덕이고, 자리에서 일어났다.

집슨이 찾아온 시점에서 겨울에게는 더 이상의 일과가 없었다. 작전과에서 빼주었기에, 바로 동맹을 찾아가 소식을 전한다. 사람들은 모두 당혹스러워했다. 가장 걱정하는 건 두 명의 부장, 그 중에서도 민완기 쪽이었다.

"좋지 않군요."

중년의 학자는 깊은 한숨을 쉬었다.

"그동안 이런저런 문제들이 있을지라도, 작은 대장님이 계시는 동안에는 눌러두기가 편했습니다. 종교라든지, 파벌이라든지……. 누구든 눈치를 보았으니까요. 다른 조직들과의 관계도 마찬가지고요. 솔직히 제법 민감한 시기인데……."

"어쩔 수 없어요. 명령인걸요."

겨울은 흐르던 이야기로부터 강제로 떨어져 나가는 듯한 느낌이었다.

혼자서 아무리 대단해지더라도, 세상이 반대로 흐르면 휩쓸릴 뿐이다.

반덴버그 공군기지

한 번은 심리치료사가 물었다. 네 「종말 이후」의 기록을 보니 너는 세상과 싸우고 싶어 하는 것 같다고. 가만히 고민한 뒤에, 소년은 이렇게 답했다.

그런 식으로 생각해본 적은 없지만, 듣고 보니 그러네요. 꿈을 꾸고 있나 봐요. 여기서.

지금, 겨울은 그 때 하지 않은 말을 되새겼다.

'결국엔 세상을 미워하는 꿈이네요……'

미워하지 않으려고 했었다. 사랑하는 두 사람의 행복을 기원하며. 그러나 재고해보면, 겨울 한 사람 증오하지 않는다고 세상이 바뀔 리는 없지 않은가. 미워하지 않는 게 아니라, 미워하기를 포기하는 것이다. 사람의 한계를 넘어선 일이기에.

그래서 여기서는 꿈을 꾸었다. 한계를 넘어서는 꿈을. 한계를 넘어, 사람 이상의 사람이 되어, 사람이 싸울 수 없는 것과 싸우는 환상을 향유하고 있었다.

알고 즐기는 착각이 오래 즐겁지는 않았다. 이제는 하나의 이유로 살아갈 뿐이다. 놓지 못할 가시를 쥐고, 남아있는 마음이나마 지켜가면서.

"무슨 생각을 하십니까?"

깜박 깨어나는 겨울. 가장 먼저 보이는 건 자신의 전투화였다. 고개를 들어보니, 질문자인 깁슨 요원이 의아하게 보는 중. 겨울은 빠져있던 회상의 깊이에 놀랐다. 결코 잠든 것이 아니었는데도, 자다가 일어난 것 같은 느낌이 든다. 이런 일이 없었는데.

"아뇨, 별 것 아니에요. 지나간 사람이 떠올라서 그만."

대답을 어떻게 해석했는지, 깁슨 요원은 유감스러운 표정을 짓는다. 겨울은 그 속을 익숙하게 읽는다. 「간파」로 확인하고서도, 그녀의 오해를 바로잡지 않았다.

우-우-우-웅—

좌석에서 유동감이 느껴진다. 바람을 닮은 진동이 등받이로 전해졌다. 흔들리는 수송기. 가벼운 난기류를 만난 모양이다. 겨울은 요원의 초조한 반응을 눈치 챘다. 목에 힘이 들어가 있고, 주먹을 꽉 쥐었다. 숙련된 수사관의 반응이기에 이채롭다.

겨울과 조안나 깁슨은 반덴버그 기지 행 수송기에 타고 있었다. 수송칸의 조명은 어둡다. 두 사람만을 위해 투입된 것이 아니기에, 폐쇄감이 느껴질 만큼의 화물이 실린 상태.

겨울이 자연스럽게 묻는다.

"정보국에서 저를 필요로 하는 이유, 이제 여쭤 봐도 괜찮을까요?"

"아."

요원의 반응은 신음에 가까웠다. 스스로도 깨닫고, 당황하는 것 같다. 크흠, 큼. 몇 번의 헛기침으로 목을 가다듬으며 입을 여는 그녀.

"그러고 보니 임무에 대한 설명이 아직이었군요. 이번 작전의 목표는 샌프란시스코 만 안쪽의 정보를 획득하고, 그 가운데 존재하는 안보위협을 제거하는 것입니다."

"샌프란시스코 만이라면…… 해상난민들 사이에서 이루어지는 작전인가요?"

"맞아요. 정보국에서 중위님의 파견을 요청한 것도 그 때문이고요. 그쪽에서 희망하는 전투원의 자격요건은 정확히 이렇습니다. 첫째, 우수한 전투력을 보유하고 있을 것. 둘째, 돌발 상황에 대처할 판단력이 있을 것. 셋째, 원어민 수준의 중국어 회화가 가능할 것. 넷째, 동양인 혈통에 속할 것. 이 모든 조건을 충족하는 사람은 미국 전체에서도 몇 명 없죠. 아니, 사실상 중위님이 유일하십니다."

자격요건을 듣는 것만으로도 작전의 성격을 짐작할 수 있었다. 그러나 겨울에게는 여전히 의문이 남아있다.

"제가 유일하다고요? 잘 이해가 되지 않는데요."

요원은 고개를 가로젓는다.

"농담이 아닙니다. 특수부대 기준의 전투력과 외국어 회화 능력을 동시에 갖춘 사람은 굉장히 드물어요. 하물며 중국어를 원어민 수준으로 구사하는 사람이 얼마나 되겠습니까? CIA 요원 중에서 찾아도 얼마 안 나올 겁니다. 중국 지부가 사실상 사라져버렸으니까요."

한 때 정보국 전체에서 아랍어 방언 능력자가 세 명 뿐이었던 건 유명한 일화지요. 라고 그녀가 중얼거렸다. 목소리가 작아진 건, 다시 흔들리는 수송기 탓이었다.

"그럼 다른 걸 여쭤보죠. 대체 그 안보위협이라는 게 뭐죠?"

겨울이 아무리 자격을 갖추었어도, 특수작전 경험은 없다시피 하다. 군사교육 또한 일선에서의 약식에 불과했고. 또한 생사여부는 백악관의 관심사였다. 그런데도 투입을 결정했다면, 그 안보위협이라는 게 어지간히 중대하다는 의미. 잠깐의 망설임 뒤에, 요원이 하는 말.

"핵입니다."

"……."

겨울은 저널에서 보았던 각국의 군함들을 떠올렸다. 멸망한 모국을 떠나왔으나, 신대륙의 항만에서 고립된 군인들. 그 상황에서도 동포들을 지키겠다고 국가 없는 전쟁을 치르던 모습.

'물론 그 뿐만은 아니겠지.'

환경은 인성을 시험한다. 타락은 누구에게나 열린 가능성이었다. 바깥세상의 조건이 누구에게나 가혹했던 것처럼. 그리고 그 세계의 관객들이 공감 없는 쾌락만을 소망하는 것처럼.

요원이 부연한다.

"정보국과 해군이 파악한 바에 따르면, 현재 샌프란시스코 만 안쪽에는 다섯 척의 원자력 잠수함이 도사리고 있습니다. 그 중 네 척의 위치는 파악되었어요. 언제든 격침시킬 수 있죠. 문제는 남은 한 척입니다."

겨울이 또 하나의 의문을 제기했다.

"잘은 모르겠지만, 그들도 결국은 미국의 지원으로 연명하는 중 아닌가요? 핵무기를 가지고 있다 쳐도 함부로 쓸 것 같지는 않은데요. 굶어죽고 싶은 게 아니라면 말예요."

핵잠수함은 오랫동안 보급 없는 작전이 가능하다. 그러나 그것도 미리 준비가 되었을 때의 이야기였다. 대역병 모겔론스는 예기치 못한 재난이었다. 중국은 그 시발점이었고. 경계대상인 잠수함이 중국 해군 소속이라면, 제대로 된 준비가 가능했을 리 없다. 이것이 겨울의 추론이었다. 요원은 고개를 끄덕였다.

"맞는 말씀이십니다. 하지만 단 1%의 위협도 좌시할 수 없는 게 바로 국가안보입니다. 우리 수사국이 사상 최악의 테러를 경고했지만, 각처에서 무시했던 것처럼 말이죠."

그녀는 소년장교가 당연히 알 것처럼 이야기한다. 자부심이 묻어났다. 그러나 시대가 다른 사건이었다. 지력보정으로 뜬 증강현실을 보고서야, 겨울은 그녀의 말뜻을 깨달았다. 쌍둥이 빌딩의 붕괴. 미국을 테러와의 전쟁으로 몰아넣었다는 그 사건. 교과서에서 본 적은 있다. 소년이 태어난 시대엔 이미 역사의 한 장이었으니.

"하긴, 실패해서는 안 될 작전이 목전이네요."

미국은 「명백한 해방」에 국운을 걸었다. 겨울의 말에 고개를 끄덕이는 요원.

"우려를 가중시키는 건 만 안쪽에서 번지는 루머입니다."

"루머?"

"네. 국내의 소문은 벌써 알고 계실 겁니다. 대역병은 사실 중국의 생화학 무기다……. 여기서 한 층 더 나아간 이야기가 해상난민들 사이에서 떠돌고 있습니다. 모겔론스가 미국의 생물병기라는 거죠. 중국을 몰락시키려고 사용했다가 통제에 실패했다는 겁니다."

"으음……. 그게 꽤 심각한 모양이네요."

"그렇습니다. 근거 없는 낭설인데도 불구하고, 중국에서 온 해상 난민들은 그 루머를 막무가내로 믿는 것 같더군요. 정보국은 핵잠수함 승조원들이 그런 광신에 경도되어 있을 것을 걱정하는 중입니다."

잠시 검토한 뒤에, 겨울이 묻는다.

"설마 정보국은 제가 그 핵잠수함의 위치를 찾아내길 바라는 건가요? 어떻게요?"

"아까 말씀하셨던 것처럼, 만 안쪽의 모든 사람들이 우리 미국의 물자 지원으로 연명하는 중입니다. 잠수함 승조원들도 마찬가지고요. 그동안 입수한 첩보에 의하면, 중국 잠수함들은 일정 주기로 부상하여 중국 선적 선박들로부터 물자를 넘겨받습니다. 한겨울 중위님께서는 그 위치를 파악해주시면 됩니다."

해상난민들은 미국의 물자보급과 원양어선들의 식량공급으로 연명하는 중이다. 그 물자를 군인들이 갈라 받고 있을 것이다. 시일이 흐른 만큼, 정해진 절차와 위치가 있을 것이고.

그 위치가 매번 같다면 이런 부탁을 할 이유도 없을 것이다. 일정한 약속에 따라 보급 장소를 바꾸는 것이겠지. 그렇다 하더라도, 그걸 어찌 알아낸단 말인가? 무기로 해결될 문제라면 여기까지 오지도 않았을 것을. 겨울은 고개를 기울인다.

"위치 파악이라고 하셨는데……. 제가 직접 잠입해서 알아내야 하나요?"

"대부분은 감청이겠지만, 그렇군요. 잠입이 필요한 경우도 있을 겁니다. 한겨울 중위님이 워낙 알려져 있으셔서 걱정이긴 합니다만…… 정보국 요원들이 중위님의 위장을 도와드릴 겁니다. 그치들의 전문 분야니까요."

겨울은 만 안쪽의 상황을 상상해본다. 망국의 군인과 민간인들이 제한된 물자를 공유하는 그림을. 권력이 총부리에서 나오는 만큼, 군인들이 지배력을 행사할 것은 당연했다. 민간인들은 최소한의 물자만을 지킬 수 있었을 것이다.

'배고픈 사람은 자기 양심을 가장 먼저 뜯어먹는걸.'

그런데도 잠수함이 주기적으로 부상해야 한다면, 필요한 조건은 하나다. 겨울의 질문.

"물자 보급량을 의도적으로 줄였나요?"

"그렇습니다. 물자가 충분할 경우, 몇 개월이라도 부상 없이 버틸 수 있는 게 원자력 잠수함인걸요. 위에서 합리적인 판단을 내렸다고 생각합니다."

깁슨 요원은 백악관과 국방부의 냉정한 전략을 인정했다. 난민들을 굶주리게 해서, 망국의 군대로 흘러들어갈 식량을 줄였다는 것. 대신 보급 주기도 함께 줄여, 물자가 떨어질 때마다 잠수함이 떠오르도록 만들었을 것이었다.

"사람은 배가 고프면 날카로워지잖아요. 식량을 넉넉하게 줬으면 걱정을 덜지 않았을까요?"

사람을 극단적으로 만드는 것은 극단적인 환경이다. 겨울은 이 세계관에 앞서 예습한 역사를 떠올린다. 전간기의 독일이 풍요롭고 안정적이었다면, 히틀러 같은 사람이 지지를 얻을 수 있었을까?

이 세계관에서, 가장 필요한 자원은 탄약과 식량이었다. 그리고 미국의 식량생산량은 압도적이다. 세계 최강의 강대국은, 세계 최대의 농업 국가이기도 했으므로.

그러나 겨울의 의견은 곧바로 부정당했다.

"보급을 줄이기는 쉬워도 늘리기는 어렵습니다. 아시다시피 본국의 항공수송역량은 한계에 달했고, 바다는 온통 해적으로 가득하니까요. 호위함 없이는 화물선을 보낼 수 없습니다."

"해적이라……. 그렇군요. 알 것 같네요."

"파나마 운하를 이용할 수 없는 지금, 배가 서해안으로 가려면 마젤란 해협이나 케이프 혼을 돌아야 합니다. 장장 2만 5천 킬로미터가 넘는 항로죠. 그 사이에 너무도 많은 해적들이 있습니다. 나라를 잃은 함대 말입니다."

그녀는 잠수함과 구축함으로 전대를 이루고, 함포와 대함미사일을 발사하는 해적들에 대해 이야기하고 있었다. 한계는 개인뿐만 아니라 국가에게도 있다.

"해군은 동해안의 해상봉쇄를 유지하는 데에도 피로를 호소하고 있어요. 보급선 호위에 추가 투입할 전력은 존재하지 않아요. 그리고 충분하지 않은 보급은, 부족한 정도를 떠나서 한결같은 불만을 만들어내게 마련이죠."

마젤란 해협과 케이프 혼은 남아메리카 대륙의 남쪽 끝이었다. 겨울은 북미 동부 해안으로부터 남미의 최남단을 지나 북미 서해안으로 이어지는 항로를 그려보았다. 그리고 그 항로를 유지하는 데 얼마나 많은 전력이 필요할지도.

겨울은 부분적으로 납득했다. 조안나 깁슨의 견해에 전적으로 동의하는 건 아니었으나, 그녀도 결국은 개인이었다. 반론해봐야 아무 것도 바뀌지 않는다.

"도착했습니다. 반덴버그 기지로군요."

주의를 환기하는 한 마디. 그녀의 목소리에서 안도감이 느껴진다.

작은 창을 통해, 겨울은 다가오는 지상을 엿보았다. 최소의 유도등을 밝힌 활주로. 바다가 가까운 공군기지였다. 포트 로버츠에서 그리 먼 거리가 아니었으므로, 짧은 대화로도 그 간격을 극복할 수 있었다.

계획에 따르면, 여기서 화물선을 기다려야 한다.

코로나 트라이엄프

공군기지를 둘러볼 여유는 없었다. 화물선의 도착 예정시각은 얼마 남지 않았는데, 병력주둔지와 난민구역은 활주로의 남쪽과 동쪽에, 해안선은 활주로의 서쪽에 있었으므로. 간단하게 오갈 만큼 만만한 넓이가 아니다. 겨울의 시선이 지력보정 증강현실을 더듬는다.

'여기 수용된 게 러시아와 중국 난민들이라고 했던가? 상황을 봐두고 싶었는데…….'

이곳 반덴버그 기지는 약 10만 명을 수용하고 있는 것으로 알려져 있다.

화물선이 도착하기까지, 겨울과 깁슨 요원은 활주로 옆 관제시설에서 대기했다. 민간공항이 아니어서 그런지, 관제소는 넓고 펑퍼짐한 모양새였다. 곳곳에서 항공우주국(NASA)의 흔적이 발견된다. 일반적인 공군기지는 아니었다.

대기실엔 선객이 있었다.

"한겨울 중위?"

겨울은 그에게 경례했다. 내 이름을 제대로 발음하는 사람이 많지 네. 라고 생각하면서. 상대는 기지 사령관 헤이든 스트릭랜드 준장이었다. 수척한 인상이 고목가지 같았다.

"앉게."

자리를 권하는 장군에게, FBI 수사관과 소년장교가 감사를 표했다. 뜨거운 차가 준비되어 있었다. 장군 본인은 홍차에 브랜디를 섞어 마신다.

그리고 잔이 다 비도록 한 마디도 하지 않았다. 겨울조차 떨떠름할 정도의 어색함이 감돈다. 그런 분위기를 가중시키는 건 장군의 과묵함과, 감정 없는 얼굴과, 물끄러미 바라보는 시선. 준장의 무표정은 풀기 힘든 방정식이었다.

잔은 어색함의 속도로 비었다. 준장은 흠, 하더니 종이 한 장 펜 하나를 내민다.

"싸인."

"……네?"

"싸인 부탁하지."

겨울은 고개를 기울이고, 무슨 서식인가 하고 들여다본다. 백지였다. 뒤집어본다. 백지였다. 아, 혹시 그건가? 약간의 혼란스러움을 느끼며, 겨울은 충분한 크기로 서명했다.

준장이 추가로 주문했다.

"그 아래, 아름다운 브랜디 스트릭랜드에게……라고 적어주면 고맙겠군."

"그게 누군가요?"

"내 딸."

다시 한 번 아, 하고서, 시키는 대로 적어주는 겨울. 준장은 결과물을 갈무리했다. 구겨지지 않게 돌돌 말아, 품에 조심스레 집어넣는다. 그 동작이 석고상 같은 얼굴에 어울리지 않았다. 그는 또 겨울을 가만히 보다가, 어깨를 툭툭 두드리며 격려했다.

"수고하게."

그리고 다시 한 번 경례. 이게 끝이었다. 등 돌려 나가버린다. 몇 안 되는 참모진이 그 뒤를 따른다. 안내역의 공군 중위가 남아, 웃으며 하는 말.

"두 분은 너무 개의치 마십시오. 사령관께선 원래 말수가 좀 적은 편이십니다."

"사령관님의 출신지가 짐작이 가네요."

설레설레 고개를 젓는 깁슨 요원의 대꾸였다.

기왕 사람이 있으니, 기회를 낭비할 필요는 없겠지. 겨울은 기지의 현황을 물었다. 인상 좋은 중위는 싹싹하게 대답해주었다. 그리고 그 역시 몇 가지 질문을 던진다. 겨울에 대한 개인적인 호기심의 발로. 물론 이럴 시간이 충분하진 않았다.

"이런, 연락이 들어오는군요."

중위는 아쉬운 얼굴로 화물선의 도착을 알렸다.

먼 해상에서 새로운 태풍이 일어나는 중이라, 보트를 타고 가기엔 파도가 높다. 그래서 이동수단은 헬기로 정해졌다. 겨울과 조안나 깁슨이 나왔을 때, 파일럿은 이미 휠 브레이크를 풀고 엔진을 예열하는 중이었다. 바람결에 날개 돌아가는 소리가 요란하다.

기종은 산타 마리아 때와 동일. 동체가 작아 앙증맞은 느낌이 들 정도였다.

파일럿이 미소로 맞이했어도, FBI 수사관의 안색은 나빠진 그대로다. 하긴, 중형 수송기도 거북했는데 소형 헬기는 오죽할까. 그나마 밖으로 걸터앉는 식이 아니어서 다행이었다. 과거 산타 마리아로 가는 비행에서, 다른 세계의 관객들도 줄기차게 비명 지르지 않았던가.

'그 중에 한 명은……'

겨울은 불식간에 한숨을 내쉰다. 다시 올 필요 없다고 했던 게 잘 한 일이었는지 모르겠다.

땅에서 떨어지는 순간, 헬기는 불안하게 흔들렸다. 깁슨 요원이 움츠러든다. 어쩔까. 겨울은 요원의 자존심과 두려움 사이에서 고민했다. 수송기에서도 수치스러워하는 것 같던데.

때마침 돌풍이 불었다. 겨울은 요원의 팔을 붙잡는다.

"힘들어 보이셔서."

"……면목 없습니다."

창피스러움을 면하려는지, 요원은 과거를 들려주었다.

"예전에 추락 사고를 겪은 적이 있습니다. 아니, 사고라는 표현은 우습군요. 마약단속 중에 받은 공격이 원인이었으니까요."

마약단속에다가 공격이라. 겨울이 묻는다.

"상대는 멕시코 카르텔이었나요?"

"네. 그때도 저는 현장 감독관이었습니다. 거점 근처에서 수색 비행을 하다가 중기관총 사격을 받았죠. 조종간이 제멋대로 노는데, 머릿속이 하얘지더군요. 어떻게든 탈출은 했으나……보시다시피 아직 후유증이 남아있습니다."

의문이 생긴다. 그렇다면 다른 요원을 파견하는 게 낫지 않았을까? 겨울은 세 가지 가능성을 검토했다. 첫째, 이런 문제를 만회할 정도로 깁슨 자신의 능력이 뛰어난 경우. 둘째, 봉쇄선 서쪽으로 오려는 사람이 없어서 문제인 경우. 셋째, 위에서 그냥 생각이 없는 경우.

'마지막일 가능성을 배제할 순 없지.'

미국의 정보기관들은 의외로 삽질을 많이 하는 편인걸. 겨울은 이를 경험으로 알았다. 비록 과거의 데이터를 기반으로 재구성된 세계관일지라도, 사실에 기초하는 만큼 사실과 크게 다르진 않을 것이었다. 이번 작전에 한하여 치명적인 실수가 없기를 바랄 뿐.

요원 본인에게 묻지 않는 것은 당연한 배려였다. 대화의 흐름을 자연스럽게 바꾼다.

"몇몇 카르텔이 도시에서 버티고 있다던데, 사실인가요?"

뉴스로 보도된 소식이었다. 마약 카르텔들이 일부 도시를 점유한 채 변종의 습격을 막아내고 있다고. 티후아나 카르텔, 멕시코 걸프 카르텔, 로스 제타스 등등. 미국은 이들에게 식량과 탄약을 지원하는 한편, 국경을 넘지 말라고 으름장을 놓기도 했다.

이런 소식이 자주 전해지진 않다보니, 겨울의 지식은 최신정보와 거리가 멀다. 기왕 정보기관 요원이 같이 있으니, 정보는 얻을 만큼 얻어두는 게 좋을 터.

"중위님은 그들에 대해 얼마나 알고 계십니까?"

"관심 있는 사람들이 아는 만큼이요."

"제가 애매한 질문을 했군요."

요원은 경직된 미소를 짓고서, 이야기로 스스로의 긴장을 풀었다.

"오래 전부터 군벌에 가까웠던 놈들입니다. 자금력으로든, 무장수준으로든, 조직력으로든 말이죠. 군경 출신을 많이 영입하는데, 그 중엔 심지어 우리 미국의 특수부대 출신까지 있었습니다. 돈에 매수된 애국자가 한 둘이 아니더군요."

요원이 탄식했다. 지역 거점을 급습했는데, 대전차로켓과 대공미사일이 나오더라고. 그녀는 끔찍한 추락을 증언했으나, 기관총 사격이라 그나마 다행이었는지도 모른다. 미사일에 맞았다면 즉사했을 것이다.

"단일 조직이 여단 급의 전투원을 보유하는 경우도 있습니다. 그런 조직이 여럿이고, 평소에도 각각의 근거지에서 지배력을 행사해왔죠."

"정말로 군벌이네요. 잘 버티는 게 이해가 가요."

"시가전 환경의 특수성도 고려해야 합니다. 그쪽 도시들은 악몽 같은 미로입니다. 평소에 우리 수사국과 정보국 요원들, 그리고 멕시코 군경과 숱하게 전투를 치르며 지형 및 전술, 방어 전략을 숙지해온 놈들이니까요……. 제가 보기엔, 잔혹함이야말로 감염 경로 차단의 원동력이 아니었을까 싶기도 합니다."

조금만 의심스러워도 무조건 죽였을 거라는 뜻. 요원이 어두운 표정을 짓는다. 범죄자들의 생태에 해박한 전문가의 얼굴이었다.

겉보기로 짐작되는 나이는 서른 중반. 연륜 이상의 수라장을 겪어온 모양이다.

"그런 인간쓰레기들이라도, 변종들의 흐름을 분산시키는 데 도움이 되니……. 당장은 지원을 할 수밖에요. 놈들에게 의지하는 민간인들도 있고 말입니다."

긴 말이 한숨으로 끝난다. 카르텔에 대한 증오가 묻어났다.

짧은 비행의 목적지가 다가왔다. 4만 톤은 넘을 것 같은 거대한 선박. 유동하는 해면에서, 화물선은 유일한 정물이었다. 호위함의 항적도 나란했으나, 크기가 작다보니 파도를 타며 오르내린다. 뜻밖에 호위함은 필리핀 국기를 걸고 있었다.

화물선은 컨테이너선이 아닌지라 상갑판이 말끔했다. 주로 광물이나 식량 따위를 운송하는 종류(Bulk Carrier). 착륙에 어려움은 없겠다.

겨울은 현측의 선명을 읽었다.

[CORONA TRIUMPH]

쿵. 가볍게 때리는 느낌의 착륙. 조종사는 엔진을 끄지 않았다. 겨울과 수사관이 내리자, 약지와 소지를 접은 손으로 겉멋 내는 경례를 하고서, 기수를 들어올린다.

선장과 일부 선원들, 그리고 낯선 제복의 장교 한 사람이 마중을 나왔다. 모두 아시아계다.

"두 분, 어서 오십시오. 코로나 트라이엄프에 승선하신 것을 환영합니다. 바람이 차가우니 일단 들어가서 말씀 나누시죠."

선장은 색다른 억양의 영어로 말했다. 나온 이들 모두 알아듣는 기색이었고. 영어를 공용어로 삼는 국가 출신인걸까? 그런 나라가 어디어디 있더라? 인도? 필리핀?

안으로 들어가는데, 곳곳에 영어와 일본어가 병기되어있다. 호위함은 필리핀 해군인데⋯⋯. 갈수록 이상하다. 그러나 FBI 수사관은 태연했다. 다른 배를 탄 건 아닌 모양이었다.

그 외에 눈에 띄는 것은, 함교에 나있는 구멍들. 총탄과 기관포탄의 흔적이었다. 겨울이 응시하는 방향을 보고, 선장이 우울한 미소를 짓는다.

"요즘 들어 바다가 무척 거칠더군요. 날씨도, 물결도, 사람들도 말입니다."

이런 배에서 대화를 나눌 장소는 그리 많지 않다. 더욱이 공격을 받았던 배라면. 응급수리로 구멍을 막은 식당에서, 선장과 장교가 스스로를 소개했다.

"뒤늦게 인사드립니다. 본 함을 책임지고 있는 로이 케이서스입니다. CIA로부터 두 분의 수송임무를 부여받았습니다."

이어지는 장교의 인사.

"반갑습니다. 필리핀 해군 프리깃 라몬 알카라즈의 연락장교, 소위라이언 드 레온입니다."

겨울과 수사관도 스스로의 이름을 알린다. 선장과 선원들도 예외는 아니었으나, 장교로서, 레온 소위는 겨울을 각별히 반가워했다.

선장이 항해일정을 알린다.

"본 함은 현재 시속 10노트로 샌프란시스코를 향해 북진하는 중입니다. 별일 없다면 내일 오후 6시쯤 골든게이트의 안개 앞에 도달하겠지요. 그 때까진 여유 있게 쉬셔도 됩니다. 별 건 없습니다만, 가능한 한도 내에서는 최대의 편의를 제공해드리겠습니다. 원하신다면 지금 선실로 안내해드리죠."

케이서스 선장은 도착 시간이 중요하다는 투로 말했다. 하긴, 보는 눈은 피해야겠지.

겨울은 그의 권유를 사양했다.

"잠들기는 이른 시각인걸요."

그러자 선장은 이렇게 요청했다.

"그렇다면 조금 더 시간을 내주실 수 있으시겠습니까? 이 시대에 저희 같은 뱃사람들은 소식에 굶주리게 마련인지라······."

수사관을 살피고, 그녀가 반대하지 않음을 확인한 뒤, 고개를 끄덕이는 겨울.

"누군 아니겠어요? 잘 됐네요. 저도 궁금한 것들이 있는데."

해선 안 될 말이 있다면 수사관이 알아서 잘라주겠지. 겨울은 그리 여겼다.

대화가 드문드문 이어지는 자리였다. 뱃사람들의 위계질서일까? 이항사 이하로는 무척이나 과묵했다. 그리고 선장은 한숨을 자주 쉬었다. 그가 듣고 싶었던 소식들이, 그렇게 유쾌하지는 않았기 때문이다. 미 본토에 수용된 난민들의 생활상들.

"우리는 그나마 사정이 낫군요. 굶주리진 않으니 말입니다."

말은 그렇게 해도, 익숙해진 절망과 외로움이 묻어난다.

코로나 트라이엄프는 일본 선적의 화물선이었다. 선주도 일본의 해운업체. 다만 운영은 필리핀 업체에 위탁한 형식이라, 선장과 선원이 모두 필리핀 사람들이었다. 본디 석탄을 싣고 일본과 호주 사이를 오가던 배였다고.

지금은 소유권을 주장할 회사가 없다. 배는 이제 뱃사람들의 것이 되었다. 선장은 죽는 날까지 조국에 헌신할 작정이었다. 그는 말한다. 아마 앞으로 땅 밟을 일은 없겠지요, 라고.

"인도네시아에 망명정부가 있습니다. 예전이나 지금이나 무능하긴 매한가지입니다만, 그래도 난민이 된 국민들을 보호하겠다고 시늉은 하더군요."

그러자 레온 소위가 쓴웃음을 짓는다. 입장이 입장이라 말은 못하고, 마음만 같은 모양.

인도네시아는 역병을 견디는 국가 중 하나였다. 겨울은 운이 좋았다고 생각했다. 감염은 기하급수적이다. 막대한 인구, 높은 밀도가 치명적인 약점이 될 수도 있었는데. 시간을 벌어 강점으로 만든 모양이다.

레온 소위는 인도네시아의 초기 대응이 성공적이었다고 증언했다.

"병력이 사백만입니다. 도시는 진지와 철창투성이로 변했고요. 거점 방어는 충분하지요. 문제는 물자, 그 중에서도 식량 부족입니다. 저희가 왜 여기까지 왔겠습니까?"

미국 정부의 정책엔 일관성이 있었다. 육지에서 난민들을 병력자원으로 쓰는 것처럼, 해상에서는 타국의 선박들을 끌어들였다. 식량은 그 대가로 내어주고.

도시가 철창으로 가득 차는 건 미국도 마찬가지였다. 역병이 번지기 전에도, 치안이 불안한 지역에서는 흔히 나타나는 현상이었다. 장벽과 철조망을 두르며, 사설 경비업체가 치안을 담당한다. 혹은 주민들이 자경대를 조직하던가.

'출입 제한 거주지(Gated community), 혹은 빗장을 지른 도시…….'

근래의 TV에서는 요새화 공동체(Fortified community)라는 말까지 나오는 판이다. 일반 가정집조차도, 내부를 감옥처럼 만드는 게 유행이었다. 군 주둔지 근처의 집값이 천정부지로 치솟았고. 겨울은 그것을 긍정적으로 평가했다. 경험이다. 지난 회차들을 돌이켜볼 때, 그런 지역에서는 감염이 쉽게 확산되지 않았다.

삐- 삐-

비상등이 켜지고 사이렌이 울었다. 내선에 불이 들어온다.

선장이 당황하여 내선 전화를 받는다. 무슨 일이지? 케이서스 선장은 단답을 할뿐이라, 대화의 반쪽으로는 내용을 짐작하기 어려웠다. 겨울은 선장의 안색을 살폈다. 주름이 깊어진다. 선장 역시 수사관과 소년 장교를 힐끗거렸다.

통화를 마치는 선장에게, FBI 수사관이 질문한다.

"무슨 일이죠? 돌발 사태인가요?"

"돌발 사태라……. 어떤 의미로는 그렇습니다. 구조신호가 잡혔다는군요."

일단 함교로 가시죠. 경우에 따라서는 두 분의 의견이 필요할 테니까요. 그렇게 말하며, 케이서스는 조안나 깁슨과 겨울을 위해 앞장섰다.

조타실 입구는 필리핀 해군 초병들이 지키고 있었다. 경례를 받으며 들어가자, 당직 근무 중이던 일항사가 선장에게 상황을 보고한다.

"구조를 요청한 함선은 에이프릴 퍼시픽. 호주 선적의 13만 4천 톤급 여객선입니다. 현재 서쪽 75km 해상에서 시속 8노트의 속도로 샌프란시스코를 향하고 있으며, 이대로 간다면 약 2시간 40분 후에 1km 거리까지 근접하게 됩니다."

전자 해도에는 해당 선박의 침로와 예상 진로가 떠있었다. 콘솔을 조작해 화면을 확대한 뒤, 샌프란시스코 방향까지 지도를 밀어올린 함장이 무겁게 신음했다.

마주치는 건 문제가 아니었다. 피하면 그만이니까. 허나 여객선이 조함 불가능한 상태라면, 만 안쪽으로 돌진해버릴 것이었다.

뉴스에서 조감한 샌프란시스코 만은 온갖 국가의 해상난민으로 가득 차있었다. 서울시의 몇 배나 되는 면적인데도 불구하고. 입구까지 밀려나온 배들은 충돌사고에 속수무책일 것이다. 8노트가 빠른 속도는 아닐지언정, 크루즈의 질량만큼은 어마어마하니까.

'역대 최악의 해난사고가 될 지도.'

소년은 참극을 예감했다.

"다른 정보는 없나?"

연이은 선장의 질문에, 일항사가 또박또박 답변한다.

"자동화된 구난 신호뿐입니다. 교신 시도에 반응이 없는 걸 보니, 아무래도 원격으로 작동시킨 것 같습니다. 추측에 불과합니다만."

"으음……. 수상한데. 왜 엔진을 끄지 않았을까."

턱을 쓰다듬으며 고민하는 선장. 함선을 통제할 수 없는 상황에서는 우선 엔진을 끄는 게 원칙이었다. 겨울도 함께 생각한다. 그러지 못할 가능성은 셋.

'단순한 실수이거나, 그럴 여유가 없었거나, 혹은 함교부터 전멸했거나.'

뒤의 두 가지는 별로 좋지 않다. 선내감염, 선상반란, 해적의 습격. 있을 법한 경우마다 만만치 않았다. 상대가 변종이든 해적이든, 규모에 따라서는 겨울에게도 위험하다.

필리핀 해군의 도움을 기대할 수 있을까?

'아니, 제프리 소대만큼의 전투력은 절대로 안 나올 거야.'

기대를 스스로 부정하는 겨울이었다. 미군의 전투력은 탁월한 훈련과 값비싼 장비, 실전경험, 그리고 누구 한 사람 버리지 않는다는 믿음에서 나온다.

한편 함선 승조원들은, 극단적으로 말하면 기술자 집단이다. 그들의 전투력은 장비운용 숙련도에서 나온다. 영역이 완전히 달랐다. 기초적인 전투 훈련이야 되어있겠지만.

애초에 미지의 적과 교전을 치를 의욕이 있을지 부터가 문제였고.

"미군에겐 알리셨습니까?"

연락장교 레온이 묻는 말에 고개를 끄덕이는 일항사.

"네. 위성통신으로. 히긴스에서 수신했습니다. 거기서 다시 위쪽으로 올라가겠죠."

겨울은 해도상의 이름을 읽었다. 히긴스는 미국의 구축함이었다.

호위함 라몬 알카라즈와 교신한 선장이 감속을 지시했다.

"가까워져서 좋을 것 없지. 속도를 줄인 다음 반응을 살펴봐야겠어. 8노트로 감속하게."

일항사가 레버를 끌어내린다. 겨울은 미미한 속도변화를 감지했다.

깁슨 요원이 묻는다.

"반응을 살핀다는 건 무슨 뜻이죠?"

"경계하는 겁니다. 해적의 계획적인 접근일지도 모르니까요."

"전에도 이런 일이 있었다는 느낌이군요."

"그렇습니다. 이미 탈취한 대형선박을 미끼로 내세우고, 자신은 레이더의 사각지대에 숨어서 거리를 좁히는 방식이죠. 호위함을 기습해서 순식간에 끝내버리는 겁니다."

레이더는 결국 반사되는 전파를 잡아내는 것이다. 즉, 이쪽을 어떻게든 먼저 발견하고 나면, 선장이 말한 것 같은 함정을 파는 게 가능하다. 전투함의 체급은 대양을 항해하는 민간선박에 비하면 대체로 작은 편이었고. 수긍하고 다시 묻는 조안나 깁슨.

"직접 경험하신 건가요?"

"경험이라고 해야 할 지……그런 식의 접근이 지금까지 두 차례 있었습니다만, 해안경비대로부터 사전에 주의를 받았기 때문에 당하지는 않았습니다. 눈 먼 포격에 두들겨 맞는 것까지는 어쩔 수 없었지만요. 저게 첫 번째에 생긴 겁니다."

그는 함교 전면의 깨진 유리를 가리켰다. 덕트 테이프로 어설프게 때워 놨다. 두께만으로 권총탄 쯤은 막게 생겼으나, 기관포탄 앞에선 무용지물이었다. 실내를 긁고 지나간 여섯 개의 탄흔이 있다. 겨울은 굵기를 가늠한다. 대략 20mm. 총과 포의 경계에 걸쳐진 사격이었다.

이번엔 겨울이 질문한다.

"만약 반응이 없다면 진짜 구조신청일 가능성이 높은데……그 때는 어떻게 처리되죠?"

배후에 해적이 있다면 어떤 식으로든 반응할 것이다. 이쪽에 맞게 속도를 줄이든, 혹은 들통 났음을 깨닫고 도주를 하든. 제 정신이 아니라거나, 당장 굶어 죽을 지경이면 절망적인 공격을 시도할 지도 모르고.

"보통은 방관으로 끝납니다. 난민들은 바다날씨처럼 변덕스럽지요. 난민과 강도가 더 이상 명확히 구분할 수 없는 개념이라. 죽어가는 사람들을 건져 올렸다가, 그 다음날 배를 점령당한 선원들의 이야기를 들은 적이 있습니다."

선장은 우울한 표정과 비관적인 추측을 이어갔다.

"단지 이번엔 그보다 더 나쁘게 돌아 갈까봐 걱정스럽군요."

겨울은 그가 암시하는 바를 바로 알아듣는다.

"격침시킬지도 모른다는 말씀이시군요."

"예. 저대로 두었다간 어디든 부딪힐 테니 말입니다. 낮은 확률이나마 미군이 손해를 볼 가능성도 무시할 수 없겠고……. 내부 상황은 완전히 미지인데다, 최악의 경우 배가 감염변종으로 바글거릴지도 모르잖습니까."

내버려둔다면 만 단위로 죽는다. 격침시킨다면 천 단위로 죽는다. 최악을 대신하는 차악의 선택. 불가피한 조치일지도 모르겠다. 사람에게도, 집단에게도 한계가 있고, 세계 최강의 군대조차 예외는 아니었다.

FBI 조사관은 냉정했다. 적어도 표정만큼은. 그러나 목이 뻣뻣하게 굳어있다.

'불편해하는구나. 헬기를 탔을 때보다도 더.'

겨울은 그녀를 쉽게 읽었다. 한 박자 늦게 연동하는 「통찰」과 「간파」. 적어도 사람을 읽는 것만큼은, 시스템이 소년을 앞서기 어렵다. 관제인격의 소망 또한 여기에 있을 테고.

이건 흔들어볼 수 있겠는데.

일항사가 들어오는 통신을 접수했다.

"속도를 추가로 줄이라는 통보입니다. 곧 공격기를 띄울 테니 오인 공격에 주의하라는군요. 20분 안에 상공에 진입한다고 합니다."

"그런가."

종말에 부대끼는 사람들은 익숙해진 우울함을 담담하게 억눌렀다. 겨울은 그 얼굴들이 마음에 들지 않았다. 바깥 세계에서도, 시대에 지친 사람들이 그런 식으로 살고 있었기에.

"깁슨 요원. 공격을 중지시킬 수 있을까요?"

"무슨 말씀이시죠? 제게 그런 권한이 있을 리가……."

수사국 요원은 갑작스러운 요구에 당혹스러워했다. 하지만 겨울은 다시 설득한다.

"권한을 떠나서 해보는 요청인 거죠. 공격기 대신 헬기를 보내줄 순 없겠느냐고 물어봐 주세요. 저 한 사람만이라도 에이프릴 퍼시픽에 올려달라고 말예요. 헬기는 구축함에도 있잖아요? 오래 기다릴 필요는 없을 것 같네요."

"말도 안 됩니다! 저 배에 뭐가 있을 줄 알고 그런 말씀을 하십니까? 무모하시군요. 감독관으로서 허가할 수 없습니다. 어차피 저쪽에서 받아들이지도 않겠지만요."

"그렇게 생각하신다면 밑져야 본전 아닌가요? 나중에 마음도 편하겠고요."

나는 시도했어. 그들이 거부했을 뿐이야. 그런 식의 자기합리화가 가능해질 거라고. 죄책감이 조금이라도 덜어질 거라는 암시. 조안나가 입술을 씹는다.

"중위, 저는 그렇게 비겁한 사람이 아닙니다. 상식적인 수준에서 말씀해주시기 바랍니다."

"그럼 저라도 비겁해질 기회를 주세요. 직접 교신해보겠습니다."

FBI 요원이 잠깐 머뭇거린다. 적극적인 동의를 구할 필요는 없었다. 그녀가 양심으로 망설이는 틈을 타, 겨울은 이미 마이크를 붙잡았으니. 일항사는 쉽게 밀려났다.

"아, 깁슨 요원. 제가 여기 있다는 것 자체를 숨겨야 하나요? 아니면 제 관등성명 정도는 밝혀도 무관한 건가요? 전부 비밀이면 곤란한데요."

"……원칙적으로는 모두 기밀이나, 여기서의 교신이 돌고 돌아 만 안쪽까지 흘러갈 가능성은 없겠지요. 저쪽도 영문을 모를 테니까요. 작전 내용만 발설하지 않으시면 됩니다. 그런데……정말로 하실 겁니까?"

"네. 저는 이렇게 살고 싶거든요. 한계는 있겠지만."

겨울은 차분하게 답한다. 그리고 재차 확인했다.

"저쪽에서 제 신원을 확인할 방법이 있겠습니까? 관등성명을 말한다고 바로 믿어줄 것 같지가 않아서 말예요."

있는 것 같다. 다만 요원은 심각하게 갈등하는 기색이었다.

민간인 수천 명의 죽음 앞에 냉정해질 순 없는 건가. 좋은 요원은 아닐지라도, 좋은 사람이긴 하네. 겨울은 기다리지 않고 USS 히긴스를 호출했다.

거대한 배의 유동은 느리게 흔들리는 요람 같았다. 함교를 밀어대는 바람소리. 그리고 선체에 부딪히는 파도소리. 눈을 감고 있으면, 등 아래에 바다를 깔고 있는 기분이었다.

불 꺼진 선실에 누워, 소년은 실패한 요청을 곱씹는다.

교섭은 잘 풀리지 않았다.

USS 히긴스의 함장은 지휘계통을 벗어난 요청에 난색을 표했다. 그러나 무시하지도 못했다. 명예훈장엔 계급과 소속을 넘어선 무게가 있었으므로. FBI 수사관이 전전긍긍하는 사이, 구축함 함장은 통신을 윗선으로 중계했다. 무전기 맞은편의 계급이 계속해서 올라갔다.

민간인들을 몰살시킨다는 죄책감. 그리고 최연소 명예훈장 수훈자에 대한 호기심. 특히 후자가 아니었다면, 항모전단 사령관과 대화할 기회는 주어지지 않았을 것이다. 실전상황에서 소장과 일개 중위의 격차는 그만큼 크다. 소년장교의 명성이 아무리 높다고 하더라도.

사령관 찰스 키치너 제독은, 피로한 음성으로 이렇게 말했다.

[중위. 귀관이 무슨 일로 거기 있는지는 모르겠으나, 정말 매력적인 제안이야. 그래도 거부할 수밖에 없겠군. 요즘 배들은 과적과 초과 승선이 일상이거든. 만약 에이프릴 퍼시픽이 유령선이 되었다면, 적은 한 사람의 휴행탄수로 감당할 수 없는 규모일 가능성이 높아.]

겨울이 휴대하는 탄약은 단독군장으로 200발 남짓. 여분을 더하고 급탄 가방을 멘다면, 어떻게든 1천발까지 채울 수 있을지도.

제독은 여객선이 변종 소굴로 변했을 가능성을 우려했다.

[자네가 한 발에 정확히 하나를 죽인다 하더라도, 그 뒤에 남을 수천을 어떻게 감당할 텐가? 그 가운데서 혹시 있을지 모를 생존자들을 찾아다니겠다고? 대검 하나 들고서?]

"네."

겨울은 짧은 즉답으로 제독을 웃게 만들었다.

[오, 이런. 내 귀관의 용기를 기억하지. 방송에서 나오는 게 어느 정도는 연출이라고 생각했는데, 아니었던 모양이군. 하지만 허락할 수 없네. 한계를 넘어선 용기는 만용에 불과해.]

"그렇다면 병력을 지원해주실 순 없으십니까?"

항공모함에 승선하는 인원만 5천 이상이다. 태반이 기술전문직으로서 직접적인 교전과 거리가 멀지만, 그래도 기본적인 전투훈련은 받은 상태. 전단에 속한 각 함들로부터 병력을 차출할 수도 있다. 겨울의 판단은 이랬다.

'전투원이 몇 백 수준이면 갑판 정도는 손실 없이 장악할 수 있겠지.'

여객선의 이동경로는 제한적이다. 변종들은 집중된 화력 앞에 병목 현상을 일으킬 것이었다. 처음으로 내릴 때는 헬기의 화력지원을 받으면 된다. 평범한 변종에게도 동물적인 지능이 있으니, 갑판으로 나올 엄두를 내지 않게 될 터.

물론 선내로 진입하는 건 별개의 문제다. 장애물이 많고 복잡한 환경. 사상자가 발생하기 좋은 조건이었다. 겨울은 짐작했다. 제독이 망설이는 이유가 여기에 있을 것이라고. 그러니 가장 위험한 부분을 소년장교에게 맡길 수 있다면, 마음이 달라질 수도 있겠다고.

사실은 조금 달랐다.

[한겨울 중위. 본 함에서 부여한 에이프릴 퍼시픽의 식별부호는 로미오 96일세.]

번호는 레이더 접촉 순서대로 부여하는 것이라고, 제독이 설명했다. 그러므로 제독의 기함은 이미 최소 아흔다섯 척의 선박을 감시하고 있었다는 뜻이었다.

[조난신호를 보내는 배가 마흔세 척이야. 그 가운데 진짜와 가짜를 가려내기도 힘들어……. 인도적인 지원과 구조작전에도 한계가 있네. 장기간 누적된 인명피해, 그리고 승조원들의 정신적인 스트레스. 가용병력이 위험할 정도로 줄어든 상태지. 본관은 지휘관으로서 부대의 전투력을 일정 수준 이상으로 유지해야 할 의무가 있어. 내 말 이해하겠나?]

"네."

[귀관은 좋은 군인이야. 내가 내린 결정에 상심하지 않았으면 좋겠군.]

대화하게 되어 즐거웠네. 그만 쉬게. 키치너 제독은 일방적으로 통신을 끊었다.

해군 소장이 육군 중위에게 이만큼 이야기해준 것만으로도 충분한 성의였다. 겨울은 그의 피로감을 이해했다.

'이 시간에 제독이 응답한 것만 봐도 말이지.'

밤이 깊었다. 당직사령이 제독을 대신하고 있어야 정상이었다. 즉 지금 이 순간에도 최고지휘관의 책임을 필요로 하는 일들이 이어지고 있다는 의미. 함대의 피로도를 짐작할 만하다. 어지간해서는 민간 선박을 격침시키라고 하지도 않을 터.

겨울은 미련을 끊고 시간을 가속시켰다. 스스로 흘러가는 세계가 무의미한 밤을 단축시킬 것이다. 관제인격의 상황연산이 끝날 때까지는, 다른 세계의 관객들을 신경 쓸 필요가 없겠지.

'그러고 보면 의외로 조용했네.'

자기 삶이 힘들고 고달파 남의 삶을 즐기려는 사람들. 소년이 실패를 곱씹는 사이, 그들은 그저 어둠 속에서 누워있었을 따름이다. 가끔씩 정돈된 상념이 「텔레타이프」로 문자화되어 전달되긴 했을지라도.

아, 그런가. 그들의 일상엔, 어둡고 조용한 시간마저 부족한 건가. 겨울은 자신의 추리를 스스로 긍정했다. 불행한 세상의 불행한 사람들이다. 그들의 삶은 겨울의 한계 바깥에 있었다.

삐-

시간 가속이 깨졌다. 눈을 뜬 겨울이 바로 시계를 확인한다. 고작 한 시간도 흐르지 않았다.

왜지? 이제 샌프란시스코에 도착할 때까지 별 일 없으리라 생각했는데. 삐, 삐, 삐. 전자음이 반복되는 건 불이 들어온 선실 내선 탓이었다. 겨울은 의아해 하며 받았다.

들려오는 케이서스 선장의 목소리.

[아, 중위님. 지금 바로 올라와주시겠습니까? 에이프릴 퍼시픽 건입니다.]

아직 끝나지 않았구나. 겨울은 베개 아래 깔아둔 권총과 이불 밑의 소총을 챙기고, 단독군장을 갖춘 채 함교로 뛰었다.

"무슨 일이죠?"

"아, 뛰어오실 필요까진 없었는데……. 일단 받아보시죠. 칼 빈슨에서 중위님을 찾는 통신입니다."

USS 칼 빈슨은 키치너 제독의 기함이었다.

겨울은 수신기를 들기 전 전자해도를 살폈다. 에이프릴 퍼시픽을 나타내는 기호가 여전히 움직이는 중이었다. 벌써 격침되었어야 정상이지만.

"네. 중위 한겨울입니다."

[음, 중위.]

상대는 역시 제독. 아까보다 무거운 피로감이 묻어난다. 정신적으로 몰려있는 느낌.

[어디부터 말해야 할지 모르겠군…….]

한참 뜸을 들인 뒤에, 제독은 에이프릴 퍼시픽이 아직도 떠 있는 이유를 말해주었다

[파일럿이 명령을 거부했네. 아무래도 근접비행으로 살펴본 모양이

야. 생존자들이 있다던가. 골치 아픈 일이지…… . 이렇게 되었으니, 공격기를 새로 띄우기도 어렵고.]

탑승객이 보일 만큼 가까운 저공비행? 제트기로 그렇게까지 할 수 있나? 속도를 감안하면, 순간적으로 스쳐지나가는 수준일 것을. 고개를 기울였던 겨울은, 미군에게 정지비행이 가능한 공격기가 있다는 것을 떠올렸다. 엔진을 수직으로 꺾어 제자리 이착륙을 해내는 기종.

공격기를 새로 띄우기 어렵다는 것도 이해가 간다. 아까 제독은 승조원들의 정신적인 스트레스를 언급했었다. 입단속을 시키더라도, 결국은 퍼질 이야기. 민간인을 오폭으로 죽여도 정신적인 충격이 남는다. 알고 죽이는 건 그 이상일 것이었다.

[그래서 말인데, 아까의 결심은 변함없는가?]

"물론입니다."

[여전히 빠른 대답이군. 병력지원이 없어도 괜찮단 말이지?]

"네."

다짐 받듯이 묻는 제독에게, 계속해서 즉답을 돌려주는 겨울. 마침내 제독이 허락했다.

[좋아. 전투 병력을 파견하긴 어렵지만, 헬기 한 대는 지속적으로 띄워두겠네. 최소한 갑판에 있는 동안에는 안전할 거야. 생존자들을 최대한 구조해보도록.]

"알겠습니다."

[자네가 탈 기체는 히긴스에서 보내줄 걸세. 소요시간은……음, 그래. 30분이면 된다고 하는군. 병력 외에 필요한 게 있다면 알려주게. 탄약이나 화기 종류 말이야.]

옆에서 깁슨 요원이 작게 알려준다. 이 배엔 식량 말고도 샌프란시스코에서의 작전을 위한 보급물자가 실려 있노라고. 겨울은 고개를 끄덕인 뒤, 제독에게 문제없다고 보고했다.

[그런가. 이게 잘 하는 짓인지 모르겠지만……. 아무튼 지켜보도록 하지. 행운을 비네.]

제독과의 두 번째 대화가 끝났다.

겨울은 갑판에서 헬기를 기다렸다. 처음보다 거칠어진 바람. 기상이변은 겨울에게 새삼스럽지 않다. 생전의 세계는 이 세계관의 배경이 된 시대보다 더 깊은 고통을 겪고 있었기에.

무장은 그대로. 단지 탄약 휴대량을 늘렸다. 배낭에도 탄창과 폭발물을 채웠고.

기다리는 중에, 완전 무장한 수사관이 나란히 섰다.

"저도 같이 가겠습니다."

"제가 할 말은 아닌 것 같지만, 굉장히 위험할 텐데요."

겨울의 만류에도 불구하고, 수사관은 시선을 전방에 고정시킨 채 미동도 하지 않는다. 한 갈래로 묶어 올린 머리카락이 거칠게 나부꼈다. 그녀는 묵직한 샷건으로 무장했다. 샌 아르도 유전을 점령할 때 유라가 사용했던 물건. 자동사격이 가능하다.

그녀가 단호하게 하는 말.

"실력으로야 중위님께 비할 바 아닙니다만, 저 역시 비정규전의 베테랑입니다. 멕시코 카르텔과의 전투는 대개 시가지와 실내, 지하터널, 숲 속의 아지트 같은 곳에서 벌어졌으니까요. 대테러 훈련도 받았고요. 보직을 변경한 뒤로는 전투가 드물었으나, 한 중위님을 보조하는 정도는 충분히 가능할 겁니다."

"지금은 소속이 어디신데요?"

"대량살상무기 관리부입니다."

"아."

확실히 샌프란시스코 같은 곳에 투입될만한 자원이었다.

갑판을 순찰하는 필리핀 초병들이 멀찍이 이쪽을 보고 있었다. 저들끼리 무언가 속닥이고 있다. 이해할 수 없는 것을 보는 시선들. 깁슨 요원이 한숨을 쉰다.

"라몬 알 카라즈에서는 지원이 어렵다고 하더군요. 저들을 탓하고 싶은 생각은 들지 않지만, 아쉽습니다."

당연하겠지. 이 먼 바다에 와서 외국에 부역하는 군인들이 왜 위험을 감수하겠는가. 미군조차 나서기 어려워하는 마당에.

겨울은 다른 것을 묻는다.

"샷건으로 괜찮을까요?"

"저도 고민해봤습니다. 중위님과 탄을 공유할 수 있는 편이 낫지 않을까 하고."

같은 탄약을 쓰는 무기를 고르면, 한 사람이 부족할 때 나머지를 받아 쓸 수 있다. 전술적인 유용성. 그러나 그녀는 그 점을 이미 검토했다고 말한다.

"하지만 제게 익숙한 무기를 쓰는 편이 좋겠다고 판단했습니다. 무기의 조합도 중요하겠고요. 해외에서는 북미와 다른 변종이 발견되는 경우가 있습니다. 어쩌면 소총보다 강한 근접화력이 필요할지도 모릅니다."

지역에 따라 새로운 변종이라……. 이는 이전까지의 세계관에서 없었던 사실이다.

"다른 변종의 예를 들자면요?"

겨울의 질문에, 수사관이 미간을 좁힌다.

"이쪽 정보는 기밀로 통제되는 경우가 많은지라……. 제가 아는 거라면 중국에서 발견된 탄저균 내성 변종과 겨자가스 생성 변종 정도입니다. 생화학무기 사용을 자제하는 이유라더군요. 도시 내 생존자 집단에 대한 배려이기도 합니다만……."

그래서 생화학탄을 투사할 땐, 해당 지역을 완전히 초토화시키는 게 보통이라고.

겨울이 새로운 정보를 숙고하는 사이, 바람결에 묵직한 엔진 소리가 뒤섞인다.

어둠 속 불 밝힌 갑판에 헬기가 내려왔다.

미루고 미룬 결정. 겨울은 기술에 투자했다. 전투력을 강화하는 방향으로. 그래봐야 예전 같은 효율을 거둘 순 없었다. 높은 등급일수록, 익혔던 횟수가 적기 때문에.

이로써 생존계열의 강화는 훗날로 미뤄졌다. 누적된 자원을 아껴두었던 이유.

'전투력이 아무리 강해도 유행병 한 번 돌면 위험할 텐데.'

그럴 리야 없겠지만, 겨울은 혹여 「명백한 해방」이 실패할 경우를 대비하고 싶었다.

언젠가의 종료된 세계관에서는 살이 썩는 병에 걸린 적이 있다. 사람 아닌 것이 사람 잡으며 배회하는 「종말 이후」인지라, 해당 질병은 곧 사회적인 죽음을 의미했다. 그때는 지금보다 여유가 없었다. 부족하고 때늦은 「질병저항」은 추가적인 진행을 막아주었을 뿐.

[연돌 위의 민간인들을 확인했다.]

파일럿이 보낸 무전. 헬기가 크루즈 위를 선회하면서, 겨울도 같은 방향을 보게 된다.

기관부의 배기가 이루어지는 연돌 구조물 위에, 소수의 생존자들이 하늘을 향해 손을 흔드는 중이었다. 높고 위태로운 자리. 어떻게 올라갔을까. 연돌 아래에 배회하는 변종들 중엔 어딘가 부러진 것들이 많았다. 등반에 실패한 사람들일 것이었다.

저토록 잘 보이는 곳에 있으니 공격기가 임무를 포기할 수밖에.

층을 이루는 갑판엔 적잖은 변종들이 보였다. 손닿지 않음을 아는지, 헬기를 보고도 아우성치지 않는다. 다만 이따금씩 고개를 꺾으며, 조용히 올려다보고만 있다. 그 반응만으로도 호주에서 온 병원체가 미주(美州) 못지않음을 알 수 있다.

파일럿이 사격을 막는다.

[아직 쏘지 마라. 적이 너무 많다. 기다리면 좋은 위치를 잡아주겠다.]

두 명의 사수가 오케이 사인을 보낸다. 그들은 동체 측면에 거치된 지원화기를 붙잡고 있었다. 한 쪽은 중기관총, 다른 한 쪽은 미니 건이다. 후자가 분당 4천 발을 쏜다. 여섯 개의 총열이 회전하며 과열을 피하는 무기였다.

우선 한 바퀴 돌아보기를 제안하는 파일럿. 내부 구조를 전혀 모르니, 적어도 바깥에서 볼 만큼 보고 들어가야 한다는 것이었다. 선실에 갇힌 생존자들이 창문에 달라붙는다.

조종간을 붙잡은 준위는 원숙한 기량을 발휘했다. 헬기가 거의 수면까지 하강한 것. 미끄러지듯이 움직이며, 갑판 외의 진입로가 있는지 살핀다. 가까이에 바다가 넘실거리는 것이, 숫제 배를 타고 있는 기분이다. 파도가 부서질 때 기내로 물이 튀는 지경이었다.

[탑승구가 개방되어 있습니다만……. 들어가긴 어렵겠군요.]

아쉬워하는 파일럿. 그의 말처럼 선체 측면 낮은 높이에 다섯 개나 되는 문이 열린 채였다. 부두에 배를 댔을 때 승객들이 타고 내리는 용도의 출입구들. 혹은 비상구들.

필사적인 사람들이 열었겠지. 뛰어내린 뒤엔 어떻게 되었을까.

파도가 부서질 때마다 배 안으로 물이 들어간다. 그러나 피를 씻어내긴 역부족이었다.

복도는 유혈이 낭자하다. 싸구려 공포영화의 한 장면 같았다.

그리고 그 가운데 우두커니 서있던 인간 닮은 것들. 엔진 소리를 듣고 슬그머니 돌아본다. 문 열린 곳까지 나와, 위태로운 바람을 맞으며, 헬기까지의 거리를 가늠하는 기색.

"산 사람과 별 차이가 없습니다. 감염된 지 얼마 지나지 않았나봅니다."

뻣뻣한 목소리는 FBI 수사관의 것이었다.

그녀의 말대로, 변종은 아직 피부가 썩지 않았다. 면역반응이 살을 할퀴기 전인 것이다.

갑판에 있던 것들도 매한가지. 겨울은 수사관이 견딜 수 있을지 걱정스럽다.

'성인은 그렇다 쳐도, 아이가 너무 많아.'

그녀의 무기는 샷건이었다. 표적을 산탄으로 찢어발기는 무기. 어린 아이들이 퍽퍽 부서지는 광경에 충격을 받진 않을까? 아무리 감염변종이라지만…….

[어떻게 하시겠습니까, 중위님?]

파일럿이 겨울의 의사를 묻는다. 어디로 들어갈지 결정하라는 뜻.

"최상층 갑판으로 가죠. 레이더 마스트 주위부터 치워주세요."

[알겠습니다. 사격위치로 이동하겠습니다.]

좌우의 사수들이 화기를 점검했다. 만에 하나를 대비하는 행동이었다.

레이더 마스트는 연돌을 제외하면 배에서 가장 높은 위치였다. 호화여객선답게, 마스트 주위엔 파라솔과 야외 레스토랑이 깔려있다. 지금 차려진 음식은 인육이지만.

어쩌다 테이블에서 죽었나. 남자의 시체 하나가 뜯어 먹히는 중이다. 말끔한 옷에 피칠갑을 해가며 포식하던 것들이, 식사를 멈추고 멀거니 올려다본다.

위이이잉. 전기모터가 돌아가는 소리.

"Guns, Guns, Guns."

세 마디 반복으로 사격을 알리고, 트리거를 누르는 미니 건 사수.

부우우욱—!

광선이 뿌려졌다. 막대한 탄막. 점이 아니라 면을 쏘는 무기였고, 갑판을 순식간에 갈아버린다. 역병의 숙주들이 사정없이 부서졌다. 박살난 머리, 팔, 다리, 가슴들이 무분별하게 뒤섞였다. 깨져버린 조명 아래, 갑판에 튀는 피는 까만 어둠이 뿌려지는 것 같았다.

"……."

소리가 되지 않은 신음. 수사관의 시선은 못박혀있다. 미니 건 사격을 지켜보던 중기관총 사수는, 수사관을 힐끗 보고 소리 없이 중얼거렸다. 겨울은 그 입모양을 읽는다. m-a-g-g-o-t. 애송이. 지나친 평가다. 저 광경을 보고 동요하지 않는 게 비정상인 것이다.

'그래, 나 말이지.'

겨울은 비로소 기분이 가라앉는다. 한 때 소년에게 필요 이상으로 효과적이었던 세계가, 이제는 관성의 영역으로 들어왔다.

"얼씨구, 저건 뭐야."

모터 회전이 느려지는 소리. 그리고 사수의 놀라움이 겨울을 일깨운다. 탄막이 휩쓸고 지나간 자리에서, 비틀거리며 일어서는 놈이 하나 있었다. 기괴한 생김새. 체구는 건장하고, 피부엔 하얀 반점 같은 것들이 빼곡하다. 피를 흘리는 걸 보면 몇 발 맞은 것 같긴 한데⋯⋯. 설마 특수변종? 겨울이 주목한 상태에서, 입매를 굳힌 사수가 그놈을 조준한다.

부우우욱―!

넓은 면적에 뿌리던 지금까지와 달리, 한 곳으로 집중되는 사격.

모래가 바람에 씻겨나가는 것 같다. 놈이 부서지는 풍경이었다. 쫓아다니는 수백 발에 맞아, 위력에 밀리고 또 굴러다니며, 실시간으로 부서진다. 그 단단함이 무척이나 인상적이었다.

캐에에에엑! 최후의 순간, 단말마를 내지르는 괴물.

[음? 이런, 다른 갑판들이 싹 비었군요. 놈들이 도망치고 있습니다.]

파일럿의 낭패스러운 알림. 인간의 화력투사를 목격한 것들이 선내로 숨어들었다. 겨울도 눈치 채고 있었고. 지능이 있는 만큼 당연한 노릇이다. 다만 그 빠르기가 예상을 상회했다.

'저 정도의 조직성이면⋯⋯.'

트릭스터나 구울, 혹은 그에 준하는 무언가. 일반 변종들에게 통제력을 발휘할 상위개체가 있어야 가능한, 일사불란한 움직임. 적은 여전히 미지 속에 있었다.

진한 죽음과 정적이 물씬한 갑판. 하강한 헬기가 한 순간 갑판에 닿는다. 때를 놓치지 않고 내려서는 겨울과 수사관. 헬기는 잠시도 멈추지 않았다. 곧바로 상승한다.

파일럿이 응원을 남겼다.

[저희는 일단 연돌에 있는 사람들부터 구출한 뒤, 위에서 지켜보겠습니다. 급해지면 언제든 올라오십시오. 건투를 빕니다.]

비행공포의 경직이 풀리기도 전에, 수사관의 발이 미끄러진다.

"윽!"

밟은 것은 쓸개였다. 피와 기름으로 흥건한 갑판에, 찢어진 인체가 눈길 닿는 모든 곳에 가득하다. 겨울 스스로도 누군가의 대장을 밟은 상태이고. 지지직 하고, 차있던 대변이 삐져나온다. 악취가 더해지진 않았다. 이미 지독했으므로.

"괜찮으세요?"

겨울이 손을 내밀었다. 조금씩 흔들리는 배. 그리고 미끄러운 바닥. 스스로 일어나려다간 어느 손이건 피로 적실 판이었다. 수사관이 이 악물고 겨울의 손을 잡는다.

발을 조금씩 끌며 나아간다. 겨울은 특이변종의 시체로 다가갔다. 집중 사격에 너절해진 몸뚱이. 무지막지한 연사로 밀어서 죽인 덕분에, 찢어진 몸은 십 미터 넘게 펼쳐져 있었다.

특성을 파악해야 한다. 겨울이 대검을 뽑았다.

틱.

정체불명의 반점을 찌르자, 단단한 것끼리 부딪히는 소리. 수사관이 미간을 좁힌다.

"이건……뼈로군요."

그랬다. 피부를 가득 메운 하얀 반점들은, 사실 살 아래 얇고 넓게 들어간 뼈 조직이었다. 뼈 아래 다시 뼈가 있다. 사이사이에 살이 있어도, 겹쳐진 뼈들이 결국은 빈틈없이 막는다. 사실상의 외골격이다. 근육의 두께는 단련된 운동선수 이상이었고.

겉보기엔 지방질 많고 부패한 돼지고기처럼 보인다.

"이런 놈이 얼마나 있을지는 몰라도, 곤란하게 됐군요. 개인화기로는 잡기가 쉽지 않겠어요."

인간을 초월한 근육 위에서 견뎌주는 뼈의 밀도는 대단히 높았다. 수사관의 말처럼, 어지간한 소화기는 무시하고 달려들 괴물이었다. 산탄 연사로도 확실한 처리를 장담할 순 없다.

호주엔 이런 놈들이 있는 걸까? 이것들이 상륙한다면, 미주의 변종들에게도 새로운 유형이 전달되는 방식인가?

약점은 있었다. 겨울은 사체의 큰 조각들을 모아보았다.

"적어도 관절부까지 보호하진 못하네요. 당연하겠죠. 그러면 움직일 수가 없을 테니."

그리고 목을 붙잡아 확 비틀어본다. 우드득, 하고 어긋나는 목뼈. 감염돌기가 돋은 새까만 혀가 이빨 밖으로 흘러나온다. 목 역시 좌우상하의 운동 때문에, 덮고 있는 골조직이 치밀하지 않았다. 눌러보면, 부위에 따라서는, 연골처럼 물렁한 느낌이 든다.

"그건 한 중위님에게나 의미 있을 약점입니다만……."

설레설레 고개를 흔드는 수사관. 하지만 긴장은 있을지언정, 공포감은 느껴지지 않는다. 변종보다 비행이 더 두려운 여인이었다. 시체를 놓고 일어서는 겨울에게, 깁슨 요원이 하는 말.

"가시죠. 제가 여섯시를 맡겠습니다."

열두시는 전방. 여섯시는 후방. 즉 등 뒤를 맡겠다는 뜻이었다. 그녀는 넓은 방위를 능숙하게 경계했다. 겨울은 한 층 내려가는 길을 찾는다.

호화 크루즈의 상갑판은 개방된 다층구조로 이루어졌다. 야외 레스토랑에서 다음 갑판으로 내려가는 길은 두 가지. 층계를 쓰거나, 미끄럼틀을 타거나. 원통형 미끄럼틀은 바로 아래 갑판의 수영장으로 떨어진다. 밤중에도 선명한 색감이 인상적이었다. 알록달록하다.

그 구멍 안쪽에 감염된 소년이 있었다.

그에에에엑.

눈이 마주치자 움츠러든다. 경계하는 동작이겠지만, 체구가 작아 두려움의 표현으로 보인다.

공감이란 참 제멋대로이기도 하지.

내가 느끼는 상대는, 사실 상대의 본질과 무관하다.

겨울은 단발로 쏘았다. 퍽! 머리가 홱 젖혀지며, 미끄럼틀에 후두둑 뿌려지는 핏빛 뇌수. 노랗게 칠해진 바탕이라 더욱 도드라진다.

시체는 원통 속으로 빨려 들어갔다. 이윽고, 풍덩! 물에 빠지는 소리. 난간으로 다가가 아래를 살피면, 이미 붉은 수영장에 시체 하나 더 해졌을 따름이다.

이 시점에서 헬기는 연돌에 접근한다. 역시나 파일럿의 기량은 훌륭했다. 배의 속도에 맞춰 등속으로 움직이는데, 가속과 감속이 전혀 보이지 않는다.

감염여부 확실히 확인하고 구조하는 과정을 주시한 뒤, 겨울은 층계를 두 번 내려갔다. 망 보던 놈 둘을 소리 지를 틈도 없이 사살한다. 사용한 탄은 단 한 발이었다.

꾸륵. 꾸르륵. 단발사격이 관통한 두 개의 목 줄기. 변종들은 입으로 피를 꾸역꾸역 뱉으면서도 몸부림치듯이 다가온다. 겨울은 가만히 기다렸다. 넘어지고, 또 넘어지며 오는 것들을, 걷어차서 밀어낸다. 마침내는 호흡곤란으로 움직이지도 못하게 될 때까지.

'탄을 아껴야 하니까.'

여객선이 샌프란시스코에 도달하기까지는 충분한 시간이 남아있었다. 운이 좋다면 이 배의 핵심 파트를 장악하여, 샌프란시스코까지 타고 갈 수도 있을 것이었다.

에이프릴 벤전스

11층 갑판엔 선내 체육관이 있었다. 들어오는 통로는 셋. 10층 갑판으로 이어지는 충계가 하나, 선체 내부로 들어가는 복도가 둘이다. 폭이 좁다. 제한된 화력으로 다수를 맞이하기 좋은 곳이었다. 잘만 하면 변종의 사체로 복도를 막아버리는 것도 가능할 터. 겨울은 이미 아타스카데로 주립병원에서 비슷한 경험을 했다.

'그 땐 오히려 장애물이었지만.'

군데군데 살아있는 시체의 벽을 넘어, 처음으로 조우한 트릭스터를 쫓을 때의 이야기.

체육관에서 좀 더 들어가면 마사지 룸과 피트니스 룸이 존재했다. 마사지 룸의 출입구는 하나. 피트니스 룸은 마사지 룸을 거쳐야만 들어갈 수 있는 구조였다.

선실엔 아직 전원이 공급되는 중이다. 그리고 피트니스 룸에는 대형오디오가 있었다.

[과연 잘 될까요?]

배고픈 것들을 유인해 가두자는 겨울의 계획에, FBI 수사관의 의문을 제기한다.

[변종들의 지능은 예전보다 많이 증가했습니다. 노이즈 메이커에 이끌리는 변종집단의 규모가 나날이 감소하는 게 그 증거죠. 과연 단순소음만으로 얼마나 유인할 수 있을지…….]

노이즈 메이커. 국방부가 오염지역 수천개소에 설치한 소음 발생장치. 처음엔 가동할 때마다 변종들이 몰려왔다. 지금은 다르다. 노이즈 메이커의 소음 패턴을 학습한 변종들은, 더 이상 무리지어 휩쓸리지 않았다. 가끔은 파괴되기도 한다.

필요가 없어진 건 아니었다. 어쨌든 작전부대의 소음을 지워버리는 효과가 있기 때문에.

"그래도 한 번 해볼 가치는 있을 거예요. 되면 좋고, 안 되면 다른 방법을 생각해봐야겠네요. 규모 미상의 적이 숨어있는 마당에, 내부 구조도 모르고, 무작정 수색하자니 부담스럽잖아요. 위험은 최대한 예방해야죠. 그쪽은 어때요? 아직 조용한가요?"

[네. 저야 안전한 곳에 있으니까요. 중위님이 걱정입니다.]

그녀는 보일러실에 들어가 있었다. 엔진에 동력을 공급하는 보일러가 아니라, 사우나용 증기를 발생시키는 용도였다. 이것이 체육관으로 들어가는 복도마다 하나씩 존재한다.

겨울이 성공적으로 변종집단을 유인하면, 그녀는 즉시 나와서 복도 측 방화격벽을 끌어내릴 것이다. 적을 보다 확실하게 가두기 위하여.

"그럼 시작합니다."

무전을 넣은 뒤, 오디오에 스위치를 넣는 겨울. 음악을 선택해야겠는데……. 어째서 클래식이 있지? 겨울은 갸우뚱 했다. 요가와 에어로빅을 위한 타이틀 사이에서 베토벤의 운명 교향곡은 대단히 이질적이었다. 아무래도 테스트용 곡인 모양.

마침 잘 되었다. 유인이 끝나고서도 계속 흘러나오면 그 나름대로 골치 아픈데. 교향곡이라면 충분히 길고, 한 곡으로 재생이 끝날 테니 최선이었다. 최대볼륨으로 재생시킨다.

콰콰콰콰—앙! 콰콰콰콰—앙!

무지막지한 음량. 재생해놓고 겨울 스스로 놀란다. 소리에 얻어맞는 기분이다.

재빨리 뛰어서 탈의실에 숨는다. 문틈 아래로 지나가는 놈들을 헤아릴 수 있을 것이다. 바닥에 귀를 대고 발소리를 기다릴 겸 하여.

발소리는 겹쳐서 울려왔다. 거리로 미루어 같은 층도 있었고, 아래층도 있었다.

숫자는 기대 이하였다. 호주의 변종들도 역할분담은 끝난 모양. 지금 찾아온 것들은 각 소집단의 정찰병들일 것이었다. 문틈으로 새어 들어오는 빛이 몇 차례 흔들린다.

들어간 뒤엔 조용하다. 저것들이 특유의 소리를 지르게 해야 한다. 사방으로 뛰어다니며 외치게 만들어야 한다. 여기에 새로운 숙주가 있다고. 감염시켜야 한다고. 수색꾼들의 하울링 없이는, 나머지 무리가 모이지 않을 것이다.

역시나. 기다려보았으나, 추가로 오는 기척이 없다.

'그러고 보면 피트니스 룸엔 거울이 많았지?'

이것들이 거울을 인지할 수 있을까? 동물적인 지능이라고 해도, 그 수준은 천차만별. 겨울은 거울에 비친 자신을 보고 놀라는 개와 고양이들을 떠올렸다.

이 배의 변종들은 아직 피부가 썩지 않았다. 즉 갓 태어난 야생동물과 같다.

가능성이 있겠다. 겨울이 신중하게 문을 밀었다. 호화 여객선답게, 잘 관리된 경첩에서는 낡은 소리가 나지 않았다. 복도는 비어있다. 증가한 「무브먼트」 보정으로 소리 없이 움직인 소년은, 벽에 등을 대고 마사지 룸을 살핀다.

기웃거리는 변종이 하나. 나머지는 피트니스 룸까지 들어갔다. 배후에서 다가가, 머리를 비틀었다. 우드득! 턱과 뒤통수를 잡고 단숨에 돌려 죽인다. 놈은 소리를 내지 못하고, 다만 눈만 굴려 겨울을 발견한다. 검은 혀가 기어 나왔다. 벌레처럼 꿈틀거렸다.

이제 겨울은 멀리서 거울을 마주본다.

키에에에엑!

변종 셋이 거울에 달라붙었다. 탕탕! 주먹으로 쳐서 금이 가게 만들었다. 역시나, 거울의 개념을 아직 이해하지 못하는 모양. 겨울은 미련 없이 등 돌려 뛰었다. 쫓아갈 수 없는 세상으로 멀어지는 소년이 안타까운지, 거울을 두드려 박살내는 소리가 들린다.

유인이 너무 잘 되어서 문제였다.

수색꾼이 복도를 역주행하고서 얼마나 지났을까. 엄청난 숫자와 질량이 몰려들었다. 당초의 예상을 한참 웃도는 규모. 피트니스 룸과 마사지 룸을 채웠을 때 격벽으로 차단할 셈이었건만, 밖으로 넘쳐 복도를 메워버렸다.

[중위님, 상황이 어떻습니까? 그쪽 통로는 차단하셨습니까?]

"아뇨, 잠깐 대기하세요. 숫자가 너무 많아서 오히려 제가 갇혀버렸네요."

[네?!]

경악하는 FBI 수사관.

[괜찮으십니까?!]

"당장은요."

[나올 방법은 있으십니까?]

"음, 글쎄요. 두 가지 방법이 있겠네요. 녀석들이 흩어질 때까지 여기서 농성하거나, 혹은 어떻게든 강행돌파로 나가거나."

양쪽 모두 위험한 선택이다. 전자의 경우, 변종들이 그냥 흩어진다는 보장이 없었다. 집단을 이룬 짐승들은 조직적으로 행동하는 법. 주변을 뒤지기 시작한다면, 고립된 상태에서의 방어전이 불가피하다. 살아남더라도 대량의 탄약을 소모하게 될 것이었다.

후자는 말할 것도 없고. 단지 겨울이 기대하는 것은, 제한된 공간에서 변종들이 서로에게 방해가 될 가능성이다.

'그거 하나 믿고 나가기는 어렵겠지만.'

수사관 또한 부정적이었다.

[지나치게 위험합니다! 차라리 제가 유인하겠습니다!]

"하지 마세요. 그거야말로 위험할 테니까."

이 정도 숫자면 붙을 때 겨울도 생존을 장담하기 어렵다. 승선 직전 전투력을 강화했음에도 불구하고. 한 사람이 강해져봐야 한계는 명백하다. 제한된 환경에서 압도적인 수에 짓눌리면 무의미한 법이었다. 전투기술 하나라도 신의 영역에 도달했다면 또 모르겠다.

요란하게 헤집고 다니는 소리. 겨울은 문을 조용히 밀어, 좁은 틈을 엿보았다. 잠깐이었다. 문을 닫고 한숨을 쉰다.

개처럼 냄새를 맡는 것이 있었다. 후각이 발달한 개체인가? 여기까지 찾아낼 수 있을까? 가능하다면, 발견되기까지 앞으로 얼마나 남았을까?

이 때 다시 들어오는 한 줄기의 무전.

[제가 도와드릴 수 있을 것 같습니다.]

수사관은 보일러를 폭파시키겠다고 했다.

[압력을 최대로 높인 다음, 관과 벽에 폭약을 붙여 터트리겠습니다. 이 정도 크기의 보일러라면 증기가 복도 전체에 깔릴 겁니다. 연막 대신 쓸 수 있겠죠. 증기 폭발이니 화재 위험도 적겠고요. 중위님의 의견

을 듣고 싶습니다.]

겨울도 연막을 생각해보지 않은 건 아니었다. 다만 가지고 있는 연막탄이 부족했을 뿐. 연막탄 두 개로 커버하기엔 공간이 지나치게 넓다.

대형 사우나에 증기를 공급하는 보일러라면, 가능할 것 같기도 하다.

실패하더라도 주의는 끌 수 있겠지.

"좋아요. 해보죠. 얼마나 걸릴까요?"

압력을 높이려면 시간이 필요할 터. 이를 묻는 질문에, 요원은 답을 흐렸다.

[모르겠습니다. 이런 기관은 다뤄본 적 없는지라……. 어떻게든 조작법은 알아냈습니다만.]

"알았어요. 기다리겠습니다."

[연막이 생기면 나올 자신은 있으십니까?]

"그건 제게 맡기세요."

[……]

깁슨 요원은 더 이상 묻지 않는다.

묵묵히 기다리는 시간. 덜컹, 쾅! 어딘가의 문짝이 박살나는 소리 같다. 변종들은 집요하게 수색하고 있었다. 수색꾼이 헛것을 보았을 가능성 따위, 짐승의 지능으로 더듬기는 너무 먼 상상력이었다. 겪지 않은 실패를 상상하며 좌절하는 건 인간의 전유물이었고.

쿵, 쿵, 쿵! 거칠게 부서지는 소리가 계속해서 다가온다.

깁슨 요원의 연락은 아직이다. 하기야 대형 시설이니, 한계 압력에 도달하기까지 적잖은 시간이 걸릴 터. 그 와중에도 이어지는 쿵, 쿵,

쿵. 그것은 마치 교향곡의 일부처럼 느껴졌다.

싸움을 피하지 못할 것 같다. 겨울이 무장을 점검했다. 발 디딜 틈 없는 싸움이 될 것이다. 한 번의 기능고장이 죽음으로 이어질 수도 있었다.

연막이 터질 때 까지는 버텨야겠지.

하다못해 공간만 충분하더라도 좀 나을 텐데.

마침내 쿵쿵거리는 소리가 등 뒤로 바싹 붙었다. 문에 기대어 앉은 겨울에게는, 귓가에 대고 속삭이는 것처럼 들린다. 자세를 바꾼 겨울이 총구를 문에 가져다 댔다. 톡. 일부러 부딪혀 가벼운 소리를 낸다. 확신을 얻기엔 너무 작고, 그렇다고 무시할 수는 없는 소리를. 톡톡.

그리고 속으로 헤아린다.

셋, 둘, 하나.

탕! 총성이 실내에 메아리친다. 뒤이어 발바닥으로 전해지는 둔탁한 진동. 냄새 맡던 놈의 머리에 구멍이 났을 것이다. 여기, 귀를 가져다 대라고 두드렸던 것이니까.

문이 요란하게 흔들렸다. 어두운 방, 흔들리는 문. 어릴 때의 기억을 강제로 끌어내는 상황. 그때도 겨울은 방 안에 있었다. 괴물이 들어오지 못하게 문을 잠가놓고서. 만취한 아버지는 괴물이었다. 인간 아닌 소리를 질렀고, 인간 아닌 행동을 했었다.

나는 참 익숙한 세계를 찾아온 것 같아.

여기서는 인간을 닮았으나 인간은 아닌 것과 싸울 수 있다. 착각에 불과할지라도, 겨울은 그것이 좋았다.

아니, 좋아했었다.

잠긴 문을 두고 그 너머를 쏘는 겨울. 탕, 탕, 탕! 문 앞에 시체를 쌓는 것이 목적이었다. 안쪽으로 열리는 문이니 나갈 길이 막히지는 않으리라. 죽은 것들의 벽을 무너트려야 하겠지만. 문틈으로 죽은 피가 끈적하게 흘러들었다.

콰직! 총구멍이 난 자리를 부수며 들어오는 손. 손등에 하얀 반점이 박혀있다. 반사적으로 쏘았으나, 뼈에는 금이 갔을 뿐. 더러운 손이 문 안쪽을 더듬는다. 손잡이 부근에 가기 전에, 겨울이 칼을 꽂았다. 얼룩무늬 사이의 틈, 뼈 대신 근육이 차있는 균열을.

캬아아아악!

손이 못 박힌 특수변종의 비명. 겨울은 소리가 가장 선명한 방향을 겨냥하여 탄창 하나를 비운다. 외골격 가진 놈을 잡을 수 있다면 결코 낭비가 아닐 터.

연속사격으로 부서진 구멍. 문 너머의 변종과 시선이 마주친다. 성한 눈은 하나 뿐. 그르르르. 괴물은 피 끓는 목으로 으르렁거린다. 겨울이 무기를 교체했다. 권총이 불을 뿜기 직전, 괴물은 휙 낮아졌다. 그리고 쿵! 문이 요동친다. 경첩이 삐그덕거릴 정도의 힘.

겨울은 문을 발로 밀면서, 사격을 지속한다.

베토벤은 여전히 웅장하게 울려 퍼지고 있었다.

경첩이 떨어졌다. 바닥에 부딪히는 불길한 쇳소리. 남은 것들도 상태가 좋지 않았다. 충격이 올 때마다 날카롭게 삐걱거린다. 헐거워진 나사가 머리를 내밀었다. 스스로 기어 나왔다.

위기구나……. 폭파는 아직인가? 고민하던 소년은 가까이에 배전함이 있는 것을 발견했다. 어렴풋이 떠오르는 영감. 돌아보면, 탈의실은 밀폐된 공간이다. 가능할까?

쿠웅! 바르르 떨리는 문을 두고 조심스레 물러나는 겨울. 잠깐은 버텨주겠지.

배전함은 잠겨있었다. 권총 사격으로 자물쇠를 박살낸다. 그리고 함을 열어 실내의 모든 전원을 차단했다. 암전하는 폐쇄 공간. 탈의실이다 보니 창문 하나 달려있지 않았다.

'환풍기도 멈췄을 거야.'

겨울은 야시경을 쓰고, 한 손에 연막탄을 쥐었다. 핀은 이미 뽑은 상태. 언제든 놓기만 하면 된다. 그러나 너무 빨라도 곤란하다. 병들고 굶주린 것들이 멋모르고 밀려들어와야 한다. 이 공간을 가득 채워서, 뭔가 잘못되었음을 깨닫고도 쉽게 빠져나갈 수 없어야 했다.

부서지는 소리가 났다. 실내로 튀는 나뭇조각들. 문이 크게 뒤틀려, 위아래로 벌어져 있었다. 오직 손잡이와 그 부근의 잠금장치만이 버티고 있을 뿐.

이쯤이면 되겠구나. 겨울이 줄지어 선 캐비닛 안쪽으로 연막탄을 던졌다. 두 호흡 뒤, 탁 하고 뿜어지기 시작하는 녹색의 연막. 뒤이어 쾅! 마침내 문이 부서지는 소리. 둑이 무너지는 것 같았다. 범람한 시체들이 와르르 밀려들어왔다.

빛과 죽음이 동시에 쏟아진다. 질량에 못 이겨 스스로 무너지고 깔리는 것들.

겨울은 놈들을 유인했다. 안쪽으로, 다시 안쪽으로. 캐비닛 사이의 통로는 이미 짙은 연막으로 가려졌다. 애초에 빛조차 희미했으므로 겨울 자신도 시야를 확보할 수 없었다. 야시경을 올리고 방독면을 착용했다. 양쪽을 더듬어 계속해서 뒷걸음질 쳤다.

콰당탕 쿵쾅. 캐비닛은 칸막이를 겸한다. 건너편에서도 변종들이 요란하게 들어오고 있었다. 시간이 흐르면, 다른 쪽으로 들어온 것들이 배후로부터 덮쳐올 상황.

연막 속에서, 겨울은 캐비닛을 타고 올라갔다. 소리 없이, 단숨에.

쫓아온 것이 겨울 있던 자리를 통과했다. 계속해서 들어간다. 배를 깔고 엎드린 겨울은 캐비닛의 거친 진동을 느낀다. 양쪽으로 지나가는 것들의 충돌이었다. 손 뻗으면 닿을 거리에서, 놈들의 거친 호흡이 느껴진다.

켈룩! 크웨에엑! 앞장서서 지나간 것들의 괴로운 기침소리.

무기 아닌 것도 때로는 무기가 되는 법. 연막이란, 목적이 어찌되었든, 결국 무언가를 태워서 만드는 연기다. 밀폐공간에서 쓴다면 호흡 곤란을 유발할 수 있었다.

겨울은 엎드린 채 가만히 기다렸다. 점점 더 많아지는, 병든 것들의 기침소리를 들으면서.

'산소 부족은 내게도 위험한데……'

좁은 공간에서 지나치게 많은 놈들이 숨 쉬고 있었다. 그리고 방독면은 해로운 성분을 걸러낼 뿐, 부족한 산소를 만들어주지는 않는다. 산소는 얼마나 빨리 없어지지? 감을 잡기 어렵다. 변종들의 질식까지 걸리는 시간이 관건이겠다. 눈으로 확인할 수 없어 곤란했다. 방독면과 야시경을 동시에 쓰긴 어렵다. 야시경을 쓰더라도 연막에 가려지겠지만.

겨울은 포복으로 전진했다. 소리를 죽일 필요는 없었다.

기침 소리가 들끓는 신음으로 바뀌었다. 숨이 부족한 놈들은 경고를 보내지도 못한다. 비교적 멀쩡한 놈도 후각은 마비되었을 것이다. 겨울이 조심스럽게 내려왔다. 내리는 발에 산 것이 밟힌다. 뒤엉킨 채 고통에 겨운 것들이었다. *끄억. 끄억. 끄어어억.* 소리에 물기가 짙다.

무전이 들어왔다.

[한 중위님, 현재 상태는 어떻습니까?]

골전도 리시버인지라 소리가 새진 않았다.

그러나 응답하긴 곤란하다. 목소리를 내는 대신, 마이크를 두드리는 겨울. 의미는 없을지언정 명백히 인위적인 리듬이었다. 단순 잡음과 혼동하긴 어려우리라.

[말씀이 어려운 상황이신가보군요……. 보일러가 곧 폭발합니다. 앞으로 1분 37초. 동쪽 통로는 차단했습니다. 계획 변경이 필요하다면 세 번을, 아니라면 다섯 번을 두드려주십시오.]

우드득. 서로 숨결 닿을 거리에서 마주친 변종의 목을 돌려놓고, 겨울은 수사관에게 그대로 진행하라고 전달했다.

[알겠습니다. 부디 무사하시길. 10층으로 가는 계단에서 뵙겠습니다.]

폭발을 기다리는 시간. 구석진 어둠은 신음하는 구덩이였다. 입구에서 들어오는 희미한 빛으로는 무엇 하나 구별할 수 없었다. 다만 청각과 촉각에 의지하여, 겨울은 가까이 있는, 그리고 다가오는 모든 것을 죽였다. 장님의 싸움이 이런 식일까?

콰앙!

폭음은 생각보다 작게 들렸다. 그것은 교향악에 끼어드는 불협화음이었다.

잠시 후, 훅 밀려오는 열기. 가뜩이나 꽉 차있던 실내였다. 변종의 체온이 인간보다 높은 탓도 있어서, 온도가 급격하게 상승한다.

낮은 자세로 연막과 어둠을 더듬어 나가던 도중, 겨울은 특이한 촉감을 감지했다. 장갑을 끼고도 분명하게 느껴지는 차이. 보통의 변종과는 다른 피부였다. 단단한 질감이 느껴진다.

특수변종.

보통보다 강하다고 모든 면에서 뛰어난 게 아니다. 대사량이 많을수록 더 많은 산소가 필요한 법. 귀를 기울여보면, 시끄러운 주변으로부터 확실하게 구분되는 거친 신음소리가 있다.

어차피 그냥 둬도 죽을 것이었다. 아니면 대사를 억제하거나. 후자라고 해도, 깨어나고 나면 이미 갇혀있을 것이다. 방화격벽을 힘으로 돌파할 순 없을 테니까.

벌써 중독 상태일지도 모르고.

무시하고 지나간다. 기진맥진한 것들이 깔린 바닥이라, 중심을 잡기가 조심스럽다.

입구는 반쯤 막혀있었다. 그래도 바깥 놈들의 주의가 폭음에 이끌려서 다행이었다. 그렇지 않았다면, 나가기가 상당히 고역이었을 터.

드디어 복도다. 개방된 공간. 그러나 탁 트인 느낌은 오직 사방에서 울리는 소리를 통해 느껴질 뿐. 시야는 암흑에서 백색의 뿌연 빛으로 바뀌었을 따름이다.

직선구간에 도달한 겨울이 방독면을 벗었다. 그리고 달리기 시작했다.

짙은 수증기 속에서 시계(視界)는 고작 1~2미터 남짓. 갑작스럽게 튀어나온 소년에게 변종들은 제대로 대응하지 못한다. 빠악! 턱을 치는 주먹에 이가 바스러지는 변종이 하나. 정면을 가로막는 놈에겐 온몸으로 충돌한다. 체중에 더해진 완전무장의 무게. 여기에 타격을 집중시키는 수준 높은 기술. 부딪힌 변종은 일방적으로 튕겨졌다.

겨울 입장에서도 반사 신경의 한계를 시험하는 듯하다. 달리는 속도는 곧 변종이 튀어나오는 속도였다. 조건이 열악하여 감각보정조차 짧았다. 보이는 즉시 대응해야 한다. 칠 것인가, 밀 것인가, 스쳐 지나갈 것인가.

맞고 쓰러진 놈의 괴성은 때가 늦다. 겨울은 이미 속도가 붙어있었고, 증기 속으로 빠르게 스며들었다. 사냥감을 놓친 변종이 포효했다. 호출을 듣고 몰려드는 무수한 발소리들, 줄어드는 거리감. 겨울이 자세를 낮춰 몸을 굴렸다. 구르는 소년과 변종 무리가 순식간에 엇갈린다. 소년에게 걸려 넘어지는 것들도 있었다. 팔꿈치로 목을 찍어 죽인다. 목 위로 쳐서, 경추가 내려앉을 정도의 힘으로.

가는 길목에 변종들의 밀도가 높아졌다. 증기 속에서 놈들은 벽처럼 나타났다. 재빨리 방향을 꺾어도 마찬가지. 겨울을 발견한 변종들이 발광하기 시작했다. 나아갈 틈이 없다. 덮쳐오는 것을 넘어뜨리며 수류탄의 핀을 뽑아 굴린다. 그리곤 가까운 변종의 멱살을 잡아, 굴린 방향으로 돌려세웠다.

소년과 마주보게 된 변종의 두 눈이 확장됐다. 창백한 낯빛의 아름다운 여인. 그녀는 입을 쩍 벌려 소년을 물어뜯으려 들었다.

퍼엉!

수증기가 충격파에 요동쳤다. 떼로 서있던 놈들이 여파를 줄였음에도 불구하고, 겨울은 방패를 때린 폭압을 버티지 못했다. 뒤로 넘어진다. 찌잉 – 잠시 소리 멀어진 귀가 날카롭게 우는 소리. 겨울과 포개어진 방패는 더 이상 숨을 쉬지 않았다. 옆으로 굴려서 치워버린다.

복도 끝에 도달한 겨울이 벽을 더듬는다. 분명 이 근처였는데. 격벽차단 레버가…….

"끼에에엑!"

겨울은 변종의 머리를 레버에 처박았다. 콰득. 레버 손잡이가 괴물의 낯짝을 파고들었다. 그 상태로 확 끌어내린다. 레버가 꺾이며 다시 한 번 처박히는 괴물의 머리.

변종은 안면이 함몰되고도 벽을 밀어대며 벗어나려 애쓴다. 겨울은 그 힘에 거스르지 않았다. 제 힘을 더하여, 지나온 복도 쪽으로 던져버렸다. 안개 저편에서 와르르 엉키고 무너지는 기척들.

그러고도 튀어나오는 놈을 걷어찬다. 배를 차고, 구부러지는 얼굴을 무릎으로 쳐올리고, 튀어 오르는 머리를 팔꿈치로 내리쳤다. 그 후 즉각 한 탄창의 제압사격을 뿌린다.

격벽이 벌써 절반이나 내려왔다. 겨울이 그 아래로 몸을 던졌다. 구르다가 무릎으로 제동을 걸어, 관성으로 상체를 세운다. 소총을 비틀어 빈 탄창을 날려 보내고, 새 탄창을 삽입하기까지가 숨 가쁜 절반의 호흡.

투타타타탕! 타타탕! 타타타탕!

증기를 뚫고 나온 변종들이 연달아 쓰러진다. 그 중 하나, 죽은 머리가 격벽 아래에 끼었다. 퍼억, 퍽. 겨울은 단단한 전투화로 걷어찼다. 찰 때마다 뼈에 금이 가고, 머리가 변형되어 격벽이 내려앉는다. 그러다가 마침내 두개골이 깨졌다. 격벽이 남은 살점과 뼛조각들을 뭉갰다.

겨울의 발치에 으스러진 머리 절반이 남았다.

격벽에 막혀, 이쪽으로는 수증기가 더 이상 번지지 않는다. 시야가 빠르게 개선되고 있었다.

폭음에 가까운 총성이 들려온다. 수사관이 교전중인가?

층계 방향으로 달려간 겨울은, 실시간으로 찢어지는 변종들을 목격했다. 한 발 한 발의 위력이 철퇴와 같은 샷 건이었다. 수사관은 장애물 뒤에 도사렸고, 넘어오는 것들에게 서른 발의 산탄을 뿌렸다. 크게 도약한 변종이 반대 방향으로 뒤집어진다. 쏟아지는 내장은 덤이었다.

'도와줄 것도 없네.'

스스로 비정규전의 베테랑이라더니, 허언이 아니었던 모양이다. 조준과 화력분배가 완벽에 가깝다. 한 놈이 세 발 이상을 맞은 경우가 없었다. 애초에 샷 건은 교전거리가 짧은 화기. 그녀는 분명 익숙한 무기를 골랐다고 했었다. 어지간한 배짱으론 어림없는 일이다. 7킬로그램이 넘는 화기를 날렵하게 다루는 완력도 대단하고.

철컥. 돌아오는 총구 앞에서, 겨울이 손을 들었다.

"진정하세요. 접니다."

"……무사하셨군요. 몹시 걱정했습니다."

안도의 한숨을 내쉬는 깁슨 요원. 내쉬는 한숨이 가늘게 떨렸다. 그러더니 잠깐 엄호해줄 것을 요구한다. 겨울은 그녀가 들어가 있는 카운터 옆에서 주요 진입경로를 경계했다. 그 사이, 여성 수사관은 총에서 탄창을 벗겼다. 일반적인 탄창이 아니었다. 산탄 서른두 발을 한꺼번에 장전하기 위해, 형태는 두껍고 납작한 드럼 모양이었다.

겨울이 쓰는 소총 탄창이라면 몇 매쯤 버려도 무방하지만, 깁슨 요원의 드럼 탄창은 부피가 커서 많은 수를 들고 다니기 어렵다. 그러니 탄을 채울 수 있을 때 채워야 한다.

"대체 거기서 어떻게 나오신 겁니까?"

군장에서 쏟아낸 탄을 한 발씩 끼워 넣으며 수사관이 묻는 말. 겨울은 자초지종을 설명했다. 탈의실에서는 연막탄으로 질식을 유도하고, 복도에서는 그냥 달렸다고.

"동시에 교전하는 적의 수가 중요한 거니까요. 시야가 제한된 상황에서 저것들이 무슨 수로 저를 보고 모여들겠어요? 오히려 속도가 느릴수록 위험하다고 생각했죠."

수사관이 고개를 흔들었다.

"발상은 가능해도 엄두는 못 내겠군요. 연막탄 쪽은 훌륭한 임기응변이었고요. 샌프란시스코에서도 좋은 활약을 하실 것 같습니다."

삽탄을 끝낸 수사관은 총의 장전손잡이를 당긴다. 빈 약실이 드러났다. 여기에 여분의 탄 한 발을 넣고서, 그제야 탄창을 꽂는다. 그리고 겨울에게 묻는다.

"지금부터 어떻게 하시겠습니까? 언뜻 봐도 객실의 수가 천 개는 넘는 것 같군요."

그러면서 가리키는 것이 선박의 내부구조도였다. 카운터 안쪽 정면에 걸려있었다. 각 갑판의 평면도를 검토하더니, 수사관은 겨울의 대답을 기다리지 않고 이렇게 말했다.

"우선은 함교를 확보하는 게 어떻습니까? 이건 바다 위의 호텔 같은 배고, 함교가 관리인실을 겸할 테니……내선(內線)으로 각 객실을 확인할 수 있을 것 같습니다. 어쩌면 CCTV 같은 것이 있을지도 모르고요. 설령 아니더라도, 최소한 배를 정지시키거나 속도를 낮춰 시간을 벌수 있을 겁니다."

괜찮은 의견이었다. 겨울은 고개를 끄덕였다.

함교까지는 두 층을 더 내려가야 한다.

층계는 두꺼운 바리케이드로 막혀있었다. 온갖 자재를 가져다 쌓았으나, 결코 허술하진 않았다. 수사관이 소년장교에게 여길 보라고 손짓한다. 철사로 묶고 못을 박아 고정시켜 놨다. 층계를 꽉 채울 정도로 두터워, 해체에 적잖은 시간이 필요할 것이었다.

벽면에서는 총탄 자국들이 발견되었다. 겨울은 손가락으로 짚어보고, 깊이와 구경을 가늠한다. 본격적인 자동화기의 흔적이었다.

주변에 뿌려진 시체들은 수십 구에 달했고, 처참한 모습이었다. 심하게 뜯어 먹혔다. 피쉬이이. 항문에서 부패한 가스가 새고, 피부에선 구더기가 바글거린다.

수사관이 시체를 뒤집는다. 까맣게 변색된 눈가. 입에서 검은 진액이 흘러나왔다. 전신의 피부가 엉망으로 얼룩져있다. 인상을 찌푸리고 손등으로 코를 가린 채, 깁슨 요원은 대검으로 시체를 찔렀다. 찔꺽, 찔꺽. 째고 긁어내며 무언가를 찾고 있다.

새까만 파리들이 떼 지어 날아다닌다. 여기 저기 들러붙어, FBI 요원에게는 귀찮을 정도의 방해였다. 겨울이 휘휘 쫓아주었다. 그리고 작은 소리로 묻는다.

"뭘 찾으시는 거죠?"

"잠시만……. 이겁니다."

그녀의 칼끝에 걸려나온 것은, 끈적하게 젖어있는 작은 쇳조각. 깨진 총탄이다. 그녀는 나머지 파편들을 쉽게 찾아냈다. 이어 칼을 카펫에 대충 닦아낸 다음, 장갑을 벗어 맨손으로 만져본다. 온도를 느끼려는 것 같았다.

이제 여성 수사관은 전문가로서의 견해를 밝힌다.

"변종들은 피부가 썩지 않았죠. 예외는 없었습니다. 각 개체의 감염에 시차가 존재하지 않을 만큼 급격히 확산되었다는 증거입니다. 반면이 시체는 체내 온도나 시반이 생긴 정도로 보아 최소 사후 8시간 이상 경과했습니다. 이 바리케이드도 이상하죠. 감염이 빠르게 번졌다면 이렇게 견고히 만들 여유는 없었을 겁니다. 이건 어디까지나 가능성입니다만."

암시하는 바가 명백하다. 이 배에서는 인간과 인간의 투쟁이 벌어졌다는 것. 감염 폭발은 그 와중에 일어난 재난이었을 테고. 그녀가 다시 조곤조곤 하는 말.

"군대 수준으로 무장한 자들이 민간인을 사살한 겁니다. 바리케이드가 필요할 지경이었다면 싸움의 규모는 상당했겠죠. 일방적인 학살이 아니었다는 뜻이고요."

겨울이 수긍했다.

"사람을 상대로 싸울 각오를 해둬야겠네요."

"네. 그러는 게 좋겠습니다. 일이 갈수록 골치 아파지네요."

무겁게 한숨을 쉬는 수사관. 소년장교에게 살며시 눈을 흘긴다. 사실상 한 사람의 고집으로 시작된 구조작업이었으므로. 소년은 어색한 미소를 만들었다.

그러나 그녀는 불평을 말하지 않는다. 현장 요원에게 당연히 있어야 할 자제력이었다. 불평은 무의미하다. 의견 제시만이 있을 뿐. 수사관은 아직 철수를 고려하지 않는다.

"아무래도 다른 길을 찾아야겠습니다. 바리케이드 건너편의 상황을 알 수 없으니까요."

"엘리베이터는 어떨까요?"

얌전히 타고 가자는 제안이 아니었다. 다른 층계를 찾자면 여객선 중앙까지 가야 한다. 그 전에 에스컬레이터가 있었으나, 구조도를 보면 선체 중심의 그랜드 뷔페로 이어지는 경로였다. 사방으로 노출되어 극히 위험하다.

'변종집단이 숨어있기 좋은 장소야.'

아타스카데로 주립 병원에서도, 변종들은 장소를 골라 매복하고 있었다. 인간에 대한 공격은 결국 숙주를 늘리려는 것이다. 숫자로 압도하는 건 피해를 줄이는 유효한 전략이었고. 여기엔 넓고 개방된 공간이 필수적이다.

"괜찮겠군요. 이동하죠."

수사관이 동의했다. 겨울이 먼저 나간다. 그 뒤를 수사관이 밟았다. 발소리는 한 사람 것만 들린다. 천재의 영역을 넘어 초인의 영역에 갓 들어선 수준으로, 사실상 겨울의 한계였다. 이 이상으로는 자원 소모가 지나치게 심각하다.

'본래는 하나의 기술에 매진해도 부족한 세계관이니까…….'

같은 세계관을 스물일곱 번이나 되풀이하는 겨울이 특이한 것이다. 한계를 넘어설 수 있는 세계에서, 반복되는 실패를 인내하는 사람은 드문 편이었다.

관제인격이 그렇게 알려주었다.

겨울은 이따금씩 주먹을 들어올렸다. 수사관이 경계하는 사이, 겨울은 객실을 탐색했다. 혹시 모를 단서를 찾으려는 것. 그러나 여섯 객실을 뒤지는 동안 발견한 건 목이 매달린 시체뿐이었다. 변종들은 먹기 편한 높이부터 뜯어먹었다. 허리부터 허벅지까지 뼈만 남아있다.

복도가 넓어졌다. 양측에 객실을 두고, 중심에 여섯 개의 엘리베이터가 존재했다. 승강기는 하나같이 5층에 멈춰있다.

"모두 비상정지 상태군요. 5층 갑판에 뭐가 있었죠?"

수사관이 묻는 말에, 겨울은 도면을 회상한다. 지력보정의 도움이 컸다.

"대극장, 아트리움, 카지노, 두 개의 댄스 클럽, 카페, 레스토랑과 다섯 개의 바(Bar)……."

하나 같이 향락에 관련된 시설들. 호화 크루즈에서 그렇지 않은 시설이 또 어디 있겠느냐만, 5층은 가장 극단적인 경우였다.

'선박 중심에 아트리움을 만든다는 것부터가……'

아트리움은 하늘이 열린 공간이다. 폐쇄된 선내에서 그에 필적하는 개방감을 주려면, 필요한 여백은 얼마나 넓을 것인가. 크루즈에서도 가장 사치스러운 공간낭비일 수밖에.

고개를 갸우뚱 하는 깁슨 요원.

"잘 모르겠군요. 무언가 의미는 있겠지만, 단서가 없어요."

그리고 중얼거린다. 거기 생존자들이 있을 가능성이 높다는 것 정도는 알겠다고.

"일단 문을 열겠습니다."

겨울이 문틈에 손가락을 밀어 넣는다. 강화된 전투력 덕에, 어렵지 않게 열 수 있었다. FBI 요원은 의아한 표정으로 열린 문을 밀어본다. 그리고 조금 더 의아해진 눈빛으로 소년장교를 바라보았다. 길지 않은 시간낭비였다.

"잠시만 기다리세요. 로프를 타고 내려가는 건 간단하지만, 그 상태에서는 한 중위님이라도 문을 열기 힘드실 테니까요."

그녀는 겨울이 수색했던 객실로 들어가더니, 완강기를 챙겨서 돌아온다. 겨울은 권총을 뽑아 그녀의 어깨 너머에 세 발을 쏘았다. 퍽, 퍼억, 퍽! 잠겨있던 객실. 문을 열고 소리 없이 나온 것들의 머리가 연속으로 깨진다.

요원은 멈칫 했으나, 돌아보지도 않았다. 아무 일 없었던 것처럼 할 일에 매진한다. 완강기에 약간의 손질을 가해서, 하강을 조절할 수 있도록 만들었다.

"자, 됐습니다. 내려가세요. 지키고 있겠습니다."

겨울이 밧줄에 의지해 내려간다. 수직 통로엔 작업용 조명조차 드물었다. 다만 발아래 까마득한 곳에 승강기가 있을 뿐.

끼우우웅— 힘으로 여는 문이 금속성의 비명을 지른다. 문 너머는 새까만 어둠이었다. 야시경을 쓰고 보아도, 보이는 게 없다. 마지막으로 일회용 적외선 조명을 꺾어 던져본다. 농밀한 어둠에 비해 가볍게 느껴지는 녹색의 광원. 기나긴 복도를 다 밝히기엔 역부족이다.

'정말 아무 것도 없나?'

변종이 있다면 소리를 들었을 법 한데. 수사관에게 내려와도 좋다는 무전을 보내고, 마침내 발을 딛는 겨울. 완강기를 벗어던진 뒤 주위를 경계한다.

공기는 썩어있었다. 금세 내려온 수사관이 헛구역질을 할 만큼. 겨울이 권했다.

"방독면 쓰세요."

"아니, 아닙니다. 괜찮아요. 금방 적응될 겁니다."

"무리하실 필요는 없는데……. 한 사람이면 충분해요."

충분하다는 것은 후각을 통한 경계였다. 감염변종을 상대할 땐 냄새도 중요한 단서다. 비록 피부가 썩지는 않았을지언정, 변종의 체취는 시체 썩는 악취와 확실하게 다르다. 대사가 인간보다 훨씬 더 활발하기에, 땀 흘리고 씻지 않는 인간쯤 가소로울 지경이었다.

'여기가 한국이었으면 조금 달랐겠지만.'

변종은 기본적으로 감염시킨 숙주의 특성을 계승한다. 기능적 변이는 그 이후의 이야기. 그러므로 배경을 한국으로 잡았을 때, 후각은 중요도가 떨어지게 된다. 의미 없진 않을지라도.

그러면서 하는 생각. 이 세계관에서 거기까지 갈 일은 없겠지.

겨울과 수사관은 죽음이 만연한 복도를 걸었다. 질병이 아닌, 인간의 악의가 휩쓸고 지나간 자리였다. 적외선 조명을 벽에 가져다대니, 보이지 않던 것이 보인다. 검게 보이는 아홉 글자.

복수(Vengeance).

야시경을 썼으므로 색감은 없었다. 그러나 겨울은 이 글자가 피로 쓰였을 것이라 짐작했다. 바닥을 굴러다니는 머리통들 때문이었다. 수사관이 탄식했다.

"이런 짓을 벌인 미치광이들이 이미 죽었으면 좋겠군요. 대체 무슨 원한이 있었기에 고문까지 했던 걸까요……."

그녀의 말대로, 목 없는 시체들은 벌거벗겨진 상태였다. 극심한 학대의 흔적이 남아있다. 심한 경우, 포를 떠서 죽인 것도 있었다. 벗겨낸 살들이 아무렇게나 뿌려져 있다.

"글쎄요. 사람이 사람을 미워하는 데엔 한계가 없잖아요."

자기 경험을 말하는 겨울. 사람은 모든 면에서 한계가 있지만, 겨울이 겪은 바로, 유일하게 한계 없는 감정이 바로 미움이었다.

'흔히들 사랑도 끝이 없다지만, 그렇게 사랑하는 사람은 본 적이 없어.'

그런 감정이 있기는 한 걸까?

장미만큼은 예외일 것이다. 이렇게 생각하는 겨울에겐, 그러나 확신이 없었다. 그저 믿고 싶은 마음에 생겨난 착각일 수도 있었으므로. 기대는 실망을 낳는다. 생전의 삶에서, 소년은 가지고 싶은 것, 가지고 있는 것, 가질 수 있는 것을 포기하는 데 익숙했다.

'하지만 가져야 하는 것만큼은 포기하고 싶지 않았어.'

겨울은 상념을 끊었다. 자꾸만 과거에 잠기는 것, 낫지 않은 상처의 딱지를 떼는 습관. 나쁜 버릇이다.

나아가는 복도, 백 미터에 이르는 회랑은 끝까지 잔혹함의 전시장이었다. 참수와 총살의 현장들. 그리고 격렬한 전투의 흔적.

함교로 들어가는 길목에 대리석 식탁이 세워져있다. 총탄 자국이 가득했다. 그 너머엔, 빈손으로 썩어가는 군인의 시체가 있다. 그럼 무기는 어디로 갔을까.

마침내 도착한 함교. 깨진 창문으로 차가운 바닷바람이 들어온다. 이곳 또한 어두웠으나, 각 단말에는 불이 들어와 있었다. 최악을 예상하던 수사관이 안도의 한숨을 내쉰다.

"낯선 시스템이지만 어떻게 해볼 수 있을 것 같군요. 속도부터 낮춰야겠습니다."

"배도 조종할 줄 아세요?"

"네. 마약 단속 중에는 별 일이 다 일어나거든요. 싸움을 벌이는 장소도 다양하죠. 육지와 바다, 하늘에 이르기까지…… 비행기나 선박의 기본적인 조종기술은 배워두는 편입니다. 모든 요원들에게 필수적으로 요구되는 자격은 아닙니다만."

낡은 세계도 꽤나 극적이었구나. 그녀가 쌓아왔을 위험한 경력, 그리고 그 토대를 제공했을 과거의 기록들은, 겨울에게 제법 인상적으로 다가왔다. 이전까지의 세계관에선 연방수사국이나 중앙정보국과 이렇게 깊이 연관된 적이 없었기에.

가벼운 관성이 느껴진다. 배가 감속을 시작했다는 반증이었다.

"0-1-0도로 변침하겠습니다. 적어도 태풍은 피해야 하니까요."

깁슨 요원은 조종간을 좌로 꺾는다. 불가피한 일이었으나, 이제 선내의 모든 사람들이 누군가 함교를 장악했음을 깨달았을 것이다.

예상대로 함교에서는 전체 선실의 내선과 연결할 수 있었다. 다만 천 번이 넘는 반복 작업이 필요하다는 게 문제. 시도하기 전에, 함교 문을 봉쇄한 겨울과 수사관은 CCTV부터 확인하기로 했다. 내선 연결에 필요한 작업량을 줄일 수도 있을 것이다.

가장 먼저 살피는 것은 예의 그 5층 갑판.

'여기도 정상은 아니네.'

이곳 8층 갑판처럼 전원이 차단된 것은 아니었다. 그렇기에, 아트리움을 물들인 핏빛이 여과 없이 비쳐진다. 카지노의 시체들은 헐벗고 있었다. 바에서는 변종들이 웅크리고 앉아, 아무 행동도 없이 시간을 보내는 중이다.

"잠깐, 방금 화면은 대극장인가요?"

수사관이 콘솔을 조작했다. 대극장을 스쳐갔던 화면이, 다시 한 번 극장 내부를 잡아준다. 여기서도 수많은 변종이 활보하고 다녔다. 그러나 겨울의 시선은 무대 위에 고정되어 있다. 어째서인지 끊어진 밧줄투성이인데, 유독 한 개체의 변종이 묶여있었다.

'목줄?'

그 뿐만이 아니다. 변종은 여성이었는데, 지금까지 보아온 것들과 완전히 달랐다. 면역거부반응이 심각할 정도로 드러난 모습. 밧줄 감긴 부위는 살이 아예 벗겨졌다. 줄의 반대편 끝은 말뚝으로 고정되었고.

역시 이상함을 느꼈는지, 수사관이 극장의 풍경을 과거로 되감는다.

겨울은 복수의 의미를 알 수 있었다.

번외편: 지옥의 문을 지나

드디어 죽었다.

마취에서 깨어나면 별빛 밤하늘 아래일 거라고 들었는데, 난 어째 약효가 일찍 빠졌는지 눈을 뜨니 미완의 어둠 속에 있었다. 미완의 인터페이스에서 굼벵이 같은 사상부 연결 진행도는 76.6%를 가리켰다.

젠장……. 기다림이 너무 길다. 간밤에도 심장이 뛰어서 뜬 눈으로 지새웠건만.

지겹게 있으려니 지금 이 순간에 이르기까지가 떠오른다.

지긋지긋한 직장생활은 어제로 끝. 사측에 사직서 양식을 전송하자마자 사후보험 관리공단에 접속했었다. 가상현실로 구현된 로비에서 국고를 축내려고 온 가난뱅이들이 순번을 기다리는 중이었지만, 난 그럴 필요가 없었다. A등급 가입자일뿐더러, 사전에 예약했으니까.

애초에 서는 대기열부터가 다르다.

말이야 바른 말이지, 죽어도 될 날만 기다리면서 가상 급식소 식권 따위나 받으러 온 예비 별창늙은이들하고 내가 같은 줄에 서는 게 말이나 되나? 외국인 노동자들도 아닌데. 부러워하는, 혹은 시기하는 시선들 앞을 지나갈 때, 나는 불쾌하기도 하고 그들이 우습기도 했다.

구제불능의 루저들 같으니. 무료로 먹는 랍스터와 푸아그라가 그렇게 좋은가? 나 같으면 짜장면조차도 공짜는 싫겠다. 그게 다 조세지출이고, 남에게, 특히 별창늙은이들은 자식이랑 손자 세대에게 민폐 끼치는 거잖아?

그나마 외국인 노동자들은 좀 낫지. 걔들은 일이라도 열심히 한다니까.

애초에 우리나라의 행복지수는 지나치게 높아. 사람은 배가 부르면 게을러지게 되어있지. 말인즉 향상심을 가지려면 누구든 적당히 불행해야 한다고 믿는다. 니미, 복지예산으로 왜 그렇게 많은 돈을 쓰나 몰라. 세금 내면서 엄청 손해 보는 기분이었어.

아니 근데 이상하단 말이야. 왜 굳이 로비 같은 공간을 만들어놨을까? 가상현실에서 대기열은 대체 무슨 의미고? 각자의 대기화면과 일대일 대면 접속으로도 충분할 텐데. 유지비는 얼마 안 나가더라도 효율이라는 게 있지 않아?

그보다 그냥 식권만 전송해주면 안 되나?

그냥 폼인가?

왜 꼭 모여서 먹게 하지? 구시대적인 감성이잖아. 가난뱅이들이 모여 봐야 공짜 밥 먹고 정부를 비난하기밖에 더하겠느냐고.

　말해놓고 보니 그럴 듯 하구만. 구시대적 감성이라. 뭐, 솔직히 그런 게 좀 있지. 머리가 굳어서 낡은 시공 개념에서 자유로울 수 없는 높으신 분들. 그치들이 따지는 형식이란 게 참 비효율적이기 짝이 없다. 일을 하려면 꼭 얼굴을 마주봐야 하고, 동료의식이 있어야 하고, 전통을 존중해야 하고, 선후배 간의 관계가 지켜져야 하고, 그 외에 기타 등등의 개똥같은 소리.

　그런 사람들은 보면 높은 확률로 머리가 벗겨져 있더라. 한낱 머리카락조차 철지난 머리통엔 붙어있기 싫었던 거겠지. 스트레스성이니 환경호르몬이니 뭐니 해서 옛날보다 훨씬 흔해진 현상이긴 해도. 치료가 가능하다지만 그런 데 돈과 시간을 낭비할 사람이 어디 흔한가? 사후보험에 한 푼이라도 더 넣어야 할 마당에? 차라리 가상현실에서 가발 스킨을 쓰는 게 낫지.

　결국 대머리는 대머리로 남는다.

　머리카락이 막 이러는 거야. 난 시대의 흐름을 따라 갑니다. 구시대의 유물이여, 빠잉! 횡~!

　그리고 남는 건 반짝반짝 빛나는 허전함.

　나 지금 무슨 생각 하냐.

　어쩌면 넓은 로비와 거대하고 화려하면서 비현실적인 건물의 환각이 여러 가지 의미로 과시용이었을지도 모르겠다.

　당연한 이야기인데 내가 너무 들떠 있었나보네.

　일단은 시현효과라는 게 있으니까 말이지. 아직도 수준 낮은 가상현실과 물리현실에서 버둥대는 다른 나라 애들한테 보여줄 필요가 있잖아? 삐까뻔쩍할수록 좋지 않겠어? 사후보험 관련 수출액이 얼마라고 했더라……. 30조 달러는 넘는다고 하지 않았었나?

그리고 나 같은 사람한테도 보여주려는 게 아니었을까?

까놓고 말해서, 우월감 안 느꼈다고 하면 거짓말이거든.

음, 어차피 난 죽었고, 더 이상 가릴 것도 없으니 스스로에게 거짓말 하지 말기로 하자. 불쾌감보다는 즐거움이 더 컸던 것 같다. 질투야말로 하는 사람과 받는 사람의 우열을 가장 확실하게 가르는 감정 아닌가. 우월한 사람은 열등한 사람을 질투할 필요가 없다.

그리고 줄서서 기다리는 가난뱅이들에겐 열등감을 각인시켜주는 거지. 부끄러운 마음에 나도 저렇게 되어야겠다, 하는 근로의욕도 고취시켜주고.

찬찬히 뜯어볼수록 괜찮은 방식이네?

흠, 역시 우리나라 정부는 유능해. 즐겁고 행복한 닭장 같은 소릴 지껄이는 멍청이가 있긴 하지만.

그렇게 들어간 상담실은 겉보다 안이 넓었다. 가상현실을 처음 경험하는 동남아 유인원들은 처음 경험할 때 아마 얼이 빠졌을 걸?

탁 트인 실내는 사무공간이라기보다 호화 저택의 응접실 같았다. 품격을 갖추고도 안정감을 주는 인테리어. 현실적으로 불가능한 장식물들이 가득했다. 세로로 긴 창문은 방향마다 연속성이 있는 다른 풍경이었다. 동서남북으로 각각 봄, 여름,

가을, 겨울의 들판이 보인다.

그 중심에서 정말로 예쁜, 신비로운 모습이 너무도 인상적인 사무원이 나를 반겼다. 윤기가 거울 같은 머리카락에 사계의 여명과 노을이 녹아 흐르더라.

"반갑습니다, 고객님. 모든 가입자들의 행복한 죽음을 준비하는 대한민국 사후보험입니다. 저는 5급 사무관 주연진이라고 하고요, 사망처리 상담을 예약하신 오원재 님 본인 맞으시죠?"

"아, 네."

"이쪽으로 모시겠습니다. 자, 가장 편한 의자를 설정해서 앉아주세요."

이때의 나는 정말 정신이 없었다. 그녀가 문자 그대로 정신 없이 아름다웠기 때문이다. 이는 놀라운 일이었다. 사후를 위해 매 순간을 아끼며 살아오긴 했지만, 그래도 적잖은 가상 에로스와 중계채널 감각동기화를 통해 온갖 미녀들을 겪어온 나였기 때문. 이 주연진이라는 여자에게 필적하는 가상인격, 혹은 중계채널 진행자는 손에 꼽을 만큼 적었었다.

"초면에 실례지만, 정말 예쁘시네요. 옷도 잘 어울립니다. 어지간한 사람은 붉은 색 정장을 소화하기 힘들 텐데."

일반적인 가상현실에서의 만남이었으면 당장 섹스하자고 했을 거다.

내 얼빠진 말을 들은 그녀는 살풋 웃으며 이렇게 말했다.

"붉은 색이요? 취향이 특이하시네요."

"……?"

사고가 마비되어있던 난 그제야 알아차렸다.

"설마 능동가변 스킨입니까?"

"네, 정답입니다!"

그러면서 천진난만하게 웃는데, 그게 진짜 모습이 아니라는 걸 알고도 빠질 수밖에 없는 미모였다. 스킨을 사용 중이라면 이 미소 역시 정교한 수식과 변수 할당으로 수정된 것일 텐데. 표정에 덧씌워지는 또 하나의 표정. 옛날로 말할 것 같으면 화장 같은 거지 뭐.

"역시 사후보험공단이군요. 잠깐 상담하는 자리에서조차 그렇게 비싼 걸 쓰다니."

"다들 놀라시더라고요. 하지만 저희 부서는 사후보험의 얼굴이니까요."

"과연."

능동가변 스킨은 상대의 기호에 맞는 모습을 실시간으로 반영하는 외양 그래픽이다. 기호에 대한 정보도 필요하니 사람을 상대로 쓰는 건 사후보험공단 정도일 것이다.

감탄하면서 계속 쳐다보는 바람에 그녀는 다시 한 번 웃고 말았다.

여기 오는 모두가 나처럼 들떠있었을 테지만, 민망해진 난 말이 괜히 많아졌다.

"가상인격은 아니시죠?"

"그럼요. 사후보험의 얼굴이 예쁘기만 하면 되나요. 어색함이 없어야죠. 가상인격으로는 아직 안 돼요. 기술자분들도 앞으로 최소 몇 십년간은 안 될 거라고 하고요."

그리고 그녀는 사망처리 동의서를 비롯, 사상부 적출 후 남는 육체의 처분에 대한 동의서와 물질자산 정리 위탁계약 등 내 죽음에 필요한 양식들을 증강현실 인터페이스로 불러왔다. 워낙 중요해서 가상현실망 전체를 통틀어 보안이 가장 철저한 이곳에서 처리해야 하는 것들.

"자, 우선 사망처리 동의에 앞서 사망 후 변경되는 권리를 숙지하고 계셔야 해요. 예약을 하셨을 때 보내드린 사후보험 약관은 모두 읽어보셨나요?"

"어, 대충?"

"에이, 그러시면 곤란해요."

"어차피 다들 하는 건데 뭐 위험할 게 있겠습니까? 거기다 중요한 항목은 교과서로 배우고 방송으로 접하고 뉴스로 복습하게 되는데."

"아무리 그래도요. 상식적인 내용도 모르고 무작정 죽여 달라고 하시는 분들은 나중에 꼭 이상한 컴플레인을 거시거든요. 심지어 어떤 분은 사후보험 적용 후에 투표권이 사라진다는 사실도 모르고 계시더라고요. 총선일자에 투표소 접속이 안 된다고 어찌나 화를 내시던지."

"와."

"네. 저도 와 소리밖에 안 나왔답니다."

"보나마나 가진 것도 없고 배운 것도 없는 이기적인 인간이었겠군요. 그런 인간들이 투표에 또 엄청나게 집착하잖습니까. 지들 밥그릇 챙기려고요. 그 사람 F등급이었죠?"

"정확하시네요. 나이도 지긋하신 할머니께서 욕을 얼마나 잘하셨는지 몰라요. 폭력이 자동으로 차단되는 공간이라 다행이었어요. 제가 F등급 가입자들을 담당할 때 겪은 일이죠."

노인네들은 염치가 없다. 우리 윗세대까지는 특히 더 그렇다. 피해의식이 장난이 아니더라. 자기들이 무슨 아프니까 청춘이었던 세대라고 하던가? 알고 보면 가장 불쌍한 세대라고.

병신들이. 우리는 안 힘들었는지 아나. 지들은 음식을 실물로 처먹고 자랐으면서. 테마 기사 보니까 흥청망청 장난이 아니었더만. 돈 좀 생기면 차부터 사고 말이야.

그 인간들한테는 국민연금이 아니라 사후보험 유지비도 아깝지만, 그래도 납골당에 집어넣으면서 투표권을 잃게 된 건 진짜 다행이라고 생각한다.

그렇다보니 이런 말이 진심에서 우러나왔다.

"거 정말 힘드셨겠습니다."

"그래도 보람은 있었어요."

"스트레스 많이 받으셨을 텐데."

"으음……."

내 말을 들은 그녀는 입술에 손가락을 댄 모습(이 모습이 숙련된 업무 노하우였다는 데 별 일만 개쯤 걸어도 좋다.)으로 귀엽게 눈을 굴리더니, 헤헤 웃으며 손가락으로 동그라미를 만들었다. 그리고 장난스럽게 낮아진 목소리로 이렇게 말했다.

"저희는 업무 스트레스로 인센티브를 받아요. 큰돈은 아니지만 쏠쏠한 수준으로요."

"아하."

"뇌파가 항상 측정되니까요. 덕분에 진상고객을 받기가 더 수월하기도 해요. 이 사람이 성과급이다, 라고 생각하면 자연스레 너그러워지거든요."

"돈이 최고죠."

"맞아요. 돈이 최고죠. 상담업계 쪽에선 유명한 이야기인데 모르셨나 보네요. 하긴, A급 가입자가 되셨을 정도면 그런 쪽으론 알 기회가 없으셨겠네요."

"하하. 그런 셈입니다."

이때의 나는 그녀를 대하는 게 너무나 편했다. 생전의 모든 삶을 통틀어 사람을 대하는 게 이처럼 편했던 적이 없었건만. 스스로도 의아할 정도여서 이유를 고민해보았는데, 어차피 곧 죽을 거라서 한없이 긍정적이었던 모양이다.

'사후보험 직원이 나한테 안 좋은 일을 할 리도 없잖아. 천국의 관리자들인데.'

사무관이 나를 대하는 스스럼없는 태도도 좋았다. 그녀에게만 보이는 시야, 나에 대한 분석정보가 있을 것이었다. 취향과 성격, 그리고 내가 지금 느끼는 감정들까지도. 그 유명한 트리니티 엔진이 실시간으로 조언을 띄우고 있겠지. 이건 최적의 사후세계를 제공하기 위해 불가피한 조치라서 반감이 들진 않았다. 어릴 때부터 배운 내용이다.

무엇보다 내가 반감을 느꼈다면 태도를 바꿨겠지.

그녀가 모든 사람들에게 이런 태도로 상담을 진행한다고 보긴 힘들었다.

어차피 주연진 사무관의 모든 언행이 성과를 위해 꾸며진 것이겠으나, 애초에 모든 사람이 그렇잖은가. 누군가 하는 말이 진심인지 아닌지 알 방법도 없다.

"진짜 힘든 건 따로 있어요. 저보다 먼저 죽는 사람들을 지켜봐야 한다는 거죠. 가뜩이나 전 A급 고객님들만 상대하고 있어서 더해요. 휴, S등급 담당으로 승격되면 이거보다 더할 텐데."

한숨을 쉬는 그녀는 앙증맞은 동물 같았다.

"계좌는 많이 채우셨습니까?"

이 질문을 던졌더니 얼굴이 샐쭉해지더라.

"무례한 질문인 거 아시죠?"

"음……."

당황하고 있으려니 사무관이 쿡쿡거리며 웃었다.

"마냥 부러워하면 스트레스가 쌓이지 않겠어요? 그럼 인센티브를 더 줘야 하고요. 그래서 A 등급 담당이 되려면 최저 B등급 이상은 되어야 해요. 제가 이래봬도 조만간 A등급이랍니다."

"이야, 나이는 모르겠지만 꽤 많이 모으셨습니다?"

같은 등급 안에서도 격차가 크다지만, 올해 기준으로 A 등급 최저한도가 대한민국 상위 1%인 것이다. 스킨으로 가려진 사무관의 실제 모습은 나보다 나이가 많은 장년인가?

"지금 또 무례한 생각을 하시는 느낌이……."

아차. 내 심리지표가 다 뜨고 있을 것인데. 아예 구체화된 사고를 읽고 있을지도. 텔레타이프 모듈이 사전 동의 없이 적용 가능하던가? 원칙적으로 불가능하지만 사후보험 본관에 접속한 상태다 보니 걱정스럽더라. 약관을 봐야하나 싶기도

했고…….

조금 당황한 사이에 다시금 샐쭉해진 사무관이 엄지로 스스로를 가리켰다.

"사후보험은 예치금 적립에도 임직원 혜택이 있어요. 아예 월급의 일정 비율을 예치금으로 빼는 옵션을 쓰면 혜택이 더 커지고요. 전 60%로 설정해놨죠. 중도 인출이 불가능해서 사는 게 팍팍하긴 하지만, 계좌 잔액을 보면 행복해지거든요. 그러니 늙었을지도 모른다는 짐작은 삼가주시겠어요? 그렇다고 진짜 나이를 알려드리진 않을 거지만요."

난 이 말을 들었을 때 진짜 놀랐다.

"정말로 그런 혜택이 있습니까?"

"세계 최고의 직장이잖아요. 사후보험은 모든 면에서 선망의 대상이어야 한다나. 멋진 방침이지 않아요? 그만큼 정직원 되기가 힘들기도 하지만요. 비밀엄수 의무도 엄격하고요."

"부럽네요."

"전 오원재 고객님이 더 부럽다구요."

주연진 사무관은 입술을 비죽이고 남은 절차를 진행하자고 했다.

그제야 드는 생각이, 아, 너무 들떠서 아무 말로 시간을 너무 많이 빼앗았나, 싶더라.

근데 그것도 아니었다.

"괜한 걱정을 하시네요. 후후."

쿡쿡거린 사무관이 또 다른 인센티브를 설명해주었다.

"고작 상담업무일 뿐인데 5급 사무관이 배치된 이유가 뭐겠어요? A급 고객님들은 부가상품을 고르고 옵션을 정하는 과정에서 오가는 금액만 해도 상당하죠. F등급 천 명을 모아놔도 A등급 한 명에 미칠까 말까 해요. 제 실적과 연관되는 문제이기도 하고요. 게다가 고객이 느끼는 정서적 만족감도 추가 인센티브란 말예요. 좋은 실적은 좋은 분위기에서 나오는 법이죠."

맞는 말이었다. 같은 금융계라도 거렁뱅이들까지 상대해야 하는 은행 직원과 거물들만 상대하는 투자은행의 전문가들을 똑같이 취급하면 곤란하겠지.

그건 그렇다 치고, 참 솔직하다.

"너무 정직하신 거 아닙니까?"

"이것도 맞춤형 서비스랍니다. 딱히 싫진 않으시잖아요."

"그렇죠."

대답하고서 나도 같이 웃었더랬다.

"거기다 A급 고객님들은 숫자가 적어서 저희도 꽤 한가하답니다. 한시라도 빨리 세상을 뜨고 싶은 분들이야 클레임 방지 차원에서 신속하게 해체해 드리지만, 오원재 고객님께선 그런 경우가 아니시니까요."

솔직히 말하면 사망처리 신청 직전까진 나도 그런 사람 중의 하나였을 것이다.

하지만 사무관의 스킨도 예쁘고, 죽기 전에 나누는 마지막 대화라고 생각하니 잠시 동안은 느긋해도 괜찮지 않은가 싶었다.

그녀는 전문가적인 태도로 약관의 핵심 항목들을 짚어주고, 필요한 부분마다 내 동의를 얻었다. 심심찮게 사담이 섞여 즐거운 시간이었다.

"어머나. 현물자산을 처분한 금액은 전액 기부하시려고요?"

자산정리에 관해 내가 체크한 항목을 보고, 사무관은 놀라는 눈치였다.

"예. 큰돈이 될 만 한 재산은 미리미리 정리했으니까 남은 건 별 것 아닙니다. 이제 곧 만기인 닭장계약의 보증금은 자동으로 계좌에 들어오기로 되어있고, 주식은 따로 관리하고 해서, 기껏해야 마지막까지 쓰던 잡동사니들만 남아있을 텐데요."

"그 중에 유족에게 양도하고 싶은 유품이나 개인적으로 특별한 의미가 있어서 사후보험 보관 서비스에 위탁하기를 원하시는 애장품은 없으신가요?"

"없습니다."

난 정말로 아쉬움이 없었다. 가족이야 남이나 마찬가지인걸 뭐. 얼굴부터 가물거리는 부모도 나한테 별 감정 없을 거고. 살아있기나 한가?

"요즘도 그런 거 남기는 사람이 있나 보죠?"

물어보니 사무관은 또 예쁘게 웃었다.

"네. 그런 걸 낭만으로 여기는 분들이 약간은 있으세요. 근데 대부분은 영주권을 따거나 귀화해서 사후보험 혜택을 받게 된 외국인들이랍니다. 가족을 버리고 온 사람이라도 마지막 순간에는 망설이는 경우가 많거든요."

"혹시 보험 발효를 거부하는 사람도 있습니까?"

"음⋯⋯. 아주 드물게? 손해를 감수하면서까지 계약을 파기하고 잔액을 인출하는 이상한 사람들이 있죠. 이것도 거의 다 외국 출신이라고 들었어요. 전 한 번도 못 봤네요."

보나마나 후진국에서 온 놈들이겠지. 바보가 따로 없네.

가족의 정이란 것도 결국 노인네들이나 그리워할 법한 낡은 정서잖은가. 그놈의 정을 강요하던 시절은 지옥 같았다고 배웠다. 서로 발목을 잡고, 동반자살하고, 늙은이가 치매에 걸리면 간병하느라 같이 똥을 싸고, 부모는 자식에게 생활비를 조르고, 형제간이랍시고 연대보증을 서주기도 하고, 자식은 또 부모의 피를 빨아먹고, 한 핏줄이라는 이유만으로 간과 신장을 달라고 하고⋯⋯.

사회 교과서에 실렸던 내용들이니 틀림없을 거다. 방송 보다가 키배 붙은 틀딱들도 사실이 아니라고는 못하더라. 역시 현대적인 감성이 세련되고 좋은 거지.

사람이 원래 지나간 일들을 미화하는 습성이 있다고 하더라.

추억은 죄다 편집된 과거일 뿐이야.

주연진 사무관이 다시 물었다.

"유류품 감정평가를 보면 다른 건 몰라도 시계만큼은 요즘 보기 드문 기계식 명품인데도요? 정확한 감정가가 나와 봐야 알겠지만 값이 상당할 거예요."

"그 정도는 신경 안 씁니다. 벌어놓은 재산에 비하면 티끌만큼도 안 되는 금액일거고, 무엇보다 공감능력 때문에 말입니다."

"아, 공감능력."

"공감능력을 키우려고 그동안 꾸준히 기부를 해왔으니, 세간을 정리한 돈은 유종의 미를 거두는 셈 치고 버리려고 합니다."

사무관은 미소 지으며 끄덕였다.

"현명하시네요. 작은 금액이라도 규칙적으로 나누는 게 중요하다지만 쉽지 않은 일이잖아요. 그래서 어떻게, 기부로 효과 좀 보셨어요?"

"효과라기보다는⋯⋯."

난 여기서 눈살을 찌푸렸던 것 같다. 측정할 때마다 영 늘지 않았던 공감능력 탓이었다.

"노인네들을 상대해보셔서 경험으로 아시겠지만, 공감능력은 나이가 들수록 감퇴한다고 하잖습니까. 전 그나마 줄어들진 않았으니 다행이죠. 꾸준히 돈을 쓴 덕분이라고 생각합니다."

"그건 그러네요. 저도 딱 그 정도 기대하면서 아동결연을 맺었죠."

"사무관님은 그런 거 안 해도 공감능력이 괜찮아 보이시는데요."

"헤헤, 칭찬 감사합니다. 하지만 이게 다 감각보정의 힘이에요. 가상인격 상호작용 테스트에선 성적이 그리 좋지 않더라고요. TOM 등급이 상위 5% 안에 드는데도요."

"상담직이면 선발 기준에 공감능력이 있고 그러지 않습니까? 상위 5%인 사무관님이 가상인격 상호작용 성적이 낮으면 대체 누가 좋답니까?"

"상위 10%라고 해봤자 말장난에 불과한걸요. 정확한 수치
는 대외비지만, TOM 등급은 편차가 엄청나게 심해요. 상위
0.1%랑 1%의 차이가 상위 1%랑 하위 1%의 차이보다 더 크다
고 할 정도니까요. 거기다 TOM 자질은 또 별개고."

"하."

아예 모르던 것도 아닌데, 관계자의 말을 들으니 새삼스럽
게 체감되더라. 역시 평범한 사람들은 사후보험 보장등급 자
체를 올리는 수밖에 없는 거구나, 하고.

TOM이 등급과 적성 양면에서 상위 1%면 그것만으로도 만
명 중 하나라는 소리잖아.

둘 다 0.001%라고 치면 100억분의 1의 확률이구만.

역시 본인의 노력에 따라 올라가는 사후보험 보장등급 쪽이
확실해서 좋지.

주연진 사무관이 확인 차 물었다.

"본론으로 돌아와서, 기부금은 어디로 전달하시겠어요? 생
전에 후원하시던 그대로 국가에 위탁하시겠어요?"

"그러죠 뭐. 어디 쓰이는지를 알 필요는 없으니까요."

중요한 건 내 공감능력 쪽이다. 다른 사람을 위해 아쉬움을
감수하는 과정에서 공감능력이 강화되는 거잖아.

유류품 처분 절차가 끝나자 사무관은 문서 양식을 전환
했다.

"이제 시신 처분 과정으로 들어갈게요. 사전에 동의하신 대
로 상담을 진행하는 동안 기본적인 검사를 끝냈는데요, 몸을

대체로 잘 관리해오셨네요. 작년에 받으신 정기검진 결과하고
별 차이가 없어요. 이 정도면 손상 복원 과정을 거쳐서 제 값
을 받을 수 있겠네요."

"다행이군요."

"매각하실거죠?"

"하지 않는 사람도 있나요?"

내게도 도움이 되고 국가경제에도 도움이 되는 건데.

사후보험의 클로닝 기술이 가장 앞서있을 뿐더러, 이런 식
으로 나오는 장기가 워낙 많아 세계 장기 시장을 독점하고 있
다고 들었다.

하지만 생각이 다른 사람이 꽤 있는 모양이었다. 사무관이
고개를 끄덕였다.

"의외로 많답니다. A등급쯤 되시는 분들은, 아무래도 다른
사람들보다 우월하다는 의식이 있으시거든요. 그래서 추가비
용을 들여서라도 쓰던 육체를 폐기하시는 경우가 잦아요. 그
러지 마시라고 설득하는 게 제 주요 업무 중 하나고요."

"그것 참 신기한 사람들이 다 있네요."

"전 오히려 오원재 고객님이 편해서 좋은걸요."

"어차피 의미 없는 몸뚱이인데 왜 굳이 폐기하는지 이해가
안 갑니다."

"우선 동의 좀 부탁드릴게요."

그녀가 양식을 가리키기에 각 항목마다 가벼운 마음으로 동
의해주었다.

"감사합니다. 고객님처럼 합리적인 분들이 있는 반면, 가난

뱅이들이 내 몸의 일부를 사간다는 것 자체에 거부감을 느끼는 분들도 있으세요."

"가난뱅이들?"

그녀는 문서를 전송하며 말을 이었다.

"중고품이다 보니 부자들보다는 돈 없는 사람들이 많이 찾아요. 부자들 중에서 굳이 자연산을 원하는 경우도 있다곤 하지만, 제가 보기엔 낡은 미신이거든요."

"맞는 말씀입니다. 미개한 믿음이죠."

"쿡. 아무튼, 결론은 자존심이 상한다는 거예요. 차라리 태워버릴지언정 염치없는 가난뱅이들에게 몸을 팔진 않겠다. 이런 마음? 좀 더 정치적이신 분들은 이렇게 말씀하세요. 그렇게 팔린 내 장기가 가난한 것들 수명을 늘리면 그만큼 복지 부담이 증가하는 거 아니냐고. 거시적으로 봤을 때 팔지 않는 쪽이 내게 더 이득일 수 있겠다고."

"……."

듣고 보니 그럴싸했다. 중고품이라고 해도 장기를 살 사람이 가난뱅이까진 아니겠지만, 어디까지나 상대적인 거니까.

그래서 물었다.

"동의 철회 못하죠?"

"제가 괜히 동의부터 받은 줄 아세요? 벌써 전송해버렸는걸요. 원하신다면 철회는 가능하겠지만, 처리절차에 시간이 걸리니까 사후보험 발효가 그만큼 지연되는데……. 아마 하루 정도?"

"이런, 당했군요."

미쳤다고 하루를 더 기다리나.

하지만 기분이 나쁘진 않았다.

"그럼 동의하신 걸로 알고, 이제 부가상품 편성으로 넘어갈게요. A등급 혜택이 많긴 하지만 포인트가 제한되어 있으니 신중하게 고르셔야 해요?"

내 입장에선 여기가 가장 중요한 대목이었다.

A등급 가입자 혜택으로 비용 없이 선택 가능한 세계관과 부가상품들이 있는데, 사전에 강화하면 할인율이 붙는다.

물론 할인에 혹해서 쓰지 않을 패키지를 질러버리는 경우도 많다.

하지만 이것만큼은 빼놓을 수 없지.

"역시 「회귀」는 필수죠."

당연히 미리 조사해봤는데, 사용빈도가 가장 높은 서비스라고. 워낙 인기가 많아서 할인도 잘 안 한다고 하니까, 미리 사놓는 게 이득이었다.

무엇보다 「회귀」는 A등급 가입자에게 기본적으로 제공되는 옵션이니까, 옵션 강화비용만 내면 된단 말이야.

사무관도 역시나 하는 표정이었다.

"세계관 별 「회귀」 3회는 A등급 가입자가 선택 가능한 기본 혜택 중 하나인데, 이걸 골라서 강화하시겠다는 말씀이신가요?"

"예."

"어느 정도로 강화할지 생각해둔 게 있으세요?"

"전 세계관 무제한 「회귀」는 얼맙니까?"

"그건 S등급 기본 혜택이라 정해진 강회비용이 없어요. 현재 시세로는 별 2천 4백만 개네요. 여기에 능력 보존을 택할 경우 8백만 개를 추가하셔야 하고, 회귀 시점 확장 및 임의선택 옵션을 더하려면 다시 천만 개가 추가되겠네요. 하지만 전 옵션 최대강화시엔 특별 할인이 추가되니까 4백만 개를 빼고 3천 8백만 개만 내시면 돼요."

3천 8백만 개의 별. 한화 38억 원. 못 낼 돈은 아닌데 부담스러운 수준이다.

이 시점에서 주연진 사무관도 한층 진지해졌다. 부가상품으로 최대한의 매출을 내는 일은 그녀에게 중요할 것이었다. 지금까지 친근하게 군 주된 이유일 테고.

"「회귀」는 구매율도 높지만 만족도는 그보다 더 높은 부가상품이랍니다. 모든 옵션을 강화하셔도 절대로 후회하지 않으실 거예요. 노력하는 만큼 얻게 되는 상품인걸요."

"그렇긴 한데, 여성 「평균 외모 조정」이나 「특수 재능이익」도 포기하기가 힘들어서……."

어느 쪽이든 A등급에 기본적으로 적용되는 옵션들이다. 「평균 외모 조정」은 상향으로 10%니까 굳이 강화하지 않아도 현실에 비해 가상인격들의 미인 비중이 10% 더 높다는 뜻이고, 원래 예뻐야 할 비율은 더욱 예뻐진다는 의미였다. 「특수 재능이익」 1단계는 모든 기술을 한 번씩 습득했던 것으로 처리된다. 즉 기술 습득에 이득은 없을지언정 무지로 인한 불이익(언노운 페널티)도 없다.

하지만 그걸로 만족할 순 없지.

A등급 가입자 혜택으로서 사전에 구매하는 「특수 재능이익」이 20단계면, 실제 가상현실에서는 모든 기술을 20등급까지 배웠던 것으로 간주된다. 20등급을 한 번, 19등급을 두 번, 18등급을 세 번, 17등급을 네 번 같은 식으로…….

보통의 「재능이익」과는 중복되지 않는다. 어느 세계관을 시작하든 아주 편해진다는 의미였다.

이거 없이 어떤 기술이든 신의 영역까지 올렸다는 사람을 본 적이 없다. 공개방송에 한정된 이야기지만 말이다.

사무관은 내 말에 적극적으로 동의해주었다.

"아, 역시 그렇죠. 가상현실에서까지 못생긴 사람들 보기도 싫고, 처음부터 기술등급을 쌓아올리기도 여간 힘든 게 아니니까요. 고객님으로선 전부 다 한계까지 강화하긴 힘들겠네요. 별이 대략 삼천만 개쯤 모자라겠어요. 이것도 등급 격하를 감수한다는 전제 하에 드리는 말씀이고요."

"장난 아니군요."

"다 모든 세계관에 공통적으로 적용되는 특전들이다보니……."

"무제한 「보안회선 이용권」은 얼맙니까?"

내 질문에 주연진 사무관이 곤란한 미소를 지었다.

"S등급 특전에 관심이 많으시군요……."

"아무래도 가상인격만 상대하다보면 질릴 수도 있겠다는 생각이 들어서요. 가끔씩 진짜 사람을 만나고 싶어질 때가 있을 텐데, 그때마다 보안회선 이용비용을 내긴 곤란하지 않겠습니까? S등급 특전의 가격은 공개된 적이 없어서 궁금하기도 하고. 아, 혹시 말해줄 수 없는 겁니까?"

"아뇨. A등급 고객님들은 아니에요. 구매력이 충분한 경우가 종종 있으시거든요."

으음, 고민하던 그녀가 금액을 말했다.

"무제한 「보안회선 이용권」의 현재 시세는 별 천 9백만 개입니다."

"……비싸네요."

"아무래도 회선이 한정되어 있으니까요. 호화 크루즈 회원권 같은 거랍니다. 금액의 단위가 다르긴 하지만요."

"포기하겠습니다."

"현명하시네요. 월정액을 고려해보시는 것도 나쁘지 않아요. 매달 이용시간이 정해져있는 요금제고, 훨씬 더 싸죠. 사실 무제한 이용권은 사치품 같은 거잖아요."

월정액이라……. 그깟 사람이야 안 만나면 그만이지, 라는 생각이 들었다. 생전에도 안 만나던 사람을 굳이 만날 필요도 없고, 사람을 만날 때마다 스트레스를 받기도 했고.

면회를 오는 사람들이 별도의 보안비용을 지불하지 않아도 된다는 장점은 뭐……면회를 올 사람이 있어야 말이지.

부가상품을 고르는 데엔 상당히 긴 시간이 걸렸다.

마지막 단계는 사후보험 예치금에 속하지 않는 자산들의 위탁관리 문제였다.

"보유하신 주식과 채권, 그리고 은행 계좌들의 운용을 사후보험 기금에 위탁하시면 수익금은 지속적으로 고객님의 계좌에 입금됩니다. 원래 거래하던 투자은행이 따로 있으시겠지만, 수익률보다는 안정성이 더 중요하지 않을까요?"

사후보험공단만큼 신뢰할 수 있는 곳이 어디 있겠느냐는 말이었다.

"자, 이건 지난 10년간 사후보험 투자신탁의 공시이율 변화 내역입니다. 보세요. 유명한 외국계 투자은행들에 비해 그리 많이 낮진 않죠?"

"으음……그래도 역시 수익률이……."

"어차피 그쪽의 주된 투자처도 사후보험인걸요."

그녀는 나를 열심히 설득했다. 가장 안전한 선택을 하라며.

그러나 한 가지 결정적인 차이가 있다. 투자은행에서 발생하는 수익은 사후보험과 별개의 계좌에 쌓인다는 점. 사후보험에 맡기게 되면 모든 자산이 사후보험에 집중되는 셈이었다.

'사후보험이 망하면 어차피 연쇄 파산이겠지만, 그래도 좀 찝찝하단 말이야.'

라는 생각이 들더라. 계란을 한 바구니에 담지 말라는 말도 있잖아?

하지만 결과를 말하자면, 자산의 상당부분을 다시 사후보험에 위탁하게 됐다.

모든 절차를 끝낸 뒤, 그녀는 매력적인 미소로 작별을 고했다.

"긴 시간 수고 많으셨습니다. 그리고 축하드립니다. 이제 낙원으로 들어가시는 일만 남았네요. 부러워라."

"뭐, 그렇죠. 하하. 성실하게 상담해주셔서 고마웠습니다."

"제가 드릴 말씀이네요. 아무쪼록 행복한 사후를 보내시길."

자리에서 일어난 그녀는 나를 향해 허리를 숙여 인사해주었다.

그것이 생전에 마지막으로 만난 사람과의 헤어짐이었다.

아.

마침내 연결 진행도가 100%에 도달했다. 깜박이던 인터페이스가 사라지고, 깜깜한 어둠만이 남는다. 나 자신을 보는덴 지장이 없는 기묘한 어둠이었다. 들리는 건 오직 내 숨소리뿐. 어쩐지 가슴이 옥죄는 기분이 들어 숨결이 점차 거칠어지는 순간,

최초의 별이 반짝였다.

그리고 은하수가 펼쳐진다. 무수한 별빛들 앞에서 숨쉬기도힘들 지경. 지금까지의 지루함과 초조함이 싹 날아가는, 상쾌하면서도 어쩐지 서글픈 기분이다.

그래, 이거다. 이거야.

내 고단했던 평생은 전부 여기에 오기 위한 노력이었어.

하하하.

별빛이 마구 글썽인다. 웃고 있는데도 눈물이 그치지 않았다. 닦아내도, 닦아내도 쏟아졌다. 눈물은 진짜가 아니어도 이감동만큼은 진짜다.

그래, 여기는 내 세상이고, 나의 천국이야.
이젠 행복해질 일만 남은 거야.

<번외편 마침>

Day after apocalypse

LOG OUT *98.4%*

〈4권에서 계속〉

Mutation Field Manual
험프백

뮤테이션 코드: 험프백(Humpback)

외형: 거대한 부풀어 오른 등. 튀어나온 척추.

　　　앞으로 쏠린 몸. 등에는 고름 투성이

특징: 종기에는 노란 고름이 나옴.

대처: 수류탄 혹 로켓발사기, LOW로 직접적인 타격.

특이사항: 고름에 대해서는 공공서비스보건부대에서 검사중.

Operation Map
살라나스 댐

Santa Margarita Truck Trail

Salinas Dam

펌프 하우스
Pump House

5410

Salinas River

공병 사무소
Sapper Office

교전 지점
Engage Point

© openstreetmap.org/#map=18/35.33530/−120.50836

납골당의 어린왕자 3

초판 1쇄 발행   2017년 12월 31일
초판 2쇄 발행   2019년 04월 15일

저자 퉁구스카
표지 노뉴

디자인 윤아빈
크리처 삽화 황주영
주간 홍성완
마케팅 정다움
발행인 원종우
발행처 (주)이미지프레임

주소 (13814) 경기도 과천시 뒷골1로 6, 3층
영업부 02-3667-2653   **편집부** 02-3667-2654   **팩스** 02-3667-2655
메일 edit03@imageframe.kr   **웹** vnovel.co.kr

ISBN 979-11-6085-086-4 02810   (세트) 979-11-6085-063-5 02810

이 책은 작가와 (주)이미지프레임의 독점 계약으로 출간되었습니다.
저작권법에 의해 보호받는 저작물로서 허락없는 사용을 금합니다.